10대와 통하는 처음 만나는 세계 고전

10대와 통하는 처음 만나는 세계 고전

**10대와 통하는
처음 만나는 세계 고전**

제1판 제1쇄 발행일 2026년 1월 10일

글 _ 장동석
기획 _ 책도둑(박정훈, 박정식, 김민호)
디자인 _ 정하연
펴낸이 _ 김은지
펴낸곳 _ 철수와영희
등록번호 _ 제319-2005-42호
주소 _ 서울시 마포구 월드컵로 65, 302호(망원동, 양경회관)
전화 _ 02) 332-0815
팩스 _ 02) 6003-1958
전자우편 _ chulsu815@hanmail.net

ISBN 979-11-7153-039-7 43800

철수와영희 출판사는 '어린이' 철수와 영희, '어른' 철수와 영희에게
도움 되는 책을 펴내기 위해 노력합니다.

10대와 통하는

처음 만나는

세계 고전

글 장동석

철수와영희

깊고 넓은 책의 세계로 초대합니다!

흔히 책을 '지혜와 지식의 보고'라고 말합니다. 역사 이래로 인류가 만든 책은 그 수를 헤아릴 수 없을 정도로 많아요. 앞으로도 무궁무진하게 많은 책이 나올 것이고요. 그 책들이 계속 쌓이면서 인류의 지혜와 지식은 응축되고 발전합니다. 하지만 '덮여 있는 책'은 지혜와 지식의 보고가 아니라 박제된 지식일 뿐이죠. 제아무리 뛰어난 고전(古典)도 읽지 않으면 폐기될 날만 기다리는 폐지와 다르지 않습니다.

책을 읽는 사람들의 기대는 제각각입니다. 마음의 양식을 쌓고자 하는 사람들은 한 권의 책을 깊이 읽는 '정독'을 통해 그 책만이 세상에 줄 수 있는 '깊이'를 경험하고 싶어 합니다. 정독은 책이 가진, 아니 인류의 지혜와 지식이 가진 근원에 접근할 수 있는 가장 느린 방법처럼 보이지만 실은 가장 빠른 방법인 셈이죠.

책이 무한한 지식과 정보의 근원지이다 보니, 독서를 지식정보화 사회를 살아가는 최고의 무기이자 경쟁력으로 생각하는 사람들도 있어요. 무한경쟁에서 살아남기 위해서는 다방면에 걸쳐 지식을 쌓아야 하죠. 다방면에 걸친 지식은 인터넷이 아니라 책에서 나옵니다. 그런 점에서 '다독'은 '넓이'의 다른 이름입니다. 다독은 분야를 가리지 않는 무차별 다독이 있고, 자신이 정한 한 분야의 책만 섭렵하는 다독이 있어요. 무차별 다독은 다양한 분야의 지식을 쌓을 수 있는 기회를 제공하며, 한 장르에 대한 다독은 해박한 식견이 있는 전문가를 탄생시키죠.

중요한 것은 정독과 다독이 떼려야 뗄 수 없는 관계라는 겁니다. 정독과 다독은 실과 바늘처럼 선후를 따지기 어렵고, 짜장면과 짬뽕처럼 호불호를 따지기도 어려워요. 다독은 정독을 위해 존재하고, 정독은 다독의 가치를 한껏 높여 주기 때문이죠. 인간이 경험할 수 있는 가장 큰 행복 중 하나가 책을 스스로 '고르는' 기쁨이라고 저는 생각해요. 자신만의 책을 찾아가는 길은 인생의 해답을 찾아가는 길과 같아서, 누구나 좌충우돌할 수밖에 없죠. 자신만의 책을 찾아가는 좌충우돌, 그것을 다른 말로 바꾸면 결국 '다독'과도 같습니다. 마음의 양식을 찾기 위해서는 수많은 책들과 조우해야 하기 때문이에요. 하여 정독으로 한 권의 책을 마음에 품기 위해서는 다독이라는 과정을 거칠 수밖에 없어요.

르네상스 시대 최고의 인문주의자인 미셸 드 몽테뉴는 "나는 매일 많은 사람들의 책을 읽으면서 산다. 그런데 그들의 학식에는 관심이 없다. 오직 그의 사람됨을 알고 싶을 뿐"이라고 말한 바 있어요. 몽테뉴는 삶과 동떨어진 사유나 학식은 모두 '거짓 학문'으로 생각했던 것이죠. 책을 읽는 사람도 마찬가지예요. 책을 읽는 오직 한 가지 이유, 그것은 지식과 지혜를 겸비한 '한 사람'으로 거듭나기 위함입니다. 결국 독서는 인생을 배우는 또 하나의 학교인 셈이죠.

여러분의 다독과 정독을 돕기 위해 120권의 고전을, 짧지만 알기 쉽게 설명해 보았어요. 문학 작품이 많지만, 철학과 인문학 관련한 책들도 곳곳에 넣어 지식과 지혜의 균형을 맞춰 보고자 했습니다. 출간된 지 오래된 고전이나 세계 문학을 왜 읽어야 하는지 의아할 수도 있어요. 인간 혹은 인류의 삶은 처한 환경만 바뀔 뿐, 그것이 품고 있는 의미와 가치는 변하지 않아요. 고전과 세계 문학은 시대와 무관하게 인간 삶의 모습을 그리고 있어요. 사실 모든 책이 그 역할을 담당하고 있다고 봐도 무방합니다.

이 책을 읽는 여러분이 책을 스스로 '고르는' 기쁨을 경험했으면 좋겠어요. 한 번에 좋은 책을 찾기는 어려워요. 그러나 그 고르는 기쁨 가운데, 우리 삶은 더 단단해질 거예요. 인생의 길을 찾기 위해 여러 경험을 해야 하듯, 마음의 양식을 찾기 위해서 수많은 책들과 조우하면 어떨까요. 깊고 넓은 책의 세계로 여러분을 초대합니다!

장 동 석 드림

차례

부록

I

인간,
그 아이러니한
존재에 관하여

얼마 전부터 몇몇 사람들이 이런 질문을 던집니다. "너 T야?" 그들은 하나같이 내 대답을 듣기 전에 스스로 답하곤 하죠. "T 맞네!" 어쩔 수 없이 나는, 그것이 무엇인지도 잘 모르면서 T(Thinking)형 인간이 되었어요. 세상에나, 내가 진실과 사실에 관심이 많고, 논리적이고 합리적인, 심지어 객관적인 판단을 하는 유형의 사람이라는 걸 얼마 전에서야 알았습니다. T의 반대 성향은 F(Feeling)라는데, 사람과 관계에 관심이 많고, 공감 잘하고, 주관적 판단이 강한 사람들이라고 해요. 저는 MBTI 검사를 해 본 적이 없지만 사람들은 제 성격을 '대문자 T'라고 규정해 버렸습니다.

각각의 성향을 잘 파악하면 함께 일하는 데 도움이 된다는 말, 충분히 이해하죠. 다만 모든 사람에게는 저마다의 마음이 있고, 양심에 따라 행동할 수 있는 자유가 있어요. 17세기에 활동한 프랑스의 철학자이자 수학자인 블레즈 파스칼은 "인간은 생각하는 갈대"라는 유명한 말을 남겼는데요. 그런 이들을 하나의 성향으로 묶어 버리는 순간, 사회는 경직될 수밖에 없답니다. 인간은 저마다의 고유한 개성과 인성을 갖고 있어요. 그런가 하면 종잡을 수 없는 면을 가진 존재이기도 합니다. 인간 존재를 다루면서 셰익스피어의 작품들을 이야기하지 않을 수 없는데요. 그의 작품에 등장하는 주인공 대부분은, 말 그대로 아이러니 그 자체입니다. 그 외에도 다양한 작품을 통해 인간 존재의 근원에 대해 살펴보려고 해요. 자, 지금부터 찬찬히 읽어 볼까요.

1

회의하는 인간의 전형,
『햄릿』

"사느냐, 죽느냐, 그것이 문제로구나. 성난 운명의 돌팔매와 화살을 마음속으로 견디는 것이 더 고귀한 일이냐, 아니면 고통의 바다에 맞서 끝까지 대적하여 끝장을 내는 것이 더 고귀한 일이냐."

윌리엄 셰익스피어(1564~1616)는 "한 시대가 아닌 모든 시대를 위한 작가"로 평가받습니다. 그의 대표 작품인 희곡 『햄릿』은 1603년 출간 이후 420여 년이 지난 지금까지도 전 세계인에게 사랑받는 작품이에요. 또 다른 작품 『오셀로』, 『리어왕』, 『맥베스』와 함께 '셰익스피어 4대 비극'이라고 부르기도 해요. 『햄릿』뿐 아니라 셰익스피어의 많은 작품이 영화, 연극, 뮤지컬, TV 드라마, 오페라 등 다양한 장르로 셀 수 없을 만큼 여러 번 재탄생했어요. 선과 악 사이에서 갈등하고, 궁극적으로 인간 존재의 이유를 묻는 주인공 햄릿은 '회의(懷疑)하는 인간'의 전형이에요. 회의한다는 건 어떤 일에 대해 의심을 품고 고민한다는 말이에요.

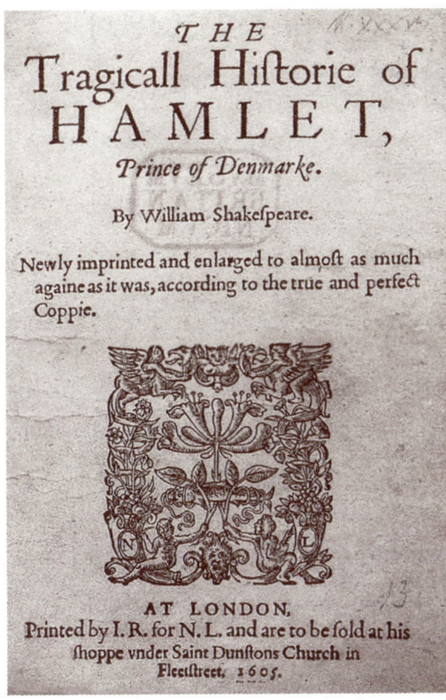

1603년 출간된 『햄릿』 초판 표지.

덴마크 왕자 햄릿은 부왕(父王)의 죽음으로 깊은 슬픔에 잠겼어요. 아버지의 뒤를 이어 왕이 된 삼촌 클로디우스가 아버지를 독살했다는 소문과 함께 어머니 거트루드가 왕이 된 삼촌과 결혼하며 더욱 큰 충격에 빠졌죠. 삼촌에 대한 분노, 어머니에 대한 원망이 햄릿의 마음을 짓눌렀어요. 햄릿은 사실을 확인하기 위해 아버지의 유령을 만나요. 아버지의 유령은 오랫동안 왕의 자리를 욕심냈던 자신의 동생 클로디우스에게 복수해 달라 부탁하고 사라져요.

햄릿은 복수를 다짐하면서도 또 한 번 의심해요. 햄릿은 한 극단을 불러들여 왕의 귀에 독을 붓는 동생의 모습이 담긴 연극을 무대에 올려요. 연극을 보던 클로디우스가 불쾌한 심경을 억누르지 못하고 뛰쳐나가는 모습을 보고, 햄릿은 모든 것이 사실임을 확신하죠. 이제 남은 것은 복수뿐.

어느 날인가, 햄릿은 클로디우스가 혼자 기도하고 있는 모습을 발견하고 그를 죽이고자 칼을 빼 들어요. 하지만 기도하는 그 시간만큼은 거짓이 없고 순수한 영혼을 갖기 때문에, 햄릿은 그때 그를 죽이면 클로디우스가 천국에 갈지도 모른다고 생각한 나머지 결국 죽이지 못해요. 그처럼 신중한 햄릿이지만 한순간 충동에 사로잡히기도 했어요. 그는 어머니와의 대화를 휘장 뒤에서 엿듣던 폴로니우스를 클로디우스로 착각하고 그대로 찔러 죽여요. 폴로니우스는 자신의 연인이었던 오필리아의 아버지였어요.

이런 와중에 클로디우스는 햄릿을 제거하려고 음모를 꾸며요. 살인죄를 면하기 어려운 햄릿에게 영국으로 도망가라고 하는 한편, 영국에는 밀서(密書, 비밀 편지)를 보내 햄릿이 도착하는 즉시 죽이라고 요청하죠. 햄릿은 우여곡절 끝에 살아 돌아오지만, 자신이 죽인 폴로니우스의 아들 레어티스와 검술 대결을 치르게 돼요. 대결에서 진 레어티스는 왕과 자신이 계략을 짜고 칼끝에 독을 묻혔다고 알려 주고는 죽어요. 독이 묻은 칼에 상처를 입은 햄릿은 마지막 힘을 다해 클로디우스를 찔러 죽여요. 왕비 역시 햄릿을 독살할 목적으로 둔 술을 마시고 서서히 죽어가요. 햄릿은 죽기 전 한 친구에게 이 모든 일의 진실을 사람들에게 알려 달라 부탁하고 눈을 감아요.

『햄릿』은 때때로 고뇌하고 때때로 우유부단한, 즉 인간이라면 누구라도 겪을 수 있는 마음과 태도를 보여 주는 고전 중 고전이라고 할 수 있어요.

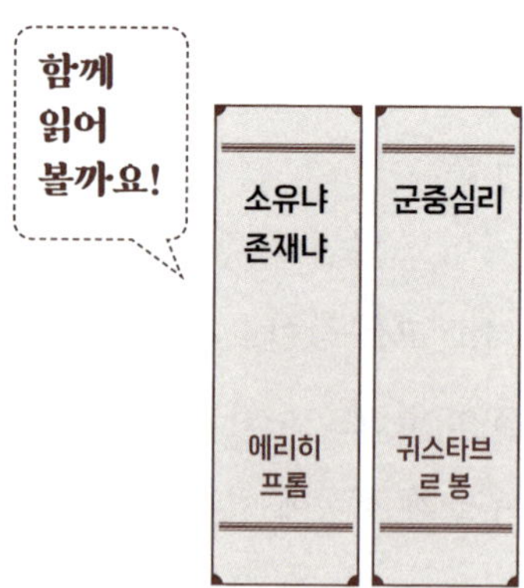

2

열등감에 휩싸인 인간의 최후, 『오셀로』

"이건 이유가 있단다, 이유가 있단다 내 영혼아, 저 순결한 별들에게 밝히진 않겠지만 이건 이유가 있단다. …… 그래도 그녀는 죽어야 해, 안 그러면 더 많은 남자를 배신할 테니까."

윌리엄 셰익스피어의 4대 비극 중 하나인 『오셀로』의 본래 제목은 『베네치아의 무어인, 오셀로의 비극』이에요. 이 작품은 셰익스피어가 죽은 지 400년이 지난 지금도 세계 여러 나라에서 연극과 오페라 등으로 공연되고 있답니다. 1622년 영국에서 출간된 작품이 우리나라에서는 판소리 공연으로 만들어지기도 했어요.

오셀로는 베네치아 정부가 고용한 무어인 장군이에요. 무어인(Moor)은 주로 이베리아반도와 북아메리카에 살면서 이슬람을 믿는 사람들을 이르는 말이에요. 오셀로는 용병 출신으로 장군까지 오른 입지전적 인물이지요. 베네치아 원로원 의원의 딸 데스데모나와 결혼까지 하면서 남부러울 것이 없었습니다.

하지만 오셀로는 시시때때로 인종차별을 겪으면서 자신의 출신에 대해 적잖은 열등감이 있었어요. 그것을 간파한 오셀로의 부하 이야고가 흉악한 계략을 꾸며요. 이야고는 자신을 부관으로 승진시켜 주지 않은 오셀로를 함정에 빠뜨리고 싶었어요. 이야고의 계획은 치밀했어요. 그는 데스데모나의 시녀이면서 자신의 아내인 에밀리아에게서 얻은 정보를 통해 데스데모나 주변 사람들의 동태와 동선을 거의 완벽하게 알고 있었어요. 그는 선량하고 정숙한 데스데모나가 부정한 일을 저질렀다는 소문을 퍼뜨립니다.

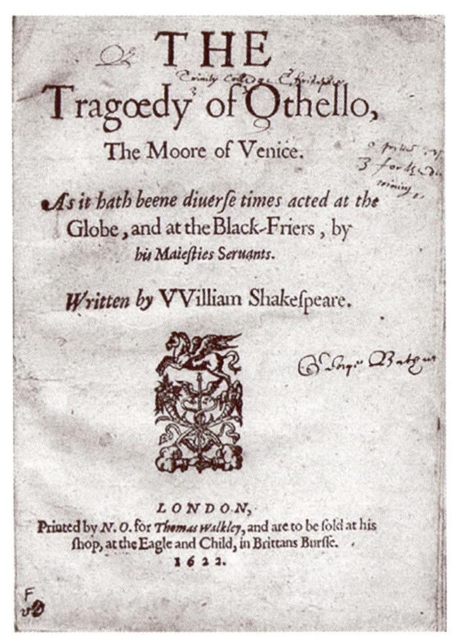

『오셀로』 초판 표지.

질투심에 눈이 먼 오셀로는 뜬소문을 듣고는 아내 데스데모나를 의심하기 시작해요. 커질 대로 커진 의심은 결국 살인으로 이어졌어요. 오셀로가 끝내 아내를 목 졸라 살해하고 만 거예요. 남편과 달리 선량했던 에밀리아는 늦게야 남편 이야고의 계략을 알아채고 오셀로를 설득했지만, 모든 게 허사였어요. 때마침 나타난 이야고의 손에 에밀리아마저 목숨을 잃고 말아요.

에밀리아는 데스데모나가 부정한 일을 하지 않았다면서, 헛소문을 믿고 살인까지 한 오셀로의 어리석음을 한탄하며 끝내 숨을 거두어요.

그제서야 모든 진실을 알게 된 오셀로는 죄책감과 치욕에 몸을 떨어요. 아무 죄도 없이 죽임을 당한 데스데모나에게 입맞춤을 하고 스스로 생을 마감합니다.

『오셀로』는 높은 자리에 오르고도 자신의 출신에 대한 열등감에서 벗어나지 못한 주인공이 파멸로 치닫는 과정과 심리 변화를 탁월하게 그려 냅니다. 『오셀로』의 등장인물들이 보여 주는 질투, 배신, 의심, 후회는 시대와 상관없이 수많은 사람들이 갖게 되는 감정이지요. 사람들은 그 감정 속에서 끊임없이 갈등하고 번민하고, 더 나은 선택을 고민합니다. 수백 년 전 무대에 올랐던 이야기에서 사람들은 자신을 돌아볼 기회를 얻는 것입니다. 그래서 셰익스피어가 "한 시대가 아닌 모든 시대를 위한 작가"라는 평가를 받는 게 아닐까요.

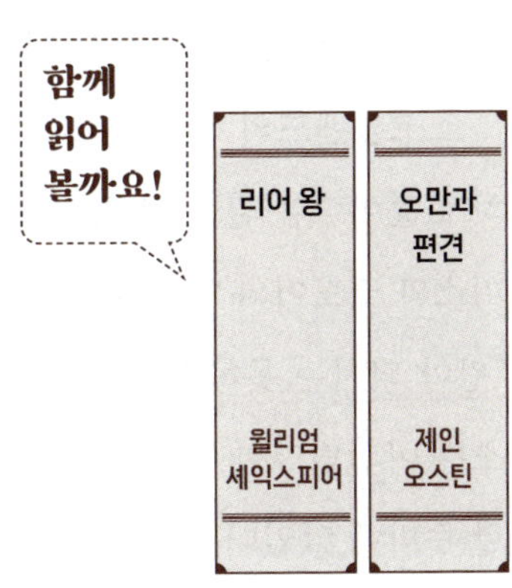

3

악에 대한 깊은 통찰,
『맥베스』

"당신은 영광을 갖고자 하고 야망이 없는 것도 아니지만, 거기에 마땅히 따라야 할 악독함이 없어요. 당신이 하고자 원하는 일도 꼭 깨끗한 방식으로만 하려고 해요. 사악한 일은 안 하려 하면서도 원하는 건 그릇되게라도 얻고 싶어 하지요."

『맥베스』는 윌리엄 셰익스피어의 작품 중 가장 짧은 편에 속하지만 셰익스피어의 4대 비극 중 "가장 화려하고 잔인하다"는 평가와 함께 "인간성과 악에 대한 깊이 있는 통찰을 담고 있다"고 평가받습니다.

스코틀랜드의 장군 맥베스는 친구인 뱅코 장군과 함께 반란을 진압하고 돌아오는 길에 세 명의 마녀를 만나요. 그들은 맥베스에게는 글래미스와 코도어의 영주가 될 뿐 아니라 "앞으로 왕이 될 분", 뱅코에게는 "왕이 되지는 못하지만 자손들이 왕이 되실 분"이라고 예언해요. 맥베스는 야심만만한 사람이었지만, 나름 선량하고 충직한 사람이라 갈등할 수밖에 없었어요. 그때 맥베스를 유혹한 사람이 맥베스의 부인이에

맥베스 장군이 마녀 3명을 만나 예언을 듣는 장면을 묘사한 그림.

요. 승전을 축하하기 위해 덩컨 왕이 자신들의 성을 방문하자 거사를 치르자며 남편을 꼬드겨요.

마침내 맥베스는 덩컨 왕을 살해하고, 그 죄를 왕의 호위병들에게 덮어씌워 죽여요. 덩컨 왕의 두 아들 맬컴과 도널베인이 왕의 시해를 사주한 사람들로 몰려 누명을 씁니다. 결국 왕위는 맥베스에게 돌아가고, 그는 왕권을 유지하는 데 방해가 되는 사람들을 하나씩 제거해요. 그중에는 뱅코 장군도 있었어요. 뱅코가 들은 예언 기억하시죠? "자손들이 왕이 되실 분"이라는 예언은 맥베스에게 잠재적 위협이자 위험일 수밖에 없었어요.

천하를 가진 맥베스는 행복했을까요? 아니요. 맥베스는 친구 뱅코 모습을 한 유령에 시달리기 시작해요. 뱅코의 유령은 맥베스의 왕좌에 앉았고, 그런 뱅코를 향해 맥베스는 "내가 한 짓이라고 말할 수는 없어. 그 피투성이 머리카락을 나한테 대고 흔들지 마"라고 소리를 치기까지 합니다. 절망에 빠진 맥베스는 마녀들을 다시 찾아가요. 마녀들은 덩컨 왕의 충직한 신하이자 장군인 "맥더프를 조심하라"는 말과 함께 "여자에게서 태어난 누구도 맥베스를 해칠 수는 없을 거야"라는 말을 하죠.

어떻게든 상황을 역전시켜 보려 하지만 맥베스의 상황은 더욱 꼬여만 갑니다. 맥더프가 시해된 덩컨 왕의 아들 맬컴 왕자를 옹립해 스코틀랜드로 진격해 오고, 맥베스 부인은 상황이 악화되자 죄책감을 이기지 못하고 스스로 목숨을 끊어요. 끝까지 저항하던 맥베스는 맥더프의 손에 목이 잘리는 신세가 됩니다. 어찌 보면 권선징악 혹은 사필귀정일 수 있어요. 하지만 『맥베스』가 지금도 널리 사랑받는 이유는 그런 이유보다는 인간 본성에 대한 심오한 질문을 우리에게 던져 주기 때문일 거예요.

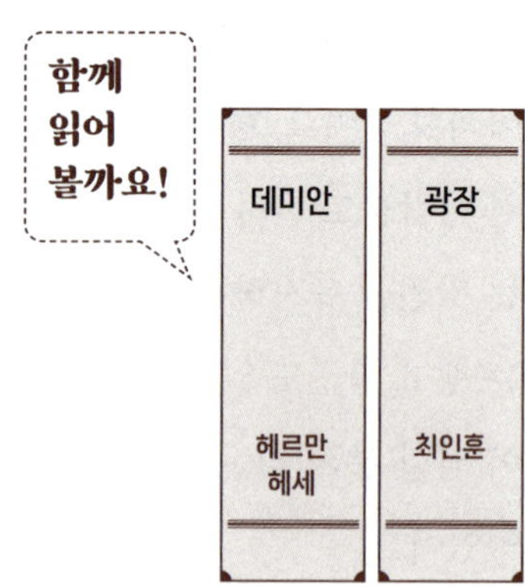

4

조선 시대에 쓰여진 판타지 소설의 선구,
『구운몽』

> "마음이 정결하지 않으면 비록 산속 깊은 절에 있다 해도 도를 이룰 수 없는 법이다.
> 하지만 근본을 잊지 않으면 속세에 푹 빠져도 마침내 돌아올 곳이 있다."

『구운몽』은 "중세 한국 문학의 기념비적 작품"이라는 평가와 함께 지금도 널리 읽히는 작품이에요. 조선 중기 문신인 김만중(1637~1692)의 소설로, 그가 정치적 이유로 유배를 갔을 때 어머니의 근심을 덜어 주고자 썼다고 해요. 효심이 깊었던 김만중은 어머니가 읽으실 수 있도록 한글로 작품을 썼어요.

주인공 성진은 신선 세계에 있는 절에서 수행에 매진하고 있었어요. 스승인 육관 대사의 심부름을 다녀오던 성진은 돌다리 위에서 봄 경치를 즐기던 여덟 선녀와 마주치게 되죠. 성진은 다리 지나가는 일을 두고 선녀들과 옥신각신 다퉈요. 성진이 복숭아 가지를 던져 구슬로 바꾸는 묘기를 보여 주고서야 길이 열렸고, 절로 돌아올 수 있었어요. 육관 대

『구운몽』 내용을 그린 병풍.

사는 수행 중에 여인들과 장난을 친 것은 적절하지 않다며 성진을 꾸짖고 지옥으로 쫓아내요. 마찬가지로 여덟 선녀도 지옥에 떨어집니다. 지옥을 다스리던 염라대왕은 한 번 더 기회를 주고자 성진과 여덟 선녀를 인간 세상으로 보내기로 해요.

성진은 양소유라는 인물로 다시 태어났어요. 어려서부터 공부에 매진한 양소유는 이른 나이에 과거에 급제하면서 승승장구했어요. 반역을 일으킨 토호들의 난을 평정하고 전쟁에 나가 무공을 세우기까지 했어요. 오늘날 국무총리와 비슷한 승상 벼슬에 올랐고, 황제는 그런 양소유가 마음에 들어 사위로 삼았어요. 양소유는 인간 세상에서 얻을 수 있는 부귀영화를 모두 갖게 된 셈이죠.

재미있게도 양소유가 그렇게 많은 일들을 해내는 사이사이 환생한

여덟 선녀와 인연을 맺어요. 여덟 선녀도 각각 진채봉, 계섬월, 정경패, 가춘운, 적경홍, 난양공주, 심요연, 백능파라는 이름으로 다시 태어났거든요. 양소유가 열다섯 살에 과거를 보러 가던 중에는 진채봉을 만나 혼인을 하고, 이듬해 다시 과거를 보러 가는 길에는 기생 계섬월과 만나죠. 역적을 토벌하러 갔다가 적진에서 보낸 자객 심요연을 만나고, 용왕의 딸 백능파를 도와주기도 해요. 양소유는 여덟 여성 모두의 마음을 얻고 가정을 꾸리는 데 성공해요. 결국 양소유는 온갖 즐거움을 다 누리며 살았어요.

과연 결말은 어떻게 될까요? 세월이 흘러 양소유도 인생의 허무함을 느끼기 시작했어요. 한때 세상을 호령했던 영웅들의 무덤 앞에서 양소유는 세상적인 욕망이 덧없음을, 그리고 욕망과 집착을 버릴 때 새로운 삶으로 나아갈 수 있다는 것을 깨닫게 돼요. 그때 꿈에서 깨는데 바로 육관 대사 앞이었죠. 성진의 꿈은 깨달음을 주려는 육관 대사의 뜻이었어요.

『구운몽』은 요즘 말로 하면 '판타지 소설'이라고 할 수 있어요. 조선 시대라는 시대적 한계를 뛰어넘는 대담한 스토리와 치밀한 묘사가 읽는 재미를 더하는 고전이랍니다.

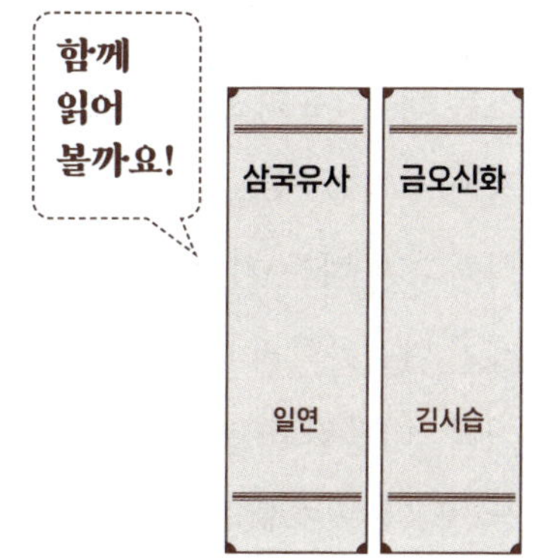

5

인간 욕망에 대한 예리한 포착,
『더블린 사람들』

"그 광경을 바라보며 인생을 생각하다 보니, (인생을 생각할 때면 늘 그랬듯이) 슬퍼졌다. 슬며시 서글프고 우울한 기분이 들었다. 운명에 맞서 발버둥 친다는 것이 얼마나 부질없는 노릇인가 싶었던 것인데, 이는 세월을 통해 반복해서 터득한 지혜였다."

『더블린 사람들』은 아일랜드 더블린 출신 작가 제임스 조이스(1882~1941)가 1914년 발표한 15편의 단편을 모은 소설집입니다. "인간들의 엇나간 욕망을 예리하게 포착한 작품"이라는 평가를 받고 있어요. 조이스는 대작 『율리시스』, 『젊은 예술가의 초상』 등을 통해 '의식의 흐름', 즉 이성적인 사고에만 국한하지 않고 등장인물의 의식 흐름 전체를 포착하고자 하는 기법을 문학에 적극적으로 사용했어요. 그 때문에 "20세기 현대문학의 대명사가 된 선구적 작가"라는 칭송을 받고 있어요. 초기작 『더블린 사람들』은 제임스 조이스 문학의 방향성을 가늠할 수 있는 작품이자 "재미와 보편성, 작품성"까지 두루 겸비하고 있어요.

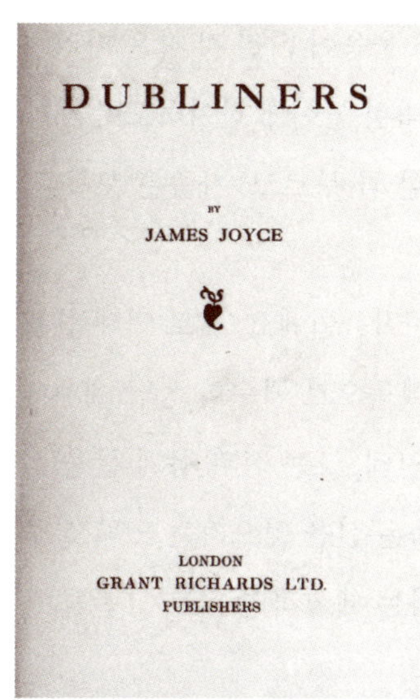

『더블린 사람들』 초판 표지.

이 책의 첫 작품은 「자매」입니다. 이 작품의 화자(話者·소설에서 이야기를 하는 사람)인 어린 소년 '나'는 자신에게 "라틴어를 제대로 발음하는 법"은 물론 여러 가르침을 준 플린 신부가 세상을 떠났다는 소식을 접해요. 하지만 소년은 깊은 슬픔보다는 "마치 무언가로부터 벗어난 것 같은 해방감"을 경험하죠.

또 다른 작품 「에블린」은 분량이 가장 짧지만, 시대상을 적나라하게 반영하는 작품이에요. 큰딸인 에블린은 폭력을 휘두르는 아버지를 피해 연인인 프랭크와 함께 집을 떠나려고 해요. 동생들은 이미 집을 떠난 뒤였죠. 하지만 프랭크와 함께 배를 타려던 순간, 죄책감 때문에 끝내 배에 오르지 못해요. 먼저 배에 탄 프랭크가 "어서"라고 끝없이 부르짖었지만, 에블린은 "하얗게 질린 얼굴"로 서 있어요. "상대에 대한 사랑의 표정이나 작별을 고하는 표정"도 없이 말이죠.

마음이 따뜻해지는 작품도 있어요. 「진흙」의 주인공 마리아는 세탁소에서 일해요. 마리아를 엄마처럼 따르는 조는 만성절 전날 밤 가족 파티에 마리아를 초대해요. 만성절은 가톨릭교회에서 하늘에 있는 모든 성인을 흠모하고 찬미하는 날이에요. 마리아는 건포도 케이크를 사 큰 봉지에 넣어 들고 조의 집을 방문해요. 하지만 전차에 두고 왔는지, 케이크는 큰 봉지 안에 없었어요. 당장이라도 울음이 터질 것 같은 마리아에게 조는 "괘념치 말라"며 가족들과의 소박한 놀이에 참여하도록 배려해요. 기분이 좋아진 마리아는 노래까지 한 곡 부르고, 가족은 모두 평안함을 느끼죠.

반면 「은총」은 종교적 일탈을 보여 주는 작품이에요. 술로 인해 몸과 마음이 병든 영업 사원 커넌은 친구들의 설득으로 예수회 성당 예배에 참석해요. 놀라운 것은 퍼든 신부의 강론인데, 그는 신과 함께 돈을 섬기라는 취지의 말을 이어 가요. 이 말의 뜻은 신을 닮으려는 노력도 중요하지만, 인간이라면 당연히 살아가야 하는 세상적인 삶도 그만큼 중요하다는 의미라고 할 수 있어요.

이 외에도 『더블린 사람들』은 「마주침」, 「애러비」, 「하숙집」, 「어머니」, 「망자」 등의 작품으로 구성되어 있어요. 15편이 각각 다른 이야기를 하고 있지만, 그 작은 이야기들이 모자이크처럼 엮이면서 커다란 하나의 작품을 이뤄요. 오랜 시간 영국의 지배로 인해 침체될 수밖에 없는 더블린 사회의 모습은 물론 타락하고 마비된 인간 사회의 모습을 적나라하게 그려 냈어요.

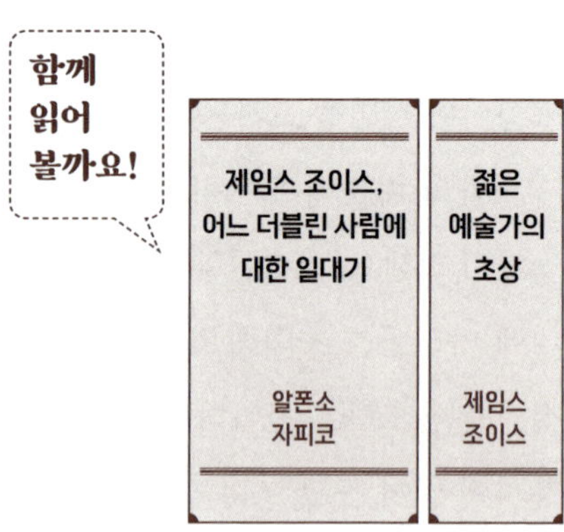

6

19세기 물질만능 세태 비판,
『고리오 영감』

"부자건 가난하건, 살면서 꼭 필요한 곳에 쓸 돈은 절대 부족하지만, 그때그때 마음 내키는 대로 쓸 돈은 언제나 찾아내게 마련이다. 외상으로 얻어지는 모든 것에 대해서는 돈을 펑펑 쓰지만, 그때 당장 지불해야 하는 것에 대해서는 인색하다."

프랑스 작가 오노레 드 발자크(1799~1850)가 1835년 발표한 『고리오 영감』은 "19세기 파리의 인간 군상을 그려 낸 사실주의 문학의 교과서"라는 평가를 받는 작품이에요. '사실주의 문학의 창시자'로 불리는 발자크는 인간과 사회를 면밀하게 관찰했고 그걸 비판적으로 기록하고자 했어요. 100여 편의 장·단편을 썼는데, 그중 특히 『고리오 영감』에는 19세기 초반 프랑스 사회의 다양한 계층 사람들이 등장해요.

프랑스 남부 시골 귀족의 아들인 외젠 드 라스티냐크는 파리 주류 사회에 들어가고 싶은 욕망이 가득한 청년이에요. 법률을 공부해 법률가가 될 생각으로 파리로 왔지만, 먼 친척인 보세앙 자작 부인의 연줄을 통해 사교계에 진입하는 게 더 빠른 길이라는 사실을 알게 되죠. 그런 라스티냐크의 눈에 들어온 사람이 고리오 영감이었어요. 라스티냐크와 고리오 영감 등이 함께 생활하는 곳은 파리 외곽의 허름한 보케 하숙이었어요. 고리오 영감은 평민이었지만 밀가루 장사로 막대한 돈을 벌었어요. 하지만 결혼한 지 얼마 되지 않아 아내가 세상을 떠나고, 그 슬픔을 잊으려는 듯 두 딸을 부족함 없이 전폭적으로 지원하며 키워요.

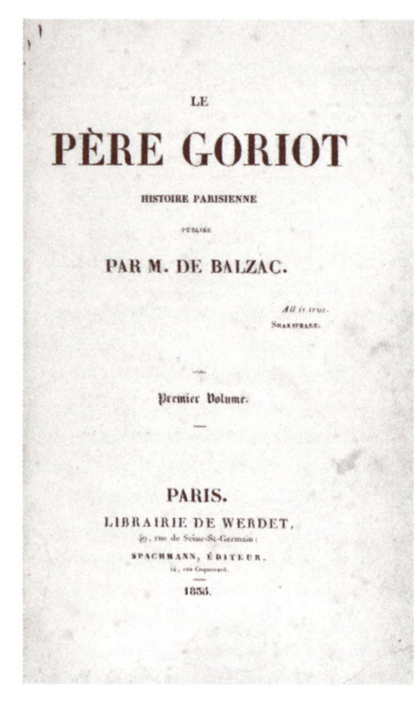

『고리오 영감』 초판 표지.

그래서일까요, 두 딸의 욕심과 사치도 남달랐어요. 아버지에게 물려받은 재산 덕에 큰딸은 백작 부인이 되었고, 작은딸은 은행가와 결혼해 더 큰 부자가 되었어요. 하지만 끝없는 사치 때문에 돈은 항상 모자랐고, 그때마다 아버지에게 달려갔어요. 고리오 영감은 마지막 남은 재산인 연금마저 털어서 두 딸에게 보냈지만, 삶의 마지막 순간에 딸들은 고리오 영감 곁에 없었어요.

19세기 초반의 프랑스는 정치적으로는 혁명과 왕정복고 등이 반복되는 혼란기였어요. 경제적 상황은 더 혼란스러웠죠. 이미 자본주의라는 깊은 수렁에 빠져들고 있었던 거죠. 고리오 영감은 그 혼란의 틈에서 사업 수완을 발휘해 성공한, 요즘 말로 벼락부자였어요. 돈이라면 사족을 못 쓰는 고리오 영감의 두 딸과 대개의 등장인물은 물질만능 세태를 반영하는 인물들인 셈이에요.

흥미로운 것은 라스티냐크의 이후 행동이에요. 고리오 영감의 쓸쓸한 죽음을 경험한 그는 하나둘 세상물정을 알게 되고, 결국 새로운 도전에 나서요. 고리오 영감을 묻은 묘지 언덕에서 파리를 내려다보며 그는 "자, 이제 파리와 나, 우리 둘의 대결이다"라고 소리쳐요. 출세주의자의 단면을 보여 줬다고 말하기도 하지만, 어떤 평론가는 허위에 찬 세상에 대한 일종의 도전이라고 말하기도 해요.

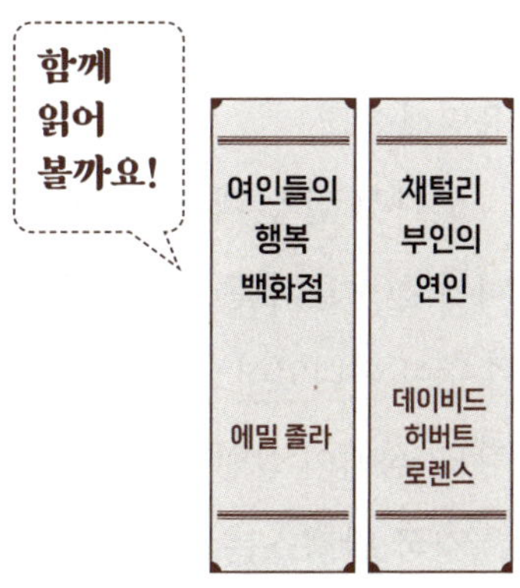

자유의지와 도덕의 의미를 묻는 문제작, 『시계태엽 오렌지』

"선택할 수 없는 인간은 인간이 아닌 거야. …… 어떤 정부라도 버젓한 젊은이를 태엽 감는 기계로 만드는 것을 승리라고 생각해서는 안 되지. 그건 탄압을 자랑스레 여기는 정부나 하는 짓이야."

1962년 출간된 앤서니 버지스(1917~1993)의 『시계태엽 오렌지』는 "인간의 자유의지와 도덕의 의미를 묻는 20세기 문제작"이라는 평가를 받는 작품이에요. 명감독 스탠리 큐브릭이 1971년 영화로 만들면서 더욱 유명해졌죠.

열다섯 살 알렉스는 밤마다 아르바이트를 한다는 핑계를 대고 집을 나가 친구들과 온갖 비행을 저질러요. 알렉스의 비행은 '10대의 반항' 수준이 아니었어요. 마약뿐 아니라 사람을 가리지 않는 이유 없는 폭행, 강도, 심지어 살인까지. 알렉스 일행의 악행은 끝을 알 수 없었어요.

결국 알렉스는 살인죄 등으로 14년형을 선고받아요. 하지만 알렉스

1971년 영화로 만들어진
『시계태엽 오렌지』의 영화 포스터.

의 폭력성은 교도소에서도 제어되지 않았어요. 알렉스가 수감된 방에 새로운 죄수가 들어왔는데, 알렉스는 동료들과 함께 그를 폭행합니다. 문제는 알렉스의 마지막 발길질로 그 죄수가 죽었다는 점이에요.

이 사건 이후 알렉스는 정부가 추진하는 한 실험에 자원하게 돼요. 실험에 참가하면 남은 형을 모두 감면해 주기 때문이었어요. 이 실험은 '루도비코 요법'이라고 불렸는데, 세뇌 훈련으로 인간의 범죄적 속성을 통제할 수 있도록 하는 인위적인 실험이었어요.

그런데 알렉스의 실험 참여를 만류하는 사람이 있었어요. 교도소의 신부님이었죠. 그간 알렉스는 신부님에게만큼은 고분고분했고, 『성서』도 열심히 읽었어요. 신부님은 알렉스가 루도비코 요법에 자원하자 이렇게 말해요. "악을 선택하는 사람이 강요된 선을 받아들여야 하는 사람보다는 낫지 않을까?" 강요된 선을 받아들이는 것보다 인간의 자유의지가 훨씬 중요하다는 이야기였죠. 자유의지가 없다면 인간은 더 이상 온전한 인간일 수 없고, 다만 "태엽 달린 오렌지"처럼 수동적인 기계 장치에 불과하다는 의미예요. 하지만 알렉스는 결국 실험에 참여하고 말아요. 감옥에서 벗어나게 됐지만 자기

의지로는 아무것도 하지 못하는 사람이 됐어요. 세뇌를 당한 것이죠.

알렉스와 친구들에게서 보이는 폭력성이 그들만의 잘못이었을까요. 작품의 배경인 영국 런던은 당시 온갖 범죄가 난무했고, 국가 권력은 이에 대응해 더 심한 억압과 폭력을 일삼았어요. 학교와 경찰·교도소 등 어디 하나 제대로 작동하는 곳이 없었고, 오로지 순응적 인간과 비순응적 인간을 격리하려고만 했어요. 알렉스의 폭력성은 사실상 국가가 방치한 결과일 수 있다는 거예요. 『시계태엽 오렌지』는 국가 권력의 횡포와 인간의 자유의지에 대한 깊은 통찰을 보여 주는 작품이라고 할 수 있어요.

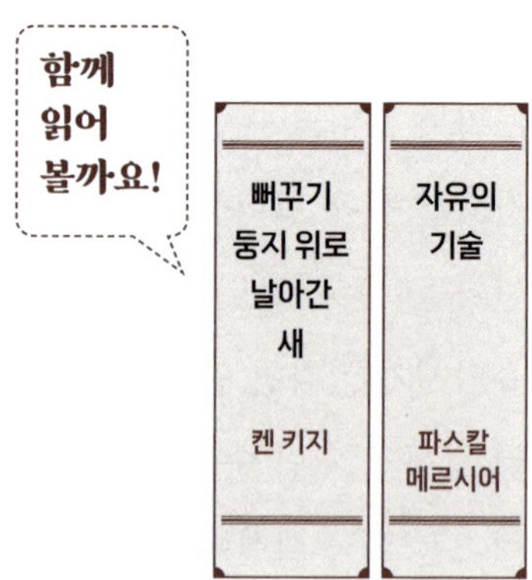

8

젊은이들의 통과의례가 된 고전,
『젊은 베르테르의 슬픔』

"내가 가진 것이 이렇게 많으나 그녀를 향한 그리움이 모든 것을 빼앗아 가네. 아무리 많은 것을 가지고 있다 해도 그녀가 없으면 아무것도 없는 것이나 마찬가지네."

요한 볼프강 폰 괴테(1749~1832)의 『젊은 베르테르의 슬픔』은 전 세계 젊은이들이 통과의례처럼 읽는 고전 중 하나입니다. 괴테는 '세계 문학사의 거인', '독일 문학의 상징'이라고 불릴 정도로 세계 문학사에서 중요한 작가이지요. 그의 이 작품은 여러 나라에서 영화와 연극 등으로 제작되었고, 특히 우리나라에서는 뮤지컬로도 제작되면서 많은 사랑을 받았어요.

1774년 출간된 『젊은 베르테르의 슬픔』은 82편의 편지를 통해 주인공 베르테르가 절친한 친구 빌헬름에게 자기 마음을 고백하는 형식을 띠고 있어요. 감성이 풍부한 예술가 성향의 베르테르는 고향을 떠나 다른 고장에서 살면서 아름다운 교외의 자연과 선량한 사람들의 호의에

『젊은 베르테르의 슬픔』의 초판.

기뻐하고 있었어요. 하지만 첫 만남 때 온통 마음을 빼앗긴 로테를 향한 사랑 때문에 그는 점점 메말라 갔어요. 로테도 낭만적인 베르테르에게 호감을 느꼈지만, 친구 이상으로 발전할 수 없다는 사실을 알고 있었어요. 로테에게는 약혼자 알베르트가 있었기 때문이죠.

베르테르는 로테에 대한 사랑이 깊어졌지만 그녀의 사랑을 얻기 어렵다는 사실을 깨달았어요. 그는 잠시 로테 곁을 떠나기로 합니다. 베르테르는 공사(公使·외교 사절)의 비서 역할을 하며 궁정에서 일해요. 하지만 몇 달이 채 못 되어 일을 그만두죠. 무슨 일이든 제멋대로인 공사뿐 아니라 모든 관심이 형식적 의례에만 쏠려 있는 귀족 사회에 대한 환멸이 컸기 때문이에요. 그는 당시 관료적 풍습에 반항하다가 사교계에서도 웃음거리가 됩니다. 잊으려고 노력해도 더욱 커져만 가는 로테에 대한 그리움 때문이기도 했고요.

결국 베르테르는 로테 곁으로 돌아오지만, 서로가 서로에게 불편한 존재처럼 여겨질 뿐이었어요. 베르테르가 떠난 사이, 로테와 알베르트가 이미 결혼식을 올렸기 때문이에요. 베르테르는 로테에 대한 사랑을 체념할 수밖에 없었고, 끝내 죽음만이 자신의 사랑을 완성해 줄 거라 생각해요. 자신의 행동에 대한 죄책감도 없지 않았던 베르테르는 권총을 발사해 스스로 생을 마감하게 됩니다.

『젊은 베르테르의 슬픔』은 출간 당시부터 논란이 적지 않았어요. 기독교적 세계관이 지배했던 18세기 유럽 사회에서 스스로 생을 마감하는 것은 커다란 죄였기 때문이에요. 약혼자가 있는 여성을 사랑하는 것은 방탕한 일이라는 사람들의 지탄도 함께 받았어요. 그럼에도 『젊은 베르테르의 슬픔』은 지난 250년 가까이 젊은이들이라면 꼭 읽어야 하는 고전의 자리를 굳건히 지키고 있어요. 귀족 사회로 통칭되는 봉건적 세계관을 뛰어넘고자 했던 베르테르의 통찰력, 누구에게도 자신의 사랑을 이해받지 못했던 그의 절망적 심경이 편지글 형식으로 잘 묘사돼 있기 때문입니다.

9

대공황 시기 미국과 자본주의의 이면, 『분노의 포도』

"트랙터가 나쁜 것인가? 길게 고랑을 그리며 땅을 갈아엎는 그 힘이 잘못된 것인가? …… 이 트랙터는 두 가지 일을 한다. 땅을 갈아엎는 일과 우리를 이 땅에서 쫓아내는 일. 이 트랙터는 탱크와 거의 다르지 않다. 둘 다 사람들을 위협하고 상처를 입혀서 쫓아내 버린다."

1939년 출간된 미국 작가 존 스타인벡(1902~1968)의 『분노의 포도』는 미국 대공황 시기 가난한 사람들의 비참한 현실을 사실적으로 묘사한 작품이에요. 스타인벡은 『분노의 포도』를 비롯 『생쥐와 인간』, 『의심스러운 싸움』 등 현실을 질타하는 작품을 주로 썼는데, "인간과 사회의 심연을 들여다보는 작가"라는 평을 들었어요. 스웨덴 한림원은 1962년 노벨 문학상을 수여하면서 "『분노의 포도』는 위대한 작품이며, 스타인벡이 노벨 문학상을 받은 가장 주된 이유"라고 밝혔어요.

1929년 시작된 미국의 대공황은 10년 넘도록 미국 사회에 깊은 그늘

『분노의 포도』 표지.

을 드리웠어요. 공황은 극심한 경제 침체 현상을 일컫는 말이에요. 1918년 제1차 세계 대전이 끝나고 1920년대 초까지 미국 경제는 겉으로 보면 마치 불이 일 듯 일어나는 것처럼 보였어요. 하지만 전쟁이 산업주의를 완전히 고착시키면서, 그 이윤은 오직 부유한 소수의 사람들이 독점했어요. 1929년 주식시장이 붕괴되면서 미국은 물론 유럽 전역까지 경기 침체가 이어졌어요. 미국 노동자의 4분의 1 이상이 일자리를 잃을 정도였죠. 도시 빈민이 급격하게 늘어났지만, 더 심각한 것은 농촌이었어요. 농업도 산업화의 물결에 흡수되면서 가난한 농민들은 발붙일 곳이 없었어요.

『분노의 포도』의 주인공 톰 조드는 살인죄를 짓고 4년간 복역하다가 가석방되어 오하이오의 집으로 돌아가는 길에 어려서부터 알던 케이시 목사를 만나 동행해요. 집에 돌아온 톰이 마주한 것은 폐허나 다름없는 고향 풍경이었어요. 가뭄과 모래바람으로 몇 해째 농사를 망쳤는데도 농민들에 대한 은행의 빚 독촉은 협박에 가까웠어요. 농장주들은 트랙터로 거대한 농장의 농사를 뚝딱 해치웠어요. 농민들의 노동력은 더 이상 쓸모가 없었죠. 농민들은 고향을 등지고 캘리포니아로 떠날 수밖에 없었어요. 그곳에 가면 "마음대로 오렌지나 포도를 딸 수 있다"는, 즉 일자리가 있다는 풍문이 들렸기 때문이죠. 하지만 우여곡절 끝에 도착한 캘리포니아는 기대한 것과 달랐어요. 전국에서 일자리를 찾는 사람들이 몰려들었고, 기업화된 농장들은 담합해서 임금을 턱없이 낮췄어요. 허약한 노인들과 아이들이 굶고 병들어 죽어 갔지만, 농장주들은 농장에서 오렌지와 포도가 썩어 가도 아랑곳하지 않았어요.

노동자들은 뜻을 모아 조합을 만들고 파업에 나섰지만, 파업을 주도한 케이시가 삽에 맞아 목숨을 잃어요. 그 장면을 목격한 톰은 홧김에 케이시를 죽인 사람을 살해하고 쫓기는 신세가 됩니다. 도망 중에도 톰은 케이시가 했던 일을 이어받으려고 노력했고, 굶어 죽기 직전의 노동자를 돕는 가난한 사람들의 모습이 그려지면서 작품은 끝이 나요.

희망을 찾을 수 없는 중에도, 서로 돕고 의지하는 것이 새로운 희망이라고 말하는 작가의 의도를 읽었을까요? 『분노의 포도』는 출간된 지 1년 만에 43만 부가 판매될 정도로, 당시 사람들의 비상한 관심을 모았어요.

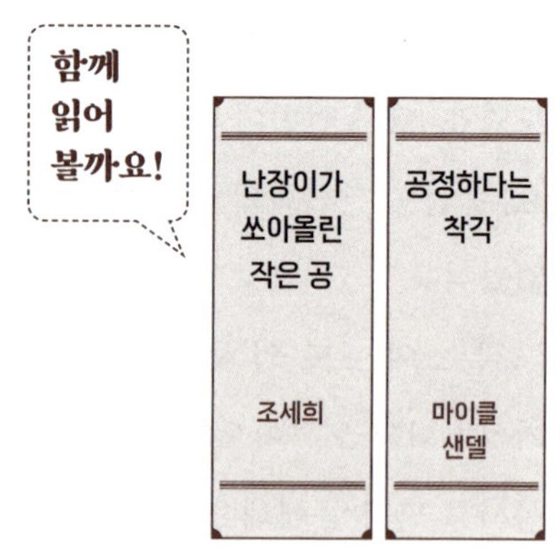

10

복수심에 불타는 인간 본성,
『모비 딕』

"오, 세상에서 보기 드문 늙은 고래여, 그대의 집은 거센 비바람이 몰아치는 바다 한가운데. 힘이 바로 정의인 곳에 사는 힘센 거인이여, 그대는 끝없는 바다의 왕이로다."

1851년 출간된 미국의 소설가 허먼 멜빌(1819~1891)의 『모비 딕』은 인간과 자연, 정확히 말하면 고래와의 투쟁을 담은 모험 소설이에요. 포경선(捕鯨船·고래를 잡는 배) 피쿼드호의 선원들이 전 세계 바다를 누비며 흰색 고래 '모비 딕'을 잡기 위한 사투를 그린 작품이죠. 모비 딕은 고래잡이 선원들 사이에서 불리는 '거대한 놈'이라는 뜻의 속어예요.

피쿼드호를 이끄는 사람은 에이해브 선장이에요. 그는 모비 딕에게 한쪽 다리를 잃은 것 때문에 복수심에 불타는 인물입니다. 작품의 화자인 이슈메일이 에이해브 선장을 처음 본 소감을 "딱 바라진 몸은 온통 청동으로 만들어진 것 같다"고 묘사할 정도로 강인한 사람이에요.

『모비 딕』은 19세기 중반 미국의 사회상을 반영하고 있어요. 18세기

포경선을 공격하는 흰고래 '모비 딕'의 모습.

부터 서구에선 고래잡이가 크게 증가했는데, 향유고래 한 마리를 잡으면 적게는 20통에서 많게는 40통의 기름을 얻을 수 있었기 때문이에요. 이 기름은 우후죽순 늘어 가던 도시의 밤을 밝혔고, 여러 공업용품과 생활용품을 만드는 데도 사용되었어요. 그래서 큰 향유고래 한 마리만 잡아도 평생 먹고살 수 있다는 말이 돌 정도였죠. 그 결과 많은 고래들이 멸종 위기에 내몰렸습니다.

『모비 딕』에도 흰고래 모비 딕뿐 아니라 어떤 고래든지 잡으려는 포경선이 여러 척 등장해요. 당연하게도 그 과정에서 목숨을 잃은 사람이 한둘이 아니었고, 팔다리를 잃은 사람은 숱하게 많았어요. 자신의 선원들이 죽어 가는 것을 목격한 에이해브 선장은 단검을 빼 들고 모비 딕에게 덤벼들어요. 바로 그때 "풀을 베는 기계가 들에서 풀을 베듯" 에이해브의 다리가 잘려 나간 거예요. 목숨을 건진 것만으로도 다행인데, 에이해브는 복수심에 불타 피쿼드호를 이끌고 다시 바다로 나가요.

대서양에서 시작해 인도양, 태평양으로 이어지는 긴 항해였는데, 끝내 피쿼드호는 무사하지 못했어요. 태평양에서 만난 "악마적이고 계획적인" 잔인성을 가진 고래 모비 딕은 이슈메일을 뺀 모든 선원을 검은 바다에 수장(물속에 넣어 장사 지내는 것)시키고야 말아요. 사흘간의 사투 끝에 에이해브 선장 역시 끝내 바닷속으로 사라지고 말죠.

『모비 딕』은 출간 당시에는 독자들의 주목을 크게 받지는 못했어요. 당시 이 책에는 고래에 관한 삽화와 자료 들이 빼곡하게 들어 있었다고 해요. 그러니 사람들은 소설이라기보다는 방대한 고래학 교과서처럼 여겼다고 해요.

오늘날『모비 딕』이 미국 해양 문학의 걸작으로 꼽히는 건 어떤 이유일까요? 불가능에 도전하려는 에이해브의 모습에서 주어진 숙명을 뛰어넘으려는 인간의 광기와 집념이 사람들의 마음을 움직이기 때문이랍니다.

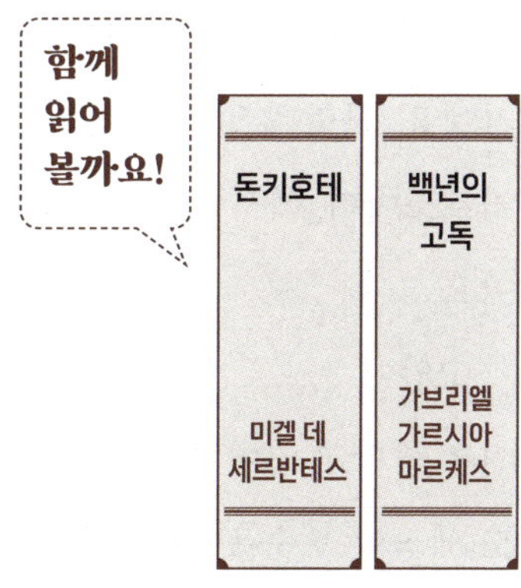

11

일본 사회에 대한 예리한 풍자, 『나는 고양이로소이다』

"나는 고양이다. 이름은 아직 없다. 어디서 태어났는지 도무지 짐작이 가지 않는다. 아무튼 어두컴컴하고 축축한 데서 야옹야옹 울고 있었던 것만은 분명히 기억한다. 나는 그곳에서 처음으로 인간이라는 족속을 봤다."

1905년 출간된 일본 소설가 나쓰메 소세키(1867~1916)의 『나는 고양이로소이다』에서 화자는 고양이예요. 나쓰메 소세키는 2000년대 초까지 일본 1000엔권 지폐에 초상이 실릴 정도로 사랑받는 일본의 국민 작가예요. 근현대 일본 작가들에게 끼친 영향도 대단했어요. 『나는 고양이로소이다』에서는 100년 전 일본 사회를 예리한 눈으로 풍자하고 있어요.

고양이 눈으로 본 세상 사람들은 참 희한한 존재였어요. 고양이의 주인은 중학교 영어 선생님인 구샤미인데, 교양인인 척 고고하게 살면서도 세상의 모순을 향해서는 입을 연 적이 없는 사람이에요. 그게 꼭 나

『나는 고양이로소이다』 초판에 그려진 삽화.

쁘다고 할 수는 없지만, 구샤미의 일상은 실제로 낮잠을 자거나 매일 밤 읽지도 않을 책을 침실까지 가져오는, 한마디로 외적인 것에 집착하는 모습이에요.

풍자의 대상이 된 또 다른 사람은 메이테이예요. 메이테이는 스스로를 미학자(자연이나 인생, 예술 따위에 담긴 미를 탐구하는 사람)라고 하지만, 실상은 서양 것이면 무조건 좋다고 생각하는 사람이에요. 그는 자기가 프랑스의 어떤 유명한 비평가와 동급이라고 주장하면서 철학과 문학에 대해 쓸데없이 말을 장황하게 늘어놓곤 했어요. 하지만 대개는 근거가 희박한, 자신이 부풀려 낸 말이었어요. 『그리스 신화』의 존재 자체도 알지 못하는 자신의 아내에게 헤라클레스와 헤파이스토스 이야기를 들먹이며 자신의 지적 능력이 최고라고 여기는 사람이죠. 아무런 죄책감 없이 거짓말도 잘했어요.

가네다 일가도 등장하는데, 이들은 돈이라면 양심도 팔 사람들이에요. 가네다는 공부를 많이 한 사람들을 자만심이 크다며 "무턱대고 재산이 있는 사람들에게 덤비는 사람들"로 매도해요. 성격이 이상한 사람도 등장해요. 구샤미의 제자이자 이학자(자연과학을 연구하는 학자)인 간게

쓰는 「목매달기의 역학」이라는 해괴한 논문을 썼다고 자랑해요. 가네다의 딸 도미코와 결혼하겠다고 온갖 난리를 치더니 정작 다른 여성과 결혼하는, 종잡을 수 없는 인물이기도 하죠.

대개의 소설은 작품의 시대 배경을 이해하는 게 중요한데, 『나는 고양이로소이다』도 마찬가지예요. 1868년 메이지 유신(일본의 근대화 운동) 후인 19세기 말에서 20세기 초, 일본은 서양의 것이라면 무조건 좋다고 받아들였어요. 서양에 대한 열등감 때문이었죠. 거기에다 급격하게 서구 자본주의를 받아들이면서 모든 사람이 돈이 최고의 가치라고 생각하게 됐어요. 지식인을 자처하는 사람들은 무력하게 현실에 순응하거나 숨어 버렸어요.

『나는 고양이로소이다』에 등장하는 인물들의 면면을 보니 어떤 생각이 드나요. 혹시 오늘 우리 시대와 비슷하다는 생각이 들지 않나요? 100년 전 일본 작가의 작품이지만 여전히 사랑받는 이유는, 지금 우리 사회와 나 자신의 모습이 적나라하게 보이기 때문일 거예요.

12

불안한 마음을 해결할 답,
『사랑의 기술』

"사랑은 기술인가? 기술이라면 사랑에는 지식과 노력이 요구된다."

이 글은 사회심리학자이자 정신분석학자인 에리히 프롬(1900~1980)이 쓴 『사랑의 기술』의 첫 문장입니다. 프롬은 1976년 출간한 『소유냐 존재냐』에서 존재 자체를 잃어 가는 현대인을 다음과 같이 예리하게 분석합니다.

"현대 소비자는 '나=내가 가진 것=내가 소비하는 것'이라는 등식에서 자신의 실체를 확인하는지도 모른다."

『사랑의 기술』은 그런 그가 『소유냐 존재냐』보다 20년 앞선 1956년 출간한 책이에요. 에리히 프롬 사상의 출발점과 뿌리를 여실히 보여 주는 책이라고 할 수 있어요. 제목을 보고 '연애 잘하는 법'쯤을 기대하고 책을 집어든 사람이라면 사랑이 얼마나 철학적인 주제인지 깨닫고 놀라게 될 거예요.

에리히 프롬에 따르면 사랑은 인간 실존의 문제입니다. 불안한 존재인 인간은 끊임없이 무언가를 욕망하죠. 그렇지만 어떤 물건을 가진다고 해서 불안이 사라지는 것은 아니에요. 프롬은 사랑이 인간이라면 누구나 가질 수밖에 없는 불안한 마음을 해결할 답을 준다고 말합니다. 사랑은 '빠지는 것'이 아니라 '참여하는 것'이기 때문이죠.

"사랑은 행동이며 인간의 힘을 행사하는 것이고, 이 힘은 자유로운 상황에서만 행사할 수 있을 뿐 강제된 결과로서는 결코 나타날 수 없다. 사랑은 수동적 감정이 아니라 활동이다. …… 가장 일반적인 방식으로 사랑의 능동적 성격을 말한다면 사랑은 본래 '주는 것'이지 받는 것이 아니다."

유행가와 TV 드라마, 영화 등은 '남녀의 사랑'이 세상에 존재하는 모든 사랑인 것처럼 느끼게 하죠. 하지만 프롬은 삶에 대한 사랑이 모든 사랑의 핵심이라고 강조해요. 삶은 '성장 과정'이며 '완전해지는 과정'이기 때문이에요. 그리고 우리가 추구해야 할 사랑은 '인간, 동물, 식물 안의 생명에 대한 사랑'이어야 한다고 말해요.

성숙한 사랑은 개인의 통합성, 즉 개성을 유지하는 상태에서의 '정서적 합일(合一)'이어야 합니다. 누군가를 소유하거나 지배하며 통제하려고 드는 욕망은 사랑이 아니라는 말이죠. 프롬은 이런 사랑만이 인간의 근원적 불안감을 해방시킬 수 있다고 말해요.

그렇지만 프롬은 "현대인은 사랑 앞에서 얼어붙는다"라고 표현합니

다. 사랑을 주는 능력도 가꾸고 길러 나가야 할 필요가 있는 것이죠. 우리가 음악·예술·건축·의학 분야에서 성공하려면 관련 기술을 배워야 하듯이 사랑도 마찬가지라는 겁니다.

『사랑의 기술』은 에리히 프롬 사상의 정점이라 할 수 있는 『소유냐 존재냐』의 바탕이 되었어요. 프롬은 "사랑, 합일, 친밀감을 바라는 충족되지 않은 욕망"이 "생산품을 소비하는 데서 만족을 찾는" 행위로 이어진다고 진단해요. 소비에 익숙해진 사람들은 사랑의 구경꾼으로 전락할 수밖에 없다는, 소비 사회의 단면을 일찍이 간파한 책이 바로 『사랑의 기술』이에요.

II

삶
그리고
사랑이라는
명제

『닥터 지바고』

『노인과 바다』

『폭풍의 언덕』

『데미안』

『올리버 트위스트』

『한여름 밤의 꿈』

『돈키호테』

『빨강머리 앤』

『노생거 사원』

『웃는 남자』

『오만과 편견』

『안나 카레니나』

사랑이라는 말은 참 오묘합니다. 그 대상이 누구이든 혹은 무엇이든, 뜨겁게 사랑한다는 것은 참 어려운 일이기 때문입니다. 『성서』에 따르면, 예수님은 "네 이웃을 네 자신과 같이 사랑하라"고 말씀하셨어요. 나를 사랑하듯 이웃을 사랑하라는 말씀은 얼핏 보면, 굉장히 쉬운 일처럼 보이기도 해요. 나를 사랑하는 일인데, 그게 그렇게 어려운 일이냐는 것이죠. 하지만 조금만 생각해 보면, 그런 사랑은 만만치 않은 일이에요. 우리는 많은 시간을, 나를 누군가와 비교하면서 때론 열등감을 느끼고, 때론 자책을 하곤 하죠. 나를 사랑하는 일은 말처럼 쉽지 않아요. 그러니 누군가를 혹은 무언가를 사랑하는 일도 쉽지은 않은 일인 셈이죠.

그렇다고 사랑 없이 세상을 살아갈 수 있을까요? 사랑을 꼭 한두 가지 관념 속에 국한시킬 필요는 없어요. 엘리베이터를 타려는 사람이 있을 때 잠시 기다려 주는 것, 횡단보도를 건너는 일이 불편한 사람에게 작은 친절을 베푸는 것, 단돈 1000원을 기부하는 것만으로도 사랑을 실천할 수 있어요. 물론 이성을 향한 사랑도 빼놓을 수 없고요. 미디어가 전해 주는 사랑은 때로 본질보다는 현상에 집중하는 경우가 많아요. 그만큼 우리 스스로 사랑이란 도대체 무엇인가 정의할 수 있는 안목이 필요해요. 존재를 아끼고, 위하여 정성과 힘을 다한다는 의미를 지닌 사랑의 진면목을 찾아 책으로 들어가 볼까요.

13

위대한 러시아 소설의 마지막 작품,
『닥터 지바고』

"대체 왜 내가 모든 것을 알아야 하고 모든 것에 대해 십자가를 져야 하죠? 시대는 나를 존중하지 않고, 바라는 것을 오히려 나에게 강요하는데."

러시아의 시인이자 소설가인 보리스 파스테르나크(1890~1960)가 쓴 『닥터 지바고』의 한 대목입니다. 1957년 출간된 이 작품은 "동시대 서정시와 러시아 서사 문학의 위대한 전통의 계승에 기여했다"는 평가를 받고 있어요. 작가가 10년여의 노력을 기울여 썼지만, 러시아 혁명에 비판적이라는 이유로 소련에서는 출간이 금지되었어요. 파스테르나크는 1958년 노벨 문학상 수상자로 지명되지만, 동서의 냉전(제2차 세계 대전 이후 자유 진영과 공산 진영 사이의 대립)이 계속되면서 수상을 거부할 수밖에 없었어요. 노벨 문학상은 그의 사후 1989년 아들인 예브게니 파스테르나크가 대리로 수상했어요. 영화와 연극, 뮤지컬 등으로도 만들어졌는데, 1965년 제작된 영화 〈닥터 지바고〉 속 끝없이 펼쳐진 눈 덮인

『닥터 지바고』 표지.

벌판은 지금도 많은 사람들이 아름다운 장면으로 꼽고 있어요.

흔히 '유라'라고 불리는 주인공 유리 안드레예비치 지바고는 어린 나이에 부모님을 잃고, 대학 교수인 알렉산드르 그로메코의 도움을 받아 성장해요. 의사가 된 그는 종종 시를 쓰기도 했는데, 그로메코의 딸 토냐와 결혼해요. 평온한 삶을 사는 듯 보였지만, 유라의 내면은 러시아의 미래와 혁명을 고민하는, 그러면서도 자신의 삶에 대한 성찰로 들끓었어요. 어느 날 파티에서 라리사 표도로브나 기샤르, 흔히 라라로 불리는 여인을 만나요. 그날 라라는 아버지의 친구이지만 자신을 성적으로 학대하던 코마롭스키 변호사에게 총을 쏘지만 죽이지는 못해요. 이때 유라는 라라에 대한 강렬한 인상을 받아요.

제1차 세계 대전이 일어나고 유라는 군의관(군대에서 의사의 임무를 맡은 장교)으로, 라라는 종군 간호사(전쟁터에서 부상자를 간호하는 사람)로 참전해요. 두 사람은 아주 오랜만에 한 야전 병원(부상병 치료를 위해 전쟁터에 설치된 병원)에서 만나게 되는데, 이후 만남과 헤어짐을 반복해요. 러시아 혁명의 기운이 고조되자 유라는 우랄산맥의 시골 마을 바리키노로 떠나요. 그런 유라 앞에 또다시 라라가 나타납니다. 인근 도시 유랴틴 시립 도서관에 갔던 유라가 라라를 발견한 것이죠. 두 사람은 사랑이 깊어졌

삶 그리고 사랑이라는 명제

지만, 다시 유라가 러시아 혁명을 반대하는 저항군의 포로가 되고 말아요. 몇 번의 시도 끝에 탈출에 성공한 유라는 모스크바까지 가는 여정에서 상상도 하기 힘든 고난을 겪으면서 혁명이 낳은 내전의 참상을 목격하죠. 모스크바에 도착했을 때는 이미 쇠약해졌고, 끝내 전차역에서 심장 발작으로 세상을 떠나요. 우연히 유라의 장례식에 참석했던 라라는 행방불명되고 말아요. 말 그대로 새드 엔딩인 셈이죠.

영화와 연극, 뮤지컬 등으로 각색된 『닥터 지바고』는 유라와 라라의 사랑 이야기만 강조하는 경향이 있어요. 하지만 이 작품은 1905년 제1차 혁명과 1917년 10월 혁명, 이후 혁명이 현실화하는 과정에서 일어난 격동의 러시아 역사를 선명하게 보여 주고 있어요. 그 안에서 삶을 살아내야 했던 수많은 사람들의 고난과 역경을 그려 내었죠. "위대한 러시아 소설의 마지막 작품"이라는 평가가 아깝지 않은 작품이에요.

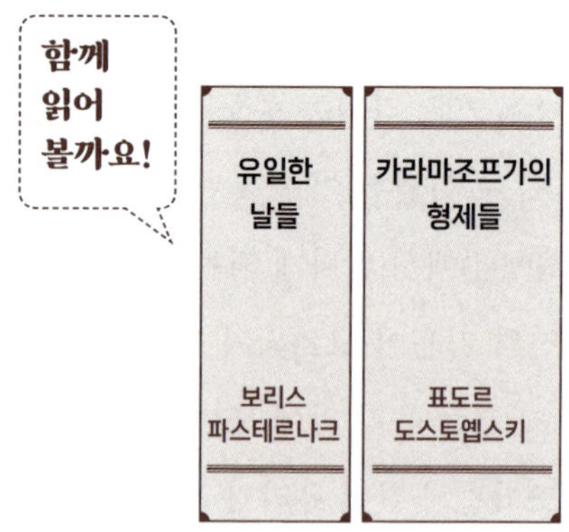

14

희망을 버리지 않은 사람에 대한 찬사, 『노인과 바다』

"노인의 모든 것이 늙거나 낡아 있었다. 하지만 두 눈만은 그렇지 않았다. 바다와 똑같은 빛깔의 파란 두 눈은 여전히 생기와 불굴의 의지로 빛나고 있었다."

어니스트 헤밍웨이(1899~1961)가 1952년 발표한 『노인과 바다』는 "세계 문학 사상 불후의 명작"으로 꼽히는 작품이에요. 『무기여 잘 있거라』, 『누구를 위하여 종은 울리나』 같은 작품들도 유명하지만, 헤밍웨이는 『노인과 바다』로 퓰리처상(1953년)과 노벨 문학상(1954년)을 받았다고 할 수 있어요.

소설의 주인공은 멕시코 어촌에 사는 노인 산티아고예요. 작은 돛단배로 혼자 고기를 잡는데, 무려 84일 동안 고기를 한 마리도 못 잡았어요. 하지만 노인은 희망과 자신감을 잃은 적이 한 번도 없는 긍정적인 사람이었어요.

노인의 유일한 친구는 다섯 살 때부터 그에게서 고기잡이를 배운 소

년 마놀린이에요. 마놀린은 산티아
고 노인의 식사와 잠자리를 살뜰하
게 챙길 정도로 그를 좋아했죠. 고기
를 못 잡은 지 85일째 되던 날 새벽,
노인은 물고기가 많이 모인다고 알
려진 곳으로 낚시를 나갔어요. 그곳
은 갑자기 수심이 깊어지는 곳이었
어요. 정오 무렵 낚싯줄에 묵직한 울
림이 있었어요. 서서히 줄을 당기자
엄청난 힘이 느껴졌죠. 물고기는 낚
싯줄에 걸렸는데도 계속 헤엄쳤고,
노인이 탄 배도 그걸 따라 움직일 정
도로 힘이 좋았어요.

『노인과 바다』 표지.

　　하루가 지나 노인은 그 물고기가
자기가 탄 배보다 60센티미터나 더 긴 청새치라는 걸 알았어요. 노인은
청새치와 이틀 밤낮을 밀고 당기기를 계속한 끝에 잡고 말아요. 배에 겨
우 묶어 놓았는데, 청새치가 얼마나 컸던지 배 두 대가 나란히 놓인 것
같이 보였죠.

　　진짜 사투는 이제부터예요. 마지막에 작살을 청새치 옆구리에 꽂아
넣었는데, 청새치의 피가 사방에 퍼지면서 피 냄새를 맡은 상어들이 몰
려든 거예요. 노인은 상어와의 대결에서도 지지 않았어요. 작살과 칼로
무찔러 버렸죠.

　　마침내 늦은 밤, 노인은 작은 항구로 돌아왔어요. 상어들이 뜯어 먹

어 청새치는 허옇고 기다란 등뼈와 주둥이가 뾰족한 큰 머리만 남아 있었어요. 오두막에 도착한 노인은 긴 잠에 빠졌어요. 다음 날 아침 마을 사람들이 청새치를 확인했더니 길이가 5.5미터에 달했어요.

바다에서 혼자 사투를 벌이는 노인의 이야기에 왜 전 세계인이 주목하는 걸까요? 청새치와 사투 중에 노인은 이렇게 말해요.

"희망을 버리는 건 어리석은 짓이야."

삶의 모든 순간에서 늘 희망을 발견하려고 애쓴 노인의 모습에서 사람들은 인간의 위대함을 발견한 게 아닐까요. 스웨덴 한림원도 헤밍웨이에게 노벨 문학상을 수여하며 이렇게 밝혔어요.

"『노인과 바다』는 폭력과 죽음의 그림자가 짙게 드리운 현실 세계에서 선한 싸움을 벌이는 모든 개인에 대한 존경심을 다룬 작품이다."

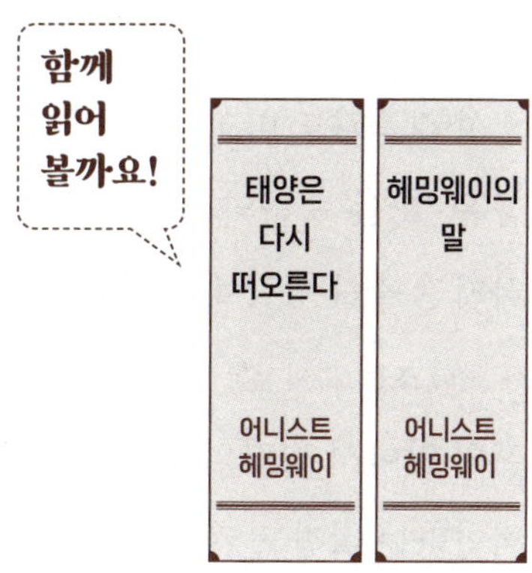

15

3대에 걸친 사랑과 증오와 복수, 『폭풍의 언덕』

"내가 히스클리프를 얼마나 사랑하는지 그 애가 알아서는 안 돼. 내가 그 애를 사랑하는 건 잘생겼기 때문이 아니야. 그 애가 나보다 더 나 자신이기 때문이야. 그 애의 영혼과 내 영혼이 뭐로 만들어졌는지는 모르겠지만 어쨌거나 같은 걸로 만들어져 있어."

영국 작가 에밀리 브론테(1818~1848)가 1847년 발표한 『폭풍의 언덕』은 흔히 셰익스피어의 『리어왕』, 허먼 멜빌의 『모비 딕』과 함께 '영문학 3대 비극'으로 불리는 작품이에요. 영국의 극작가 서머싯 몸은 "그 어느 소설 작품과도 비교가 불가능하다"고 말했고, 미국의 비평가 해럴드 블룸은 "모든 수준의 독자들을 만족시켜 주는 고전"이라고 평가했어요. 하지만 출간 당시에는 환영받지 못했어요. 지금은 액자식 구성(이야기 속에 하나 또는 그 이상의 이야기가 들어 있는 형식)의 문학 작품이 많지만, 당시는 흔치 않아서 평단의 반응이 차가웠어요. 야만적인 주인공 탓에 반도덕적이라는 비판도 많았죠. 19세기 말부터 재평가받기 시작했고 영화, 연

에밀리 브론테의 초상화.

극, 발레, 뮤지컬 등 여러 콘텐츠로 제작되었어요.

요크셔의 외진 마을, 바람이 잦아들지 않는 언덕에 위치한 저택 워더링 하이츠의 주인 언쇼 씨는 외출했다가 길에 버려진 한 소년을 집으로 데려와요. 가족들은 그를 경계했는데, 특히 아들 힌들리가 심했어요. 언젠가부터 아버지는 소년을 죽은 형의 이름인 '히스클리프'로 부르며 편애했어요. 언쇼 씨가 죽자 힌들리는 히스클리프를 하인 부리듯 해요. 히스클리프를 경계했던 캐서린은 오빠의 학대가 심해지자 그에 대한 연민의 정을 느껴요. 캐서린이 자신을 사랑하면서도 린튼 가문의 아들 에드거와 결혼하려고 하자 히스클리프는 워더링 하이츠를 떠나요.

몇 년 후 돌아온 히스클리프는, 세상을 떠난 아내를 잊지 못하고 폐인이 된 힌들리를 도박과 술에 빠지게 만들어요. 알코올 중독으로 힌들리가 죽자 워더링 하이츠는 그의 차지가 되고, 서서히 복수를 시작해요. 그는 힌들리가 자신에게 한 것처럼 힌들리의 아들 헤어튼을 학대해요. 자신의 연인을 빼앗은 에드거의 여동생 이사벨라를 유혹해 결혼까지 하고 이내 무관심과 학대로 일관해요. 이사벨라는 런던으로 도망쳐 혼자 아들 린튼을 낳고 키워요. 병약한 이사벨라가 죽자 에드거는 조카 린튼을 몰래 데려다 키우려 하지만, 곧 히스클리프에게 발각돼요. 이때부터 히스클리프는 더 흉악한 계획을 꾸며요. 그는 자신의 아들 린튼과 캐서린의 딸 캐시를 훗날 억지로 결혼시켜 에드거 가문의 재산까지 독차지하죠.

히스클리프가 대를 이어서까지 악행을 저지른 이유는 집안사람들의 냉대 때문이지만, 그보다 더 큰 이유는 캐서린이 자신을 사랑하지 않는다고 오해했기 때문이에요. 캐서린은 그를 진심으로 사랑했지만, 히스클리프는 그걸 알지 못했던 거죠.

『폭풍의 언덕』은 3대에 걸친 사랑과 증오, 복수를 통해 인간이란 어떤 존재인가에 대해 묻고 답하는 작품이에요. 흥미로운 사실을 하나 알려 드릴까요? 에밀리 브론테의 언니 샬럿 브론테의 『제인 에어』, 동생 앤 브론테의 『아그네스 그레이』도 같은 해인 1847년 출간되었답니다. 이 작품들도 역시 고전으로 평가받고 있어요.

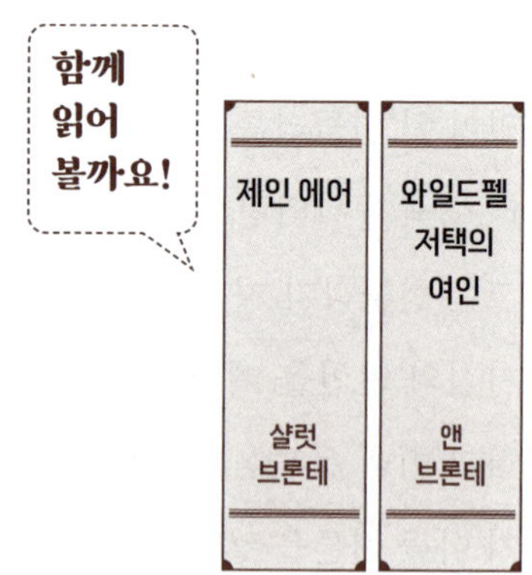

16

자기만의 삶을 찾는 여정, 『데미안』

"새는 힘겹게 투쟁하여 알에서 나온다. 알은 세계다. 태어나려는 자는 한 세계를 깨뜨려야 한다. 새는 신에게 날아간다. 그 신의 이름은 아프락사스다."

독일 작가 헤르만 헤세(1877~1962)가 1919년 발표한 『데미안』은 "독일어로 씌어진 가장 뛰어난 성장 소설"로 평가받는 작품이에요. 한 시인은 "소설이 아니라 차라리 하나의 거울과도 같다"는 평을 하기도 했어요.

싱클레어는 세상에 선(밝음)과 악(어둠)이 함께 존재한다는 것을 알아가는 조용한 소년이었어요. 호기심도 왕성해서, 그 나이대 청소년이 그렇듯 각종 금지된 것들을 기웃거렸어요. 그즈음 싱클레어는 거칠고 힘도 훨씬 센 크로머의 마수에 걸려들어요. 크로머의 관심을 끌려고 이웃집에서 "사과를 한 자루 가득 훔쳤다"고 거짓말을 했는데, 크로머가 고발하겠다고 협박해 실제 도둑질까지 하게 돼요. 그 일 이후 크로머는 돈

을 뺏는 건 기본, 누나를 데려오라는
협박까지 서슴지 않아요.

그때 싱클레어를 구원한 건 얼마
전 전학 온 데미안이에요. 싱클레어
는 집과 학교에서 기독교 교리에 충
실한 교육을 받았는데, 데미안은 선
과 악이 따로 존재하는 게 아니라 하
나의 세계라고 알려 줘요. 지금까지
배운 것과는 달라도 너무 다른 이야
기였어요. 데미안이 크로머의 괴롭
힘까지 막아 주자, 두 사람은 급격하
게 가까워져요. 하지만 서로 다른 학
교로 진학하게 되었고, 싱클레어는
낯선 도시에서 방황하며 술에 빠져
들어요. 싱클레어가 술을 끊고 바른

1919년 발간된 『데미안』 초판 표지.

삶으로 돌아온 건, 그가 '베아트리체'라고 이름 붙인 한 소녀 덕이었어
요. 수줍어서 말도 한번 못 붙여 봤지만, 그 소녀가 싱클레어에게 준 영
향만큼은 컸어요.

그즈음 싱클레어는 데미안과 자주 이야기 나누던 "문장(紋章)에 새겨
진 새의 그림" 꿈을 자주 꾸었어요. 문장은 '국가나 일정한 단체 등을 나
타내는 상징적인 표지'인데, 그때 데미안이 말했던 '아프락사스'라는 단
어가 떠올랐어요. 그때까지 싱클레어는 그 단어의 의미를 몰랐는데, 누
군가 아프락사스가 '신이면서 동시에 악마인 신'이라고 알려 주죠. 데미

안이 말했던 선과 악이 하나인 세상에 대해 조금 더 분명히 알게 되자, 싱클레어는 정신적으로 부쩍 성장해요. 이후로 데미안처럼 주변 친구들을 돕기도 해요. 누가 정해 준 길을 걷는 것이 아니라 자신만의 생각으로 자신만의 길을 걷기 시작한 것이죠.

대학생이 된 싱클레어는 데미안을 다시 만나지만 이내 제1차 세계 대전이 터지고, 데미안을 따라 군에 입대해요. 어느 봄 중상을 입은 싱클레어는 환상 중에 데미안을 만나면서 소설은 끝을 맺어요.

『데미안』은 사실상 헤르만 헤세의 자전적 소설이에요. 그런 만큼 작가의 생각과 행동이 어떻게 영글어 왔는지 잘 보여 주는 작품이라고 할 수 있어요. 『데미안』은 제1차 세계 대전 직후 극도로 혼란스러운 시대 속에서 젊은이들을 열광시킨 명작이에요.

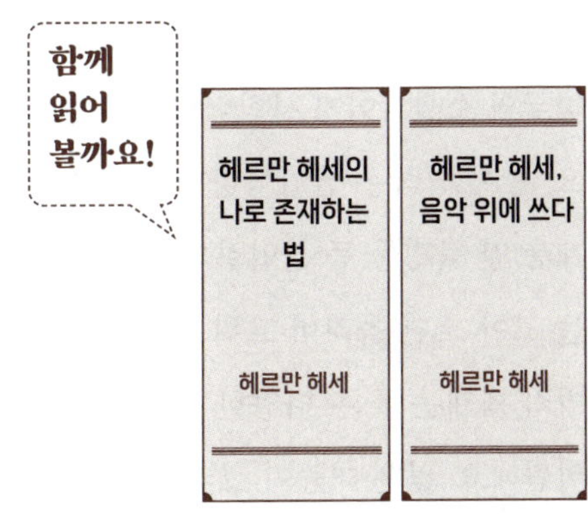

17

도전 정신과 선한 의지를 잃지 않으려면, 『올리버 트위스트』

"아기 올리버 트위스트에게 옷이 부여하는 힘은 엄청났다. 차라리 달랑 담요 강보에 싸인 채로 있었다면 귀족의 아기인지 거지의 아기인지 아무도 몰랐지 않겠는가! 아무리 콧대 높은 귀족이라 할지라도 담요 한 장에 감싸인 아기라면 어떤 사회 계급의 아기인지 한눈에 알아보기 힘들 터였다."

1837년 출간된 『올리버 트위스트』는 "사회에 대한 문제의식과 상업적 대중성이 유기적으로 결합된 작품"이라는 평가를 받는 작품이에요. 영국의 소설가이자 사회비평가인 찰스 디킨스(1812~1870)의 대표작이지요. 당시 영국은 산업혁명 이후 자본의 힘이 극도로 커졌고, 그에 따라 계층 간 불평등 등 산업화의 폐해가 극명하게 드러났어요. 찰스 디킨스는 고아 소년 올리버 트위스트가 런던의 뒷골목에서 겪는 소매치기 등 범죄 세계는 물론, 다양한 사회 상황을 실감나게 그리면서 사회 모순을 비판해요. 많은 대중이 그의 인식에 공감했고, 출간 당시는 물론 지금까

『올리버 트위스트』 영문판 표지.

지도 영화와 연극, 드라마, 뮤지컬 등으로 만들어지며 전 세계인에게 사랑받고 있어요.

길거리를 헤매던 한 여인이 구빈원(가난한 사람을 도와주는 시설)에서 아이를 낳자마자 세상을 떠나요. 아기는 올리버 트위스트라고 불렸는데, 그곳에서 온갖 학대를 받고 자라요. 아홉 살 무렵 "(죽을) 조금만 더 주세요"라고 말했다가 "그놈은 장차 교수형 당할 거야"라는 거친 말과 함께 독방에 갇혀요. 영국은 1601년부터 가난한 사람들을 돕는 구빈법을 시행했지만, 산업혁명을 거치면서 자본의 이윤만을 중시하는 자유주의 사상이 커졌어요. 급기야 1834년 신구빈법이 제정되는데, 이 법에서는 빈민들에 대한 국가의 역할과 책임이 대폭 축소돼요. 작가는 올리버 트위스트의 어린 시절 학대받는 모습과 구빈원의 부정부패를 통해 영국의 구빈법을 비판해요.

장의사에게 팔려간 올리버는 거기서도 차별을 당하자 도망쳐요. 올리버는 런던 뒷골목의 범죄 집단에 들어가게 되고, 어쩔 수 없이 또래들과 함께 소매치기에 나서요. 경찰에 잡힌 올리버를 구원한 것은 노신사 브라운로우예요. 브라운로우는 행동이 단정한 올리버를 아들처럼 대해요. 한편 브라운로우는 올리버에 얽힌 출생의 비밀 등을 풀어 나가는데, 올리버가 친구의 아들이라는 사실을 밝혀내죠. 올리버는 브라운로우의 친구인 에드워드 리포드의 아들이었어요. 하지만 이복형인 몽스의 엄마, 즉 리포드 부인의 욕심 때문에 하루아침에 나락으로 떨어지죠. 리포드 부인은 뱃속의 아이와 그의 엄마인 애그니스에게 유산을 모두 준다는 리포드의 유언장을 불태웠어요. 애그니스가 길거리를 헤매게 된 건 리포드의 죽음과 리포드 부인의 악행 때문이었죠.

『올리버 트위스트』를 흔한 권선징악 이야기라고 말하는 사람들도 있어요. 하지만 당시 사회 문제를 속속들이 설명하고 그 해악을 비판한다는 점에서, 권선징악을 뛰어넘는 대작이라고 할 수 있어요. 험악한 환경을 뛰어넘으려 애쓰는 도전 정신과 악한 환경 속에서도 선한 의지를 잊지 않으려는 올리버의 심성 또한 큰 울림을 주는 작품이에요.

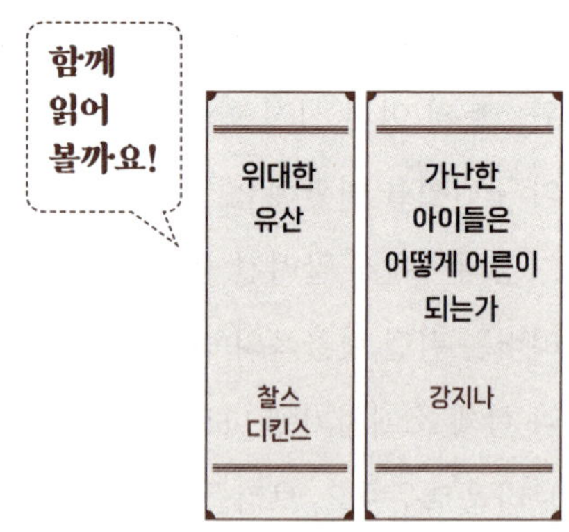

18

사랑의 진정한 의미,
『한여름 밤의 꿈』

"법에 따라 죽임을 당하거나 아니면 남성과의 교제를 영원히 포기하는 것이다. 그러니까 허미아야, 네 욕망을 살펴보고 네 젊음을 이해하고 혈기를 잘 따져 봐."

윌리엄 셰익스피어의 『한여름 밤의 꿈』은 짧지만 강렬한 꿈을 경험한 뒤 진정한 사랑의 의미를 깨닫는 주인공들이 등장하는 희곡이에요. 셰익스피어는 『햄릿』, 『오셀로』, 『리어왕』, 『맥베스』 같은 비극(悲劇)도 잘 썼지만, 『한여름 밤의 꿈』처럼 희극(喜劇)도 잘 쓰는 작가였답니다. 『한여름 밤의 꿈』은 셰익스피어 작품 중에서 가장 환상적이고 몽환적이며 작가의 상상력이 잘 발휘된 작품으로 꼽혀요.

허미아와 라이샌더는 사랑하는 사이예요. 하지만 허미아의 아버지 이지우스는 드미트리우스를 사윗감으로 생각했어요. 딸을 아테네의 공작 테세우스에게 데려가 협박에 가까운 말까지 듣게 해요. 당시 국법은 딸이 아버지가 결정한 혼처에 복종하지 않으면 사형에 처하거나 수녀

1888년 <한여름 밤의 꿈> 연극 공연의 한 장면.

원에 보낼 수 있었어요. 용감한 허미아는 "오, 지옥이다! 다른 사람 눈으로 사랑을 택하다니!"라고 말하며 마침내 라이샌더와 함께 도망가기로 작정해요. 허미아가 떠났다는 것을 안 드미트리우스, 뒤이어 그를 사랑한 헬레나까지 깊은 숲으로 뛰어들어요.

한바탕 소동은 이때부터예요. 요정의 왕 오베른은 숲에서 우연히 헬레나에게 매몰차게 구는 드미트리우스를 보게 돼요. 안타까운 마음에 자신의 수하인 퍽에게 "깨어났을 때 처음으로 보는 것"을 사랑하게 만드는 즙을 드미트리우스의 눈에 바르게 해요. "남자가 걸친 게 아테네 복장"이라는 힌트를 주었으니 그를 쉽게 알아볼 수 있을 거라 생각했죠.

하지만 그 숲에 아테네 복장을 입은 남자는 라이샌더도 있지 않았던가요? 퍽은 라이샌더의 눈에 즙을 바르고, 라이샌더는 잠에서 깨자마자

74

본 헬레나에게 사랑을 고백해요. 얽히고설켜 버린 네 남녀의 사랑은 제법 심각하지만 재미있는 일도 벌어져요. 자꾸만 엇갈리는 사랑 때문에 오베른은 요정의 여왕 티타니아를 놀려 주려고 그녀의 눈에도 즙을 바르라고 퍽에게 명령해요. 잠에서 깬 티타니아는 나귀 머리를 한 바틈과 사랑에 빠져요.

바틈은 며칠 후 거행되는 테세우스와 아마존의 여왕 히폴리타의 결혼 축하연에서 막간극을 공연하는 사람이었어요. 계획대로 일이 이뤄지지 않자 오베른은 재빨리 마법을 풀어 만사가 평화롭게 만들어요. 퍽에게 라이샌더의 눈에 치료약을 바르도록 하고, 티타니아의 눈은 직접 어루만져 마법을 풀어 주죠. 허미아와 라이샌더는 사랑을 확인하고, 드미트리우스는 위험한 숲까지 자신을 따라 들어온 헬레나의 사랑을 깨닫고 그 마음을 받아들여요. 오베른이 라이샌더와 허미아, 드리트리우스와 헬레나, 테세우스와 히폴리타의 결혼을 축복하며 『한여름 밤의 꿈』은 끝을 맺어요. 스스로의 눈으로 서로를 선택하고 사랑을 지킨 허미아와 라이샌더가 우리에게 주는 시사점은 무엇일지 함께 생각해 보면 좋겠어요.

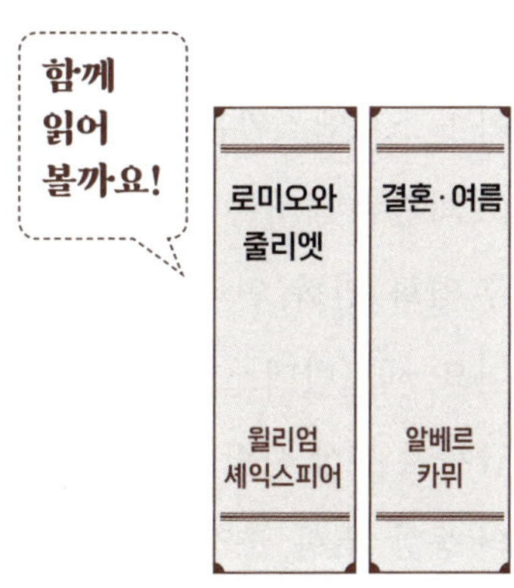

19

무모함과 도전에 대한 다른 생각,
『돈키호테』

"정말이지 그는 이제 분별력을 완전히 잃어버려, 세상 어느 미치광이도 하지 못했던 이상한 생각을 하게 되었다. 그것은 명예를 드높이고 아울러 나라를 위해 봉사하는 일로, 편력 기사가 되어 무장한 채 말을 타고 모험을 찾아 온 세상을 돌아다니면서 자기가 읽은 편력 기사들이 행한 그 모든 것들을 스스로 실천해 보자는 것이었다."

스페인 소설가 미겔 데 세르반테스(1547~1616)가 쓴 『돈키호테』는 '소설의 원형' 또는 '최초의 근대 소설'로 평가받는 작품이에요. 러시아 작가 도스토옙스키는 "전 세계를 뒤집어 봐도 『돈키호테』보다 더 숭고하고 박진감 넘치는 소설은 없다"라고 평가할 정도였죠. 『돈키호테』는 이후 영화, 만화, 연극, 뮤지컬 등 다양한 여러 형태로 변형되고 재창조됐어요. 세르반테스가 만들어 낸 주인공 돈키호테 역시 400년이 지난 지금까지 세상 사람들에게 기억되고 있어요. 스페인 곳곳에서 돈키호테의 동상, 벽화, 조각, 조형물, 인형 등을 쉽게 볼 수 있죠.

풍차와 싸우는 돈키호테의 모습.

『돈키호테』는 1605년 출간된 1편「기발한 이달고 돈키호테 데 라만차」와 1615년 출간된 2편「기발한 기사 돈키호테 데 라만차」를 합쳐서 부르는 명칭이에요. 제목에 나오는 '이달고'는 스페인어로 세습 귀족을 뜻하고, 라만차는 소설의 배경이 된 마을의 이름이에요. '라만차 마을의 세습 귀족 돈키호테의 이야기'인 셈이죠.

돈키호테는 평소 기사(騎士·말을 탄 무사)가 나오는 이야기책을 즐겨 읽었어요. 그러다가 직접 기사가 되어 불의를 심판하자고 생각해요. 그는 늙어서 뼈밖에 남지 않은 말 로시난테를 타고, 종자(從者·따라 다니며 곁을 지키는 사람) 산초 판사를 대동하고 길을 떠나요. 객줏집 주인을 성주로 잘못 안 돈키호테는 그에게 엉터리 기사 서품식까지 받는 등 모험의 세계로 들어가요.

『돈키호테』에서 가장 많이 알려진 이야기는 돈키호테가 풍차를 거인이라고 생각하고 결전을 벌이는 장면이에요. 산초 판사가 여러 번 풍차라고 알리지만, 돈키호테는 "도망치지 마라, 이 비겁하고 천한 자들아!"라고 외치면서 달려들죠. 바람이 세차게 불어 날개가 돌아가자 창은 박살이 나고, 돈키호테마저 들판에 사정없이 내동댕이쳐져요. 아파도 아프다고 말할 수 없는 돈키호테와 미친 듯 보이는 주인일망정 정성을 다해 섬기는 산초 판사는, 요즘 말로 하면 '웃픈'(웃긴데 슬픈) 모습 그 자체예요.

돈키호테의 종잡을 수 없는 모험은 하나둘이 아니었어요. 한번은 길을 가는데 열두 명쯤 되는 죄수들이 결박을 당한 채 걸어오고 있었어요. 그들은 큰 배의 노를 젓는 형벌을 받기 위해 끌려가던 중이었어요. 당시 해상 강국이었던 스페인은 많은 죄수들을 이런 일에 동원했어요. 돈키호테는 죄수들 각자의 사정을 듣고는 죄가 없다고 생각해 호송원들과 한바탕 결전을 벌여요. 하지만 풀려난 죄수들은 오히려 돈키호테에게 돌멩이를 던지면서 그의 반코트와 긴 양말까지 벗겨서 도망갔어요.

『돈키호테』는 기이한 사람의 모험담을 뛰어넘어 인간의 본질에 대한 성찰과 모험의 위대함을 보여 준다고 할 수 있어요. 영화나 만화로 많이 본 덕에『돈키호테』를 잘 안다고 생각할 수도 있지만, 원작으로 읽는 재미는 그보다 훨씬 더 클 게 분명합니다.

20

사랑이 바꾸는 우리 삶,
『빨강머리 앤』

"나이는 한 열한 살 정도 됐고, 아주 짧고 몸에 꽉 끼면서 누런 기가 감도는 회색의 추한 면직 원피스를 입고 있었다. 머리에는 색이 바랜 갈색 밀짚모자를 썼고, 모자 밑으로 등까지 오는 길이의 숱이 많고 아주 진한 빨간색 머리를 두 갈래로 땋아 내렸다. 희고 마른 작은 얼굴은 주근깨투성이였다."

미국 작가 루시 모드 몽고메리(1874~1942)가 1908년 출간한 『빨강머리 앤』은 지금까지도 세대를 넘어 사랑받는 작품이에요. 많은 사람들은 책보다 TV 만화나 영화, 또는 뮤지컬로 만들어진 작품이 더 익숙하기도 할 거예요. 루시 모드 몽고메리는 두 살 때 부모님이 돌아가셔서 외할아버지와 외할머니의 보살핌 아래 성장했는데, 그 경험이 첫 소설인 『빨강머리 앤』 곳곳에 잘 녹아 있어요. 실제로 작품의 배경이 된 프린스 에드워드섬은 루시의 고향이고, 작품의 주요 배경 중 하나인 에이번리 우체국은 외할아버지의 일터였어요.

적잖은 나이의 매슈와 마릴라 남매는 농장 일을 도울 수 있는 남자아이를 입양하려고 했어요. 하지만 브라이트 리버 역에서 매슈를 기다리고 있는 건 빨강머리에, 주근깨투성이인 여자아이 앤이었어요. 매슈는 처음에는 어쩔 줄 몰랐지만, 재잘재잘 이야기를 늘어놓는 앤의 순수함에 빠져 초록 지붕 집으로 데려와요. 매사에 철두철미한 마릴라는 문제 해결을 위해 동분서주해요. 하지만 결국 마릴라도 앤을 받아들여요. 앤이 어릴 때 부모님을 잃고 이 집 저 집을 전전하다가 끝내 고아원에 맡겨졌다는 걸 알게 되

빨강머리 앤의 영화 속 모습.

었기 때문이에요. 또 하나, 앤을 데려가기로 한 집이 나섰는데 그 집 주인 블뤼엣 부인은 일꾼들에게 가혹하기로 유명한 사람이었어요.

앤을 키우는 일은 평생 독신으로 산 매슈와 마릴라에게 쉬운 일이 아니었어요. 더욱이 앤은 천방지축이었죠. 교회에 새로 부임한 목사님 부부를 대접한다고 만든 케이크에 향신료 대신 진통제를 넣는 바람에 한바탕 난리가 나요. 감기 때문에 냄새를 맡지 못해 벌어진 일이지만, 매슈와 마릴라로서는 난감한 일이었어요. 그래도 두 사람은 사고뭉치일지언정 정 많고 감성이 풍부한 앤을 점점 더 사랑하게 되었어요. 특히 마릴라는 삶의 즐거움이 무엇인지 앤을 통해 알게 되었어요. "내게 사랑을 가르쳐 준 아이"라고 고백할 정도였죠.

매슈와 마릴라의 보살핌 속에 자란 앤은 교사가 될 수 있는 전문학교

에 입학해 1년 만에 교사 자격증을 받아요. 장학금을 받고 대학교에 입학할 수 있는 길도 열렸어요. 하지만 앤은 자신의 든든한 버팀목이었던 매슈의 죽음과 곧이어 마릴라의 건강마저 나빠지자 대학 입학을 포기하고 에이번리의 초등학교 교사로 일하게 돼요. 이어지는 앤의 활약이 어떤지 궁금하다면 지금 곧 『빨강머리 앤』을 펼쳐 보면 어떨까요.

어려운 상황 속에서도 밝은 마음을 잊지 않았던 앤, 그런 앤을 사랑과 정성으로 보듬어 준 매슈와 마릴라 그리고 주변 사람들. 우리 모두 그런 밝은 마음을 갖는다면, 이 세상이 한층 더 밝아지지 않을까요.

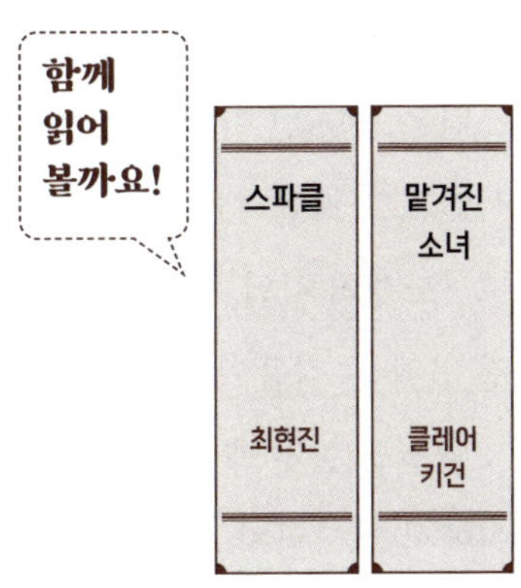

21

결혼 혹은 사랑의 진정한 의미,
『노생거 사원』

"왜냐하면 어느 유명한 작가가 주장했듯이 남자 쪽이 사랑을 명백히 선언하기 전까지는 어떤 젊은 여자도 먼저 사랑에 빠질 권리가 없는 것이 사실이라면, 남자 쪽에서 여자 꿈을 꾸었다는 것이 먼저 알려지기도 전에 젊은 여자가 남자 꿈을 꾼다는 것은 매우 부적절한 일이기 때문이다."

『노생거 사원』은 『오만과 편견』으로 잘 알려진 제인 오스틴(1775~1817)의 작품이에요. 이 작품은 출간되기까지 특별한 사연이 있어요. 제인 오스틴은 1799년 이 작품을 한 출판사에서 출간하기로 했지만, 여러 가지 사연으로 지연되었어요. 그 사이 대표작 『오만과 편견』 등이 출간되었고, 『노생거 사원』은 그가 세상을 떠난 후 출간됩니다. 제인 오스틴이 가장 먼저 쓴 작품이면서도 가장 나중에 출간된 셈이죠.

열일곱 살인 캐서린은 시골 교회 목사의 딸이에요. 많은 형제자매 사이에서 커서인지 선머슴 같았고, 이목구비도 다소 컸어요. 심지어 제인

1833년판 『노생거 사원』에 삽입된 주인공 캐서린의 삽화.

오스틴은 캐서린의 외모를 이렇게 표현해요. "캐서린 몰란드가 아기일 때 본 적이 있다면 여주인공으로 태어났다고 생각할 수 없었을 것이다." 한마디로 말하면 당시 사람들이 원하는 예쁜 얼굴은 아니었다는 뜻이죠. 18세기 말에서 19세기 초에는 소설의 여자 주인공들은 예쁜 얼굴의 소유자여야만 했어요. 캐서린은 당시 유행하는 전형적인 여자 주인공 스타일은 아니었던 셈이죠. 그래서 후대 평론가들은 제인 오스틴이 의도적으로 캐서린의 캐릭터를 만들어 냄으로써 당시 사람들의 인식에 저항하고 도전한 것이라고 말하기도 해요.

어느 날 지인 부부의 초대로 유명한 휴양지 바스를 찾게 된 캐서린은 그곳에서 무도회장에 가게 돼요. 거기서 스물네댓 살 정도의 남자 헨리 틸니와 처음 만나요. 틸니는 꽤 지체 있는 집안 아들로 목사가 될 사람이었어요. 만남이 이어지면서 캐서린은 틸니의 아버지 틸니 장군의 초대로 유서 깊은 노생거 사원으로 초대받아 갑니다. 태어나 처음으로 자신이 자란 동네를 벗어난 캐서린은 사교계의 복잡한 규칙과 알 수 없는 틸니의 마음에 속앓이를 하기도 해요. 하지만 자신만의 짝사랑을 꿋꿋

하게 이어 나갑니다.

이후 작품은 오해가 오해를, 편견이 편견을 낳으며 복잡하게 전개됩니다. 하지만 틸니는 오해와 편견을 걷어 내고 자신이 사랑하는 여성이 캐서린이라는 사실을 깨닫고 청혼하면서 작품은 끝을 맺어요. 그런 점에서 보면 『노생거 사원』 역시 당시 지배적이던 생각, 즉 남성이 여성을 선택하는 결말을 피해 가지는 못해요. 다만 틸니에 대한 자신의 마음을 분명하게 드러내는 캐서린을 통해 주체적인 여성의 모습을 그려 낸 것만으로도 제인 오스틴은 선구적인 작가라고 할 수 있어요.

『노생거 사원』이 발표된 지 200년도 더 지났지만, 이 작품은 결혼이 우리 모두에게 어떤 의미인지, 우리 시대의 사랑은 어떤 모습이어야 하는지 잘 보여 주고 있어요.

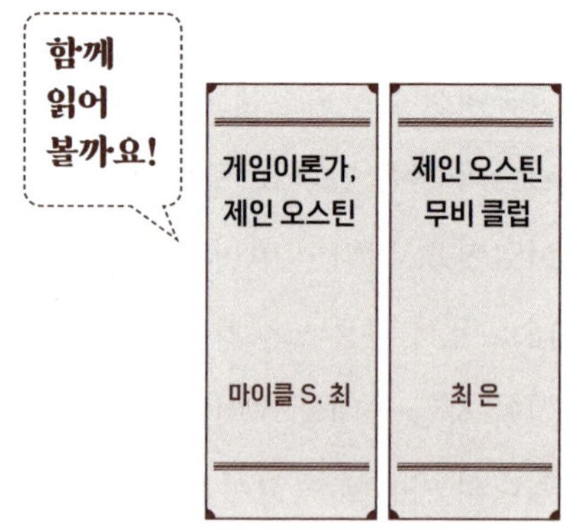

22

인간성을 상실한 세상에서 사랑의 의미,
『웃는 남자』

> "가족을 떨쳐 버리려는 가난한 아비부터 노예 번식장을 운영하는 나리에 이르기까지 아이를 파는 사람들은 매우 다양했다. 인간을 판매한다는 것이 지극히 간단한 일이었다."

최근 국내에서 뮤지컬로도 사랑을 받고 있는 『웃는 남자』는 『레미제라블』로 널리 알려진 프랑스 작가 빅토르 위고(1802~1885)가 1869년 발표한 작품이에요. 『레미제라블』과 『노트르담 드 파리』 등 여러 걸작을 남겼지만, 빅토르 위고 스스로는 『웃는 남자』에 대해 "이보다 더 뛰어난 소설을 쓴 적이 없다"면서 매우 아꼈다고 해요.

그윈플렌은 어려서 콤프라치코스에게 납치되어 입이 찢겨 기괴한 미소를 갖게 된 소년이에요. 콤프라치코스는 스페인어로 '어린아이를 사고파는 사람'이라는 뜻으로, 유괴한 아이들을 기형으로 만들어 파는 인신매매 집단이었어요. 콤프라치코스가 이렇게 할 수 있었던 것은 아이

프랑스 감독 장 피에르 아메리스의 영화 <웃는 남자>(2012년)의 한 장면.

들을 장난감처럼 여기면서 사고파는 사람들이 있었기 때문이에요. 당시 귀족들은 얼마나 더 흉측한 모습을 한 '인간 장난감'을 가졌는지 겨루며 자신의 자존심을 세우곤 했어요. 귀족이 아니어도 수요는 많았어요. 지방을 전전하면서 약을 팔며 공연하는 집단이 많았는데, 이들에게 기이한 얼굴과 몸을 가진 아이들은 사람들의 시선을 사로잡는 매우 좋은 도구였어요. 이들 덕에 콤프라치코스의 행위는 곳곳에서 성행했어요.

그런데 그윈플렌이 열 살이 됐을 무렵, 나라에서 아이들을 기형으로 만들어 파는 행위를 범죄로 규정해 엄벌을 내리게 돼요. 콤프라치코스 일당은 도망치면서 그윈플렌을 내다 버려요. 그는 눈보라 속에서 헤매다 싸늘하게 얼어붙은 여인의 품에서 작은 여자아이 데아를 발견해요. 이후 두 사람은 우연히 약장수 우르수스의 눈에 띄어 그의 보살핌을 받게 되죠. 추위 때문인지 데아는 앞을 보지 못했는데, 우르수스는 기형적인 얼굴을 한 그윈플렌과 눈먼 데아를 앞세운 공연으로 큰 인기를 거두게 됩니다.

급기야 여왕의 이복 여동생인 조시언도 그윈플렌의 공연을 찾아오게 돼요. 그는 곧바로 그윈플렌의 기이한 얼굴에 빠지고, 자신의 외모와 지위를 앞세워 그를 유혹합니다. 그윈플렌은 우연한 계기로 자신이 본래 남작의 아들이라는 신분의 비밀도 알게 돼요. 하루아침에 고귀한 신분과 최상류층 여인을 얻게 된 그윈플렌. 그러나 그는 이내 화려한 삶에 환멸을 느낍니다. 자신이 진정으로 사랑했던 사람은 데아라는 사실도 깨닫게 되죠. 다시 함께하게 된 데아와 그윈플렌은 과연 행복을 찾았을까요?

『웃는 남자』의 이야기는 흥미진진하지만, 가볍게 읽을 수 있는 책은 아니랍니다. 콤프라치코스와 귀족의 행태 등 17세기 유럽 사회의 적나라한 풍경을 고발하며 이야기를 풀어 가기 때문이죠. 인간성을 상실한 사람들이 득시글거리는 세상에서, 참된 사랑의 가치를 되새길 수 있는 작품입니다.

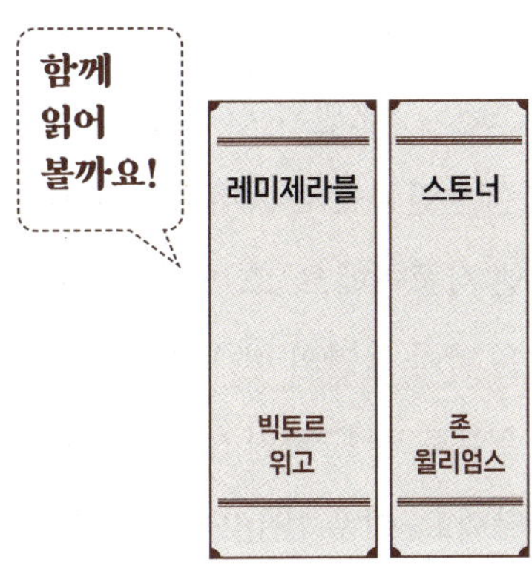

보이는 것 너머를 보는 힘,
『오만과 편견』

"오만은 내가 보기에는 가장 흔한 결함이야. 오만이란 실제로 아주 일반적이라는 것, 인간 본성은 오만에 기울어지기 쉽다는 것, 실재건 상상이건 자신이 지닌 이런저런 자질에 대해 자만심을 품고 있지 않은 사람은 우리들 가운데 거의 없다는 것이 확실해."

지금은 결혼에 대한 인식이 많이 변했지만, 18세기 말 영국에서는 결혼이 인생을 좌우하는 선택이었어요. 여성에게는 더욱 그랬죠. 제인 오스틴의 『오만과 편견』은 영국 작은 마을에 사는 베넷가(家) 다섯 딸과 주변 인물들의 얽히고설킨 관계를 '결혼'이라는 사건을 중심으로 풀어낸 작품이에요. 또 제인 오스틴의 경험이 담긴 작품이기도 해요. 오스틴은 남자 집안의 반대로 결혼이 무산된 일이 있었어요. 그 아픈 이야기를 소설로 써 1796년 『첫인상』이라는 제목으로 출판사에 투고했지만 거절당해요. 이후 1813년 이 원고를 『오만과 편견』으로 바꾸어 출간했어요.

영화 <오만과 편견>(2005년)에서 엘리자베스 베넷을 연기한 키라 나이틀리.

지금은 여러 번 영화로 만들어질 정도로 세계인의 사랑을 받는 명작이 되었어요.

베넷 집안 다섯 자매, 그중 첫째 제인과 둘째 엘리자베스는 결혼 적령기였어요. 온순하고 내성적인 제인은 주변으로 이사 온 건장한 청년 빙리를 흠모하지만, 속마음을 꼭꼭 숨겨요. 빙리도 제인을 남몰래 사랑하지만 제인의 마음을 몰라 애태웁니다.

밝고 활달한 엘리자베스의 눈에 들어온 인물은 빙리의 친구 다아시입니다. 다아시는 자유분방한 엘리자베스의 매력에 빠지고 말죠. 하지만 성격 연구가를 자처하는 엘리자베스에게는 다아시가 '오만'해 보였어요. 자신의 부와 혈통을 내세우는 사람처럼 비쳤거든요. 다아시 역시 엘리자베스는 마음에 들었지만 딸들을 돈 많은 집안에 시집보내는 데만 온 정신이 팔려 있는 엘리자베스의 어머니를 보면서 '이 결혼이 맞나?' 고민했어요. 결국 다아시는 가족의 반대를 무릅쓰고 엘리자베스에게 청혼하지만, 여전히 그가 오만하다는 '편견'을 가진 엘리자베스는 거절해요.

하지만 엘리자베스는 경박한 콜린스와 성실하지 못한 위컴을 만나면서 '첫인상'이 모든 걸 말해 주지 않는다는 걸 깨닫습니다. 다아시가 오만하다고 생각한 건 그저 편견이었다는 걸 깨닫고 두 사람은 사랑의 결실을 이룹니다. 다아시의 주선으로 엘리자베스의 언니 제인도 빙리와 결혼하고요.

비판적으로 보면 『오만과 편견』은 신데렐라 유의 이야기라고 할 수 있어요. 중산층 엘리자베스가 결혼을 통해 신분 상승을 이룬다는 내용이니까요. 그렇다고 낡은 이야기라고 속단할 필요는 없어요. 통속적인 이야기 속에 우리의 삶과 생각이 담겨 있으니까요.

『오만과 편견』을 재미있게 읽는 방법은, 낡은 이야기 구조를 따라가기보다 등장인물들의 성격 변화를 예민하게 읽어 내는 겁니다. '인간에 대한 예리한 관찰력, 섬세한 성격 묘사, 흥미를 자아내는 구성' 덕분에 세계인은 지금까지도 『오만과 편견』을 읽고 있어요.

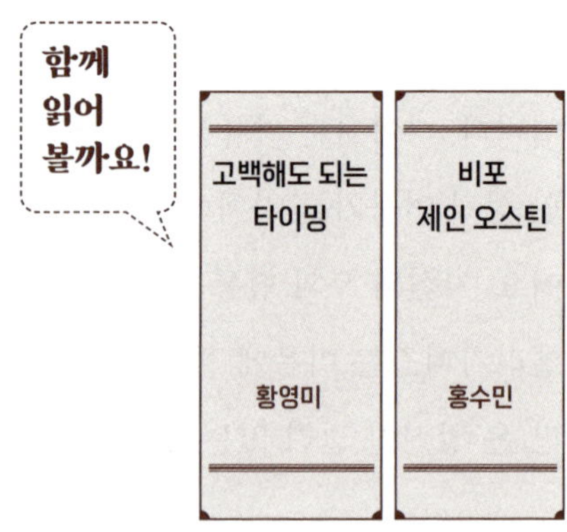

인간이 가진 갖가지 모습,
『안나 카레니나』

"행복한 가정은 모두 모습이 비슷하고, 불행한 가정은 모두 제각각의 불행을 안고 있다."

레프 니콜라예비치 톨스토이(1828~1910)가 1877년 발표한 『안나 카레니나』는 동시대 활동한 작가 도스토옙스키에게 "완벽한 예술 작품"이라는 평가를 받은 대작이에요. 러시아 출신 소설가 블라디미르 나보코프는 "톨스토이 스타일의 정점"이라고 극찬했어요. 톨스토이는 『안나 카레니나』를 비롯해 『전쟁과 평화』, 『부활』 등의 작품을 통해 러시아 문학의 위대함을 알린 작가로 지금도 칭송받고 있어요.

『안나 카레니나』는 19세기 말 몰락해 가는 제정 러시아(1917년 혁명이 일어나기 이전까지의 러시아) 귀족들의 삶을 적나라하게 묘사합니다. 그 한가운데 안나가 있어요. 안나는 오빠 부부의 싸움을 중재하기 위해 떠난 길에서 젊은 군인 브론스키 백작을 만납니다. 나이 많은 남편과의 관계가

영화 <안나 카레니나>(2012년)의 안나와 레빈.

소원했던 안나는 브론스키와 사랑에 빠지고 말아요. 정숙한 아내로 가정과 사교계만이 전부였던 안나에게 젊은 백작과의 사랑은 그야말로 신세계였습니다. 하지만 그 사랑에서조차 안나는 끝내 마음의 평화를 찾지는 못해요.

반면 『안나 카레니나』의 또 다른 주인공이라고 할 수 있는 레빈은 사랑했던 여인 키티에게 고백하지만 거절당해요. 그는 곧바로 도시를 떠나 농촌으로 내려가 러시아 농촌 문제 해결에 나서요. 실연의 아픔은 컸지만, 종교적 고뇌와 성찰을 거쳐 한 단계 더 성장합니다. 키티에게 다시 청혼해 결혼하고 아름다운 가족을 이루죠.

안나와 레빈의 소설 속 행적은 크게 차이가 나지만 두 사람 모두 톨스토이의 분신이라고 할 수 있어요. 사랑과 가족의 이상적인 모습을 보여 준다는 점에서, 인간 사회에 대한 성찰을 보여 준다는 점에서 어떤

이는 레빈만이 톨스토이가 추구한 인간상이라고 단정하기도 합니다. 하지만 삶이 어디 그렇던가요. 인간은 위선과 질투의 화신이면서 때론 사랑과 신념에 목숨을 걸기도 하죠. 그렇다면 안나 역시 한때 좌충우돌했던 톨스토이의 다른 자아라고 해도 무방해요. 격정적 사랑에 불타올랐다가 한순간 꺼져 버린 브론스키 백작도, 안나와 브론스키를 경멸하는 사교계 인사들도 결국은 톨스토이의 분신인 셈입니다. 『안나 카레니나』에 등장하는 다양한 인물들은 우리 모두의 모습이자 톨스토이의 모습이라고 할 수 있어요.

톨스토이는 『안나 카레니나』를 통해 인간이 만들어 낸 사회 구조와 그에 대한 고민을 보여 주려고 했어요. 우리 모두는 어디서 태어나서 어디로 가고 있는 것일까요? 『안나 카레니나』는 톨스토이가 이에 대한 답을 찾아가는 과정이라고 할 수 있죠. 이 작품이 고전인 이유는 인간이 가진 갖가지 모습을 가감 없이 드러냈기 때문이에요.

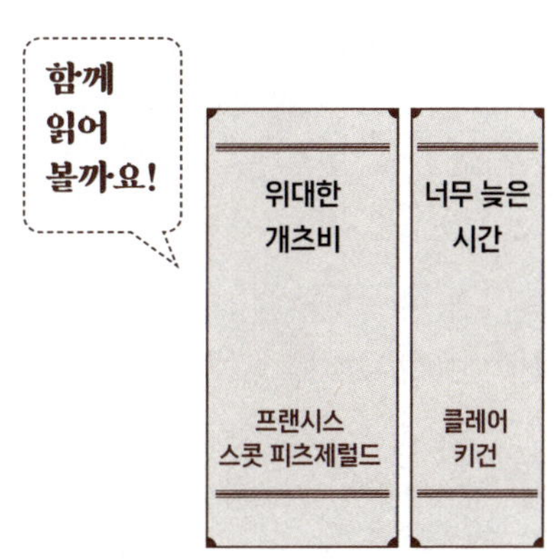

삶 그리고 사랑이라는 명제

III

복된 삶의 조건들

『달과 6펜스』

『데카메론』

『문학이란 무엇인가』

『행복의 정복』

『에밀』

『나의 라임오렌지나무』

『고도를 기다리며』

「벤자민 버튼의 시간은 거꾸로 간다」

『호모 루덴스』

『야간비행』

『유토피아』

『베니스의 상인』

한 사람이 온전한 삶을 살아가기 위혜 필요한 조건들을 저는 '복된 삶의 조건들'이라고 부르고 싶습니다. 생각해 보면 복된 삶의 조건들은 한두 가지가 아닙니다. 누군가는 정치적 이상이 복된 삶의 조건일 수 있고, 예술을 사랑하는 사람에게는 그것을 자유롭게 누릴 수 있는 상황이 복된 삶의 조건일 수 있죠. 저마다의 생각과 관심사에 따라 그 조건들은 하루가 다르게 변할 수밖에 없습니다.

흥미로운 사실은 복된 삶의 조건들이 이미 우리가 익히 알고 있는 고전과 세계 문학을 통해 제시되었다는 점이에요. 물론 그때 그 시절의 이야기가 오늘 우리에게 그대로 적용되지는 않아요. 그때와 지금은 과학 기술의 수준도 다르고, 교육의 정도, 정치적 질서 등이 다르기 때문이죠. 그럼에도 복된 삶의 조건만큼은 변함이 없어요. 장 자크 루소가 『에밀』에서 이야기한 교육의 문제는 여전히 우리 시대가 고민하고 있는 중차대한 사회적 화두(話頭)이고, 『나의 라임오렌지나무』의 주인공 제제가 보여 준 사랑이 충만한 행동들은 시대를 초월하여 우리 삶에 있어야 할 것들이에요. 70대 노인의 모습으로 태어나 갓난아이 모습으로 세상을 마치는 벤자민 버튼의 이야기는 현재, 즉 '지금, 여기'의 삶이 얼마나 소중한가를 보여 줍니다.

복된 삶의 조건들은 외부, 즉 누군가 내게 만들어 주는 것이 아니에요. 나 스스로 만들어 나가는 것이에요. 나의 과거를 긍정하고, 현재를 사랑하며 살고, 미래를 준비하는 것, 거기서부터 복된 삶은 시작된다고 저는 믿습니다.

25

이상과 현실 사이에서,
『달과 6펜스』

"당신을 사로잡고 있는 그 한없는 갈망이 무엇인지는 모르겠어요. 어쨌든 당신은 자신을 괴롭히는 정신으로부터 벗어나기 위해…… 고독한 모색의 길을 나서지 않을 수 없었던 겁니다. 당신은 존재하지도 않는 신전을 찾아 나선 영원한 순례자 같아 보여요."

영국 작가 서머싯 몸(1874~1965)이 1919년 발표한 『달과 6펜스』는 "20세기 세계 문단에 매우 강렬한 인상을 남긴 작품 중 하나"라고 평가받는 작품이에요. 그는 인간의 성격과 심리를 표현하는 데 탁월했는데, 대표작이 바로 『달과 6펜스』예요.

찰스 스트릭랜드는 40대 주식 중개인으로, 영국 런던에 사는 상류층 사람이에요. 그런 그가 갑자기 그림을 그리고 싶은 강렬한 욕망에 사로잡혀 아내와 자녀들을 남겨 두고 파리로, 다시 타히티섬으로 떠나요.

'타히티' 하면 혹시 생각나는 사람이 있지 않나요? 바로 프랑스 후기 인상파 화가 폴 고갱이에요. 고갱은 30대 중반 화가의 길로 들어섰는데,

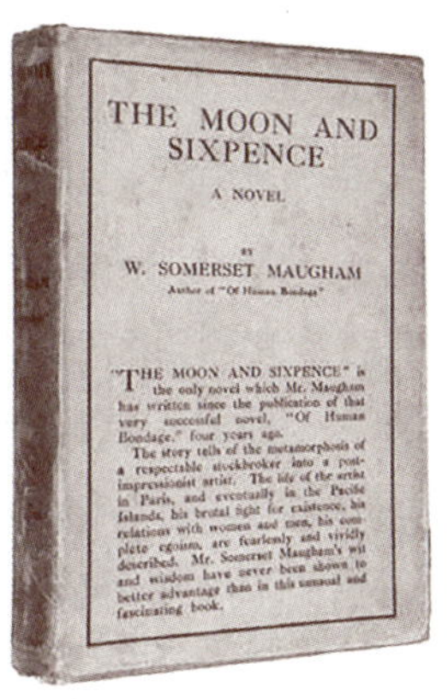

영국 작가 서머싯 몸과 『달과 6펜스』 초판.

남태평양 중부 타히티섬에서 작품 활동을 했어요. 찰스 스트릭랜드가 고갱을 모델로 한 인물이죠. 주인공 스트릭랜드는 가족을 떠나 파리 등을 떠돌며 그림을 그렸지만 화가로서 빛을 보지 못했어요. 파리의 낡은 호텔방을 전전하던 스트릭랜드는 우여곡절 끝에 타히티에 정착하고, 원주민 아타와 결혼해 아이도 낳아요. 하지만 평화로운 생활도 잠시, 스트릭랜드는 한센병에 걸려요. 이렇다 할 치료법이 없었던 시대였으니 스트릭랜드는 절망할 수밖에 없었어요. 그럼에도 죽기 전에 걸작을 남겨야 한다는 욕망에 사로잡힌 스트릭랜드는 오두막집에서 영혼을 쏟아부어 걸작 중 걸작을 남겨요.

그 걸작을 본 사람은 단 세 명. 스트릭랜드와 아타, 그리고 치료를 위해 오두막을 오갔던 의사가 전부예요. 인간의 솜씨라고는 믿을 수 없는 작품 속에는 원시림과 벌거벗은 사람들, 즉 타히티섬 그 자체가 담겨 있었어요. 스트릭랜드는 죽기 전 아타에게 그림, 아니 오두막 전체를 불태워 달라고 부탁해요. 걸작을 남겼으면 그뿐, 누구에게 보여 줄 이유가 없었던 거죠. 스트릭랜드의 삶은 이해하기 어려운 구석이 많아요. 그는 아내와 자녀를 버리면서까지 자신만의 세계를 찾으려 했어요. 그런데도 후대 평론가들은 스트릭랜드가 찾고자 했던 순수한 예술에 대한 열정을 높이 사요. 광기와도 같은 예술혼이 오늘날 문명사회를 풍성하게 했기 때문이죠.

마지막으로 제목에 대한 궁금증을 풀고 갈까요? 제목 중 '달'은 스트릭랜드, 즉 인간이 꿈꾸는 이상 또는 열정을 상징해요. 그럼 '6펜스'는 뭘까요? 펜스는 영국 동전인데, 말 그대로 세상적인 것을 뜻해요. 아주 보잘것없는 돈이지만 현실의 삶을 유지하려면 꼭 필요하죠. 이상에 충실한 삶도 좋고, 현실에 만족하는 삶도 좋아요. 그 중간을 잘 찾을 수 있다면 더더욱 좋겠지요.

몸은 이 소설을 쓰려고 직접 타히티를 방문해 고갱의 흔적을 찾아다녔어요. 몸은 고갱이 타히티에 머물렀을 때 살았던 오두막 문짝의 그림도 가져왔죠. 『달과 6펜스』는 발표와 함께 큰 성공을 거뒀고, 문명을 떠나 원시 자연으로 돌아간 고갱의 삶은 전설로 남았어요.

26

100편의 이야기에 담긴 인간의 모습, 『데카메론』

"병에 걸린 환자와 감염되지 않은 사람이 섞여 있으면 그 병은 불이 마른 장작이나 기름종이에 확 옮겨 붙듯 빠른 속도로 퍼져 나갔습니다."

이탈리아 작가 조반니 보카치오(1313~1375)의 작품 『데카메론』은 "시대와 싸우는 위대한 인간의 탄생을 보여 주는 근대 소설의 시초"라고 평가받는 작품이에요. 14세기 중반, 유럽에는 쥐를 매개로 옮기는 '페스트'가 퍼지면서 최대 3000만 명이 희생되었어요. 의술과 치료약이 변변치 않았던 데다 전염성도 강해서 당시에는 피해자가 많을 수밖에 없었어요.

페스트로 가족을 잃은 7명의 부인들이 슬픔을 달래기 위해 피렌체 대성당 미사에 참석합니다. 그중 한 사람이 전염병을 피해 교외로 나가자고 제안하고, 3명의 청년이 가세해 별장으로 거처를 옮겨요. 죽음의 공포가 짙게 드리웠지만, 이들 10명은 "즐거움을 위해 살자"고 다짐해요.

영국 화가 존 윌리엄 워터하우스가 그린 <데카메론 이야기>(1916).
소설 『데카메론』 속에서 페스트를 피해 교외로 떠난 10명의 남녀가 이야기를 나누는 모습.

그렇게 10명이 하루에 한 편씩, 10일 동안 100편의 이야기를 쏟아냅니다. 화자가 10명인 만큼 소재도 다양하고 이야기 전개 방식도 제각각이에요. 서두에 잠깐 등장하는 보카치오는 이들의 이야기를 전해 듣고『데카메론』을 썼다고 말해요. 후대 사람들은 고전 문헌부터 시장통 야담까지, 보카치오가 방대한 이야기를 수집해 편집했다고 하고요.

100편의 이야기는 개인적인 체험 외에도 결혼과 가정, 경제와 종교 등 다양한 사회 문제와 얽혀 있어요. 첫째 날 첫 번째 이야기의 주인공 차펠레토가 그래요. 피렌체의 고리대금업자(돈을 빌려주고 비싼 이자를 받는 일을 하는 사람) 차펠레토는 떼인 돈을 받기 위해 프랑스 부르고뉴를 방문해요. 하지만 갑자기 죽을병에 걸리고, 이제라도 천국에 가야겠다는 욕심에 지인에게 성직자를 불러 달라고 요청하죠. 살면서 셀 수도 없는 죄를 지었지만 "어렸을 때 어머니한테 저주를 퍼부은 적이 있어요"라고 고해성사(가톨릭교회에서 신자가 지은 죄를 뉘우치고 신부에게 고백하여 하느님에게 용서를 받는 일)까지 해요. 감동한 성직자는 차펠레토의 죄를 용서하고, 설교 소재로도 사용해요. 역시 감동한 사람들은 차펠레토를 '성 차펠레토'라고 부르게 됩니다. 희대의 거짓말쟁이 차펠레토는 성인이 되고, 성자여야 할 성직자는 거짓말쟁이가 된 셈이죠. 읽으면 읽을수록 놀라운 풍자가 아닌가요.

『데카메론』에는 다양한 남녀 관계가 등장해요. 열정적인 사랑도 있고, 바람직하지 못한 관계도 많아요. 네 번째 날 첫째 이야기 「살레르노의 탕크레디 공의 이야기」는 당시 시대 상황을 잘 보여 줘요. 탕크레디 공은 과부가 된 딸이 미천한 남자와 사랑하게 되자, 그 남자를 잡아 죽여요. 심지어 남자의 심장으로 술을 담가 딸에게 주기까지 해요. 딸의 사랑을 단념시키려는 조치였지만, 오히려 딸은 잔에 독약을 발라 그 술을 마시고 자결해요. 남자와 같이 묻어 달라는 유언을 남기고 말이죠. 당시 귀족들은 대개 부모가 정해 준 상대와 결혼하는 정략결혼을 통해 가문을 지켰어요. 그런데 보카치오는 다양한 남녀 관계를 통해 진정한 사랑의 가치를 풍자적으로 보여 주죠.

가족과 친구들과 많은 대화를 나누고 함께 이야기를 만들어 보면 어떨까요. 21세기 『데카메론』이 바로 여러분에게서 탄생할지로 모를 일입니다.

27

문학과 인간에 대한 뜨거운 성찰, 『문학이란 무엇인가』

"작가는 독자들의 자유에 호소하기 위해서 쓰고, 제 작품을 존립시켜 주기를 …… 요청한다. 그런 작가의 요청은 그것으로 그치는 것이 아니다. 작가는 또한 그가 독자들에게 주었던 신뢰를 자신에게 되돌려주기를 요청한다."

프랑스의 철학자이자 작가인 장 폴 사르트르(1905~1980)가 1947년 발표한 『문학이란 무엇인가』는 "문학에 관련된 모든 쟁점을 도전적·논쟁적으로 해부했다"는 평가를 받는 작품이에요. 사르트르는 이 책에서 문학이 사회에 참여해야 한다는 주장을 폈는데, 이는 지금까지도 작가들은 물론 문학비평가 사이에서 논쟁이 벌어지고 있는 주제 가운데 하나예요.

사르트르는 제2차 세계 대전을 겪으며 철학자와 작가 등 흔히 지식인이라는 사람들의 역할은 무엇인가 고민했어요. 당시 사회적으로 아무런 영향력이 없는 것처럼 보이는 문학의 역할도 사르트르의 고민 중

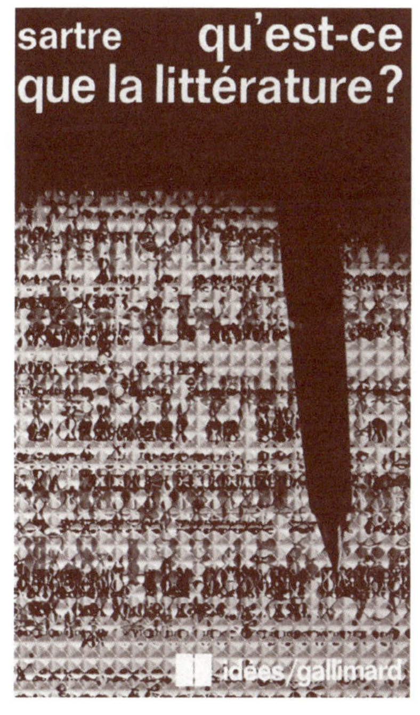

『문학이란 무엇인가』 프랑스판 표지.

하나였죠. 그의 결론은 "문학의 사명은 정치적·사회적 현실을 변혁하기 위한 참여에 있다"는 것이었어요. 사르트르는 작가의 임무가 '기존의 가치 체계와 제도에 대해 이의를 제기하는 것'이라고 주장해요.

사르트르는 실천적인 사람이기도 했는데,《현대》라는 잡지를 창간하면서까지 문학을 통해 사회를 변혁하고자 했어요. 하지만 사르트르의 주장은 지식인 사회의 강력한 반발에 부딪혔고, 그는 자신의 주장을 체계적으로 정리할 필요가 있다고 생각해 이 책을 썼다고 해요.

사르트르가 말하는 문학의 사회 참여는 특정한 주체가 있다거나 정치나 사회적 문제에 대한 직접적 언급을 의미하는 것은 아니에요. 물론 그럴 수도 있지만, 오히려 작가가 '어떤 방법으로 말하기를 선택'함으로써 사회적 관심을 불러일으킬 수 있다는 것을 의미하죠.

사르트르는 문학 작품을 읽는 독자의 역할에 큰 의미를 부여해요. 사르트르에 따르면 작가는 자신의 작품에 대해 객관적일 수 없어요. 반면 독자는 작품에서 작가의 '욕망과 의도와 작업의 흔적' 등을 분리해서 읽고, 새롭게 해석하는 능력을 가진 존재예요. 작가는 '쓰기 시작'했을 뿐, 작품을 읽고 이를 사회 변혁의 동력으로 만드는 것은 독자의 역할이라

복된 삶의 조건들

는 것이죠. 책 말미에 사르트르는 문학이 세계를 구성하는 중요한 요소
는 아니라고 말해요. 다만 이어지는 문장에서 세계는 "인간이 없으면 더
욱더 잘 존속"할 거라고 말해요. 기후 위기 등 지금 일어나는 세계적인
일들을 보면 인간이 그 주범일 때가 많죠. 문학이 인간보다 위대하지는
않지만, 인간의 본질과 나아갈 길을 보여 준다는 점에서 문학이 꼭 필요
하다고 사르트르는 주장하고 있어요.

물론 사르트르의 주장처럼 문학이 전적으로 사회·정치적 참여나 실
천을 위한 것이라고는 정의할 수 없어요. 문학은 아름다움을 탐구하고,
인간 존재의 현실을 그려 내는 것만으로도 충분한 가치가 있어요. 그럼
에도 이 책이 여전히 문학비평 분야의 필독서로 꼽히는 것은, 문학이 인
간의 삶과 직결된 문제에 폭넓은 영향을 주고받고 있기 때문일 겁니다.

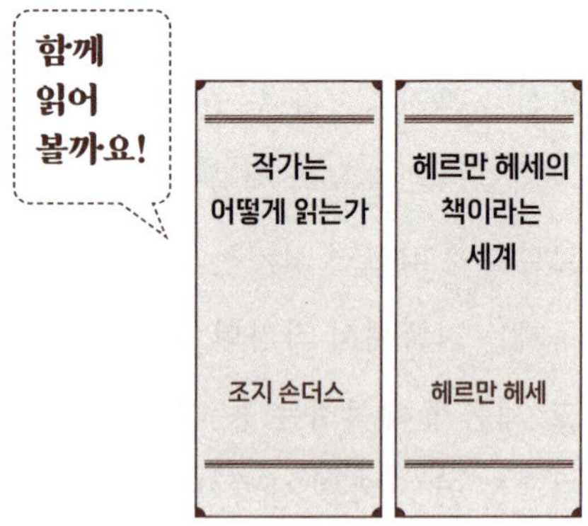

28

진정한 행복에 대한 명쾌한 정의, 『행복의 정복』

"행복한 사람은 자신의 뒤를 이어 태어나는 사람들과 동떨어진 존재가 아니라고 생각하기 때문에 죽음을 생각할 때도 괴로워하지 않는다."

영국의 철학자이자 작가 버트런드 러셀(1872~1970)이 1930년 출간한 『행복의 정복』은 '행복'의 의미를 가장 명쾌하게 정리한 고전이에요. 러셀은 1950년 노벨 문학상을 받을 만큼 탁월한 작가이면서 동시에 핵무장 반대, 베트남 전쟁 반대 등 반전평화운동을 활발하게 벌인 사회사상가이자 행동가로도 잘 알려져 있어요. 그는 '20세기를 대표하는 지성'으로 불리고 있어요.

러셀은 책 앞머리에서 『행복의 정복』을 쓴 이유를 이렇게 밝혔어요.

"행복한 삶이 사람들의 상식이 됐으면 좋겠다."

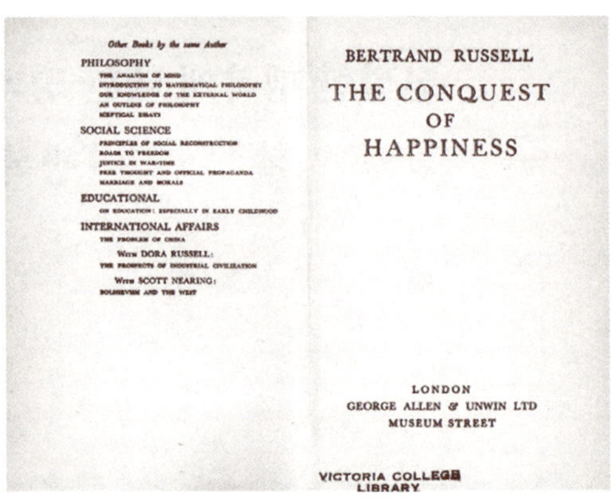

『행복의 정복』 초판.

그는 행복은 저절로 굴러 들어오지 않는다면서 끊임없이 쟁취해야만 찾아온다고 강조해요. 러셀은 행복에 대해 바로 알고, 행복을 누리는 방법을 알기 위해서는 '행복하지 않은 상태'에 대해 먼저 알아야 한다고 생각했어요. 그래서 책 전반부에 '행복하지 않은 이유'에 대해 자세하게 썼어요.

현대인들이 행복을 온전히 누리지 못하는 가장 큰 이유는 '지나친 자기도취'에 빠져 있기 때문이에요. 그런 사람은 모든 것을 목적을 이루기 위한 도구로만 생각해요. 예를 들어 지나친 자기도취에 빠진 화가에게 그림은 예술혼을 불태우는 그 무엇이 아니라 목적에 이르기 위한 단순한 수단에 불과해요. 위대한 정치가가 잇달아 비극을 맞게 되는 것도 보다 나은 사회를 추구하려는 정책보다 자기도취적인 관심에만 빠져들기 때문이에요. 이 밖에 일어나지도 않은 일에 대한 걱정, 경쟁에 오염된 세상 등도 사람들이 행복을 누리지 못하는 이유입니다.

그렇다면 행복이란 무엇일까요? 러셀에 따르면, 행복은 '의미 있고 만족스러운 삶의 부산물'이에요. 그 자체를 직접 추구할 수 있는 대상이 아니라는 것이죠. 그는 이렇게 설명해요.

"뭔가에 도취해야만 느낄 수 있는 행복은 거짓 행복이며, 충족감을 줄 수 없는 행복이다. 자신의 능력을 충분히 발휘하고 자신이 몸담고 있는 세상을 완전히 인식하면서 느끼는 행복이야말로 진정한 행복감을 주는 행복이다."

러셀은 삶의 결과로서 행복을 찾을 수 있는 방법을 몇 가지 제시해요. 세상과 이웃에 대한 따뜻한 관심, 사랑을 향한 마음, 좋은 것을 배우고자 하는 지적 탐구심 등이 그것이에요. 나에 대한 지나친 관심, 즉 자기도취를 멈추고 사람과 사물에 따뜻한 관심을 가질 때 우리는 행복할 수 있어요. 우리는 복권 당첨처럼 우연한 행복을 추구할 때가 많아요. 하지만 행복은 우리 자신의 노력, 즉 세상에 대한 따뜻한 관심을 통해 쟁취할 수 있어요. 진정한 행복이 궁금하다면 『행복의 정복』을 꼭 읽어 보세요.

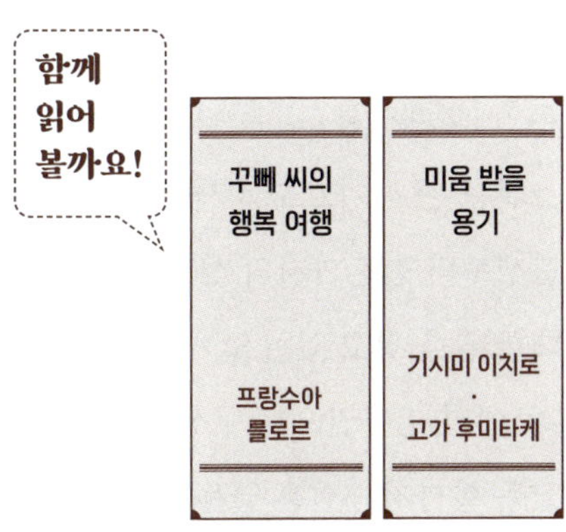

29

우리 시대 교육의 거울,
『에밀』

"우리는 무르고 약하게 태어나기 때문에 힘이 필요하고, 아무것도 없이 태어나기 때문에 도움이 필요하며, 어리석은 채로 태어나기 때문에 판단력이 필요하다. 우리는 태어날 때 갖지 못했지만 어른이 되었을 때 필요한 모든 것을 교육에서 얻는다."

프랑스의 계몽주의 사상가 장 자크 루소(1712~1778)가 1762년 출간한 『에밀』은 '독립성과 자유를 가진 한 인간의 탄생'을 추구했다는 점에서 '근대 교육학의 고전'으로 평가받는 작품이에요. 루소는 사회사상을 담은 『사회계약론』 같은 명저는 물론 『신엘로이즈』처럼 당대 베스트셀러 소설을 쓴 작가로도 유명했어요. 『에밀』에서 루소는 고아 소년 에밀의 출생부터 결혼까지의 성장 과정을 통해 '진정한 교육이란 무엇인가'에 대한 답을 찾고 있어요.

『에밀』은 5권으로 구성돼 있어요. 1권은 유년기, 2권은 다섯 살부터 열두 살까지, 3권은 열두 살부터 열다섯 살, 4권은 열다섯 살에서 스무

『에밀』 표지(1762년).

살, 마지막 5권은 스무 살에서 결혼까지를 다룬답니다. 루소가 나이를 정확하게 구분해 밝힌 이유는 무엇일까요?

나이대에 맞는 세밀한 양육과 교육이 필요하기 때문이에요. 루소는 어려서는 특히 신체의 자유를 구속하지 않는 양육이 중요하다고 생각했어요. 그래서 도덕이나 진리를 적극적으로 가르치기보다 어린이의 마음에 악한 것이나 옳지 못한 정신이 깃들지 못하도록 보호하는, 일종의 소극적인 교육을 추구했어요. 필요한 것을 충족시켜 주되 간섭을 자제하고 자유롭게 운동할 수 있도록 돕고 무슨 일이든 자발적으로 할 수 있도록 가르치는 것이야말로 최상의 교육법이라는 거죠.

그는 이성적 활동이 시작되는 열두 살부터 열다섯 살 사이에는 '공부가 필요하다'고 봤어요. 다만 추상적인 학문이 아니라 자연을 관찰하는 학문, 즉 물리학·천문학·기하학 등을 공부하면 좋다고 했죠. 중요한 건 관찰과 경험·실험을 통해 공부한 것을 실생활과 결부시켜 보는 일이에요. 사춘기가 속해 있는 열다섯 살부터 스무 살 사이에는 '제2의 탄생'이 일어난다고 봤어요. 남성과 여성으로서의 삶이 본격적으로 시작되기 때문이죠. 이 시기는 사회적 관계를 공부해야 할 때이기도 해요. 이 때에 친구와의 우정, 이웃에 대한 관심, 사랑의 폭이 넓어지기 때문입니다.

루소가 독립성과 자유만큼 중요하게 생각한 것은 상상력이에요. 상상력을 통해 자신이 경험하고 공부한 것 이상을 생각할 수 있고, 타인과 동화될 수 있기 때문이에요. 그는 타인의 고통을 자신의 고통으로 받아들일 때 진정한 인간으로 자리매김할 수 있다고 생각했어요. 루소는 어린이라는 개념조차 없을 때 어린이가 독립성과 자유를 지닌 존재라고 생각했고, 그들을 교육해야 하는 진정한 목적을 『에밀』을 통해 탐구했어요. 오늘 우리 시대의 교육이 어떤 모습이어야 할지를 『에밀』은 잘 보여 주고 있어요.

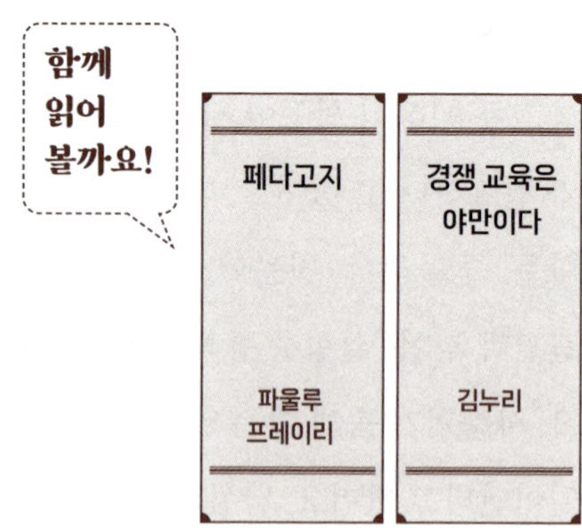

30

눈부시게 아름다운 세상,
『나의 라임오렌지나무』

"나는 깜짝 놀라 벌떡 일어나서 어린 나무를 자세히 살펴보았다. 지금까지 내가 사물들과 이야기할 수 있었던 것은 내 마음속의 작은 새가 말을 해 주기 때문이라고 생각했는데 신기한 일이었다."

브라질 작가 조제 마우로 데 바스콘셀로스(1920~1984)가 1968년 발표한 『나의 라임오렌지나무』는 주인공 제제의 심리적 성장을 통해 '삶을 관통하는 진리란 무엇인가' 묻고 답하는 작품이에요. 브라질에서는 지금도 이 책보다 많이 팔린 책이 없을 만큼 국민적 사랑을 받고 있어요. 또 20개 이상의 언어로 번역돼 전 세계 1500만 명이 넘는 독자들이 읽은 작품이기도 해요. 브라질에서는 영화와 드라마로 만들어졌고, 우리나라에서는 연극과 뮤지컬로도 제작되었어요.

이 책에는 포르투갈계 아버지와 인디언계 어머니 사이에서 태어나 가난하고 불우한 어린 시절을 보낸 작가의 경험이 담겼어요. 바스콘셀로스는 이 작품을 무려 20여 년 동안 구상했는데 실제 쓰는 데는 단 12일밖에 안 걸렸다고 해요.

다섯 살 꼬마 제제는 구김살 없는 소년이에요. 하루 종일 동네를 쏘다니면서 말썽을 피워 가족들에게 천덕꾸러기 취급을 받죠. 제제 집은 가난했어요. 엄마는 공장에 다녔는데 아빠가 직장을 잃었기 때문이에요. 아빠는 순박한 사람이었는데 실직 상태가 오래되자 폭력적으로 변했어요. 말썽꾸러기 제제는 아빠에게 심한 매질을 당하기도 해요.

그런 제제에게 친구가 생겼어요. 월세를 내지 못해 더 작은 집으로 이

1968년 브라질에서 첫 출간한
『나의 라임오렌지나무』 초판과 같은 표지로
2020년 한국에서 출간한 특별판.

사를 했는데, 그곳에 작은 라임오렌지나무가 있었어요. 제제는 그 나무를 '밍기뉴'라고 불렀는데, 기분이 좋을 때는 특별히 '슈르르카'라고 불렀어요. 제제는 힘들 때마다 밍기뉴 위에 걸터앉아 영화 속 주인공이 되기도 했어요. 밍기뉴와 이런저런 대화를 나누면서 큰 위로를 받았어요. 밍기뉴는 제제가 시무룩할 때마다 말을 건네주는 좋은 친구였지요.

제제가 마음을 터놓는 대상은 밍기뉴만이 아니었어요. 한번은 제제가 자동차에 매달리는 위험한 장난을 치다가 포르투가 아저씨에게 혼났어요. 포르투가 아저씨는 제제가 발을 다친 걸 알고 병원에 데려가 치

료를 해 줬고, 이 일을 계기로 둘은 친해졌어요. 제제는 폭력적인 아버지에게서는 느낄 수 없는 자상함을 가진 포르투가 아저씨가 좋았어요. 아들이 되고 싶다고 말할 정도로요. 아저씨에게 잘 보이고 싶어서 욕도 하지 않고 사람들을 골탕 먹이는 일도 그만두었어요. 하지만 포르투가 아저씨와의 만남은 길지 않았어요. 아저씨가 철도 사고로 세상을 떠났기 때문이에요. 제제는 어린 나이에 죽음을 경험하면서 차츰 인생을 배워 가기 시작해요.

『나의 라임오렌지나무』가 쓰여진 1960년대의 브라질은 암울했어요. 당시 브라질에 들어선 군부 정권이 정치 안정과 경제 발전을 내세우며 사회를 강하게 통제했거든요. 온갖 불합리한 일들이 벌어지는 시대였지만, 어린 제제의 눈에 비친 세상은 오히려 눈부시게 아름다웠어요. 제제가 천진난만한 동심을 갖고 있었기 때문일 거예요.

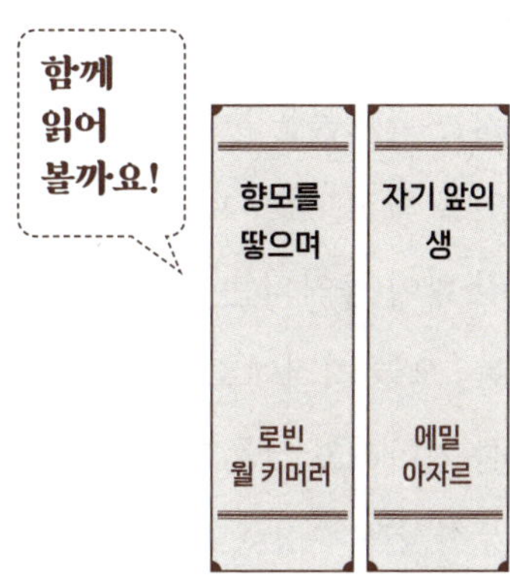

31

고도라는 이름의 희망,
『고도를 기다리며』

"이 모든 혼돈 속에서도 단 하나 확실한 게 있지. 그건 고도가 오기를 우린 기다리고 있다는 거야."

1952년 출간된 사뮈엘 베케트(1906~1989)의 희곡 『고도를 기다리며』는 "20세기 후반 서구 연극사의 방향을 돌려놓은 부조리극의 대표작"이라고 평가받는 작품이에요. 부조리극은 논리적으로나 의미적으로 조리에 맞지 않는 상황을 뜻하는 '부조리'와 '연극'이 합쳐져 이치에 맞지 않는 극작품을 뜻해요. 출간 직후 프랑스 파리에서 300회 이상 장기 공연을 했고, 여러 나라의 연극 무대에 올랐어요. 지금도 전 세계에서 가장 많이 공연되는 작품 중 하나고요. 이를 두고 프랑스 일간지 《르몽드》는 "오늘 저녁에도 어딘가의 무대 위에서 두 부랑자가 오지 않는 '고도'를 기다리고 있을 것"이라며 격찬했어요. 사뮈엘 베케트는 1969년 노벨문학상을 수상했고, 많은 후배 극작가들에게 영향을 주었어요.

극중에서 디디랑 고고가 고도를 기다리고 있는 모습(1973년).

이 작품의 주인공은 '디디'라는 애칭을 가진 떠돌이 블라디미르와 '고고'라고 불리는 에스트라공이에요. 둘은 내내 시답잖은 대화를 나누지만, 대화는 항상 "(디디) 고도를 기다려야지", "(고고) 참 그래야지"로 끝나요. 작품 속에서는 이 고도(Godot)의 정체가 무엇인지 끝까지 드러나지 않아요. 언제 올지, 온다면 어디로 올지, 심지어 고도의 정체조차도 알지 못하는 두 사람은 하염없이 기다릴 뿐이었어요. 그들은 나무 아래에서 고도를 기다리며 "오늘 안 오면 내일", "내일도 안 오면 모레", 심지어 "그 뒤에도 계속" 기다리는, 보통 사람들은 이해하기 힘든 행동을 하며 하루하루를 견뎠어요.

이 작품에는 특별한 인물이 한 명 등장해요. 염소를 친다는 한 소년이에요. 고도의 소식을 전하는 심부름꾼이죠. 소년의 말은 고작 "고도

씨가 오늘 밤엔 못 오고 내일은 꼭 오겠다고 전하랬어요” 정도였어요.
다음 날 다시 찾아온 소년에게 디디가 물어요. “고도 씨가 보낸 거지?”,
“오늘 밤에는 못 오겠다는 얘기겠지?”, “하지만 내일은 온다는 거고?”
이에 대해 소년은 “네”라고만 답해요. 어느 날 고고는 “여기서 멀리 떠
나자”고 하지만, 디디는 내일 다시 와야 할 테니 그럴 순 없다고 말해요.
고도를 기다려야 하니까요.

　이 작품에서 작가는 두 사람이 왜 고도를 기다리는지 그 이유조차 충
분하게 설명하지 않아요. 이를 통해 끝없는 기다림 속에서 나타나는 인
생의 부조리를 표현하고자 했죠. 실존주의 철학에서 부조리란 현실에
서 삶의 의미를 발견할 가능성이 없는 절망적인 한계 상황을 의미해요.
작품을 통해 인생의 무의미와 허무함 등을 표현하고자 한 거예요.

　두 사람이 고도를 기다리는 이유는 무엇일까요? 그들이 기다리는 건
고도라는 이름의 ‘희망’일까요, 아니면 영원히 오지 않을 헛된 그 무엇
일까요? 누구나의 마음속에 ‘고도’가 있을 거예요. 그것을 희망으로 일
구어 갈지, 아니면 끝내 오지 않는 허망함인지 결정하는 것은 독자 여러
분의 몫이에요.

32

현재의 소중함을 알려 주는 고전,
「벤자민 버튼의 시간은 거꾸로 간다」

"버튼 씨의 눈길이 간호사의 손가락을 따라갔다. 일흔 살쯤 되어 보이는 노인이 커다랗고 하얀 담요에 싸여 아기 침대에 앉아 있었다. 듬성듬성한 백발에 희뿌옇고 긴 턱수염이 창문으로 들어오는 산들바람에 엉성하게 흔들렸다. 그가 흐리멍덩한 눈으로 버튼 씨를 바라보았다. 이게 다 무슨 소란인가 하는 표정 같았다."

최근 '시간'을 소재로 하는 영상 콘텐츠가 많이 나오고 있어요. 과거와 현재, 미래를 오가는 '타임 슬립'과 특정 시간대를 반복하는 '타임 루프'를 다룬 콘텐츠들이 대표적이죠. 인간이 좌우할 수 없는 거의 유일한 것이기 때문일까요? 시간은 오랫동안 사람들의 호기심을 자극하는 소재였어요. 『위대한 개츠비』로 유명한 작가 프랜시스 스콧 피츠제럴드(1896~1940)가 1922년 발표한 단편 소설 「벤자민 버튼의 시간은 거꾸로 간다」도 시간에 대한 신선한 통찰을 담은 작품이에요. 우리말로는 '벤자민 버튼의 시간은 거꾸로 간다'로 번역됐지만, 원래 제목은 '벤자민

노인 외모의 어린 벤자민을 데리고 다니는 로저 버튼을 그린 삽화.

버튼의 기이한 사건(The Curious Case of Benjamin Button)'이에요.

1860년 어느 날, 미국 메릴랜드주 볼티모어의 한 병원에서 로저 버튼 부부의 첫아이가 태어나요. 보통 갓 태어난 아이는 뽀얀 살결에 작고 귀엽죠? 그런데 이 아이는 얼굴에 쪼글쪼글한 주름이 가득하고 흰 수염이 덥수룩했어요. 누가 봐도 일흔은 족히 되어 보이는 노인이었죠. 병원은 발칵 뒤집혔고, 늦게 도착해 아이를 확인한 아빠 로저도 큰 충격에 빠졌어요. 방금 태어난 아이가 자신을 보자마자 "댁이 내 아버진가?"라고 물었으니, 어지간한 강심장도 놀라지 않을 수 없었을 거예요.

더 놀라운 일은 벤자민이 시간이 지날수록 늙는 것이 아니라, 거꾸로 젊어진다는 것이었어요. 그가 열두 살쯤 됐을 때는 더 이상 허리가 굽지 않았어요. 이즈음부터 부모 역시 벤자민에게 익숙해졌죠. 열여덟 살 때는 예일대에 합격해 입학 서류를 제출하려 했지만, 50대의 얼굴 때문에 창피를 당하고 쫓겨났어요. 입학을 포기한 벤자민은 아빠의 철물 도매 사업을 도왔는데, 수완이 좋아 사업이 나날이 번창했어요. 군대에 입대한 후 스페인과의 전쟁에 참전해 공을 세우고 훈장도 받아요.

실제 나이가 쉰 살이 됐을 때, 외모만 보면 20대인 벤자민은 하버드대에 입학해 공부도 하고, 럭비팀에서 탁월한 운동 실력도 발휘해요. 이후 벤자민은 실제 나이 쉰 살이 훌쩍 넘어서면서 외모는 점점 10대, 유아로 변하더니 결국엔 아무것도 기억하지 못하는 아이가 됐어요. 흥미로운 것은 벤자민 스스로는 거꾸로 가는 시간을 원망하거나 좌절하지 않고 그때그때 자기 삶의 시간들을 충실하고 즐겁게 산다는 거예요. 남들 시선은 아랑곳하지 않고요.

가끔 사는 게 힘들 때 큰 걱정 없던 어린 시절로 돌아가고 싶다고 생각해 본 적 있나요? 그럴 땐 늘 현재를 즐기며 살았던 벤자민 버튼을 떠올려 봐요.

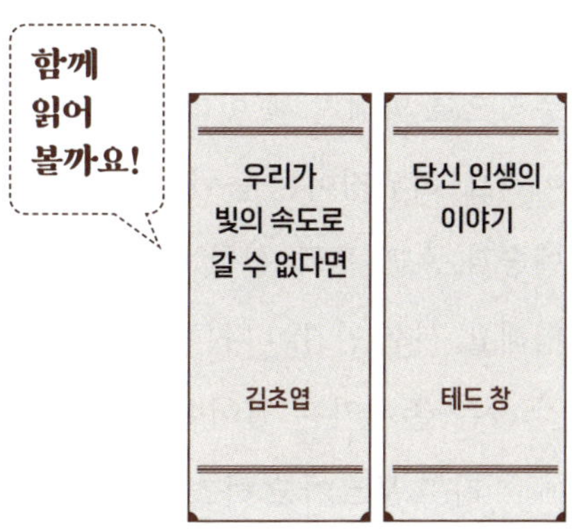

33

모든 문화 현상의 기원은 놀이,
『호모 루덴스』

"인간과 동물에게 동시에 적용되면서 생각하기와 만들어 내기처럼 중요한 제3의 기능이 있으니, 곧 놀이하기이다. 그리하여 나는 호모 파베르 바로 옆에, 그리고 호모 사피엔스와 같은 수준으로, 호모 루덴스를 인류 지칭 용어의 리스트에 등재시키고자 한다."

네덜란드 출신 역사학자이자 철학자인 요한 하위징아(1872~1945)가 1938년 발표한 『호모 루덴스』는 "놀이가 문화에 어떻게 기여했는지 심층적으로 파헤친 책"이라고 평가받는 작품이에요. 문화인류학의 고전이지요. 하위징아는 놀이가 "모든 문화 현상의 기원"이라는 전제 아래, 예술과 종교, 문학, 철학 등 인류 문명에 영향을 준 다양한 현상들을 설명해요. 사실 인간이 다른 생명종(生命種)과 구별되는 가장 큰 특징은 '생각'하는 존재라는 점이에요. 그래서 인간을 '호모 사피엔스(Homo Sapiens)'라고 부르기도 하죠. 하지만 하위징아는 생각하는 인간 이전에 놀

1955년 출판된 『호모 루덴스』 영문판 표지.

이하는 인간이 있었다고 강조해요.

문화인류학 연구에 매진했던 하위징아는 인류가 오랫동안 중요하게 생각했던 사회의 작동 원리들, 즉 언어와 신화, 종교와 각종 의례, 시가(詩歌)와 철학, 예술 등을 살펴보니, 그 모든 것에 놀이라는 요소가 들어 있다고 생각했어요. 문제는 "모든 인간의 행위를 '놀이'라고 부르는 것이 고대의 지혜"였음에도 어떤 사람들은 놀이가 천박하다고 생각했다는 점이에요. 어린이들이나 하는 게 놀이라는 인식이 어느 틈엔가 사람들 사이에 자리 잡았기 때문이죠.

하위징아는 어린이들의 상상력이 무엇보다 중요하다고 생각했어요. 어린이들은 "실제 자신과는 다른 어떤 것, 더 아름다운 것, 더 고상한 것, 더 위험스러운 것의 이미지를 만들고 있는" 존재이기 때문이죠. 이들이 꿈꾼 거의 모든 것들이 미래 세계에서 하나둘 현실이 되면서 인류의 문명은 오늘에 이르렀다고 할 수 있어요. 이처럼 즐거움과 흥겨움 등 재미를 추구하는 활동인 놀이가 예술과 종교, 문학과 법률 등 인간의 삶을 조율하는 모든 문화의 탄생에 기여했어요. 하위징아는 언어의 아름다

복된 삶의 조건들

움을 가장 잘 부각시키는 시(詩) 역시 "놀이로 태어나고 놀이 속에서 태어난다"고 주장해요. "의심할 바 없이 신성한 놀이"인 시는 거룩함이라는 문화적 속성을 갖고 있지만, 그 전에 "특유의 즐거움, 분방함, 환희, 쾌활함"을 지니고 있기 때문이죠.

그럼 문화보다 더 오래된 놀이는 왜 사람들에게 인정받지 못했을까요? 그건 인간 스스로 가치와 의미를 추구하는 존재라고 생각하기 때문이에요. 종교와 예술 등 문화 전반을 포괄하는 다양한 가치 체계를 만들면서 인간은 점차 '진지함'을 추구했어요. 진지함을 고상한 말로 표현하면 바로 '문화'예요. 진지함을 내포하는 문화는 놀이를 배제하지만, 놀이는 그 진지함마저 "잘 포섭"하는 유연한 성질을 갖고 있어요. 놀이는 그만큼 포용력이 넓기 때문이죠.

지금 우리는 혹시 놀지 못하는 사회에 살고 있지는 않나요? 놀이가 문화를 만들어 가는 원동력이라는 사실을 보여 주는 『호모 루덴스』는 놀이가 사라진 우리 시대에 시사점이 많은 책이에요.

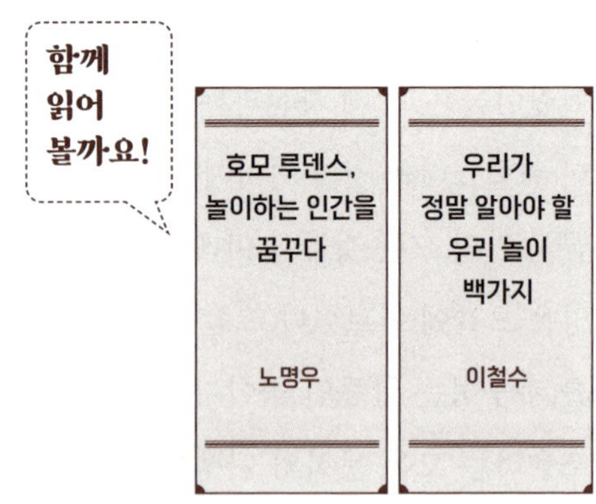

34

고독과 죽음에 맞서는 인간의 의지,
『야간비행』

"비행기 아래로 보이는 언덕들은 벌써 황금빛 노을 속에 골마다 그림자를 드리우고 있었다. 들판은 아직 꺼지지 않을 것 같은 눈부신 빛으로 환했다."

『어린 왕자』로 널리 알려진 프랑스 작가 앙투안 드 생텍쥐페리(1900~1944)가 1931년 발표한 『야간비행』은 비행사로 오랫동안 활동한 작가의 경험과 문학적 상상력이 돋보이는 작품이에요. 생텍쥐페리는 평생 비행을 하며 글도 썼어요. 모험심도 강했어요. 『야간비행』은 그가 1929년부터 몇 년간 아르헨티나 항공우편 회사 책임자로 일하며 야간비행 항로 개척에 참여한 경험을 바탕으로 쓴 작품이에요. 그는 여러 나라의 특파원으로도 일했고, 제2차 세계 대전 당시에는 공군 비행사로 정찰기를 몰았어요. 안타깝게도 그는 1944년 지중해 연안 정찰비행을 나섰다가 실종됐어요.

파비앵은 우편물 비행기 조종사예요. 남아메리카 대륙 남쪽 끝 파타고니아에서 출발해 아르헨티나 부에노스아이레스로 귀환하던 중이었어요. 온화한 날씨 덕에 순조로운 비행이 이어지는가 싶더니, 갑자기 뇌우가 몰아치기 시작했어요. 천둥과 번개, 돌풍은 물론 비까지 파비앵의 비행을 방해했지만 우회할 수도 없었어요. 태풍이 몰아쳐 앞뒤, 양옆 그 어디로도 갈 수 없는 처지였죠. 소용돌이 때문에 비행기가 곤두박질치고 심지어 무전도 연결되지 않았지만, 파비앵은 날이 밝기만을 기다

『야간비행』 영국 초판.

리며 한 치 앞도 보이지 않는 혹독한 밤을 견뎌 내고 있었어요.

한편 부에노스아이레스 기항지에서는 전 항공 노선을 총괄하는 책임자 리비에르가 파타고니아·칠레·파라과이로 출발한 세 대의 우편기를 기다리고 있었어요. 그는 파타고니아로 날아간 파비앵의 우편기가 연락이 두절된 상황에서도 다른 우편기들의 일정을 챙기는 냉철하고 엄격한 사람이었어요. 어쩌면 리비에르의 냉정함은 파비앵처럼 위험한 순간을 만났을 때 당황하지 않고 합리적인 결정을 내리기 위한 훈련이라고 할 수도 있어요. 지금처럼 안전 장비가 많지 않았던 시절, 밤에 비행한다는 사실 자체가 위험한 일이었으니까요. 그런 점에서 리비에르는 자신과 일하는 사람들에게 '사랑한다'고 말하지 않을 뿐, 온몸과 마음으로 타인을 사랑하는 사람이었어요.

통신이 끊긴 후 파비앵은 홀로 뇌우와 싸우면서도 태풍 사이로 보이는 별을 응시해요. 하지만 밤새 연료를 소진한 파비앵의 우편기는 구름 아래로 곤두박질치고, 끝내 실종되고 말아요. 그럼에도 리비에르는 다른 우편기들의 야간비행을 멈추지 않아요. 단 한 번이라도 멈추는 순간, 그간 비행사들의 노력과 모험이 허사가 되기 때문이에요. 이 작품에는 1920년대 말 1930년대 초 우편 산업의 사회적 상황도 반영돼 있어요. 후대 평론가들은 이 작품에 대해 "고독과 죽음에 맞서는 인간의 의지와 용기를 보여 준 작품"이라고 극찬했어요.

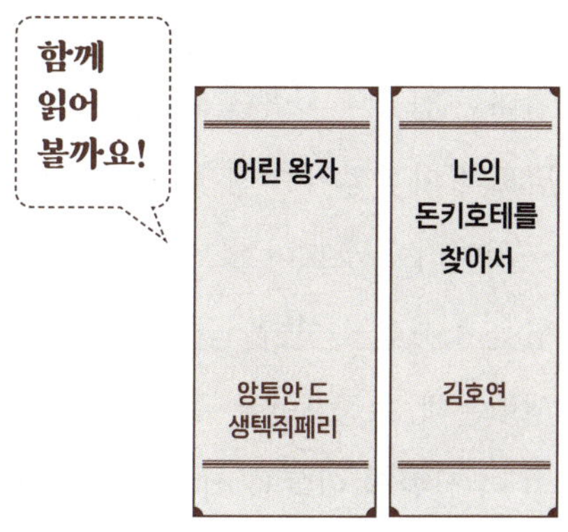

35

우리 시대의 이상향을 생각하게 하는 거울, 『유토피아』

"유토피아 사람들은 모든 쾌락 가운데 무엇보다 정신적 쾌락을 추구하고, 이걸 가장 높이 칩니다. 대부분 쾌락은 덕(德)을 실천하고 올바른 삶을 깨닫는 데서 비롯되기 때문입니다."

영국 법률가이자 정치가인 토머스 모어(1477~1535)의 작품 『유토피아』는 세상에는 없는 이상 사회를 제시하며 당대 사회 변혁을 촉구한 고전이에요. 1516년 출간된 이 작품은 "시대의 문제에 대해 투철했던 위대한 인물의 사유(思惟)에서 빚어진 걸작"이라는 평가와 함께 500년 넘도록 이상향이 어떤 곳인지 상상력을 자극하고 있어요.

첫머리에서 토머스 모어는 라파엘 히슬로다에우스라는 포르투갈 선원을 소개받고 이야기꽃을 피워요. 그는 한 탐험가를 따라 신세계를 여행했는데, 그중 5년은 유토피아라는 섬에서 생활했다고 해요. 흥미로운 건 이 선원의 이름과 섬 이름이에요. 유토피아는 그리스어 '없다(ou)'와

『유토피아』 초판에 실린 섬의 지도.

'장소(topos)'를 조합한 말로서 '아무 데도 존재하지 않는 곳'이라는 뜻이에요. 히슬로다에우스(Hythlodaeus)는 '허튼소리를 퍼뜨리는 사람'이라는 의미라고 해요.

그런데 히슬로다에우스가 전해 준 유토피아 이야기는 놀라움으로 가득해요. 요즘 사람들도 보통 하루 8시간 일하는데, 유토피아 사람들은 6시간만 일하면 돼요. "누구나 유용한 일들을 하면서도 과소비하지 않아서 모든 게 풍족"하기 때문이죠. 아픈 사람들은 누구나 공공 병원에서 치료받고, 음식도 가장 먼저 받을 수 있어요.

유토피아는 다른 사회와 달리 반듯한 곳이었어요. 모두 "지적인 일에 지칠 줄 모르는" 유토피아인들 덕이죠. 유토피아 사람들은 행복이 세속적인 쾌락이 아니라 "선하고 정직한 쾌락 속에서만 발견"된다고 믿어요. 그래서 "어릴 때부터 양서(良書)를 가까이하고 또 일생 동안 여가 시간에 책을 읽으면서" 많은 시간을 보내요. 이들은 놀랍게도 금을 경멸해서 변기나 노예 족쇄를 만드는 데 사용했어요.

이처럼 이상적인 곳이었지만, 모든 게 완벽하지는 않았어요. 전쟁과 노예 제도가 그렇죠. 이들은 전쟁을 "오직 짐승에게나 걸맞은 행동"으로 규정하면서도, 적국(敵國)에 현수막을 내거는 등 고도의 심리전을 벌이거나 전쟁이 벌어지면 용병을 써서라도 이겨야 한다고 주장해요. 그렇게 이기면 적국 사람들을 노예로 삼아 엄하게 부려요. 일부 노예는 족쇄를 채워 일을 시키기도 했어요. "덕을 실천하고 올바른 삶을 추구하는" 사람들이 할 일은 분명 아니었죠.

모어는 '허튼소리를 퍼뜨리는 사람'의 '아무 데도 존재하지 않는 곳' 이야기를 통해 왕과 귀족들의 탐욕, 초기 자본주의 발전에 따라 깊어지는 불평등과 양극화를 풍자하고 있어요. 이 책은 우리가 살아야 할 세상은 어떤 곳이어야 하는지, 어떻게 생각하고 행동해야 하는지에 대한 고민을 담고 있기도 합니다. 모어가 보여 준 세상은 우리 시대에 어떤 의미가 있을까요? 우리가 꿈꿔야 할 유토피아는 어떤 모습이어야 할까요?

36

인간 본성을 파헤친 셰익스피어 5대 희극, 『베니스의 상인』

"안토니오 선생, 여러 차례 당신께선 내 돈과 고리에 대하여 날 꾸짖었지요. 그래도 난 그걸 묵묵히 떨치며 참았어요. 당신은 날 무자비한 개라 하고 가래침을 뱉었는데, 그 모두가 내 것을 사용하는 대가였죠. 근데 이젠 내 도움이 필요한 모양이오."

1596년경 출간된 윌리엄 셰익스피어의 희곡 『베니스의 상인』은 "천재적인 인물 창조 능력이 돋보이는 작품"으로 평가받고 있어요. 이 작품은 영국 런던에서 1605년 초연된 후 지금까지 전 세계 여러 나라의 무대에서 공연되고 있어요. 『한여름 밤의 꿈』, 『좋으실 대로』, 『십이야』, 『헛소문에 큰 소동』 등과 함께 셰익스피어의 5대 희극으로도 유명해요.

베니스의 상인 안토니오는 절친한 친구 바사니오에게 돈을 빌려달라는 부탁을 받아요. 바사니오는 벨몬테에 사는 아름답고 지혜로운 여인 포셔에게 청혼하기 위해 3000다카트의 돈이 필요했지만, 안토니오는 당장 현금이 없었어요. 결국 유대인 고리대금업자인 샤일록에게 돈을

빌리러 갔죠. 그런데 샤일록은 이자
는 받지 않는 대신, 정한 날짜에 돈을
갚지 못하면 "고운 살 정량 1파운드"
를 잘라 내 가지겠다고 해요. 안토니
오는 평소 높은 이자를 받으면서 가
난한 사람들을 괴롭히는 샤일록을
공공연히 비난하고 경멸했는데, 이
때문에 샤일록은 그에 대한 앙심을
품고 복수를 해 볼 심산이었던 거죠.

상선(商船·상업을 위한 선박)이 돌아
오면 돈을 갚을 수 있다고 생각한 안
토니오는 이 제안을 흔쾌히 받아들
여요. 바사니오는 안토니오가 샤일
록에게 빌려 온 돈으로 벨몬테에서

The most excellent
Historie of the Merchant
of Venice.

VVith the extreame crueltie of Shylocke the Iewe
towards the fayd Merchant, in cutting a iuft pound
of his flesh: and the obtayning of Portia
by the choyfe of three
chefts.

As it hath beene diuers times acted by the Lord
Chamberlaine his Seruants.

Written by William Shakespeare.

AT LONDON,
Printed by I. R. for Thomas Heyes,
and are to be fold in Paules Church-yard, at the
figne of the Greene Dragon.
1 6 0 0.

『베니스의 상인』 초판 표지.

포셔에게 청혼하고, 이내 결혼 승낙을 받고는 기뻐해요. 그 증표로 포셔
에게 반지를 받게 됩니다. 하지만 베니스에서 온 소식에 바사니오는 아
연실색해요. 상선의 귀항이 늦어져 돈을 갚지 못한 안토니오가 감옥에
갇히고 말아요. 샤일록은 계약의 이행, 즉 안토니오의 살 1파운드만을
고집하죠. 바사니오는 베니스로 급히 돌아왔고, 법정에 나가 포셔가 준
비해 준 돈으로 빚을 갚겠다고 했지만, 샤일록은 요지부동이었어요.

결국 법관은 "안토니오의 살을 도려내라"고 판결해요. 그러면서 "계
약서에 명시된 대로 살 1파운드만 도려내야 한다"며 "핏물을 한 방울만
흘려도 당신 땅과 재물은 베니스 국법에 의하여 몰수될 것"이라고 판결

해요. 피를 흘리지 않고 살을 도려낼 수 있을까요? 이후 포셔를 만난 두 사람은 포셔에게서 자신이 법관으로 변장해 판결을 내렸다는 이야기를 듣게 됩니다.

이 작품은 법관의 현명한 판결로도 유명하지만, 고리대금업을 할 수밖에 없었던 유대인에 대한 차별 등으로 논란이 되기도 했어요. 11세기 말 시작된 십자군 원정 이후, 이 작품의 배경이 되는 16세기 말까지 유럽 사회에서 유대인에 대한 차별은 유독 심했는데요. 샤일록이 악마적인 인물로 묘사되는 것도 이런 이유 때문이라는 겁니다. 하지만 그런 샤일록이라는 인물을 통해 인간의 본성과 심리를 잘 드러내고 있다는 평가를 받고 있어요.

IV

모험, 새로운 세계를 향한 비상

어려서부터 낯선 환경을 극복하고, 자기만의 이상향을 만들어 가는 사람들의 모험담이라면 마냥 좋았습니다. 초등학생 때는 쥘 베른의 『15소년 표류기』와 로버트 루이스 스티븐슨의 『보물섬』 같은 작품을, 조금 철이 들어서는 호메로스의 『일리아스』와 『오디세이아』 등에 매료되었습니다. 주인공들은 낯선 세계 혹은 절망의 세계와 맞닥뜨렸음에도 희망을 잃지 않고 자기만의 생을 개척해 나갔어요.

꽉 짜인 생활 속에서 어떻게 '모험'을 감행할 수 있냐고요? 충분히 이해합니다. 학교에서 학원으로 다람쥐 쳇바퀴 도는 하루하루를 보내고 있는 것, 왜 모를까요. 그렇다고 방법이 아예 없지는 않아요. 모험심을 고취하는 여러 문학 작품 속으로 함께 들어가 보는 게 가장 손쉬운 방법 중 하나예요. 톰 소여와 허클베리 핀의 모험에 함께 동행하면 어떨까요? 대인국과 소인국, 말의 나라와 공중에 떠 있는 나라를 여행했던 전설적인 여행가 걸리버의 길을 따라가 보는 것도 좋고요.

책으로 떠나는 모험이 부담스러울 때도 분명 있을 거예요. 그때는 이렇게 해 보면 어떨까요. 늘 다니는 길이 아니라 조금은 낯선 길, 자주 다녀 보지 않은 길로 학교 등 목적지에 가 보는 거예요. 그곳에서 우리 삶을 빛나게 해 줄 새로운 무언가를 발견할 수 있을지도 모르잖아요. 자 여러분, 모험의 세계로 떠날 준비가 되셨나요?

37

시간의 소중함을 일깨우는 고전, 『모모』

> "시간을 재기 위해 달력과 시계가 있지만, 그것은 그다지 의미가 없다. 사실 누구나 잘 알고 있듯이 한 시간은 한없이 계속되는 영겁과 같을 수도 있고, 한순간의 찰나와 같을 수도 있기 때문이다."

독일 작가 미하엘 엔데(1929~1995)가 1973년 발표한 『모모』는 "깊이 있는 사유와 철학적 메시지를 담고 있는 판타지 문학"이라는 평가를 받는 작품이에요. 어린이부터 어른까지 모든 세대의 사랑을 받고 있죠. 전 세계 약 50개 언어로 번역되었고, 우리나라에서는 150만 부 이상 판매되었어요. 이탈리아에서는 영화와 애니메이션으로 제작되기도 했어요.

한때 화려한 도시였지만, 이제는 허름해진 한 마을의 원형극장에 언젠가부터 어린 소녀가 살기 시작했어요. 이름은 모모. 여덟 살인지 열두 살인지 알 수 없는 작은 체구였지만, 깜짝 놀랄 만큼 예쁜 커다란 눈을 가진 소녀였어요. 모모는 다른 사람의 말을 잘 들어주는 특별한 재주가

『모모』 독일어 초판 표지.

있어요. 모모는 가만히 앉아서 따뜻한 마음을 갖고 온 마음으로 이야기를 들었어요. 모모는 커다랗고 까만 눈으로 바라보았을 뿐인데 모모와 이야기를 나눈 마을 사람들은 깜짝 놀랄 만큼 지혜로운 생각을 떠올리곤 했어요.

가난하지만 심성이 고운 마을 사람들과 모모는 행복한 시간을 함께 보냈어요. 그런데 언젠가부터 마을 사람들이 하나둘 변하기 시작했어요. 시간을 절약해야 한다고 말하는 사람이 많아졌고, 더 많은 것을 가져야 한다고 생각하는 사람도 늘어났어요. '시간 저축 은행'에서 일하는 회색 신사들 때문이에요. 그들은 사람들의 욕망을 자극해 시간을 빼앗아 삶을 연명하는 존재들이었어요. 모모는 회색 신사들의 정체를 알게 되면서 그들에게 쫓기게 돼요.

쫓기던 모모는 30분 앞을 내다볼 수 있는 거북이 카시오페이아의 도움으로 호라 박사를 만나요. 호라 박사는 시간을 만들어서 사람들에게 지정된 시간을 나눠 주는 시간 관리자였어요. 호라 박사는 모모를 데리고 시간이 만들어지는 곳으로 가요. 놀라지 마세요. 그곳은 다름 아닌 모모의 마음속이었어요. 호라 박사는 시간을 관리할 뿐, 시간은 사람들이 스스로 만드는 것이었어요. 시간을 어떻게 만들지, 어떻게 사용할지는 순전히 개인의 마음에 달렸기 때문이죠. 마음속에서 하루를 보냈을 뿐인데, 모모가 원형극장으로 돌아왔을 때는 1년이라는 긴 시간이 지난 후였어요.

모모가 마을을 비운 사이 사람들은 더욱 시간에 쫓기게 됐어요. 모모는 호라 박사가 준 시간의 꽃으로 회색 신사들의 공격을 막아 내고, 결국 마을 사람들을 예전 모습으로 되돌리는 데 성공해요.

시간은 그 자체로도 중요하지만, 그것을 통해 얻을 수 있는 것이 많아요. 가족·이웃과 정을 나눌 수도 있고, 웃음과 행복을 함께 나눌 수도 있어요.『모모』는 시간의 의미와 소중함을 다시금 일깨워 주는 우리 시대 고전입니다.

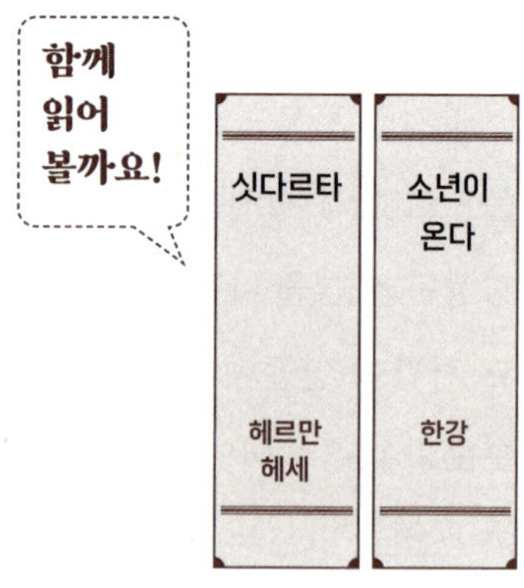

38

철학과 문학의 만남, 『소피의 세계』

"죽음을 피할 수 없다는 사실을 깨닫지 못하면 존재한다는 것도 제대로 경험할 수 없다고 생각했다. 삶이 얼마나 즐거운 것인지 생각해 보지 않았다면 피할 수 없는 죽음을 깨닫는 것 역시 불가능한 일이다."

노르웨이 작가 요슈타인 가아더(1952~)가 1991년 발표한 『소피의 세계』는 전 세계 사람들이 가장 많이 읽는 철학 책이자 가장 많이 팔린 철학 책이에요. '소설로 읽는 철학'이라는 부제가 붙은 『소피의 세계』는 60여 개 언어로 번역되었고, 4000만 부 이상 판매되었어요. 영화와 드라마, 뮤지컬로 만들어지기도 했죠.

노르웨이 한 작은 마을에 사는 열네 살 소녀 소피 아문센은 어느 날 우표도 붙어 있지 않은 한 통의 편지를 받아요. 작은 쪽지에는 "너는 누구니?"라는 질문 하나가 담겨 있었죠. 곧이어 도착한 편지에는 "세계는 어디에서 생겨났을까?"라는 질문이 있었어요. 소피는 이상한 편지들 때

문에 혼란스러웠지만, 한편으로는
이 질문에 대한 답이 궁금해졌어요.

편지는 계속해서 소피네 집 우체
통에 도착했어요. 인류의 기원, 고대
그리스와 로마의 신화 등 흥미로운
이야기를 들려줘요. 철학을 논할 때
빠지지 않는 소크라테스, 플라톤, 아
리스토텔레스 등의 이야기는 물론,
시간 순으로 여러 철학자의 생각과
주장을 설명해요. 소피는 그간 한번
도 생각해 보지 않은 일들, 즉 삶과
죽음, 세계와 우주에 호기심을 갖게
돼요. 소피는 이토록 방대한 철학의

『소피의 세계』 노르웨이 초판 표지.

역사를 설명해 주는 사람이 누군지 나중에야 알게 돼요. 그는 자신을
'철학자'라고 부르는 알베르토 크녹스였어요.

철학 이야기가 깊어지면서 소피는 마침내 오래된 성당에서 크녹스
선생님을 만나요. 이즈음 소피와 크녹스 선생님은 어둠의 시대인 중세
를 지나 인문 정신의 부흥과 재탄생을 의미하는 르네상스, 17세기 철학
자 데카르트와 스피노자는 물론, 이들에게 영향을 받은 18세기 경험주
의 철학까지 훑어 나가요. 철학에 대한 이해가 넓어진 소피는 다양한 질
문을 던지고, 크녹스 선생님은 실존주의 등 20세기 현대 철학까지 친절
하게 설명을 해 줘요.

『소피의 세계』는 액자식 구성을 통해 이야기의 흥미를 더해요. 작품

중간에 힐데와 그의 아빠 알베르트 크나그 소령이 등장해요. 이들은 소피와 크녹스의 철학 수업에 동참하기도 하고, 때론 어려움을 주기도 하는 존재예요. 흥미로운 점은 소피와 크녹스 선생의 철학 대화가 크나그 소령이 힐데의 열다섯 살 생일을 맞아 준비한 생일 선물이었다는 사실이에요. 이 사실을 알게 된 소피 등은 자신들의 운명을 주도적으로 바꾸려고 노력하며 이야기 밖으로 과감한 탈주를 시도해요. "너는 누구니?"라는 질문에 대한 깨달음은 결국 나 자신이 존재하기에 가능한 것이었죠.

『소피의 세계』는 철학 이론은 물론 시대적 배경까지 함께 이야기하고 있어 철학을 처음 공부하는 사람들이 읽으면 도움이 되는 작품이에요.

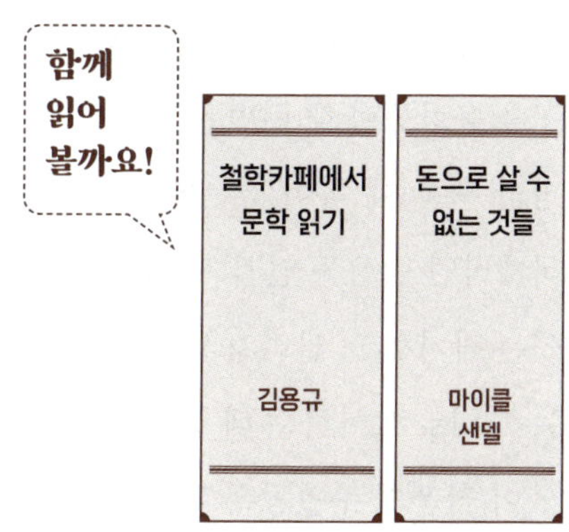

39

미국 자연주의 문학의 최고봉,
『야성의 부름』

"방랑의 도약에 대한 오랜 그리움은 관습의 사슬에 마모되지만 다시 한번 그 겨울잠으로부터 야성의 혈통이 깨어난다."

미국 작가 잭 런던(1876~1916)이 1903년 발표한 『야성의 부름』은 "전 세계의 위대한 개 이야기들 가운데 가장 인기 있는 장편"이라는 평가를 받는 작품이에요. 1935년에는 〈콜 오브 더 와일드〉, 2020년에는 〈콜 오브 와일드〉라는 제목으로 영화로 제작되기도 했어요. 가난 탓에 여러 곳을 유랑했던 잭 런던은 알래스카 등에서 경험한 대자연의 위력을 『야성의 부름』에 녹여 냈는데, 이 작품이 세계 여러 나라에서 번역되면서 국제적인 명성을 얻기 시작했어요. 그는 '미국 자연주의 문학의 계보를 잇는 작가'로도 알려져 있어요. 자연주의는 인간 삶과 사회의 문제를 있는 그대로 묘사하는 데 중점을 둔다는 특징이 있어요.

이 작품의 주인공은 "65킬로그램의 몸집"이 뿜어내는 "위엄 있는 풍

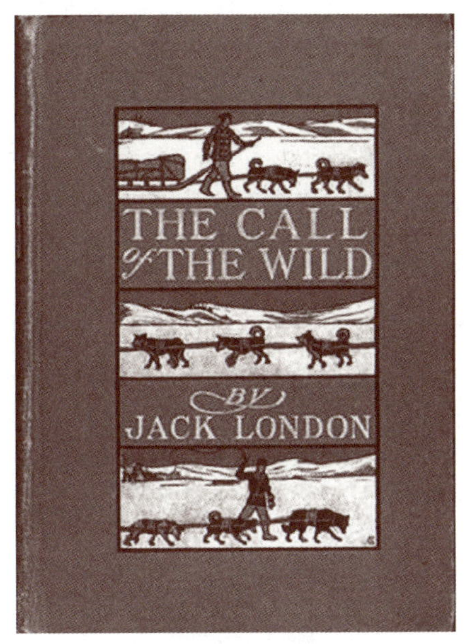

『야성의 부름』 초판 표지.

모"를 지닌 개 '벅'이에요. 사람들이 '밀러 판사 댁'이라고 부르는 햇빛이 잘 드는 대저택에서 벅은 "기고 걷고 나는 모든 것 사이에서" 왕과 같은 존재였어요. 하지만 도박에 빠진 저택의 일꾼 미누엘이 벅을 몰래 팔아 버리면서, 벅의 '귀족적인 삶'도 끝나 버렸어요. 벅의 새 주인은 '정부의 특급 배달 우편 썰매'를 모는 페로와 프랑수아였어요. 그들은 썰매 개들을 곤봉과 채찍으로 무자비하게 다루는 사람들이었어요. 벅은 "짐 나르는 개로 전락해 체면이 손상"된 것이 억울했지만 "무턱대고 저항"하는 어리석음은 저지르지 않았어요.

벅을 위협하는 건 사람만이 아니었어요. 썰매를 끄는 개들 중 우두머리인 스피치가 벅에게 가장 적대적이었어요. 똑똑한 벅은 짧은 썰매개 생활을 통해 이미 '원초적 야수'로 돌변해 있었기 때문이죠. 마침내 스피치를 제압한 벅은 썰매개들의 리더 자리에 올라요. 하지만 벅의 추락은 끝나지 않았어요. 벅을 비롯한 썰매개들은 사람들의 필요에 따라 거듭 팔리면서 점점 더 혹독한 환경에 내쳐졌어요. 짧은 시간이지만 함께 했던 동료 개들은 혹사 끝에 대부분 죽었어요. 그즈음 벅을 악독한 주인으로부터 구한 사람이 있었어요. 금을 채취하는 일을 하는 존 손턴은 결투까지 해서 벅을 구해 내요. 무려 5000킬로미터를 달린 와중에 여러 부상을 입은 벅을 존 일행은 살갑게 치료해 주었어요. 벅의 생명을 구한 존은 벅의 "모든 것"이었어요.

하지만 행복도 잠시뿐, 아메리카 선주민(先住民) 부족의 습격을 받고 사랑하는 존이 세상을 떠나요. 벅은 '악마의 화신'이 되어 아메리카 선주민 여러 사람들을 죽음에 이르게 해요. 벅은 얼마 전부터 교감하기 시작한 늑대 무리로 떠나요. 제목처럼 '야성의 부름'에 응답한 것이죠. 벅은 늑대 무리에서도 두각을 나타냈어요. 긴 겨울밤이 오고 늑대들이 낮은 계곡으로 먹이를 찾아 내려올 때면 그가 무리의 맨 앞에서 달리는 것을 볼 수 있었죠.

『야성의 부름』은 19세기 말, 이른바 골드러시(금광이 발견된 지역으로 사람들이 몰려드는 현상) 시대를 배경으로 '벅'이라는 개를 주인공 삼아, 인간 소외가 얼마나 광범위하게 일어나는지, 한편으로는 자연이 얼마나 위대한지를 보여 준 수작(秀作 · 빼어난 작품)이에요.

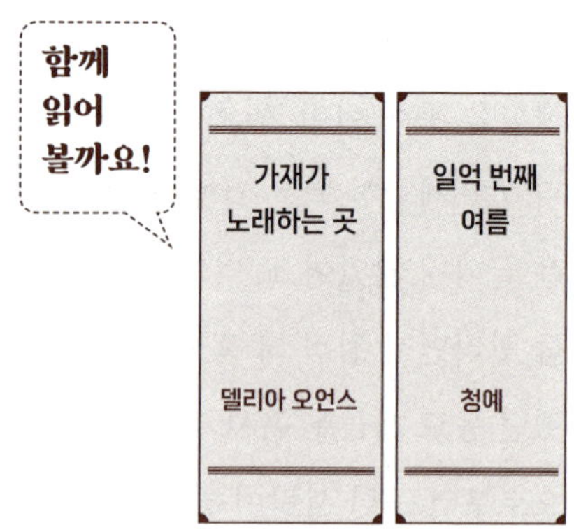

40

인간 본성과 정의에 대한 고찰, 『몬테크리스토 백작』

"당테스는 감옥에 갇혀 잊히고 만 온갖 죄수들이 당해야 하는 불행의 단계를 모두 경험했다. 처음에 그는 오만하게 그것을 감당해 나갔다. 그것은 희망의 연속이며 또한 무죄를 믿고 있는 마음으로 가능했다. 이윽고 얼마 후에 자기가 정말 무죄인지 의심하게 되었다. 그것은 정신착란이라고 하던 소장의 생각에 꼭 들어맞은 셈이었다."

프랑스 작가 알렉상드르 뒤마(1802~1870)가 1845년 발표한 소설 『몬테크리스토 백작』은 "역사와 허구를 넘나들며 장대한 이야기를 펼쳐 낸 명작"이라는 평가를 받아요. 이 작품은 대표작 『삼총사』로 이미 엄청난 명성을 얻고 있던 알렉상드르 뒤마에게 더 큰 명성을 안겨 줬어요. 같은 시대를 살았던 위대한 작가 빅토르 위고는 알렉상드르 뒤마를 일러 "읽고자 하는 욕구를 창조해 내는 작가"라고 평가한 바 있어요. 출간 이후 지난 180년 가까이 전 세계 독자들의 사랑을 받으면서 연극과 영화, 뮤지컬 등 다양한 콘텐츠로 제작되기도 했어요.

주인공 에드몽 당테스를 그린 1888년판 삽화.

에드몽 당테스는 파라옹호에서 일하는 젊고 유능한 선원이에요. 바다 한가운데를 항해하던 중 선장이 갑자기 세상을 떠나요. 에드몽은 어두운 분위기에 빠진 파라옹호 사람들을 도와 무사히 귀항에 성공해요. 배의 주인인 모렐 씨는 귀항에 공헌한 에드몽을 선장에 임명했어요. 그런데 스물한 살의 젊은 에드몽이 선장이 되자 주변 사람들 몇몇이 시기했어요. 결국 그들은 에드몽에게 나폴레옹의 첩자라는 누명을 씌워 당국에 고발해요. 아름다운 아가씨 메르세데스와 결혼을 앞두고 있던 에드몽은 그 길로 프랑스 남부의 항구 도시 마르세유 앞바다에 있는 깊은 감옥에 갇히고 말아요.

죄도 없이 감옥에 갇힌 에드몽에게 유일한 위안은 공부였어요. 그는 사람들이 '미친 신부'라고 부르는 파리아에게서 정치와 역사를 비롯 철학, 과학, 외국어 등을 배웠어요. 고령이었던 파리아 신부는 죽기 직전 에드몽에게 엄청난 재물이 숨겨진 몬테크리스토섬의 위치를 알려 줘요. 14년 동안 절치부심(切齒腐心·매우 분하여 한을 품고 재도전의 기회를 다지는 것)하며 탈옥을 시도했던 에드몽은 폭풍우가 몰아치던 어느 날 밤, 시신을 담는 자루에 몸을 숨기고 극적으로 탈출에 성공해요. 에드몽은 먼저 몬테크리스토섬에서 보물을 찾은 후 '몬테크리스토 백작'이라는 이름으로 신분을 바꾸고 프랑스 수도 파리로 돌아가요.

깊이 있는 교양에 부유한 재산까지 갖춘 에드몽은 파리의 귀족들 사이에서 인정받으면서 안정된 삶을 되찾아요. 남은 일은 자신을 모함했던 사람들을 철저히 응징하는 것이었어요. 자신을 모함하는 일을 주도한 당글라르, 정치적 야심 때문에 에드몽을 기소했던 비열한 검사장 빌포르, 메르세데스를 짝사랑한 나머지 모함 모의에 동참했던 페르낭 등을 향해 치밀한 복수를 시작하죠.

『몬테크리스토 백작』은 배신, 복수, 출생의 비밀, 용서 같은 이야기를 기본 소재로 삼아 사람들의 흥미를 자극해요. 뿐 아니라 여러 인물을 통해 인간 본성과 사회 정의에 대한 다양한 물음을 던져 주는 고전이라고 할 수 있어요.

41

동심의 눈으로 풍자한 어른의 세계, 『톰 소여의 모험』

"톰은 학교를 빼먹고 신나게 놀았다. 그러다 흑인 소년 짐을 도와 내일 쓸 장작과 저녁 지을 불쏘시개를 패야 할 때에 간신히 맞춰 집으로 돌아왔다. 하지만 톰이 그 시간에 집에 돌아온 것은 짐이 일의 4분의 3을 하는 동안 그에게 자신의 모험담을 들려주기 위해서였다."

마크 트웨인(1835~1910)은 '미국 문학의 아버지'로 불릴 정도로 미국 문학사에서 빼놓을 수 없는 인물이에요. 그가 1876년 발표한『톰 소여의 모험』은 "순수한 동심의 시선으로 인간 사회의 위선과 가식을 풍자한 수작"이라는 평가를 받는 작품이에요.『톰 소여의 모험』은 물론, 쌍둥이 같은 작품『허클베리 핀의 모험』은 만화영화와 영화, 연극, 뮤지컬로 제작돼 전 세계 어린이들에게 모험심을 심어 주었어요. 마크 트웨인은 10대 소년의 순수한 눈을 통해 가식적인 어른들의 모습과 위선을 특유의 풍자와 유머로 담아냈어요. 소년 눈에 어른들은 지나치게 권위적

『톰 소여의 모험』 1884년 판본 중 한 페이지.

이고 허례허식으로 가득했고, 무엇이든 그 가치를 돈으로 바꿔 생각하기 일쑤였어요.

미국 미시시피강가에 자리 잡은 작은 마을 세인트피터즈버그에 사는 개구쟁이 소년 톰 소여는 동생 시드와 함께 폴리 이모 집에 얹혀살았어요. 시드는 톰과 달리 모범생이었는데, 폴리 이모에게 형의 잘못을 일러바치기 바쁜 아이였어요. 폴리 이모는 톰에게 엄격했지만, 한편으로는 애처로운 마음이 들어 심하게 혼내지도 못했어요. 하루는 거듭된 톰의 말썽에 화가 난 폴리 이모가 30미터나 되는 담장에 페인트칠을 하라는 벌을 내렸어요. 마지못해 담장에 페인트를 칠하던 톰에게 묘안이 떠올랐어요. 벌을 받고 있다며 비웃는 친구들을 "페인트칠이야말로 세상에서 제일 재미있는 일"이라고 속인 거죠. 친구들은 재미있는 일을 자기도 하겠다며 나섰고, 톰은 자기 힘은 하나도 들이지 않고 일을 마쳤어요. 심지어 페인트칠하게 해 주는 값으로 장난감 등을 친구들에게 받기까지 해요.

톰의 단짝은 헉, 바로 허클베리 핀이에요. 헉의 아버지는 알코올중독자였고, 마을 사람들에게 따돌림을 당했어요. 톰과 헉은 한밤에 공동묘지에 갔다가 살인 사건을 목격해요. 살인범 인디언 조는 마을의 한 할아버지에게 누명을 씌우지만, 톰이 재판에 증인으로 나서면서 범죄의 진실이 밝혀져요. 한편 톰은 짝사랑하는 베키와 마을 어귀에 있는 동굴에 놀러 갔다가 도망친 조를 발견해요. 톰은 베키와 동굴을 황급히 빠져나오지만, 마을 사람들에게 알리지는 않아요. 조는 나중에 동굴에서 죽은 채로 발견돼요. 톰은 헉과 보물을 찾아내는 등 별별 모험을 끊이지 않고 벌여요.

『톰 소여의 모험』은 어린이들에게는 모험심을 심어 주는 걸작이면서, 그 순수한 눈에 비친 어른들의 모순적 세계를 예리하게 보여 주는 작품이에요. 『톰 소여의 모험』의 후속작인 『허클베리 핀의 모험』은 헉이 도망친 흑인 노예 짐과 함께 뗏목을 타고 떠나며 벌어지는 모험담이니, 함께 읽어 볼 것을 권해요.

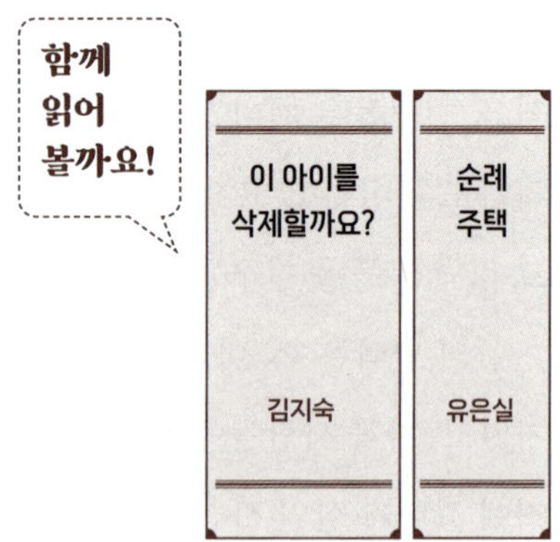

42

폭력과 위선 너머 우정의 세계로,
『허클베리 핀의 모험』

"검둥이한테 가서 내 머리를 숙이고 사과하기로 결심하기까지는 15분이나 걸렸습니다. 그러나 마침내 나는 이 일을 해내고 말았지요. 나중에 가서도 그에게 사과한 것을 후회한 적이 없습니다."

마크 트웨인이 1884년 출간한 『허클베리 핀의 모험』은 "미국의 모든 현대 문학은 이 작품에서 비롯했다"고 극찬을 받는 작품이에요. 19세기 말 남북전쟁 전후 미국 사회에 만연한 모순과 허위를 10대 소년의 눈으로 가감 없이 풀어냈기 때문이에요. 미국과 일본 등 여러 나라에서 영화, TV 드라마, 애니메이션, 만화 등으로도 제작되며 세계적으로 사랑받고 있어요.

『톰 소여의 모험』의 결말은 『허클베리 핀의 모험』의 시작으로 이어져요. 주인공 헉(허클베리 핀의 애칭)은 강에 떠다니는 증기선을 바라보면서 늘 모험을 꿈꾸었어요. 알코올 중독자 아버지는 헉을 외딴 오두막에 가두어 두었는데, 혁은 가까스로 탈출해요. 혁은 우연히 만난 흑인 노예 소년 짐과 뗏목을 타고 모험을 시작해요. 짐은 이웃집 왓슨 아줌마네 농장에서 도망 나온 아이였어요. 현상금이 무려 200달러나 걸려 있어서 혁도 마음이 잠시 흔들렸지만, 친절하고 순수한 짐에게 반해 모험을 함께하기로 결심해요.

강을 따라 내려가던 혁과 짐은 왕족의 후예이자 비운의 귀족이라고 자처하는 두 사기꾼을 뗏목에 태워요. 그들의 사기 행각을 알아채고 쫓

『허클베리 핀의 모험』 초판 표지.

아오던 사람들이 뗏목을 발견하는데, 애꿎게도 짐이 도망친 노예라는 사실이 알려지면서 먼 목화 농장으로 팔려 가요. 혁은 짐을 찾아 농장까지 찾아가죠. 마침 근처 이모 집에 와 있던 『톰 소여의 모험』의 톰과 만나 함께 짐을 탈출시킬 방법을 찾고자 노력해요. 개구쟁이 톰은 책에서 본 감옥 탈출을 재현한다면서 숟가락으로 땅을 파는 등 온갖 엉뚱한 일을 벌이기도 해요.

혁과 톰은 마침내 짐을 탈출시켜 함께 도망가요. 하지만 톰은 뒤쫓던 사람들이 쏜 총에 맞아 허벅지를 다쳐 넘어져요. 짐은 혼자서 충분히 도망갈 수도 있었지만, 톰을 치료하는 의사를 정성껏 돕다가 끝내 잡히고 말아요. 사람들은 도망친 노예를 죽이려고 하지만, 의사가 짐의 선행을

증언하면서 가까스로 죽음을 면하게 된답니다. 때마침 톰의 이모가 짐을 노예에서 해방해 줬다는 왓슨 아줌마의 유언을 전해 줘요. 헉과 톰은 모험을 거치며 짐마저 멋지게 구해 낸 것이지요.

『허클베리 핀의 모험』은 떠돌이 소년 허클베리 핀과 흑인 노예 짐, 그리고 톰과의 우정을 통해 소외된 사람들에 대한 관심을 불러일으키는 작품이에요. 또한 백인들의 인종 차별과 허위의식을 강하게 비판하는 사회 고발 소설이기도 해요. 참고로『톰 소여의 모험』과『허클베리 핀의 모험』은 하나의 작품처럼 읽어도 무방하답니다.

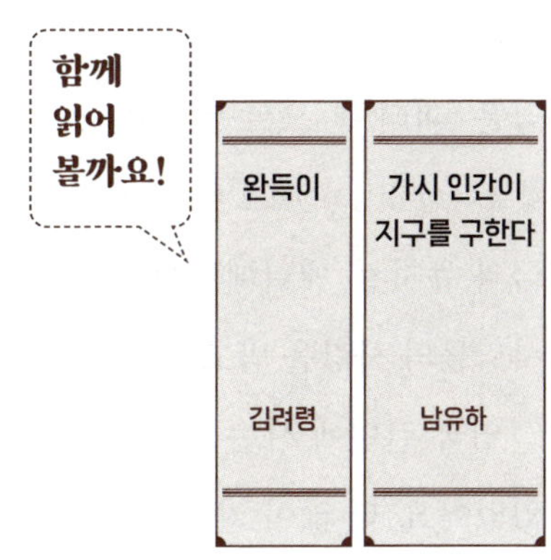

43

영원한 동심의 세계,
『피터 팬』

"피터는 세 남매가 너무 많은 걸 알고 있어서 조금 신경질이 났다. 하지만 피터가 세 남매 머리 꼭대기에서 으스대려면 얼마든지 그럴 수 있었다. 아까 말 안 했던가? 세 남매는 곧 두려움에 휩싸이게 된다고."

영국 작가 제임스 매튜 배리(1860~1937)가 1911년 출간한 『피터 팬』은 전 세계 남녀노소 누구나 사랑하는 명작이에요. 애초에는 『피터와 웬디』라는 제목으로 출간되었지만, 주인공 피터 팬이 워낙 유명해서 지금은 『피터 팬』으로 부르고 있어요. 1924년 무성 영화(등장인물의 대사나 음향 소리 없이 영상만으로 된 영화)를 시작으로 여러 번 영화로 만들어졌고, 연극과 뮤지컬, 애니메이션 등 다양한 콘텐츠로 제작되면서 여전히 많은 사람들의 사랑을 받고 있어요.

영국 런던에 사는 달링 부부는 웬디와 존, 마이클 세 남매를 키우고 있었어요. 티 없이 맑은 세 남매에게 어느 날 피터 팬이 찾아오고, 네버

1915년 출판된 『피터 팬』 표지.

랜드로 모험을 떠나자고 제안해요. 네버랜드는 "어른들이 보는 곳의 바깥에 있어서" 어른들의 눈에는 절대 보이지 않는 곳이에요. 신기하게도 그곳에서 아이들은 나이를 먹지 않았어요. 아이들에게 네버랜드는 충만한 모험을 누릴 수 있는 안성맞춤의 공간이었어요. 피터 팬의 단짝이면서 금방울 소리로 말을 하는 팅커 벨을 비롯한 요정들이 있었고, 꼬리가 긴 인어도 있었어요.

네버랜드도 마냥 행복한 곳만은 아니었어요. 사실 네버랜드는 유모차에서 떨어진 아이들이 일주일 안에 부모를 찾지 못하면 가는 곳이었거든요. 피터 팬과 함께 네버랜드로 날아온 웬디는 엄마가 필요한 아이들의 엄마 역할을 곧잘 했어요. 웬디는 원래 상냥하고 바느질도 잘했는데, 무엇보다 빨리 어른이 되고 싶었기 때문에 엄마 역할이 어렵지 않았어요.

네버랜드가 마냥 행복하지 않은 이유가 또 있는데, 바로 해적들 때문이에요. 그들을 이끄는 후크 선장은 동심으로 가득 찬 아이들에게 공포의 대상이었어요. 후크 선장은 피터 팬과의 대결에서 한쪽 손을 잃은 터라 복수심에 불타서 피터 팬을 쫓았어요. 후크 선장은 어린이들을 인질로 붙잡고 피터와의 결전을 기다렸어요. 한동안은 양쪽 모두 기세가 팽팽했지만, 상황은 갈수록 피터 팬에게 유리했어요. "눈부시도록 재빠르게" 날 수 있었던 피터에게 후크 선장은 상대가 되지 않았죠. 후크 선장은 악어가 기다리는 바다로 떨어져 최후를 맞아요.

네버랜드로 떠날 때는 웬디와 존, 마이클 3명이었지만, 돌아올 때는 9명이었어요. 부모를 잃은 6명의 아이들이 모두 달링 부부의 집으로 돌아왔고, 달링 부부는 6명의 소년을 기쁜 마음으로 입양했어요. 피터 팬은 어떻게 되었을까요? 웬디는 어른이 되어 결혼을 하고, 웬디가 낳은 딸 제인이, 훗날에는 제인의 딸 마거릿도 피터와 함께 네버랜드로 모험을 떠나면서 작품은 끝을 맺어요.

누구든 영원히 어린아이로 살 수 없지만, 때때로 동심이 그리울 때가 있을 거예요. 그럴 때 『피터 팬』을 읽는다면, 새로운 기분으로 충만할 거라고 믿어요.

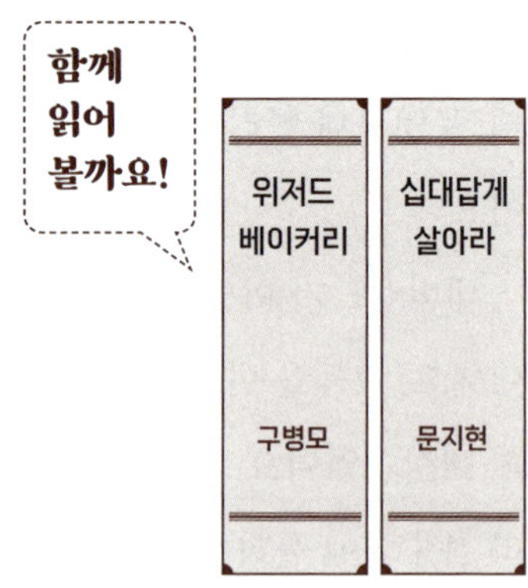

해양 모험 소설의 고전, 『보물섬』

"그 외다리 뱃사람 때문에 나는 이루 말할 수 없이 끔찍한 악몽에 시달렸다. 폭풍우가 몰아치는 밤이면, 그 외다리 뱃사람은 갖가지 모습으로 나타나 온갖 사악한 표정을 지었다."

스코틀랜드 출신 작가 로버트 루이스 스티븐슨(1850~1894)이 1883년 출간한 『보물섬』은 "모험을 통해 청소년들에게 꿈과 희망을 안겨 준 해양 모험 소설의 고전"으로 평가받는 작품이에요. 『보물섬』은 영화·연극·드라마·만화 등으로 제작되었고, 모험을 소재로 한 다양한 게임에도 차용되었어요. 스티븐슨은 『보물섬』 외에도 『지킬 박사와 하이드 씨』로 전 세계 독자들에게 여전히 사랑받는 작가예요.

『보물섬』은 가족의 사랑 속에서 탄생한 작품이에요. 여행 중이던 스티븐슨 가족은 연일 계속되는 비 때문에 집 안에서 그림을 그리며 시간을 보냈어요. 아들 로이드가 섬 지도 한 장을 그렸는데, 이를 보고 영감이 떠오른 스티븐슨은 지도 곳곳에 '해골섬', '망원경산' 같은 지명을 붙이고, 몇몇 곳에는 ×표를 그려 넣었어요. 보물이 있는 곳을 표시한 것이죠. 스티븐슨은 가족에게 이야기를 들려주면서 소설을 완성해 나갔어요.

항구 앞에 있는 '벤보 제독 여관' 집 아들 짐 호킨스는 여관에 묵던 해적 빌리 본스가 죽자 유품에서 지도 한 장을 발견해요. 전설적인 해적 선장 플린트가 보물을 숨겨 둔 섬 지도였죠. 그게 보물섬 지도임을 확인한 대지주 트렐

로버트 루이스 스티븐슨이 쓴
『보물섬』 초판.

로니와 의사 리브지는 보물섬을 향해 출발하기로 결심하고 선원을 모았어요. 그중에는 존 실버, 흔히 '키다리 존'이라 불리는 외다리 사내도 있었어요. 짐은 죽은 빌리 본스가 두려워한 '외다리 뱃사람'이 존 실버가 아닐까 의심했지만, 호탕하고 친절한 그에게 호감을 갖게 됩니다.

하지만 히스파니올라호가 보물섬 근처에 다다를 무렵, 짐은 엄청난 비밀을 알게 돼요. 우연히 사과 통 안에 숨어서 실버와 선원들의 이야기를 듣게 된 거예요. 사실 존 실버는 플린트 선장이 이끄는 해적선 조타수였고, 선원 중 여럿이 보물을 차지하려고 의도적으로 배에 오른 해적이었어요. 실버와 해적들과 함께 섬에 상륙한 짐은 그들을 따돌리고 섬을 배회하다가 플린트 선장의 부하였던 벤 건을 만나요. 벤 건은 짐 일행을 돕기로 하고, 통나무집으로 안내해 해적 일당과 싸울 준비를 해요.

보물을 먼저 손에 넣기 위해 해적들과 짐 일행은 밀고 밀리기를 반복해요. 끝내 해적 일당은 거의 전멸하고 보물을 차지한 사람들은 각자 원하는 길로 떠나죠. 실버는 어떻게 되었을까요? 해적들이 거의 전멸하자 짐 일행에게 항복한 실버는 배가 항구에 정박하기 전 금화 한 자루를 들고 사라졌어요.

『보물섬』은 말 그대로 보물을 찾아 나선 사람들, 특히 소년 짐의 모험심과 활약이 가득한 책이에요. 나아가 다양한 인물들 사이의 갈등과 배신, 신뢰 등을 통해 도덕성과 인간성에 대한 질문을 던지고 있기도 합니다. 우리 시대 청소년들도 짐과 같은 용기를 품고 모험에 나설 수 있기를 기대해 봅니다.

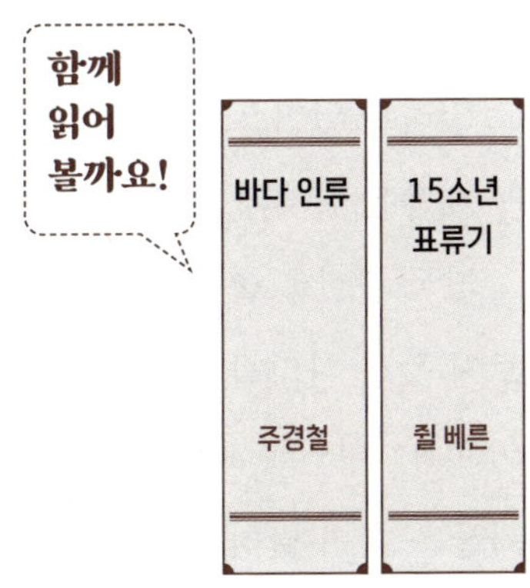

탐욕스러운 인간의 이중성에 대한 풍자, 『걸리버 여행기』

"소위 이성적인 척하는 짐승이 그런 엄청난 짓을 저지른다면 그건 정말 극악무도한 일이야. 왜냐하면 타고난 야만성보다 정신적 능력의 타락이 더 나쁜 것이니까 말이야."

아일랜드 출신 작가 조너선 스위프트(1667~1745)가 1726년 발표한 『걸리버 여행기』는 18세기 영국의 정치 현실을 신랄하게 꼬집어 '풍자 문학의 고전'이라고 평가받는 작품이에요. 대인국과 소인국 이야기가 세계 여러 나라에서 동화로 각색되면서 흔히 아동 소설 혹은 모험 소설로 알려져 있어요. 하지만 스위프트가 살던 시대를 신랄하게 묘사해 일부 내용은 삭제되고, 심지어 금서로 지정되기도 했던 작품이에요.

영국 중산층 출신인 걸리버는 약 16년 7개월 동안 보통 사람들은 가보지 못한 나라들을 여행해요. 소인국(小人國), 대인국(大人國), 공중국(空中國), 마인국(馬人國)을 차례로 여행하죠. 소인국 '릴리퍼트'의 정치가들은 흔히 말하는 '줄타기'를 잘하면 출세할 수 있어요. 권력자들의

『걸리버 여행기』 초판.

눈치를 잘 살펴 그들을 거스르지 않은 사람들이 인정받는 세상이었던 거죠. 당시 영국 왕이 조지 1세였는데, 많은 귀족 정치가가 그의 눈에 들기 위해 온갖 아첨을 일삼았던 일을 풍자한 셈이에요. 대인국 '브롭딩내그'에서 걸리버는 구경거리가 되었어요. 소인국과 달리 대인국은 왕을 중심으로 정치가 잘 돌아갔는데, 군대와 농업, 가족이 제 기능을 다하면서, 흔히 말하는 이상 국가의 면모를 보였어요. 오히려 스위프트는 왕에게 전쟁 무기를 만들어야 한다고 역설한 걸리버가 낡은 시대의 생각을 갖고 있다고 비판해요.

인간의 위선과 야만에 대한 풍자는 3부 공중국과 4부 마인국에서 훨씬 선명하게 드러나요. 공중국 '라퓨타'는 육지 '발니바비' 위에 떠 있는, 흡사 거대한 비행접시 같은 섬이에요. 후대 평론가들은 라퓨타는 스스로 이상적인 국가라고 믿는 영국을, 발니바비는 영국 지배 아래 고통

받는 아일랜드를 상징한다고 해석했어요. 라퓨타 사람들은 특이하게도 고개가 한쪽으로 기울었고, 한쪽 눈은 속으로, 다른 쪽 눈은 하늘을 향해 있어요. 음악·미술 등 차원 높은 예술과 이상을 추구하지만, 동시에 식민 지배와 착취를 일삼는다는 풍자였던 거죠. 한편 동방의 나라 럭낵 사람들은 죽지 않았어요. 어려서부터 예술과 학문에 전념하지만, 실제로는 80세가 되면 사회적으로 죽은 것과 다름없는 취급을 받아요. 인간의 마음처럼 겉과 속이 달라도 너무 다른 거죠.

가장 흥미로운 나라는 4장 마인국 '휴이넘'이에요. 이곳 주민인 말들은 질서 정연하고 합리적이며, 지성이 예리하고 총명한, 말 그대로 완전한 존재예요. 하지만 마인국에도 문제는 있어요. 온갖 추잡한 일을 일삼는 '야후' 때문이죠. 작가는 "이 혐오스러운 짐승이 인간의 모습을 완전히 갖추고 있는 것을 알았을 때, 내가 받은 충격과 공포감은 이루 형용할 수가 없었다"라고 말해요.

300년 전 탄생한 『걸리버 여행기』는 탐욕스러운 인간의 이중성, 그리고 식민 지배와 착취에 거리낌이 없는 국가에 대한 풍자를 담고 있어요. 마치 지금 우리 시대의 모습을 비추는 거울 같지 않나요?

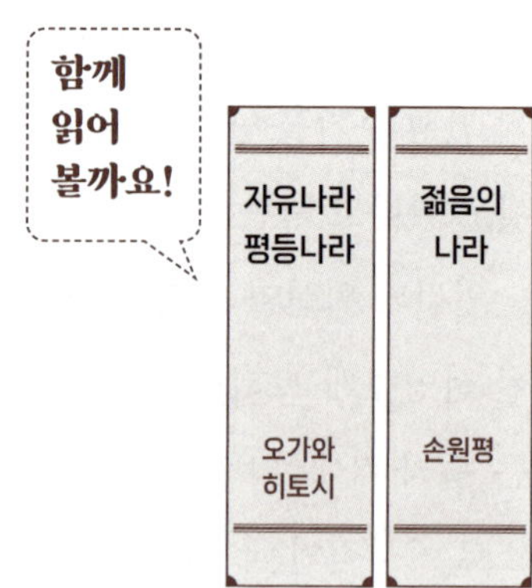

동서양의 만남 주선,
『동방견문록』

"그곳(지팡구·Zipangu)에서는 헤아릴 수도 없이 많은 금이 난다. 그러나 아무도 그 섬에서 금을 가지고 나오지 못하는데, 그것은 어떤 상인도 어떤 사람도 대륙에서 그곳으로 가지 않기 때문이다."

14세기 초반 출간된 마르코 폴로(1254~1324)의 『동방견문록』은 서양에 동양을 알린 최초의 기록물 중 하나로 평가받는 작품이에요. 제목 '동방견문록(東方見聞錄)'은 일본에서 붙여진 이름을 그대로 가져온 것이고, 본래 제목은 '세계의 서술(Divisament dou monde)'이에요. 수많은 필사본(인쇄가 아닌 직접 손으로 옮겨 써서 만든 책)이 유럽 사회에 퍼지면서 『성서』 다음으로 많이 읽혔다고 전해지고 있어요.

마르코 폴로는 이탈리아 베네치아 출신으로, 상인인 아버지와 삼촌을 따라 1271년 여행을 시작해요. 그 여행은 1295년까지 이어졌는데, 유럽은 물론 서아시아와 중앙아시아, 중국과 인도를 거쳐 무려 25년이

나 계속되었어요. 그 가운데 17
년은 몽골 제국의 황제(칸) 쿠빌
라이가 통치하는 원나라에 머물
면서 칸의 특사 자격으로 여러
나라를 답사했죠. 그는 당시 기
독교만 유일한 종교로 인정했던
유럽과 달리, 원나라는 어떤 종
교도 강제하지 않는다는 사실에
놀랐다고 해요.

카스피해 근처에서 석유가 솟
아나는 광경을 목격한 마르코
폴로는 석유에 대해 다음과 같
이 기록했어요. "이 기름은 먹기
에는 적합하지 않지만 불이 잘
붙을 뿐 아니라 사람과 낙타의
가려움증과 부스럼을 치료하는

『동방견문록』의 한 페이지.

연고로도 쓰인다." 2개월 이상 강행군을 하며 넘은 해발 4500미터 정도
의 파미르 고원에 대해서는 "높이와 추위 때문에 새 한 마리 날지 못한
다. …… 불을 피워도 잘 타지 않고 평소처럼 열을 내뿜지도 못하며 음
식을 요리하기도 힘들다"라고 적었어요.

물의 도시로 불리는 베네치아 출신인 마르코 폴로는 항저우를 방문
하고 깜짝 놀랐다고 해요. 베네치아 역시 운하의 도시였지만, 항저우의
운하가 규모 면에서 압도적으로 컸기 때문이죠. 당시 유럽 사람들은 적

166

대적 관계에 있던 이슬람권 정도만 하나의 문명으로 인식하고 있었는데, 중국을 중심으로 주목할 만한 문명이 동양에 있다는 사실에 마르코 폴로는 적잖은 충격을 받았어요. 거대한 도시들이 곳곳에 있었고, 가는 곳마다 큰 건축물은 물론 많은 보물도 있었거든요.

이 책을 통해 유럽 사회의 권력자들과 상인들은 동양이라는 새로운 시장과 영토를 개척할 수도 있다는 꿈을 꾸게 되었어요. 한편으로는 마르코 폴로의 다소 과장된 표현 때문에 '허풍과도 같은 이야기'라고 치부하는 사람도 많았다고 해요. 하지만 역사적 기록이 하나둘 발견되면서 이 책에 등장한 표현이 정확하지는 않지만 기록으로 충분한 가치가 있다는 게 밝혀졌어요. 『동방견문록』은 일찌감치 동양과 서양의 만남을 주선한 셈이에요.

47

근대 소설의 시작,
『로빈슨 크루소』

"1659년 9월 30일. 불쌍하고 비참한 나 로빈슨 크루소는 끔찍한 폭풍에 휘말려 바로 앞바다에서 난파를 당하는 바람에 이곳, 쓸쓸하고 불행한 섬 해변에 도착했다. 나는 이 섬을 '절망의 섬'이라고 불렀다. 배에 탔던 나머지 선원들은 빠져 죽고 나도 거의 죽을 뻔했다."

항해 기술이 많이 발달했지만, 여전히 바다에서 배가 조난되었다는 뉴스를 접하곤 합니다. 지금처럼 첨단 항해 장비가 없던 시절에는 지금보다 더 많은 조난 사고가 있었어요. 약 300년 전, 무인도에 조난당한 한 남성의 이야기를 다룬 소설이 있어요. 영국 정치 평론가이자 작가인 대니얼 디포(1660~1731)가 1719년『요크 출신 뱃사람 로빈슨 크루소의 생애와 이상하고도 놀라운 모험』이라는 소설을 발표했어요. 우리에게는 『로빈슨 크루소』라는 제목으로 널리 알려진 바로 그 작품이죠.『로빈슨 크루소』는 '근대 소설의 시작'으로 평가받는 작품이에요. 출간 당시에

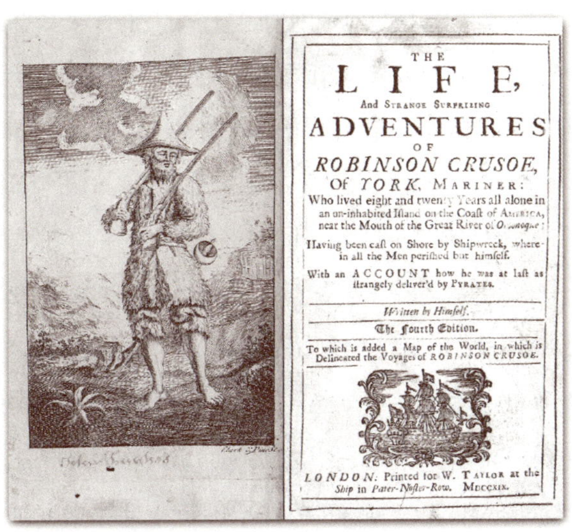

1719년 출판된 『로빈슨 크루소』의 본문 맨 앞부분.

도 인기가 높아서 다양한 모방 작품들이 생겨났고, 디포가 쓰지 않은 속편이 출간되기도 했어요.

로빈슨 크루소는 부모의 반대에도 불구하고 더 큰 세상을 보고 싶다는 포부를 품고 바다로 모험을 떠나요. 하지만 배가 난파되는 바람에 큰 고초를 겪죠. 폭풍우 한번 겪었다고 모험을 그만둘 로빈슨 크루소가 아니었어요. 그는 무역상이 되어 다시 아프리카로 가는 배에 오르지만, 해적에게 붙잡혀 노예가 되죠. 갖은 고초 끝에 탈출에 성공한 그는 다시 브라질에서 큰 농장을 경영하게 되는데, 그래도 바다는 잊을 수 없었어요. 다시 바다에 나선 로빈슨 크루소는 또다시 폭풍우를 만나 무인도에 표류해요. 그곳은 바다 건너 야만인들이 사람을 잡아먹기 위해 사용하는 섬이었어요. 로빈슨 크루소는 잡아먹힐 위기에 처한 흑인을 구해 주고 '프라이데이'라는 이름을 붙여 줘요. 그에게 말과 기독교 교리, 연장을 사용하는 법 등을 알려 주죠. 이후 로빈슨은 반란이 일어나 무인도에 표류한 영국 배를 구하고, 장장 28년 만에 영국으로 귀환해요.

대니얼 디포는 일기 형식으로 이 모든 이야기를 흥미롭게 풀어 가요. 고독을 극복하는 방법, 손수 집을 짓고 옷이며 그릇까지 만드는 일들을 사실적으로 묘사하죠. 이런 여러 가지 이유들 때문에 후대 평론가들은 "현재 사실주의 소설이라고 부르는 것들 가운데 영어로 쓴 첫 번째 작품"이라고 평가해요. 하지만 좋은 평가만 있었던 건 아니에요. 영국이 바다를 장악하던 시기, 즉 제국주의가 밑바탕에 깔려 있기 때문이에요. 더더욱 오늘날의 시선에서 보면 심각한 인종 차별과 영국인만이 세상의 주인공이라는 시각이 지나치게 부각되기도 해요.

그럼에도 영화, 연극, 오페라 등 다양한 콘텐츠로 만들어지면서 여전히 세계인의 사랑을 받는 이유가 있어요. 서구 사회를 지탱하는 중요한 원리인 개인주의, 거기서 발전한 '자연 상태의 인간'을 찾아가는 방법을 제시한 거의 첫 번째 작품이 바로 『로빈슨 크루소』예요. 대니얼 디포는 인간의 정체성에 대해 면밀하게 탐구하면서 근대적 인간상을 만들어 낸 위대한 작가예요.

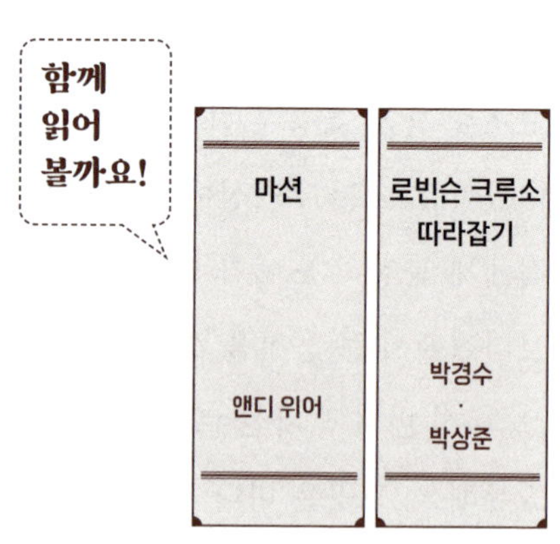

48

미지의 세계를 여행하는 방법,
『이상한 나라의 앨리스』

"그러다가 토끼가 조끼 주머니에서 시계를 꺼내어 보면서 빨리 뛰어가는 모습을 보고는 놀라서 벌떡 일어났다. 주머니 달린 조끼를 입거나 조끼 주머니에서 시계를 꺼내는 토끼를 본 적이 없다는 사실을 문득 깨달았기 때문이다."

영국의 동화 작가 루이스 캐럴(1832~1898)이 1865년 발표한 『이상한 나라의 앨리스』는 150년도 넘게 전 세계 어린이들에게 사랑받는 작품이에요. 50개 이상 언어로 번역되었고, 무엇보다 TV 드라마와 만화영화, 애니메이션, 뮤지컬 등 다양한 콘텐츠로 제작되었어요. 이 작품은 이후 『반지의 제왕』 등 영국 판타지 문학의 발달에 적지 않은 영향을 주었어요.

루이스 캐럴의 본명은 찰스 럿위지 도지슨으로, 영국 옥스퍼드대학교의 수학 교수였어요. 동료 교수인 헨리 조지 리델에게 딸이 세 명 있었는데, 그중 둘째 딸이 책에 나오는 주인공과 이름이 똑같은 앨리스 리

델이었어요. 루이스 캐럴이 헨
리 교수네 아이들과 함께 나들
이를 갔다가 지루해하는 아이
들을 위해 즉흥 이야기를 들려
준 것이 『이상한 나라의 앨리
스』의 시작이라고 해요. 루이스
캐럴은 이 작품을 정식 출간하
기 전에 '땅속 나라의 앨리스'라
는 제목으로 헨리 교수의 딸들
에게 선물했다고 해요.

앨리스는 강가에서 졸고 있
다가 주머니 달린 조끼를 입고
회중시계를 든 토끼를 발견해

앨리스 리델.

요. 호기심에 이끌린 앨리스는 곧바로 그 토끼가 사라진 굴로 뛰어드는
데, 그렇게 도착한 이상한 나라에서 앨리스는 몸이 커졌다가 작아졌다
하는 신기한 경험을 해요. 버섯 위에 앉아 물담배를 피우는 애벌레에게
몸집을 자유롭게 조절하는 방법을 배운 거예요. 쐐기벌레의 제안으로
버섯을 먹은 앨리스의 목이 길어지자 비둘기는 앨리스를 보고 뱀이라며
놀라기도 해요. 앨리스는 시간에 얽매이지 않는 모자 장수도 만나요. 앨
리스는 신기하고 멋진 경험을 통해 이상한 나라에 사는 존재들과 우정
을 쌓아 가요.

한편 앨리스는 크로켓 경기장에서 신경질적인 하트 여왕을 만나게
됩니다. 하트 여왕은 아무에게나 화를 내고 별 이유도 없이 "목을 잘라

라"라고 명령했어요. 퉁명스럽게 말했다는 이유로 앨리스의 목도 자르라고 명령할 정도였죠. 이후 앨리스는 하트잭이 여왕이 만든 타르트를 훔친 죄를 묻기 위해 열리는 재판에 증인으로 참석해요. 여왕이 배심원들의 평결도 듣지 않고 하트잭에게 사형을 선고하려 하자 앨리스는 강하게 반대해요. 여왕은 다시 앨리스의 목을 베라고 명령했지만, 몸이 굉장히 커진 앨리스는 카드 병사들이 두렵지 않았어요. 바로 그때 앨리스는 꿈에서 깨어납니다.

앨리스가 이상한 나라에서 경험하는 모험들을 따라가며 읽다 보면 단조로운 우리 일상에도 이런 놀라운 일들이 벌어지지 않을까요?

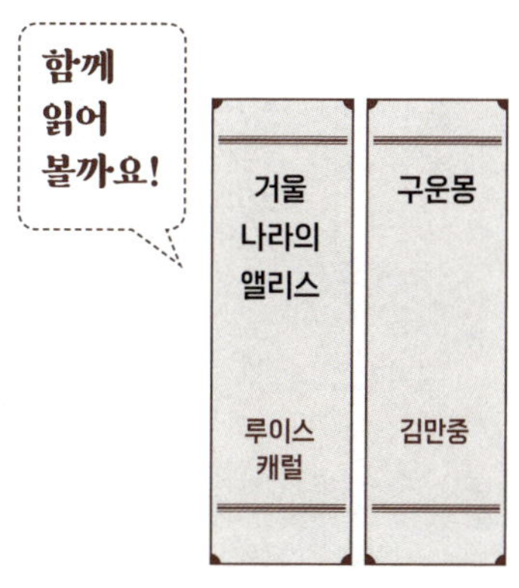

V

과학의 눈으로 세상 보기

과학은 시대를 견인했어요. 태양과 달, 행성 들이 지구 주위를 돈다고 생각했던 시절이 있어요. 천동설의 시대에는 종교적 영향력이 더해지면서 모든 사람이 그렇게 생각할 수밖에 없었어요. 하지만 코페르니쿠스, 갈릴레이 등이 태양을 중심으로 지구가 자전과 공전을 하고 있다는 지동설을 주장하면서 세상은 조금씩 변하기 시작했어요. 인간은 평등하다는 인식이 조금씩 생기기 시작했고, 그에 따라 모든 인간을 존엄하게 바라보는 시각도 더디지만 생겨나기 시작했어요.

과학은 우리 삶과도 떼려야 뗄 수 없어요. 우리가 사용하는 거의 모든 도구와 시설 등이 과학의 발전과 연관이 있어요. 아파트 엘리베이터가 고장 났다고 생각해 보세요. 고층에 사는 친구들이라면 벌써부터 다리가 아파 올 겁니다. 이처럼 과학은 우리 일상은 물론 가치관과 세계관 변화에 커다란 역할을 해 왔어요. 이토록 중요한 과학 기술을 어떻게 사용하느냐가 중요합니다. 심각한 기후 위기, 핵 사용의 위험, 딥페이크 등 첨단 과학 기술의 오남용 등은 우리가 과학을 어떻게 대할 것인가에 대한 중대한 문제를 제기하지요.

과학은 그 자체로는 가치 중립적이에요. 그것을 사용하는 사람들이 어떤 도덕과 가치관, 세계관을 가지고 있느냐에 따라 좋은 방향으로 삶을 움직일 수도 있고, 반대로 나쁜 방향으로 치달을 수도 있어요. 과학이 우리에게 주는 삶의 풍요는 누리면서, 그것이 좋은 방향으로 인류에게 봉사할 수 있는 그 실마리를 함께 찾아봅시다.

49

우리는 어디에서 왔는가,
『시간의 역사』

"오늘날에도 우리는 우리가 왜 여기 존재하는지, 어디서 왔는지 알아내기를 열망하고 있다. 우리의 목표는 우리가 살고 있는 우주에 대한 완전한 기술(記述) 바로 그것이다."

영국의 이론물리학자 스티븐 호킹(1942~2018)이 1988년 발표한 『시간의 역사』는 "대중 과학서의 이정표", "20세기 최고의 과학 교양서"라는 평가를 받고 있는 책이에요. 영국에서만 60만 부 넘게 팔렸고, 전 세계 40여 나라에서 출간돼 2500만 부 이상 판매되었다고 해요. 스티븐 호킹은 20대 초반 발병한 루게릭병을 앓으면서도 연구와 대중 강연에 매진해 '뉴턴과 아인슈타인을 잇는 물리학자'라는 명성을 얻었어요.

『시간의 역사』는 우주와 시간의 기본 개념부터 양자 이론과 시간의 흐름, 나아가 우주와 인간의 관계, 인간의 존재 의미까지 폭넓게 다루고 있어요. 인류는 긴 시간에 걸쳐 다양한 과학적 연구를 통해 우주에 관한

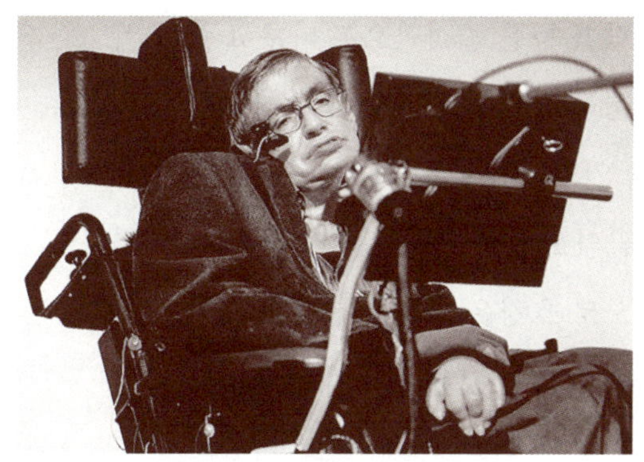

스티븐 호킹.

상(像)을 하나 정립했어요. 하지만 과학적 사실과 무관하게 저마다 우주상을 세운 사람도 많아요. 스티븐 호킹이 『시간의 역사』 첫 장에서 아리스토텔레스부터 프톨레마이오스, 코페르니쿠스, 케플러, 갈릴레이, 뉴턴, 아인슈타인 등이 탐색한 우주의 본질을 자세히 설명하는 이유예요. 시대마다 우주를 인식하는 방법이 달랐다는 사실, 바로 그 점 때문에 사람들이 각자 우주를 이해하는 방식에 차이가 있을 수밖에 없음을 스티븐 호킹은 자세하게 보여 주고 있어요.

'스티븐 호킹' 하면 가장 먼저 떠오르는 주제는 블랙홀이에요. 그가 우주에 대한 여러 학자의 인식과 주장을 자세하게 설명한 것은 블랙홀을 더 자세하게 설명하려는 의도였다고도 할 수 있어요. 호킹은 평생 블랙홀과 우주의 기원 연구에 매진했어요. 대표적인 이론으로는 '호킹 복사(Hawking radiation)'가 있어요. 호킹 이전까지 사람들은 블랙홀이 물질을 흡수한다고만 생각했어요. 하지만 호킹은 시간이 지나면서 블랙홀이 열복사 현상을 통해 입자를 방출하기도 한다고 주장해요. 또한 블랙홀 자체가 거대한 폭발을 일으키면서 증발할 수 있다고도 주장했죠. 호킹의 블랙홀 연구는 이론물리학과 우주론에 상당한 영향을 주었다고 평가를 받습니다.

　우주에 대한 인식의 변화와 블랙홀 등을 중점적으로 다루고 있지만, 스티븐 호킹이 『시간의 역사』를 통해 궁극적으로 말하고 싶었던 것은 우주를 바라보는 인간의 시각, 즉 인간 존재에 대한 탐구였어요. '우리는 어디에서 왔는가?', '우주가 지금의 모습을 보이는 까닭은 무엇인가?' 이 주제들을 설명하기 위한 방편으로 호킹은 우주를 선택한 것이에요. 호킹의 연구에 따르면 우주가 지금 모습인 것은 우리가 존재하기 때문이라고 해요.

　『시간의 역사』는 여전히 이해하기 어려운 부분이 많습니다. 하지만 물리학은 물론 우주와 인간 존재를 이해하는 명쾌한 방법을 수식을 거의 쓰지 않고 설명한다는 점에서 읽어 볼 가치가 충분한 책이에요.

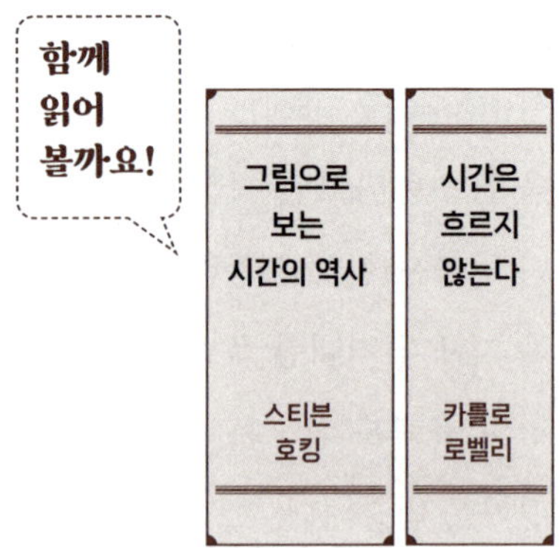

50

진화론의 뼈대를 이룬 책, 『비글호 항해기』

"두 개의 돛대와 대포 열 문을 갖춘 비글호는 1831년 12월 27일, …… 데본항을 출발했다. 영국 해군 피츠로이 함장의 지휘로 이루어지는 이번 항해의 목적은 …… 칠레와 페루의 해안과 태평양에 있는 몇몇 섬의 해안을 탐사하며, 세계 곳곳의 경도를 측정하는 것이었다."

1839년 출간된 『비글호 항해기』는 찰스 다윈(1809~1882)이 『종의 기원』에서 정립한 진화론의 토대가 된 작품입니다. 영국 군함 비글호는 1831년 12월부터 1836년 10월까지 칠레와 페루 등 남아메리카와 태평양 여러 섬들의 자연생태 등을 조사했어요. 다윈은 비글호에 박물학자 자격으로 탑승했습니다. 박물학자는 동식물이나 광물의 종류, 성질 등을 두루 연구하는 학자예요.

『비글호 항해기』는 다윈이 항해할 때 보고 겪은 자연현상이나 풍속 등을 정리한 책이에요. 다윈은 비글호 항해 이후 자신이 생각하고 있던

1890년 비글호를 그린 그림.

진화론이 학문적으로 일리가 있다고 확신했고, 그 이론을 정립해 1859년 『종의 기원』을 발표했어요. 비글호 항해가 없었다면 『종의 기원』도 없었을 거예요.

다윈은 정박하는 곳의 자연 생태와 날씨는 물론 현지 사람들의 생활 모습까지 두루 기록했어요. 브라질에서 처음 본 열대림에 경탄했고 아르헨티나 등에선 나무늘보를 봤어요. 멸종한 코끼리를 총칭하는 마스토돈의 화석도 발견했어요. 칠레에서는 지진을 경험했는데, 이때 육지 융기와 화산 폭발이 지진과 어떤 연관성이 있는지 관찰했어요. 다윈은 내성적이었지만 오랜 항해 끝에 육지에 상륙하면 위험한 탐험을 자처했고 채집과 관찰에 열을 올렸다고 해요.

그가 채집하거나 사냥한 것들은 반딧불이·모기·빈대 같은 곤충류, 퓨마·스컹크 같은 포유동물, 신천옹·벌새 등의 조류, 물고기와 갑각류, 파충류와 양서류 등 영국에서는 쉽게 볼 수 없는 동식물이었어요. 태평양과 인도양 항해에서 다윈은 산호초의 종류와 차이를 명확하게 파악하고 산호초가 만들어지는 과정을 밝히기도 했어요.

다윈에게 특별히 큰 영향을 준 곳은 갈라파고스 제도입니다. 그곳에서 대형 거북, 바다이구아나, 핀치새 등을 관찰했는데, 그 결과 생물종의 진화에 대한 신념을 점점 굳혀 가요. 5년 만에 영국으로 돌아오는 다윈의 손에는 무려 18권의 노트가 들려 있었고, 이 기록들이 『비글호 항해기』의 뼈대를 이뤘어요.

『비글호 항해기』가 재미없는 동식물 관찰기로 보일 수도 있지만 이 책은 훗날 다윈이 "내 최초의 문학적 작품"이라고 말할 정도로 재미있는 책이에요. 각 나라를 답사하고 생명체를 관찰하면서 느낀 자신의 생각과 다양한 모험담을 솔직하고 담백하게 썼기 때문이죠. 진화생물학자인 에른스트 마이어는 "우리 세계관에 다윈보다 더 크게 영향을 준 사람은 없다"라고 말했어요. 실제로 다윈의 진화론은 자연과학을 넘어 사회학 등 다양한 학문에 적용되고 있어요.

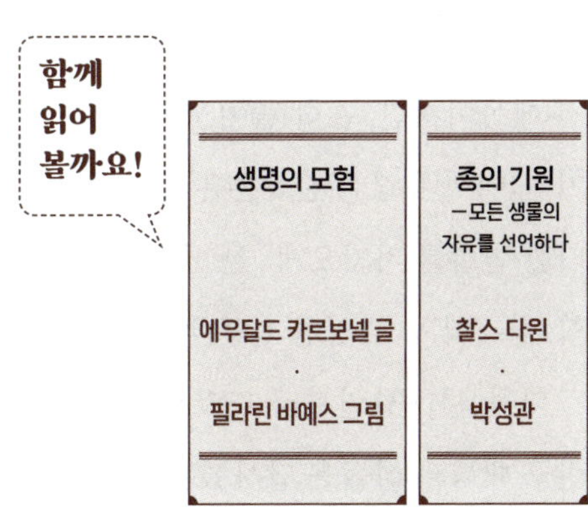

51

인간과 자연을 이해하는 고전, 『종의 기원』

"자연선택은 오로지 경미하고 이로운 잇따른 변이들을 축적하는 것에 의해서만 작용하므로, 거대하고 급격한 변화가 생기게 하지는 못한다."

영국의 생물학자 찰스 다윈이 1859년 발표한 『종의 기원』은 "물리학의 뉴턴 역학과 더불어 인류의 자연관·세계관 형성에 큰 영향을 끼쳤다"고 평가받는 고전입니다. 본래는 『자연선택에 따른 종의 기원에 관하여, 혹은 생존 경쟁에서 유리한 종족의 보존에 대하여』라는 굉장히 긴 제목이지만, 흔히 줄여서 『종의 기원』이라고 불러요. 다윈이 『종의 기원』에서 주장한 진화론은 "19세기 이후 인류의 자연과 정신문명에 커다란 변화를 가져오게" 한 이론이에요. 현대에 들어서는 사회학과 지질학, 심리학 등 다양한 학문에 응용되면서 큰 영향을 주고 있어요.

다윈은 1831년부터 1836년까지 약 5년간 탐사선 비글호를 타고 남반구 대륙과 섬들을 답사했어요. 그는 자연환경과 다양한 생물 등을 관

THE ORIGIN OF SPECIES

BY MEANS OF NATURAL SELECTION,

OR THE

PRESERVATION OF FAVOURED RACES IN THE STRUGGLE
FOR LIFE.

BY CHARLES DARWIN, M.A.,
FELLOW OF THE ROYAL, GEOLOGICAL, LINNÆAN, ETC., SOCIETIES;
AUTHOR OF 'JOURNAL OF RESEARCHES DURING H. M. S. BEAGLE'S VOYAGE
ROUND THE WORLD.'

LONDON:
JOHN MURRAY, ALBEMARLE STREET.
1859.

『종의 기원』 초판.

찰하면서 노트 기록을 18권 남겼는데, 이를 바탕으로 1839년에 『비글호 항해기』를 출간합니다. 이 항해에서 진화론에 확신을 갖게 된 다윈은 온 힘을 기울여 진화론에 관한 자료를 정리해 논문으로 발표했고, 마침내 『종의 기원』을 출간하면서 '진화론' 혹은 '진화 사상'을 세상에 내놓았어요. 초판 1250부는 첫날 모두 팔렸고, 한 달 만에 3000부를 더 인쇄했다고 해요. 그만큼 『종의 기원』에 대한 세상 사람들의 관심과 반응이 컸던 거예요.

다윈이 『종의 기원』에서 보여 주고자 한 핵심은 '자연선택을 통한 진화'라는 개념이에요. 다른 생물보다 유용한 변이(혹은 특징)를 가진 생물은 그 변이가 아주 사소해도 생존 확률이 높아요. 당연히 유용하지 않은 변이를 가진 생물은 사라질 수밖에 없죠. 유용한 변이는 살아남고 유용하지 않은 변이는 사라지는 것을 다윈은 '자연선택'이라고 불렀어요. 변이가 신의 섭리로 일어나는 게 아니라, 생물들이 생존 투쟁을 하는 과정에서 자연적으로 벌어지는 선택이라는 뜻이에요.

다윈은 이를 통해 생활 환경에 적응한 개체들이 살아남는 일이 반복되면서 생물은 진화하게 된다고 생각했어요. 다만 진화는 매우 긴 시간 동안 더디게 진행된다는 점을 강조했습니다. 실제로 단시간에 진화 과정을 목격할 수 없을 뿐만 아니라, 진화라는 개념 자체가 종교계 등에서 극심하게 반대할 수 있다고 예상했기 때문이에요.

다윈의 주장이 던진 사회적 파장은 컸어요. 당시는 기독교 세계관, 즉 각각의 생물은 그 모습 그대로 신에 의해 창조됐다는 믿음에 기반한 사회였기 때문이죠. 생물이 진화한다는 다윈의 주장과 생각 자체가 불경스러운 일이었어요. 그럼에도 『종의 기원』은 출간 이후부터 인간을 비롯한 자연계의 본질을 이해하는 데 적잖은 해답을 제시해 주며 오늘날까지 널리 읽히고 있답니다.

52

20세기 과학철학의 고전,
『과학혁명의 구조』

"하나의 패러다임으로 인정되기 위해서는 그 이론이 다른 경쟁 상대보다 더 좋아 보여야 한다. 하지만 그것이 직면할 수 있는 모든 사실을 다 설명해야 하는 건 아니며, 실제로 그렇게 하지도 못한다."

미국의 과학사학자이자 과학철학자인 토머스 새뮤얼 쿤(1922~1996)이 1962년 발표한 『과학혁명의 구조』는 "20세기 과학철학의 고전 중 하나"로 평가받는 책이에요. 과학철학은 철학의 한 분야인데, 과학에 관한 근본적이고 일반적인 물음을 던지는 학문이지요. 이 책이 출간되던 시기에는 '패러다임'이라는 말을 과학계 일부에서만 사용했어요. 하지만 이 책이 출간된 이후로 패러다임이라는 말이 다양한 분야에서 널리 사용되었어요. 패러다임은 '세계관' 혹은 '시대의 징후'와 같은 의미를 갖게 되었고, 더불어 '패러다임의 전환'이란 표현도 일상에서 자주 쓰게 됐지요. 그것만으로도 『과학혁명의 구조』가 남긴 자취는 뚜렷합니다.

어느 시대에나 정상과학(定常科學)이 있
어요. 정상과학이란 '과학자들이 통상적으
로 펼치는 안정된 과학 활동'을 뜻하는데,
더 쉽게 말하면 '그 시대에 통하는 과학'이
라고 할 수 있어요. 쿤에 따르면 과학자 공
동체는 당대의 패러다임에 의존할 수밖에
없어요. 하지만 세상은 빠르게 변하고, 그
에 따라 다양한 변칙 현상들이 셀 수도 없
이 많이 출현하지요. 당대의 패러다임은 항
상 위기에 부딪히게 마련입니다. 위기를 맞
은 패러다임은 강하게 저항하지만, 새로운
패러다임의 출현을 막기가 역부족일 때가
허다하죠.

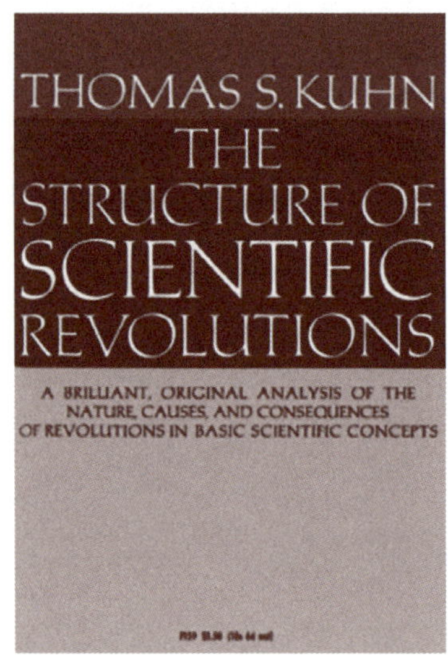

『과학혁명의 구조』 영문판 초판 표지.

가장 쉬운 예가 천동설과 지동설이에요. 중세 사람들은 '모든 천체가
지구를 돌고 있다'는 내용의 천동설을 굳게 믿었어요. 중세의 종교적 세
계관에 따르면 세상의 중심은 지구였거든요. 그 당시 정상과학은 천동
설이었던 거죠.

하지만 코페르니쿠스와 갈릴레이 등에 의해 지구가 태양을 돈다는
지동설이 새로운 패러다임으로 대두했어요. 천동설은 당시 세상을 지
배하는 정상과학이었지만 명쾌하게 해결되지 않는 모순들이 하나둘 쌓
이고 있었고, 그 틈에 지동설이 균열을 낸 것이죠. 당시 권력자들은 종
교적 탄압까지 동원하며 정상과학으로 여겨진 천동설을 지키려 했어
요. 하지만 지동설이란 패러다임이 새로운 정상과학이 되면서, 결과적

으로 과학혁명도 일어나게 된 것이죠. 우리에게는 지동설이 아주 익숙한 세계관이지만, 16세기 후반에는 혁명과도 같은 생각이었습니다. 지동설을 주장했던 갈릴레오 갈릴레이가 종교재판까지 받아야 할 만큼 엄청난 일이었죠.

쿤은 과학자가 어떤 패러다임을 추구하느냐가 중요하다고 주장했어요. 무엇을 믿느냐에 따라 같은 현상에서도 전혀 다른 것을 발견할 수 있기 때문이죠. 패러다임은 그만큼 힘이 세다고 할 수 있어요. 오늘날처럼 빠르게 변하는 시대에도 정상과학은 존재해요. 그럼에도 또 어떤 새로운 과학이 출현해 세상에 대한 우리의 인식을 바꾸어 놓을지 알 수 없답니다.

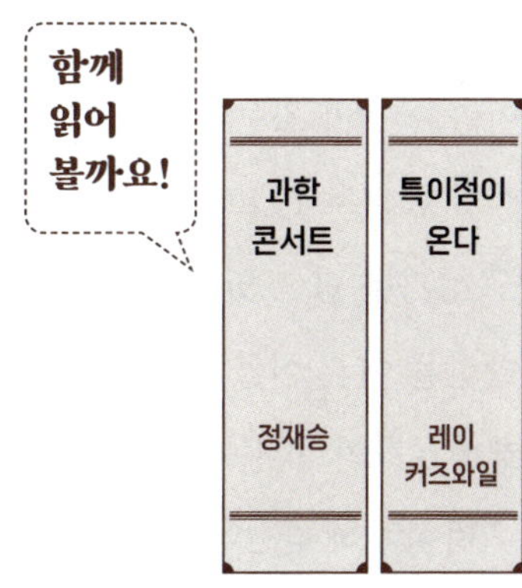

53

부분과 전체에 담긴 과학적 함의, 『부분과 전체』

"과학은 결국 사람이 만든다. 이런 자명한 사실은 잊어버리기 쉽다. 이런 사실을 기억한다면 두 문화, 즉 정신과학(예술적 문화와 기술)과 자연과학 사이의 간극을 약간이나마 줄일 수 있지 않을까?"

독일의 물리학자 베르너 하이젠베르크(1901~1976)가 1969년 출간한 『부분과 전체』는 과학자의 에세이에요. 양자역학(입자 등을 다루는 현대 물리학의 기초 이론)의 창시자로 불리는 하이젠베르크가 자신이 어떤 학문적 이력을 쌓아 왔는지 일인칭 시점으로 서술한 책이지요. 양자역학을 창시한 공로로 1932년 노벨 물리학상을 받는 등 그가 물리학사에 남긴 연구 성과를 담고 있어요. 아인슈타인과 슈뢰딩거 등 당시 함께 물리학의 발전을 이끈 이들과의 학문적 토론과 대화도 상세하게 소개하여 하이젠베르크의 '학문적 자서전'이라는 평가를 받고 있어요.

하이젠베르크는 물리학자였지만, 그의 관심사는 종교와 철학·역

『부분과 전체』 표지.

사·문학 등 방대함 그 자체였어요. 하이젠베르크는 과학이 다양한 인간 활동과 연관을 맺으며 발전하고, 다시 인간의 삶에 영향을 미친다고 생각했어요. 그는 책 서문에서 "현대 물리학은 기본적으로 철학·윤리·정치 문제들에 관해 새로운 토론 거리를 던져 주었다. 이런 토론에 되도록 다양한 분야의 사람들이 참여해야 할 것"이라며, 『부분과 전체』가 그 초석이 됐으면 좋겠다는 바람을 밝혀요.

하이젠베르크는 양자역학의 발전 과정에 대해 많은 부분을 할애하면서도, 과학을 공부하는 자세와 학문에 임하는 태도를 특별히 강조했어요. 학문에 임하는 주체는 사람일 수밖에 없고, 사람 사이 대화를 통해서만 학문이 발전한다는 게 하이젠베르크의 기본 입장이었어요. 『부분과 전체』에 많은 과학자들이 등장하고 그들과의 대화가 상세하게 소개된 이유는 바로 이 때문이죠.

책 제목인 '부분과 전체'는 다층적인 의미를 가지고 있어요. 우선 인간의 모든 활동을 상징적으로 나타내는 말이라고 할 수 있어요. '전체'는 필연적으로 '부분'들이 모여 이뤄질 수밖에 없어요. 부분들은 전체의 영향을 받으며 그 속에서 크고 작은 변화를 경험하죠. 부분 없이는 전체가 있을 수 없고, 전체 없이는 부분도 존재 자체가 무의미할 수밖에 없어요. 우리가 전체라고 생각하는 것이 또 어디선가는 부분이 될 수도 있고요.

　또한 그가 평생 연구한 양자역학 연구의 결과를 종합해 나타내는 말이기도 해요. 물리학에서 입자는 아주 미세한 부분에 불과한데, 그것이 전체에 가져올 수 있는 변화는 아주 크다고 할 수 있어요. 하이젠베르크는 세상사도 이와 마찬가지여서 부분을 통해 전체의 원리를 탐구하고, 부분이 전체에 미치는 영향을 잘 살필 수만 있다면 세상이 조화로워질 수 있다고 생각했어요.

　『부분과 전체』는 엄밀함을 추구하는 과학적 발견이 역사와 인류에게 어떤 영향을 끼쳤는지 보여 주는 중요한 저작이라고 할 수 있어요.

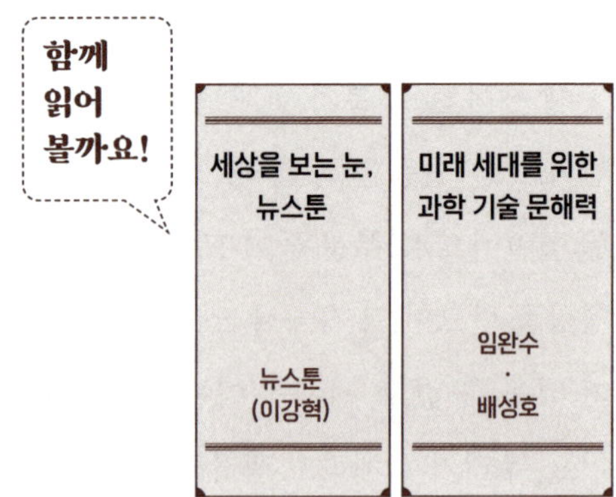

한 권의 책이 세상을 바꾸다, 『침묵의 봄』

"낯선 정적이 감돌았다. 새들은 도대체 어디로 가 버린 것일까? 이런 상황에 놀란 마을 사람들은 자취를 감춘 새에 대해서 이야기했다. 새들이 모이를 쪼아 먹던 뒷마당은 버림받은 듯 쓸쓸했다. …… 죽은 듯 고요한 봄이 온 것이다."

미국의 생물학자 레이첼 카슨(1907~1964)이 1962년 출간한 『침묵의 봄』은 "20세기 환경학의 최고 고전"으로으로 평가받는 책이에요. 미국 부통령을 지낸 후 환경 운동을 펼친 앨 고어는 "『침묵의 봄』이 출간된 날이 바로 현대 환경 운동이 시작된 날"이라고 말할 정도죠. 1960년대 초반만 해도 '환경'이라는 개념이 사실상 없었어요. 오히려 미국과 소련의 우주 경쟁으로 대표되는 '과학 기술'에 대한 맹신으로, 지구는 빠른 속도로 황폐화되기 시작했어요.

한때는 아름다웠던 마을이 있어요. 그런데 원인을 알 수 없는 병이 마을을 휩쓸고 간 후, 생명의 소리가 충만해야 할 봄에도 새들의 노랫소리

레이첼 카슨과
『침묵의 봄』 한국어 판 표지.

가 들리지 않았어요. 새들만 보이지 않는 게 아니라 아이에서 어른까지, 많은 사람들이 시름시름 앓기 시작했죠. 여러 사람이 죽자 마을은 공포와 절망에 빠지고 말아요. 책 서두에 담긴 한 편의 '잔혹 우화'지만, 60여 년이 지난 지금, 전 세계 곳곳에서 이런 현상들이 목격되고 있어요.

온갖 생명의 소리가 들려야 하는 봄인데도 아무런 소리가 들리지 않는 건 '살충제' 때문이에요. 수확을 늘리기 위해 무분별하게 살충제를 살포했지만, 대개의 곤충들은 내성(약물에 반복적으로 노출되어 더 이상 약의 영향을 받지 않는 현상)을 지닌 종으로 진화했어요. 내성이 강해진 곤충들을 잡기 위해 살충제는 더 독해졌고, 그 악순환은 계속됩니다. 독성 살충제로 땅은 척박해지고, 지표수와 지하수마저 오염돼요. 각종 동물은 물론 사람들까지 원인 모를 병에 걸리고 말죠. 대표적인 살충제인 DDT는 중추신경계에 영향을 미쳐 소뇌와 대뇌를 손상시켜요. 더 놀라운 건 살충제의 독한 성분은 몸속에 쌓이는데, 동물 실험 결과 태반마저 쉽게 통과한다고 해요. 이런 지역에서는 기형아 출생 비율도 높아지죠.

하지만 농약 제조 업체들은 "살충제는 인간에게 무해하다"면서 "카슨의 잘못된 주장이 문명을 중세 암흑시대로 되돌리려 한다"고 비판해요. 언론들은 레이첼 카슨이 "자신이 저주하는 살충제보다 더 독하다"며 히스테릭한 여성이라는 인신공격도 서슴지 않았어요. 인간은 스스로의 힘으로 지구에서 번성하고 있다고 생각하지만 '지구의 녹색 외투'인 식물들이 있어 동물과 인간은 삶을 영위할 수 있어요. 오늘날 세계 곳곳에서 일어나는 자연재해와 이상기후는 결국 인간의 잘못된 생각에서 비롯된 것인데도, 여전히 자연을 다스릴 수 있다고 착각해요.

『침묵의 봄』은 한 권의 책이 세상을 바꾼 대표적인 사례예요. 이 책은 정부 정책의 변화와 현대적 환경 운동을 이끌었어요. 1963년 존 F. 케네디 대통령은 환경 문제를 다룰 자문위원회를 조직했고, 1969년 미국 의회는 국가환경정책법을 통과시켜요. 미국 국립암연구소는 DDT가 암을 유발한다는 실험 결과를 내놓아 미국 각 주에서는 DDT 사용을 금지하기에 이르죠. 이후 환경오염 문제의 심각성을 알리기 위해 '지구의 날'(매년 4월 22일)도 제정되었어요.

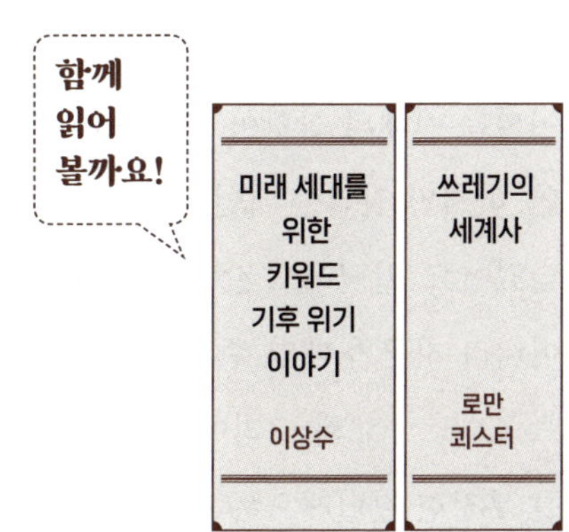

과학적 진리를 탐구하는 열정,
『대화』

"나는 아직 아무도 걸어 보지 못한, 새로운 길로 통하는 문을 열어 주려는 것뿐이네. 나는 지금 이 길을 드러내는 데 그치겠지만, 나보다 더 날카로운 통찰력을 가진 사람이 이 길을 넓히고 더 멀리까지 탐험해 나갈 걸세."

지구가 평평하다는, 일명 지구평면설을 믿는 사람이 아직도 있어요. 지구가 둥글다는 사실은 우주 탐사 등을 통해 증명된 엄밀한 진리인데도, 일부 사람들은 얼토당토않은 것들을 믿고 있어요. 약 400년 전에는 이와는 반대의 상황이 있었어요. 대다수 사람들이 당시의 과학적 사실인, 하지만 진리는 아닌 천동설을 믿었고, 극소수의 사람만이 지동설을 믿었어요. 갈릴레오 갈릴레이(1564~1642)는 태양이 지구 주위를 도는 게 아니라 지구가 태양 주위를 돈다는, 당시로는 상상도 못 할 주장을 했어요. 그 당시 교회 교리에 따르면, 지구가 우주의 중심이었기 때문에 이를 부정한 갈릴레오는 1633년 교황청의 종교재판을 받아야만 했어요.

갈릴레오 갈릴레이의 『대화』 표지.

모든 일의 발단은 1632년 출간한 『대화』에서 비롯되었어요. 네덜란드 안경 제작자가 만든 망원경을 입수해 성능을 무려 30배 이상 개선한 갈릴레오는 날마다 우주를 관찰했어요. 갈릴레오는 망원경 너머에서 행성과 별 들이 시시각각 모양과 크기를 달리하고, 새로운 별이 생겼다가 사라지는 것을 목격했어요. 하늘은 변하지 않는다는 당시의 진리는 눈으로만 하늘을 관찰했기 때문에 나타난 한계라고 갈릴레오는 주장했어요.

갈릴레오는 지구가 태양 주위를 돈다는 사실을 알리기 위해 책을 쓰기로 마음먹어요. 자기주장만 나열하면 반발이 심할 것 같아, 천동설을 지지하는 사람과 중립적인 시민을 대표하는 사람을 설득하는 형식을 취해요. 갈릴레오보다 먼저 지동설을 주장한 코페르니쿠스를 대변하는 살비아티는, 천동설을 주장하는 심플리치오와 교양 있고 중립적인 시민 사그레도를 상대로 자유롭게 '대화'하면서 지구가 태양을 돈다는 사실을 조곤조곤 설명해 줘요. 살비아티가 중간중간 '동료 학자'의 말을 인용하는데, 바로 갈릴레오예요.

살비아티는 첫째 날에는 하늘은 불변하지 않고, 지구도 달이나 행성들과 함께 우주를 떠돈다는 사실을, 둘째 날과 셋째 날에는 지구의 자전과 공전에 대해 설명해요. 넷째 날에는 지구의 자전과 공전 때문에 밀물과 썰물이 발생한다고 주장해요. 당시 사람들은 지구가 자전과 공전을 하면 지구 위의 모든 것이 허공으로 날아갈 거라고 생각했어요. 살비아티는 지구의 원운동은 "지구상의 모든 물체에 공통된 움직임"으로, 지구와 함께 움직이는 우리 역시 지구의 운동을 감지할 수 없다고 명쾌하게 설명해요.

『대화』는 종교가 과학을 지배하던 엄혹한 시대를 거스르며 과학적 진리를 탐구하고자 했던 갈릴레오의 열정이 담긴 책이에요. 자기주장만 나열하지 않고 대화를 통해 설명하려고 했다는 점에서 학문하는 태도에 대해서도 많은 가르침을 주는 책이라고 할 수 있어요.

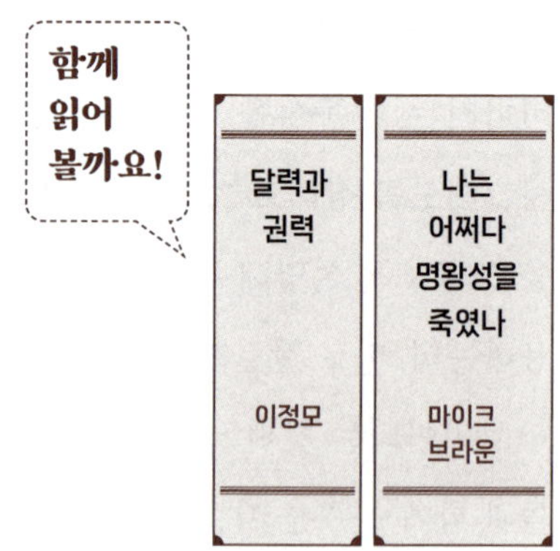

56

우주의 기원과 진화에 관한 최고의 과학 교양서, 『코스모스』

"코스모스는 과거에도 있었고 현재에도 있으며 미래에도 있을 그 모든 것이다."

책의 첫 문장만 보고 내용을 파악할 수 있다면, 이보다 더 좋을 수 있을까요? 그 대표적인 책으로 천문학자 칼 세이건(1934~1996)의 『코스모스』를 꼽을 수 있어요. 『코스모스』를 간단하게 설명하자면, 우주가 어떻게 탄생했고 어떻게 진화해 지금의 모습이 됐는지, 과학적 지식과 상상력을 총동원해 설명한 책이라고 할 수 있어요.

1980년에 출간된 『코스모스』가 지금도 전 세계에서 꾸준히 팔리는 이유는 우주에 대한 핵심적인 궁금증을 이보다 적확하게 설명하는 책이 많지 않아서랍니다. 물론 우주 연구가 진척되면서 어떤 부분은 최신 이론과 차이가 나기도 해요. 그렇지만 중력에 묶인 우리의 상상력을 수백만 광년 멀리 안내하는 솜씨는 칼 세이건에 견줄 사람이 없어요.

칼 세이건은 우주 이야기에 머물지 않고 인간 존재에 대한 성찰로 이

블랙홀에서 에너지를 얻어 엄청난 빛과 에너지를 뿜어내는
퀘이사(ULAS J1120+0641)를 상상해 그린 그림.

어 갑니다. 저 멀리 빛나는 별과 우리가 직접적으로 연결돼 있다는 것, 알고 있었나요? 인간을 구성하는 물질은 원자 수준에서 볼 때 아주 오래전에 은하 어딘가에 있던 적색 거성들에서 만들어진 것이라고 해요. 인간의 DNA 안에 있는 질소와 우리 치아의 칼슘, 핏속의 철, 애플파이 안에 있는 탄소는 모두 붕괴한 별에서 왔다고 해요. 인간과 그 주변을 구성하는 물질과 별을 구성하는 물질이 같다는 이야기죠. 이를 칼 세이건은 머리말에서 이렇게 정리합니다.

"우리도 코스모스의 일부이다. 이것은 결코 시적 수사가 아니다. 인간과 우주는 가장 근본적인 의미에서 연결돼 있다. 인류가 코스모스에서 태어났으며 인류의 장차 운명도 코스모스와 깊게 관련돼 있다."

칼 세이건에 따르면 우주에 대한 인류의 지식은 "기껏해야 발목을 물에 적셨다"고 할 정도입니다. 그렇다고 실망할 필요는 없어요. 대폭발 '빅뱅'의 아득한 후손, 즉 코스모스에서 나온 우리는 "코스모스를 알고자, 더불어 코스모스를 변화시키고자 태어난 존재"이니까요. 칼 세이건은 우주의 광활함과 미약하지만 특별한 존재로서 인간을 대비시키면서 우주에 관한 지식을 하나씩 풀어 갑니다.

미터(m)나 킬로미터(km)로는 도무지 그 크기를 가늠할 수 없는 코스모스 탐험에 나선 칼 세이건은 그토록 광대한 코스모스를 탐험하는 우리, 즉 "인류야말로 우주가 내놓은 가장 눈부신 변환의 결과물"이라고 책에서 강조해요. 인간은 별이 남긴 먼지로 만들어졌어요. 그렇지만 인간은 먼지 같은 존재는 아닙니다. '인식할 줄 아는 존재'로서 우주의 기원과 진화를 탐구하고, 이웃과 더불어 살아가는 법을 찾아 애씁니다.

『코스모스』는 우주의 기원과 진화에 대한 연구의 총합이자 인간 존재에 대한 근원적 성찰을 담고 있습니다. "오늘을 사는 우리는 인류를 여기에 있게 한 코스모스에 감사해야 할 것이다."

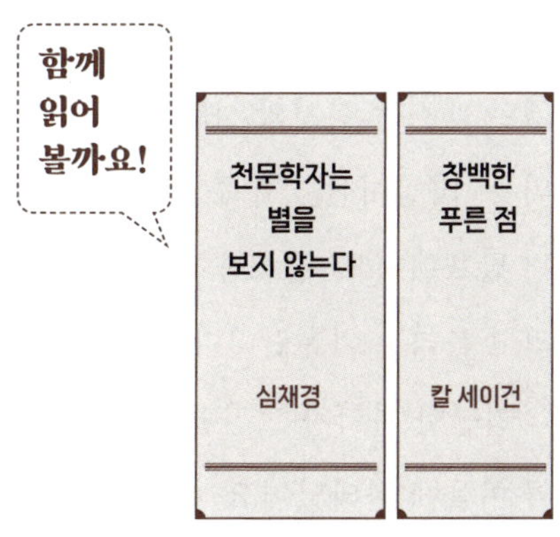

57

과학 기술과 인간이 괴물이 되는 이유, 『투명인간』

"나를 투명하게 만든다면 마술을 능가하겠지. 나는 마음에 어두운 그늘을 드리우는 한 점의 의혹도 없이 불가시성이 인간에게 의미할 수 있는 모든 것—비밀, 힘, 자유를 상상했어. 바람직하지 못한 결점은 하나도 찾아볼 수 없었지."

여러분은 혹시 '투명인간'이 되면 좋겠다고 생각해 본 적 있나요? 소설 『투명인간』은 '과학 소설의 아버지'라고 불리는 영국 소설가 허버트 조지 웰스(1866~1946)가 1897년 발표한 작품이에요. 사회비평가이기도 했던 웰스는 정치와 사회에 관련한 책들도 많이 썼지만, 『투명인간』을 비롯 『타임머신』, 『우주 전쟁』, 『모로 박사의 섬』 같은 과학 소설도 여러 편 발표했어요. 웰스가 '과학 소설의 아버지' 혹은 '과학 소설의 창시자' 라고 불리는 이유랍니다.

가난한 과학자 그리핀은 어느 추운 겨울, 괴이한 모습으로 조용한 시골 마을에 나타났어요. 머리부터 발끝까지 온몸을 꽁꽁 천으로 싸맨 그

『투명인간』 초판 표지.

는 넓은 모자챙으로 얼굴마저 가리고 있어서 코끝만 겨우 보일 정도였어요. 색안경은 잠시도 벗지 않았고, 밥을 먹을 때도 손수건으로 입을 가리고 있어서 그의 얼굴을 본 사람은 아무도 없었어요. 그리핀은 그가 묵고 있는 여인숙 방 바깥으로 단 한 발짝도 나가지 않고 밤낮으로 과학 실험에만 몰두했어요. 방에는 여러 실험 도구들과 이상한 화학 약품들이 가득했어요.

마침내 그리핀은 자신이 완성한 약을 마시고 투명인간으로 변해요. 투명인간으로 변했으니 이제 그가 하고 싶은 일을 마음대로 다 할 수 있었을까요? 오랜 연구 때문에 가진 돈을 다 써버린 그리핀은 사제관에 침입해 도둑질부터 해요. 그런데 그는 자신의 모습은 감출 수 있었지만 '요란하게 재채기하는 소리'만큼은 숨길 수 없었어요. 아무것도 걸치지 않아야 자기 모습이 보이지 않다 보니, 그리핀은 한겨울에도 외투 하나 입지 못하고 추위에 떨며 돌아다녀야 했어요.

그리핀은 자신의 비밀 연구가 새어 나가지 않도록 자신이 지내던 여인숙에 불을 질렀어요. 사제관 절도 사건 때문에 도망 다니던 그는 한 가정집에 숨어들게 되는데, 대학 동창 켐프 박사의 집이었어요. 켐프에게 자신의 상황을 설명한 그리핀은 자신의 힘으로 공포 정치를 할 수 있다고 협박까지 해요. 공포 정치는 반대파 세력을 가혹한 수단으로 탄압하고 사회에 극도의 공포 분위기를 조성해 권력자 마음대로 하는 정치를 말해요. 어려움이 적지 않았지만 점점 자기 뜻대로 되는 일이 많아지면서 그리핀은 인간성을 잃고 무자비해진 거예요. 마침내 투명인간을 잡기 위해 사람들이 켐프 박사 집 주위를 에워쌉니다. 이후 그리핀 박사는 군중에 둘러싸여 비참한 죽음을 맞이해요.

『투명인간』을 읽고 나면 과학 기술이 아무리 발전해도 인간이 원하는 모든 것을 할 수 없다는 생각이 들게 됩니다. 투명인간이 돼도 결국 인간은 다양한 한계에 부딪히고 스스로의 욕망을 조절할 수 없으면 '괴물'이 될 수도 있음을 보여 주고 있는 거예요. 과학 기술은 그 자체로는 가치 중립적이어서 어떤 의도가 없습니다. 이를 사용하는 인간에 따라 좋고 나쁨이 결정됩니다. 허버트 조지 웰스는 지금보다 120년도 더 앞서서 그 사실을 깨닫고, 우리에게 이를 귀띔해 준 것입니다.

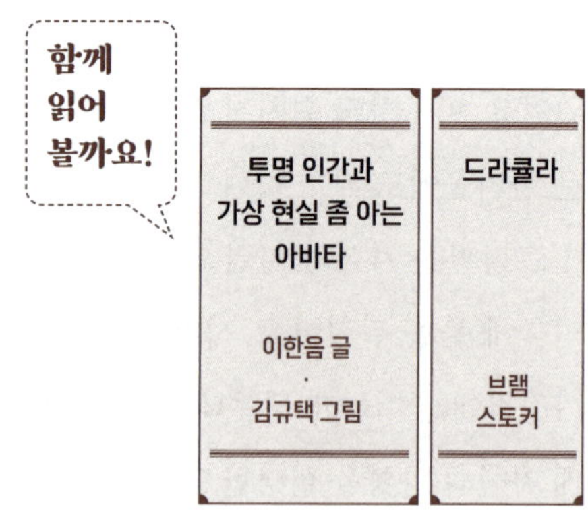

58

인간 존재에 대한 끊임없는 질문과 대답, 『프랑켄슈타인』

"나처럼 흉측한 괴물을 하나 더 만들어 주시오. 물론 우리는 세상과는 완전히 절연하고 살게 되겠지만, 그 때문에 서로에게 더욱 애착을 가질 것이오. 부디 나를 행복하게 해 주시오."

1818년 출간된 영국 작가 메리 W. 셸리의 『프랑켄슈타인』은 최초의 과학 소설 중 하나로 평가받는 작품이에요. 애초에는 익명으로 출간되었는데, 머지않아 작가가 여성이라는 것이 밝혀지면서 부정적인 평가를 받기도 했어요. 200여 년이 지난 지금까지 어린이들에게는 만화로, 성인들에게는 영화와 연극, 뮤지컬 등으로 친숙합니다. 한마디로 남녀노소 누구나 사랑하는 작품이 되었죠. 길지 않은 소설이지만 많은 뜻을 내포하고 있기 때문이에요.

명문 귀족 출신인 빅터 프랑켄슈타인은 '생명의 발생과 원인'을 밝히려고 애쓰던 과학자였어요. 세계가 창조된 이래 가장 현명했던 자들이 연구하고 꿈꾸어 온 것, 즉 무생물에 생명을 부여하는 비밀을 알아낸 빅터는 사람들의 시체 조각들을 덧대어 새로운 존재를 탄생시켜요. 물론 빅터는 아름다운 생명체를 만들고 싶었어요. 그래서 팔다리의 비율을 잘 맞추고, 신체 여러 부분 중 아름다운 것만을 골라 생명체를 만들었죠. 하지만 결과물은 아름다움이라고는 전혀 없는, 오히려 더 끔찍해 보일 뿐인 존재였어요.

자신이 만들었지만 흉측한 몰골에 공포와 역겨움을 느낀 빅터는 도망쳐 버리고 말아요. 버려진 괴물은 어떻게 되었을까요? 주인도 도망치고, 길마저 잃어버린 괴물은 한 농가로 흘러들고, 사람들의 삶을 엿보며 인간 사회의 구조를 이해하기 시작해요. 부를 나누는 방식은 물론 거대한 부와 비참한 가난, 그리고 계급과 가문, 귀족에 대해서도 알게 됩니다. 한마디로 세상의 부조리를 터득하게 된 셈이에요.

괴물은 선량한 마음을 가지고 있었지만, 사람들은 오직 생김새로만 그를 판단했어요. 화를 주체할 수 없었던 괴물은 방화, 살인을 저지르며 빅터의 삶을 엉망으로 만들기에 이르러요. 우여곡절 끝에 다시 만난 괴물에게 빅터는 "이 악마야, 어딜 감히 나한테 다가오느냐?"라며 목소리

제임스 웨일 감독의
영화 <프랑켄슈타인>(1931년)의 포스터.

를 높이지만, 괴물의 대답은 단호해요. "당신, 나를 만든 이여. 당신은 자신의 피조물인 나를 미워하고 멸시하지만, 나와 당신은 둘 중 하나가 죽어야만 풀릴 끈으로 묶여 있소." 이런 극적인 장면 때문인지 사람들은 『프랑켄슈타인』이 선과 악을 동시에 가진 존재로서의 인간에 대해 이야기한다고 말하기도 해요.

『프랑켄슈타인』은 점차 곁을 내어 주는 친구와 이웃이 사라진 세상, 즉 인간다움이 사라진 현실에 대한 경고를 담고 있기도 해요. 빅터가 만든 괴물은 자신을 만든 존재로부터 버림받았기 때문에 그 상실감은 이루 말할 수 없었을 거예요. 누구에게나 기쁠 때 함께 웃고, 슬플 때 함께 울어 줄 친구만 있다면 세상은 살 만한 곳일 텐데 말이죠.

『프랑켄슈타인』이 지금까지 독자들에게 사랑받는 이유는, 인간 존재 자체의 의미를 끊임없이 묻고 답하기 때문이에요.

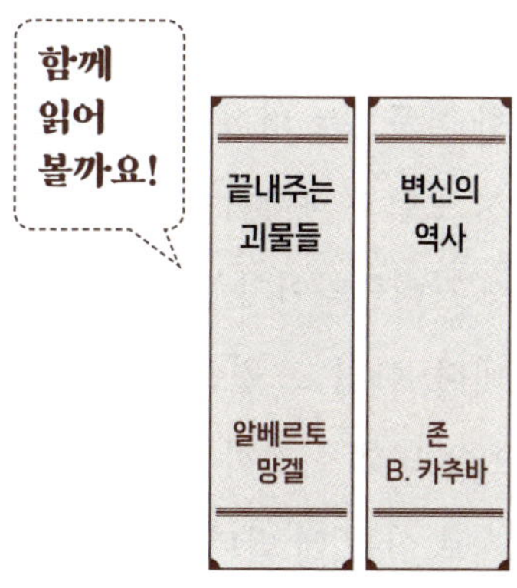

59

세계를 향한 도전, 『기구를 타고 5주간』

"우리 영국도 대담한 탐험가들의 공로로 지리적 발견이라는 점에서는 다른 나라의 추종을 허락하지 않고 있습니다. …… 이번의 시도가 성공하면 아프리카 대륙의 지형에 관한 단편적인 지식들을 통합하고 그것을 완전한 것으로 만들 수 있을 것입니다."

『기구를 타고 5주간』은 『80일간의 세계 일주』, 『해저 2만리』 등으로 잘 알려진 프랑스 작가 쥘 베른(1828~1905)의 첫 번째 장편소설입니다. 쥘 베른은 19세기 중반에는 떠올리기 어려웠던 과학적 상상력을 접목한 작품으로 명성을 얻었어요. 1863년 발표한 『기구를 타고 5주간』 역시 모험과 과학적 상상력이 잘 어우러진 작품이에요.

지리학자이자 탐험가인 새뮤얼 퍼거슨 박사는 친구인 사냥꾼 딕 케네디, 하인 조 윌슨과 아프리카 중앙부를 횡단하는 탐험을 계획해요. 1880년대 이전까지 영국과 프랑스 등 유럽 나라들은 아프리카를 식민지로 삼는 데 별다른 관심이 없었기 때문에, 이 작품이 출간될 당시 아프리카는 유럽인들의 발길이 거의 닿지 않는 곳이었어요. 1862년 1월 14일, 영국 왕립지리학회에서 퍼거슨 박사 일행의 탐험 계획이 발표되었을 때 "인간의 지혜에서 나온 가장 담대한 구상"이라는 찬사가 나온 이유가 바로 이 때문이에요.

아프리카 동쪽 잔지바르 섬을 출발한 기구 빅토리아호가 서쪽 세네갈에 도착하기까지는 숱한 난관이 기다리고 있었어요. 낯선 자연환경의 방해가 그중 컸지요. 출발 직후 거대한 선인장에 닻이 걸리는가 하면, 폭풍

『기구를 타고 5주간』 초판에 그려진 삽화.

때문에 방향을 잃는 일도 여러 번 있었어요. 신기루 때문에 방향을 잃기도 했고, 분출하는 화산을 피해 1800미터 높이까지 날기도 했어요. 어떤 부족은 도움을 주었지만, 때론 여러 선주민 부족의 공격을 받기도 했어요. 특히 "사람 고기를 먹기 위해서라면 무슨 짓이든 하는" 냠냠족은 빅토리아호를 향해 화살 공격을 시도하기도 했지요.

퍼거슨 박사 일행은 아프리카 선교사인 젊은 신부를 잔혹하기로 소

문난 냠냠족에게서 구해 내기도 해요. 하지만 신부는 고문의 후유증으로 곧 세상을 떠나고, 그를 땅에 묻어 주기 위해 일행은 기구를 착륙시켜요. 흥미롭게도 착륙한 땅 일대가 모두 '천연 금덩이'로 가득했어요. 욕심에 눈먼 조와 케네디가 기구에 금덩이를 잔뜩 싣지만, 덕분에 기구는 날아오를 수 없게 돼요. 끝까지 욕심을 내는 조를 향해 퍼거슨이 한마디 합니다. "정신 차려, 조. 벌써 금덩이에 마음이 들떴나? 네가 방금 매장한 신부는 인간으로서 뭐가 중요한지를 가르쳐 주지 않았나?"

천신만고 끝에 목적지인 세네갈 강에 도착했을 때, 세 사람은 얼싸안고 기쁨을 나눠요. 5주간 겪은 일들이 위험하기는 했지만 경이로움 그 자체였기 때문이죠. 『기구를 타고 5주간』은 흥미로운 모험 소설이지만, 아쉬움도 없지 않아요. 당시 인식이 그랬던 것은 어쩔 수 없지만, 소설 전편에서 아프리카 사람들을 게으르고, 식인 등 나쁜 습성을 지닌 '야만인'으로 묘사해요. 그럼에도 미지의 세계를 꿈꾼 사람들의 도전 정신을 잘 보여 준다는 점에서 『기구를 타고 5주간』은 한번쯤 읽어 볼 가치가 충분해요.

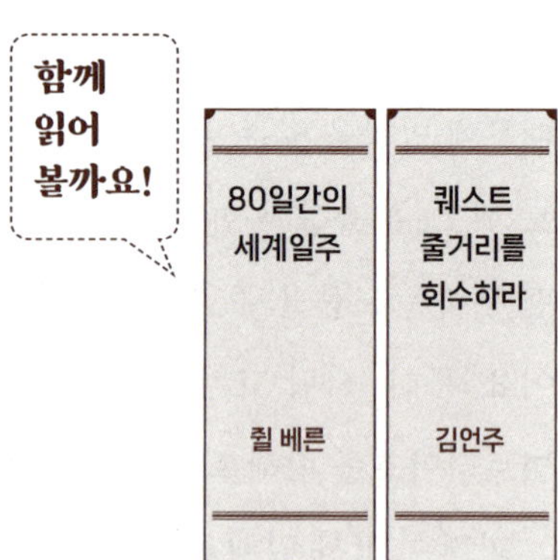

60

우주 탐사를 예견한 과학 소설, 『지구에서 달까지』·『달나라 탐험』

"내가 달 이야기를 한다고 놀라지 마십시오. 우리는 어쩌면 그 미지의 세계를 발견하는 콜럼버스가 될 운명인지도 모릅니다. 여러분이 내 계획을 이해하고 그 실행을 힘 닿는 데까지 돕겠다면, 나는 여러분을 이끌고 달나라를 정복하겠습니다."

지구온난화 등으로 환경이 나빠지자 지구를 떠나 화성으로 이주해야 한다는 주장에 대해 들어 보셨죠? 그 꿈을 실현하기 위한 우주 탐사 기술은 날로 발전하고 있어요. 우주 탐사라는 개념도 없던 150여 년 전, 프랑스 작가 쥘 베른은 지금의 우주 시대를 예언하는 소설을 썼어요. 바로 『지구에서 달까지』와 『달나라 탐험』이에요. 우주로 가는 구체적 방법까지 제시한 두 작품은 '과학 소설의 선구적 작품'이라는 평가를 받고 있어요. 쥘 베른은 이 외에도 『해저 2만 리』, 『지구 속 여행』 등 다양한 과학 소설을 썼답니다.

1865년 출간된 『지구에서 달까지』는 임피 바비케인 회장이 이끄는 대포클럽 회원들이 달로 향하는 여정을 담고 있어요. 정회원만 1800명이 넘는 대포클럽은 본래 미국 남북 전쟁 당시 대포를 만들던 집단이었어요. 하지만 전쟁이 끝나자 모두 할 일을 잃고, 허탈감에 빠져 버렸죠. 그때 바비케인 회장이 "달나라로 가는 대포를 만들자"는 괴감한 제안을 회원들에게 내놓아요.

바비케인 회장이 제안한 대포는 그 규모가 어마어마해요. 지름 3미터, 무게 1만 킬로그램짜리 포탄을 만들어 초속 12킬로미터로 우주를 향해 날아가게 하자는 계획이었죠. 이 엄청난 포탄을 하늘로 쏘아 올리

L'arrivée du projectile à Stone's-Hill (p. 139).

『지구에서 달까지』 본문 삽화.

기 위해서는 대포 길이만 300미터는 되어야 했어요. 대포클럽은 지하 300미터에 수직갱을 파는 등 엄청난 고생 끝에 대포와 포탄을 완성해요. 드디어 바비케인 회장과 캡틴 니콜, 미셸 아르당, 그리고 두 마리의 개 다이애나와 새틀라이트가 포탄을 타고 하늘로 향해요.

그 후 이야기는 4년 후 출간된 속편 『달나라 탐험』으로 이어진답니다. 일행이 탄 포탄은 97시간 동안 우주를 날아다니며 거대한 운석과 충돌할 위기에 처하기도 해요. 엄청난 추위와 산소 부족과도 싸워야 했고요. 계획된 항로를 이탈하기도 했어요. 갖은 고난에도 세 사람은 달 주

212

변을 날며 환호해요. 달의 아름다움에 빠진 것이죠. 세 사람은 "달나라 제국은 우리 거야"라고 즐거워하며 열광적으로 춤까지 춰요. 이들은 결국 달에 착륙하지는 못했지만, 지구에 무사히 돌아와 지인들에게 열렬한 환영을 받았답니다.

쥘 베른은 19세기 중반까지 수세기 동안 인류가 쌓아 올린 천문학적 지식과 과학 지식을 총동원해 두 작품을 썼다고 해요. 그런 점에서 단순히 상상력으로 지어 낸 공상과학과는 차별성을 갖는다고 할 수 있어요. 쥘 베른은 모험심 가득한 과학 소설로 지금까지도 많은 이들의 상상력을 자극하고 있어요.

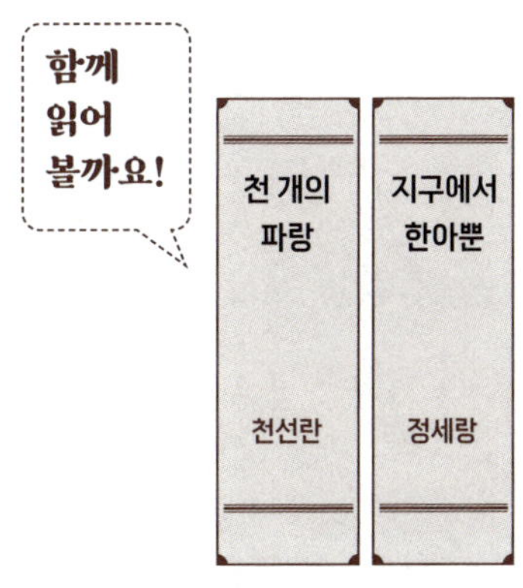

VI

문명 vs. 반문명

오래전 동남아시아 어떤 나라를 갔을 때, 수저나 포크가 아닌 손으로 밥을 먹는 모습을 보고 아연실색(啞然失色·뜻밖의 일에 얼굴빛이 변할 정도로 놀람)한 적이 있습니다. 머리로는 그들의 삶의 방식이라고 늘 생각해 왔지만, 다큐멘터리 영상을 통해서나 보던 것을 직접 마주해서일까요? 더구나 현지 사람들의 삶의 방식대로, 즉 손으로 밥을 먹는 것이 현지인들을 존중하는 것이라는 가이드의 말에는 살짝 거부감이 들기도 했어요. 하지만 처음 한 번이 어려웠을 뿐이에요. 그다음부터는 아무 거리낌 없이 손 식사를 할 수 있었답니다.

어려서부터 우리는, 우리와 다른 문명에 사는 사람들, 특히 아프리카나 남미, 동남아시아 오지에 사는 사람들의 삶을 보면서 '미개하다'고 말하곤 했어요. 손으로 음식을 먹는 일 등은 각종 전염병에 걸릴 수 있는 일이기도 하니, 충분히 그렇게 생각할 수 있어요. 하지만 인류의 긴 역사를 보면, 사람들이 숟가락이나 젓가락 혹은 포크를 이용해 음식을 먹기 시작한 것은 그리 오래되지 않았습니다. 음식을 먹는 방식만을 이야기했지만, 삶의 모든 형편이 똑같아요. 사람은 태어난 곳의 지역적 환경이나 풍습, 역사 등등의 영향을 받고, 그것에 맞추어 삶의 방편을 찾아가기 때문이에요. 그곳 사람들이 그렇게 행동하는 것은, 오히려 더 문명적이라고 할 수 있어요. 하지만 우리는 나 혹은 우리와 다르다는 이유 하나만으로 누군가를 미개하다고 말하곤 하죠.

문명과 비문명을 나누는 기준은 무엇일까요? 그런 기준이 정말 있기는 할까요? 나와 다른 사람들의 삶의 방식을 인정하고 포용하는 것이야말로 진정한 문명인이 해야 할 일이에요. 문명을 이야기한 다양한 책들을 통해 우리 자신을 되돌아보는 것은 어떨까요?

61

인류 문명의 불균형을 파헤친 놀라운 책, 『총, 균, 쇠』

"질병은 인간을 죽게 하는 가장 큰 요인이므로 역사를 변화시키는 결정적 요인이기도 했다. 제2차 세계 대전에 이르기까지 전시에 사망한 사람 중에는 전투 중 부상으로 죽은 사람보다 전쟁으로 발생한 세균에 희생된 사람이 더 많았다."

1997년 출간된 미국의 문화인류학자 재레드 다이아몬드(1937~)의 『총, 균, 쇠』는 "인류 문명의 불균형을 파헤친 놀라운 책"이라는 평가와 함께 1998년 퓰리처상 논픽션 부문을 수상한 작품이에요. 무기와 병원균, 금속이 인류의 문명을 어떻게 바꾸어 놓았는지 무려 1만 3000년의 인간 역사를 통해 보여 준답니다. 과거에는 민족마다 역사가 다르게 진행된 이유로 "각 민족의 생물학적 차이"를 꼽았어요. 즉 인종주의적 설명이 주를 이뤘지요. 역사 인식에도 백인의 우월성이 암묵적으로 작용한 탓이에요.

하지만 재레미 다이아몬드는 생물학적 차이가 아닌 '지리 환경', 즉

『총, 균, 쇠』 초판 표지.

'환경적 차이'가 각 문명의 발전에 큰 영향을 주었다고 주장해요. 수렵과 채집을 하던 사람들이 농경지를 일구고 야생 동물의 가축화에 성공한 이유는 인종의 차이 때문이 아닌 환경의 영향이 크다는 거죠. 가축과 농작물은 기후의 영향이 절대적인데, 유럽 대륙의 경우 같은 위도를 따라 동서로 확산과 이동이 자유로워 비교적 빠르게 전파되었어요. 반면 남북 아메리카의 경우 가축화와 농작물이 전파·이동하기 어려운 남북 방향이 주요 축이었죠.

농경지를 중심으로 한 정착과 가축화가 가져온 '잉여 식량'은 사람들로 하여금 생계유지 이외의 활동을 가능케 했어요. 문자와 기술 발전이 뒤를 이었고, 예술 활동이 시작되고, 정부와 제도가 만들어졌죠. 전 세계 어느 민족에서나 발견된 일이지만, 이러한 새로운 발전은 모두 그 어느 대륙보다도 유라시아에서 가장 먼저 나타났어요.

유라시아인들은 자신들의 삶의 터전 너머를 욕심내기 시작했어요. 무기와 병원균까지 만들어진 이유죠. 그들은 밀집된 인구, 활발한 교역, 가축과 가까이 생활하면서 천연두, 홍역, 인플루엔자 등 다양한 전염병을 겪었지만, 이내 광범위한 병원균에 대한 면역력을 갖게 되었어요. 유라시아인들의 면역력은 그 자체로 아메리카 대륙 등의 원주민을 위협하는 하나의 무기였어요. 유럽 여러 나라가 아메리카로 침략하자 그곳 원주민들은 질병과 전쟁으로 95퍼센트 가까이 죽고 말아요.

쇠로 대표되는 자원과 그것을 이용한 기술의 발전은 농경 사회는 물론 산업 사회를 부흥시켰고, 궁극에는 물질문명 자체를 혁신했어요. 유라시아인들이 지금까지 전 세계에 영향을 미치는 중요한 이유 중 하나가 '쇠' 때문이에요.

『총, 균, 쇠』는 역사의 발전 단계를 되짚어 오늘날의 세계가 불평등한 이유를 찾는다는 점에서 의미 있는 저작이에요. 과거를 밝힘으로서 우리 앞에 닥친 불평등의 문제를 어떻게 바라볼 것인지 묻고 있어 더욱 의미가 큰 책입니다.

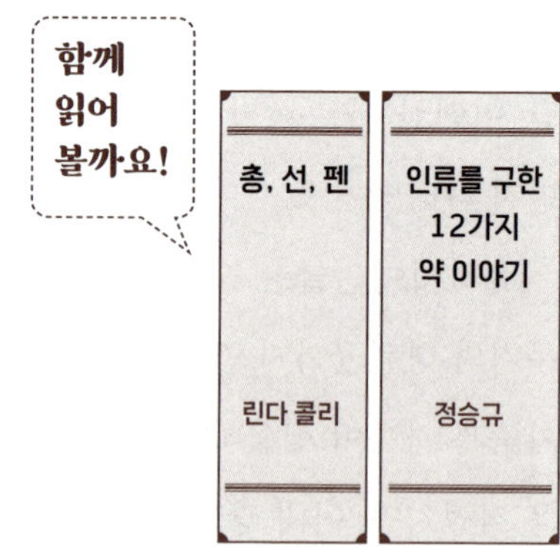

62

일본과 일본인에 대한 적확한 통찰, 『국화와 칼』

"일본인은 미국이 지금까지 전력을 기울여 싸운 적 가운데 가장 낯선 적이었다."

"일본을 가장 깊이 있게 들여다본 책"으로 손꼽히는 『국화와 칼』의 한 구절이에요. 『국화와 칼』은 특별한 목적을 갖고 쓰여졌어요. 미국 국무부가 제2차 세계 대전이 한창이던 1944년 6월, 적국 일본과 일본인의 국민성을 알기 위해 인류학자 루스 베니딕트(1887~1948)에게 의뢰한 보고서에서 시작된 책이죠.

베니딕트는 1946년, 2년여의 연구 끝에 보고서를 내놨어요. 전쟁 중이어서 일본에 가 보지는 못했지만 미국에 사는 일본인들을 면담하고 여러 자료를 분석해 완성했어요. 베니딕트가 보기에 일본인은 "아름다움을 사랑하고 배우와 예술가를 존경하며 국화를 가꾸는 데 신비한 기술을 가진 국민"이었어요. 또 한편으로는 "칼을 숭배하며 무사에게 최고의 영예를 돌리는" 사람들이기도 했어요. 한마디로 전쟁과 평화를 동시에 사랑하는 이중적인 민족이라는 거죠.

방대한 문헌을 연구한 그는 일본에는 '유일신 종교가 제시하는 윤리적 절대 기준'이 없기 때문에, 일본인에게는 삶의 목적이나 윤리가 상황에 따라 좌우된다고 결론을 내립니다. 상황 의존적이기 때문에 생존을 위해서라면 전쟁도 불사하고, 반대로 굴종도 마다하지 않는다는 것이죠. 그는 "손에는 아름다운 국화, 허리에는 차가운 칼을 찬 일본인"은 이렇게 태어났다고 주장해요.

인류학자 루스 베니딕트.

국가적 차원의 이중성은 '국가신도(國家神道)'라고 불리는 정치와 종교가 혼합된 일본 종교를 통해 드러납니다. 국가신도는 '만세일계(萬世一系·한 번도 일왕의 혈통이 끊어진 적 없이 이어져 왔다는 뜻)의 통치자인 일왕'을 숭배하는 것이 핵심입니다. 메이지 유신을 단행한 일본 정치가들은 국가신도가 종교가 아니라고 주장했지만, 종교적 영향력을 가졌음을 부인하기는 어려워요.

베니딕트는 '계층적 위계질서'를 일본과 일본인을 이해하는 가장 중요한 키워드라고 강조해요. 국가신도는 일본의 계층 사회를 만들고 유지하는 역할을 했어요. 이를 통해 정치계, 종교계, 산업계 등에서 '알맞은 위치'를 부여받은 사람들은, 그 안에서 '안전하다고 생각'하며 살았어요. 최하위 계층일지라도 하나의 체계 안에 속한 것은 안전한 일이라고 생각했는데, 체계로부터 소외되는 것은 죽음과 다를 바 없기 때문이죠. 전쟁도 하나의 체계였고, 그래서 일본인들은 국가가 전쟁을 시작했을 때 자신의 목숨마저 내놓으며 그 체계 안에서 살고자 했다는 겁니다.

책 끝에 루스 베니딕트는 "일본의 행동 동기는 기회주의적"이라며 예측을 하나 적고 있어요.

"일본은 평화로운 세계가 지속되면 평화주의에 헌신하겠지만, 세계 열강이 전쟁 준비에 돌입하는 순간 무장 진영으로 조직된 세계 속에서 자기 위치를 찾을지도 모른다."

일본이 점점 군사력을 강화하고 과거 전쟁에 대한 무책임한 태도를 보이면서 루스 베니딕트의 예언 아닌 예언이 현실이 되는 것 아니냐는 우려가 계속 나오고 있어요. 『국화와 칼』이 지금도 여전히 주목받는 이유는 바로 이 때문이에요.

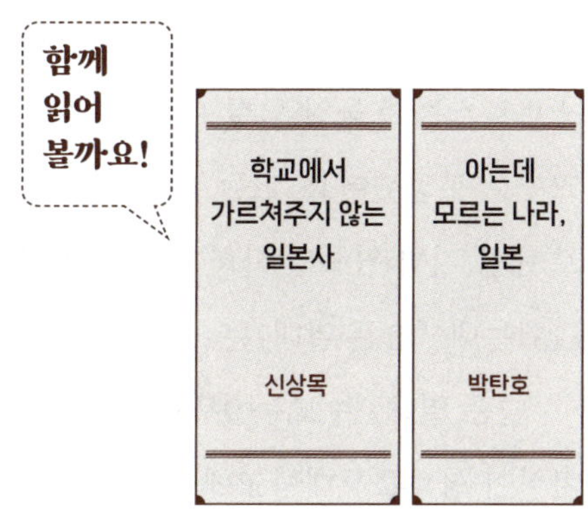

63

사라져야 할 문명과 야만의 이분법, 『슬픈 열대』

"우리는 인간 사회에 열려 있는 여러 가능성 가운데 각 사회가 어떤 선택을 할 수 있으며, 그와 같은 선택은 상호 비교할 수 있는 성질이 아니라는 사실을 인정해야 할 것이다."

프랑스의 사회인류학자 클로드 레비스트로스(1908~2009)가 1955년 출간한 『슬픈 열대』는 한 민족의 생활을 '문명'과 '야만'으로 구분하는 서구인들의 이분법적 사고를 비판한 명저로 평가받는 책이에요. 레비스트로스는 스물일곱 살 때인 1935년, 브라질 상파울루대학교 사회학 교수로 부임했어요. 그는 1937년부터 1938년까지 브라질 정부 후원으로 내륙 지방 원주민 사회 조사단 일원으로 활동하며 원주민 사회를 관찰했는데, 『슬픈 열대』는 그 결과물이라고 할 수 있어요.

『슬픈 열대』는 모두 9부로 구성돼 있어요. 4부까지는 레비스트로스 자신이 상파울루대학교에 부임하는 과정을 서술해요. 5~8부에서는 책

『슬픈 열대』 초판 표지.

의 핵심 내용인 내륙 지방 원주민들, 즉 카두베오족, 보로로족, 남비콰라족, 투피카와이브족의 생활상을 사실적으로 묘사해요. 당시에도 아마존 유역에는 현대 문명을 조금이라도 경험한 원주민이 적지 않았어요. 브라질 정부는 '문명 생활에 적응시킨다'는 목적으로 원주민들을 특정 지역에 모여 거주하게 했어요. 하지만 그들은 문명이라고 부르는 모든 것을 전부 받아들이지는 않았어요. 예컨대 정부가 그들을 위해 현대식 주택을 지어 주었지만 원주민들은 집 밖에서 살기를 더 좋아했지요. 레비스트로스는 이들을 "갑작스레 문명의 강요를 당한 '예전 야만인들'"이라고 묘사해요.

레비스트로스가 조사한 카두베오족은 얼굴과 몸에 부족 문신을 짙게 했고, 보로로족 미혼 남녀들은 집단생활을 했어요. 그들의 마을은 오두막이 모여 마치 하나의 수레바퀴처럼 보일 정도로 건축적 완성도가 높았어요. 하지만 사람들은 나무뿌리나 거미, 유충을 먹었고, 벌거벗은 채로 생활했어요. 1930년대 서구인뿐 아니라 오늘날 우리 눈에도 미개하고 야만적이라고 생각할 수도 있는 상황이었죠.

하지만 레비스트로스의 생각은 달랐어요. 그는 원주민들이 자신을 둘러싼 환경과 균형을 이루는 탁월한 문화를 가지고 있다고 생각했어요. 레비스트로스는 자기들만의 방식으로 조화롭게 살아가고 있는 원주민 사회를 문명화된 서구 사회가 오히려 파괴하고 있다는 과감한 주장을 펼쳐요. 서구 사회가 원주민의 집과 옷을 바꾸는 데 그치지 않고 정신세계마저 바꾸려 하고 있다는 강도 높은 비판도 담고 있어요.

레비스트로스는 이처럼 자신들의 삶과 다르다는 이유로 야만적이라고 낙인찍는 행태에 비애를 느껴요. 세상 사람들이 흔히 야만인이라고 부르는 이들이 열대 지방에 많이 분포하기 때문에 그는 이를 '슬픈 열대'라고 명명했어요. 책 제목이 '슬픈 열대'가 된 이유를 이제 알겠죠?

혹시 여러분도 나와 다르다는 이유만으로 누군가를 배척하거나 무시한 적은 없나요? 각각의 개성과 특성이 얼마나 중요한지, 왜 존중해야 하는지 『슬픈 열대』가 잘 보여 주고 있어요.

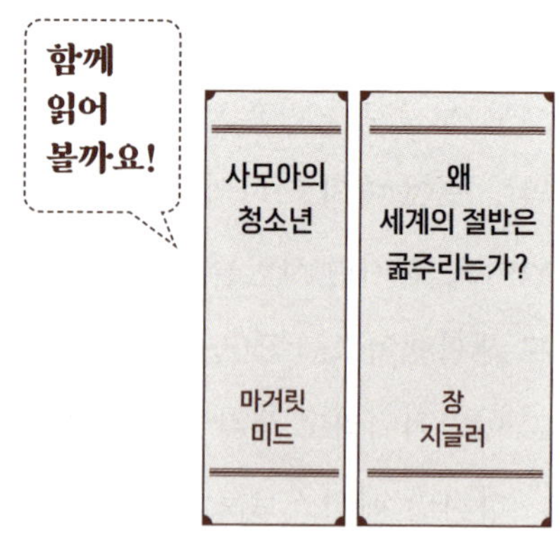

64

자연과 조화를 이루는 삶, 『월든』

"내가 숲으로 들어간 것은 나 자신이 의도한 대로 삶의 본질적인 사실만을 앞에 두고 살고 싶었기 때문이다. 스스로 인생의 가르침을 온전히 익힐 수 있는지 확인하고 싶어서였다."

1854년 출간된 미국의 사상가 헨리 데이비드 소로(1817~1862)의 『월든』은 현대문명에 대한 비판과 그것을 극복하기 위한 대안적 삶을 제시하는 작품입니다. "19세기에 쓰인 가장 중요한 책 중 하나"로 평가받고 있어요. 인도의 사상가 마하트마 간디는 "나는 큰 즐거움을 가지고 『월든』을 읽었으며 거기서 깊은 감명을 받았다"고 말했어요. 그만큼 많은 사람에게 영감을 준 책으로 유명합니다.

1845년 7월 4일, 소로는 고향인 매사추세츠주 콩코드의 월든 호숫가 숲속에 혼자서 나무를 베 통나무집을 짓고, 밭을 일구며 자급자족하기 시작했어요. 주변 사람들은 소로의 특이한 행동을 이해할 수 없었어요.

당시 소로는 스물여덟으로 명문으로 손꼽히는 하버드대학교를 졸업한, 많은 사람들의 기대를 한몸에 받고 있는 젊은이였기 때문이죠.

소로는 1847년 9월 6일까지, 2년 2개월 정도 월든 호숫가에서 생활했어요. 그가 이런 생활을 한 것은 당시 시대 상황과 깊은 관련이 있어요. 19세기 중반 미국은 이미 산업자본주의가 심화되었는데, 이에 따른 사회적 양극화는 손쓸 수 없을 지경이었어요. 근면과 성실을 추구했던 청교도 정신은 미국민들 사이에서 사라진 지 오래였죠. 소로는 대개의 사람들이 스스로 자유롭다고 생각하지만, 사실은 돈의 노예가 된 굴욕적 삶을 살아가고 있다고 생각했어요. 그리고 이런 세태를 이길 힘은 돈이 아닌 일상의 삶 속에 진정한 가치가 있다고 믿는 데서 나온다고 보았어요. 그는 이 가치를 발견하고 실천하기 위해서는 삶을 단순화하는 길밖에 없다고 생각했던 것이죠.

소로가 호숫가에 집을 짓고 텃밭을 일구며, 책을 읽고, 대자연의 순환을 온몸으로 경험한 것은 바로 이런 이유 때문이에요. 그는 이곳에서 자연을 깊이 관찰하며 '정신적 전환 시간'을 가져요. 소로는 자연의 순

『월든』 초판 표지.

리에 저항하지 않고 자기만의 진정한 자유를 얻는 것이야말로 참된 삶이라고 생각했어요.

그는 내면의 성장을 위해 '고독'을 거름으로 삼습니다. 그렇다고 모든 것과 단절된 삶을 살지는 않았어요. 그는 집에 의자가 세 개 있다면서 "하나는 고독을 위한 것, 또 하나는 우정을 위한 것, 나머지 하나는 사람들과 어울리기 위한 것"이라고 말해요. 참된 자유를 경험한 사람은 그 누구와도 친구가 될 수 있다고 생각했기 때문이죠.

『월든』은 출간 당시보다 20세기 들어 풍요의 시대, 소비가 미덕인 시대가 도래하면서 더욱 주목받기 시작했어요. '자발적 가난'과 '자연과 조화를 이루는 삶'의 가치를 일찍이 예언한 거죠. 소로의 『월든』이 추구했던 삶을 현실에 적용하기는 어렵지만, 삶을 단단하게 하기 위해 한번쯤 읽어 보면 좋아요.

종교의 탄생과 철학의 시작,
『축의 시대』

"우리의 지구촌에서는 이제 편협하거나 배타적인 전망을 제시할 여유가 없다. 우리는 우리 자신의 나라로부터 멀리 떨어진 나라에 사는 사람들을 자기 자신처럼 여기며 살아야 한다."

영국의 종교학자 카렌 암스트롱(1944~)이 2006년 발표한『축의 시대』는 출간 당시부터 "찬사 외에 달리 덧붙일 말이 없다", "더할 나위 없이 근사한 책", "한마디로 비범한 역사서" 등의 평가를 받은 명저예요. '축의 시대'는 동양과 서양의 구별 없이 모든 인류가 정신의 기원으로 인정할 수 있는 시대를 일컫는 말이에요. 이 시대가 인류 공통의 기축(基軸), 즉 중심이 되는 시대라는 의미에서 축의 시대라고 이름 붙인 거죠. 이 개념은 본래 독일의 철학자 카를 야스퍼스가 1949년 출간한 저서『역사의 기원과 목표』에서 처음 사용한 '문명사적 개념'이에요.

카렌 암스트롱은 축의 시대를 기원전 900년부터 기원전 200년 사이

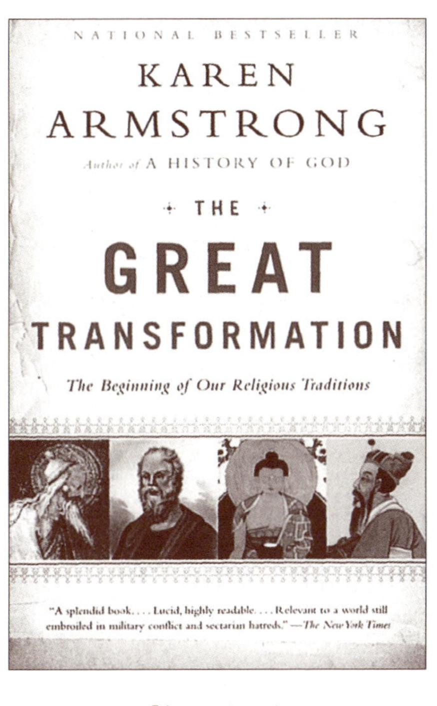

『축의 시대』 표지.

로 설정해요. 이 시기에 인류 정신의 바탕이 되는 종교·철학적 사상이 탄생했기 때문이죠. 그가 주목한 곳은 중국과 인도, 근동(近東·중동), 그리스 네 곳이에요. 당시 중국에서는 공자와 묵자·노자 등이 제자백가(諸子百家·중국 춘추 전국 시대의 여러 학파를 일컫는 말)를 이루며 동양 사상의 근간을 만들었고, 인도에서는 석가모니인 고타마 싯다르타가 등장하며 종교적 영향력이 커졌어요. 이스라엘에서는 엘리야·예레미야·이사야 등의 선지자들이 신(神) 중심 사회를 만들기 위해 활동했고, 그리스에서는 소크라테스·플라톤 등이 철학의 토대를 쌓고 있었어요. 한마디로 축의 시대는 종교가 탄생하고 철학이 시작된 시대라고 할 수 있어요.

카렌 암스트롱은 이들의 출현이 불을 다루는 방법을 발견한 이후 인류에게 있어 가장 결정적인 사건이라고 주장해요. 이 시기에 이르러서야 사람들은 타인의 고통을 같이 느끼고, 인간의 비참함을 함께 슬퍼하는 공감과 자비의 정신을 발견했기 때문이에요. 흥미로운 것은 이 시기에 네 곳 모두 상황만 조금씩 다를 뿐 도시화가 급격하게 이뤄졌고, 인구가 증가하면서 그에 따른 사회 경제적 변화가 크게 일어나기 시작했다는 사실이에요. 또 숱한 정복 전쟁이 이뤄지면서 폭력과 무질서가 난무했어요. 과거의 전통적 관습이나 신에게 올리는 희생 제사(산 제물을 바치는 제사)는 더 이상 효과가 없었어요.

사람들은 이때부터 신화의 세계에서 벗어나 인간 존재에 집중하기 시작했어요. 개인의 자아, 도덕과 윤리의 문제가 화두가 된 거예요. 이런 거대한 변화 속에서 축의 시대는 탄생했어요. 카렌 암스트롱은 당시 이뤄진 인간의 근본적 인식 전환과 사유의 깨달음을 통해 우리 시대 만연한 폭력과 증오를 극복할 수 있다고 보고 있어요.

축의 시대는 "기록된 역사 가운데 지적·심리적·철학적·종교적 변화가 가장 생산적으로 이루어졌던 때"입니다. 이 시대의 가르침을 오늘 우리 시대에 어떻게 적용할지 고민해 보면 어떨까요.

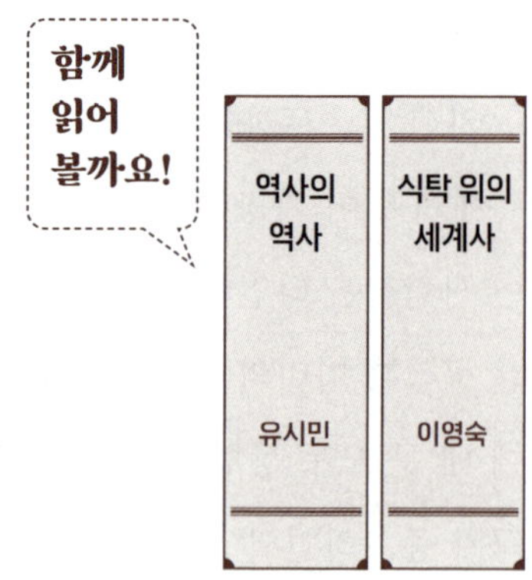

66

자연과학과 인문학의 만남,
『통섭』

"창조적 사고를 하는 사람과 그러지 못하는 사람을 뚜렷이 구분 짓는 특성은 다음과 같다. 창조적 사고를 가진 사람은 ① 모호하게 정의된 문제를 기꺼이 받아들이고 그 것을 점진적으로 구조화하며 ② 상당한 기간 그 문제들에 파고들고 ③ 그 문제와 관련되거나 잠재적으로 관련된 분야에 대한 배경지식이 풍부하다."

1998년 출간된 『통섭』은 미국의 생물학자 에드워드 윌슨(1929~2021)의 학문적 노력이 집대성된 책입니다. 에드워드 윌슨은 개미 사회에 대한 연구를 발전시키면서 '사회 생물학'이라는 학문의 지평을 열었고, 『통섭』을 통해 과학과 인문학의 통합이야말로 우리 시대 모든 학문이 나아갈 길이라고 주장해요.

통섭(統攝·consilience)이란, 사전적으로 보면 "서로 다른 현상들로부터 도출되는 귀납들이 서로 일치하거나 정연한 일관성을 보이는 상태"를 뜻해요. 윌슨은 여기에 의미를 하나 더해요. 그간 학자들이 지나치게 세

부적이고 인위적으로 구분했던 학문을 통합적인 시각에서 바라보며 현대의 문제들을 해결하려는 시도이자 노력이 바로 통섭이에요.

에드워드 윌슨은 지식을 추구하는 모든 사람에게 필요한 자세가 '이해'라고 생각했어요. 본래 이해는 '통합적 성격'의 것인데, 학문과 지식이 자연과학·사회과학·인문학 등으로 세분화되면서 본래 의미를 잃어버렸어요. 세상 모든 일은 인과관계를 가지고 일어나기 마련이죠. "별의 탄생에서 사회 조직의 작동에 이르기까지" 연결되지 않은 일이 없어요. 그런데도 학문마다 지나치게 높은 벽을 세우고 단편적인 해결책만 남발하고 있다며 윌슨은 안타까워해요. 그는 다음과 같이 말해요.

『통섭』 초판 표지.

"지식의 통일은 서로 다른 학문 분과를 넘나들며 인과 설명을 아우르는 것을 의미한다."

월슨이 통섭을 강조하는 이유는 인간이 스스로 미래를 만들어 갈 수 있기를 바라서입니다. 인류가 지금까지 스스로 길을 개척해 온 결과가 곧 오늘 우리가 살고 있는 현실이에요. 그 누구도 우리를 이곳으로 인도하지 않았고, 궁극에는 우리의 미래도 "순전히 우리에게 달렸다"고 할 수 있어요. 과학 기술이 우리 삶을 좌지우지하는 현실을 극복하기 위해서라도 인문학적 통찰이 필요하다는 것은 모두가 잘 아는 사실이죠. 인간의 자율성을 인정하고 '우리가 가고 싶은 곳'을 밝히기 위해서라도 학문 사이의 벽을 허물고 통섭으로 나아가야 한다는 게 에드워드 윌슨의 일관된 생각이에요.

자연과학은 실험으로 확인된 사실을 중요하게 여겨요. 인문학은 그러한 지식이 가치가 있는지 판단하는 역할을 하죠. 결과적으로 자연과학과 인문학의 만남, 즉 통섭은 인간이 창의성을 발휘할 수 있도록 도울 수 있어요. 통섭은 결국 우리 사회의 중요한 화두인 '소통'을 가능케 하는 중요한 과정인 셈입니다.

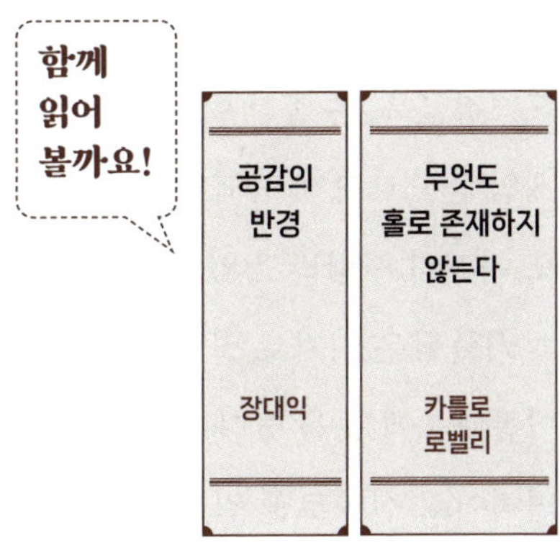

67

인간과 동물의 조화로운 삶, 『정글북』

"정글의 법칙에는 어떤 조항이든 합당한 이유가 있었다. 그 법칙에 따르면 동물은 새 끼에게 인간 사냥법을 가르치기 위해서가 아니라면 인간을 죽일 수 없었다."

영국 작가 조지프 러디어드 키플링(1865~1936)이 1894년 발표한 『정글북』은 "빛나는 상상력이 창조해 낸 정글의 세계를 통해 인생의 모습을 은유적으로 보여 주는 걸작"이라는 평가를 받는 작품이에요. 그는 마흔한 살이던 1907년, 노벨 문학상을 최연소로 수상한 것으로도 유명해요. 『정글북』은 출간 이후 지금까지 애니메이션은 물론, 영화·뮤지컬·게임 등으로도 제작되면서 전 세계 어린이와 청소년은 물론, 성인에게도 여전히 사랑받고 있어요.

키플링은 기자로 일하면서 인도 곳곳을 다녔는데, 그때 원시 자연의 아름다움에 눈을 떴다고 해요. 작가는 그곳에서 벌어질 수도 있는 초자연적이고 신비로운 일들에 대한 상상을 『정글북』 등 다양한 작품에 녹

『정글북』 초판 표지.

여 냈어요. "20세기 영국의 가장 위대한 작가"라는 평가와 함께 어니스트 헤밍웨이, 조지 오웰, 호르헤 루이스 보르헤스 등 후배 작가들의 사랑을 받았어요.

누구도 위치를 알지 못하는 깊은 정글, 늑대 굴 앞에 이제 막 걸음마를 뗀 아이 하나가 발가벗은 채 서 있었어요. 겁먹은 표정을 지을 만도 한데, 아이는 아빠 늑대를 올려다보며 방긋 웃었어요. 정글의 불청객인 호랑이 시어칸이 놓친 먹잇감이었죠. 늑대 가족은 아기에게 '모글리'라는 이름을 붙여 주고, 정글에서 살 수 있도록 정성껏 돌봅니다. 늑대 가족 외에도 모글리를 챙기는 동물들이 있었어요. '동물마다 정한 영역을 침범하지 않는다', '재미로 사냥하지 않는다' 같은 정글의 법칙을 알려 주는 스승 역할은 표범 바기라와 곰 발루가 맡았죠. 바기라와 발루는 정글의 언어는 물론, 정글에서 살아가는 방식을 모글리에게 친절하게 알려 줬어요. 총명한 모글리는 용감하고 의로운 '늑대'로 차츰 성장해 나가요.

하지만 모든 동물이 모글리를 사랑하는 건 아니었어요. 무엇보다 큰 문제는 시어칸이었어요. 시어칸은 정글의 법칙을 늘 무시했어요. 오로지 정글을 자신의 손아귀에 넣고 싶어 했죠. 시어칸은 모글리를 먹잇감

정도로만 생각하고 호시탐탐 사냥 기회를 노렸어요. 젊은 늑대를 꼬드 겨 대대적인 공격을 가하지만, 때마침 인간 마을에서 횃불을 구한 모글 리가 동물들과 협력해 공격을 물리치죠.

얼마 후 모글리는 인간 마을에 내려와 살게 됐어요. 시어칸은 마을까지 내려와 가축과 사람을 물어 가는 등 나쁜 짓을 일삼았어요. 참지 못한 모글리는 물소 등과 함께 시어칸을 기습해 끝내 죽이고 말아요. 하지만 마을 사람들은 그런 모글리를 무서워했어요. 모글리는 다시 정글로 돌아갔고, 정글의 법칙을 깨려는 맹수들을 제거하면서 정글의 평화를 이뤄 내요.

『정글북』은 수직적인 질서를 강요하고 당시 식민 지배를 정당화했다는 비판도 있어요. 하지만 인간과 동물이 조화롭게 사는 모습을 통해 어린이와 청소년 들에게 꿈을 심어 준 위대한 작품이에요.

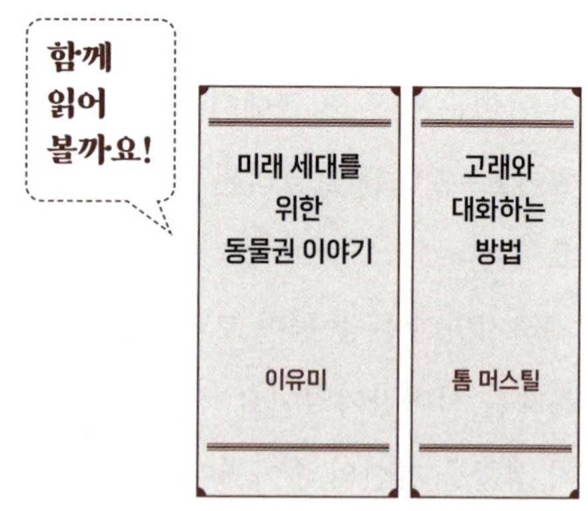

조선 개혁을 위한 사회사상, 『북학의』

"농사는 비유하자면 물과 곡식이고, 수레는 비유하자면 혈맥(血脈)이다. 혈맥이 통하지 않으면 살지고 윤기가 흐를 도리가 없다. 수레와 화폐는 농사에 직접 관련되지는 않지만 농사에 도움을 주므로, 나라를 경영하는 사람이라면 반드시 급선무(急先務)로 삼아야 한다."

18세기 북학파의 거장 박제가(1750~1805)가 펴낸 『북학의』는 "조선의 개혁·개방을 외친 북학 사상의 정수"라고 평가받는 책이에요. '북학의'란 쉽게 말하면 '북쪽을 배우자는 논의'인데, 여기서 북학은 북쪽에 있는 나라, 즉 청나라의 선진 문물을 뜻합니다. 박제가는 1778년 사신단의 일원으로 청나라 연경(燕京·지금의 베이징)에 다녀왔는데, 약 3개월에 걸쳐 작성한 보고서를 정조에게 올렸어요. 그 보고서가 바로 『북학의』예요. 당시 청나라는 많은 나라와 교역하면서 새로운 기술을 받아들여 국가정책 등에 반영하면서 전성기를 누리고 있었어요. 박제가는 이런 청나라의 선진 문물을 배워 낙후된 조선을 개혁하고 부국강병(富國强兵)의 길을 걸어야 한다고 주장해요. 박제가가 주장한 부국강병은 단순히 나라의 부강함을 의미하지 않아요. 그 부강함은 백성의 풍요로운 삶으로 이어져야 한다고 생각했어요.

『북학의』는 내편과 외편으로 나뉘는데, 내편에서는 일상생활에 필요한 모든 기구와 시설에 대한 개혁을 주장해요. 이는 백성의 불안한 생활에 대한 깊은 애정에서 비롯된 것이에요. 외편에서는 농경 기술을 개선하고 상업을 발전시켜야 한다고 주장해요. 이를 통한 생산력 증대만이 백성의 삶을 편안하게 하는 방법이었기 때문이에요. 박제가는 이것이야말로 이용후생(利用厚生), 즉 일상생활을 편리하게 영위하고, 삶을 풍요롭게 누리는 것이라고 생각했어요.

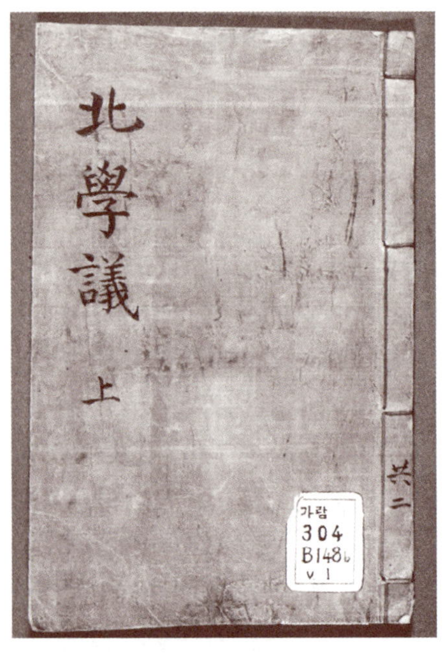

『북학의』 표지.

　박제가는 상공업 발전과 관련한 독특하면서도 대담한 주장 하나를 곁들여요. 바로 사대부들이 상업에 종사해야 한다는 거예요. 조선 시대는 직업을 기준으로 신분을 구분하는 사농공상(士農工商)의 시대였어요. 상인[商]은 학자[士], 농민[農], 장인[工]보다 못한, 계급제 사회의 말단에 있는 존재였어요. 그렇게 신분의 구분이 확실한 시대에 박제가는 양반들이 상업에 종사해야만 한다고 주장해요. 하는 일 없이 서책이나 읽으며 세월을 보내는 양반들이 생업에 종사해야 한다는 주장은 당시로서는 파격 중 파격이었어요. 박제가는 "무릇 놀고먹는 자들은 나라의 큰 좀벌레"라는 말로 강도 높게 양반들의 행태를 비판하죠.

백성의 의식주를 해결하지 못하고 도덕을 말하는 것은 허울 좋은 이상에 지나지 않는다는 사실을 박제가는 책 곳곳에서 밝히고 있어요. 그만큼 조선이 개혁할 부분이 많다는 반증인 셈이죠.

『북학의』는 단지 청나라의 선진 문물을 배우자고만 주장한 게 아니에요. 선진 문물을 배움으로써 사회를 혁신할 수 있는 사회사상까지 담아낸, 온전한 개혁을 주장했다는 사실이 무엇보다 중요해요.

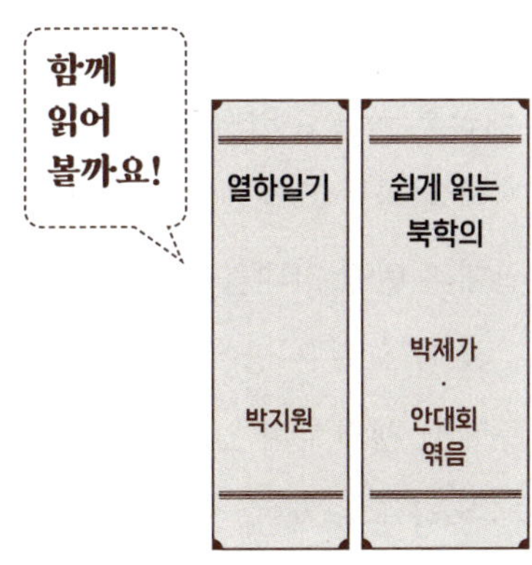

실업 문제를 다룬 다큐멘터리의 고전, 『위건 부두로 가는 길』

"내 침대는 문에서 가장 가까운 벽면의 오른쪽 구석에 있었다. 발치 바로 맞은편에 다른 침대가 있었는데, 워낙 바짝 붙여 뒀서 나는 다리를 접고 자야 했다. 다리를 뻗고 자면 그 침대 주인의 등허리를 차 버릴 수 있어서였다."

1937년 출간된 조지 오웰(1903~1950)의 『위건 부두로 가는 길』은 "『1984』, 『동물농장』 등에 담긴 오웰의 사상을 이해하기 위해 반드시 읽어야 할 책"이라고 평가받는 중요한 저작이에요. 1936년 조지 오웰은 '레프트 북클럽'이라는 단체에서 영국 북부 탄광 지대의 실업 문제를 취재해 달라는 요청을 받았어요. 그는 두 달에 걸쳐 랭커셔와 요크셔 지방 일대의 탄광 지대를 샅샅이 돌아다녔고, 그 경험을 책으로 썼어요.

조지 오웰은 광부들의 집이나 노동자들이 이용하는 싸구려 하숙집 등에서 생활하며 그들의 실상을 파악하려고 애썼어요. 여인숙의 침대는 놀랍게도 거의 'ㄱ' 자에 가까웠어요. 좁은 방에 여러 개의 침대를 넣

『위건 부두로 가는 길』 한국어판 표지.

기 위한 방법인데, 누구 하나 편하게 잠을 잘 수 없는 구조였죠. 일터인 탄광 안은 비좁아서 무릎걸음을 해야 했는데, 광부들은 그 자세로 힘겨운 삽질을 장시간 계속 해야만 했어요. 그런가 하면 지열(地熱) 때문에 상상할 수 없는 더위에 시달렸고, 석탄 가루가 목구멍과 콧구멍에 가득 찬 상태로 작업을 해야 했죠. 또 "기관총 소리처럼 시끄러운 컨베이어 벨트의 소음"도 광부들에게는 견디기 힘든 고통이었어요. 오웰은 이 상황을 보고 "그들이 하는 일은 보통 인간의 기준으로 보자면 거의 초인적이라 할 만큼 엄청나다"고 말했어요.

생활 환경과 노동 환경이 열악하다고 해서 광부들을 비롯한 노동자들의 삶마저 비참하지는 않았다고 오웰은 말해요. 오웰은 "노동 계급 가정에는 다른 데서는 찾아보기 쉽지 않은 따스하고 건전하고 인간적인 공기가 있다"고 전해 줘요. 추운 겨울날 마시는 차 한 잔, 조리용 난로에서 춤추는 불꽃, 흔들의자에 앉아 경마 결승전 소식을 읽는 아버지, 한쪽에서 바느질하는 어머니의 모습에는 정겨움이 넘쳐 나요. 하지만 이것은 직장이 있는 경우만 그럴 뿐이었어요. 실업 상태라면 거의 지옥에 가까운 생활을 하고 있다고 오웰은 분노에 가까운 글을 쏟아내요.

오웰은 책 말미에 기계화에 대한 성찰도 보여 줘요. 당시 널리 보급되고 있던 탄광 기계들은 가난한 노동자의 실업을 가속화했지만, 탄광 주인들로서는 반가운 일이었죠. 그는 "기계의 기능은 일을 덜어 주는 것"이라면서도 기계의 급속한 보급이 노동자들의 삶을 껴안으며 갈 수 있어야 한다고 주장해요.

『위건 부두로 가는 길』은 단지 탄광 지역의 어려움만을 부각하지 않습니다. 노동 계층의 구체적인 삶의 모습과 그들이 변화하는 사회에서 직면한 현실을 보여 주며 인간다운 삶이란 무엇인지에 대한 성찰을 담고 있어요. 이 작품이 '실업을 다룬 세미다큐멘터리(사실적인 기록에 극적인 요소를 섞는 방식)의 위대한 고전'이라는 평가를 받는 이유입니다.

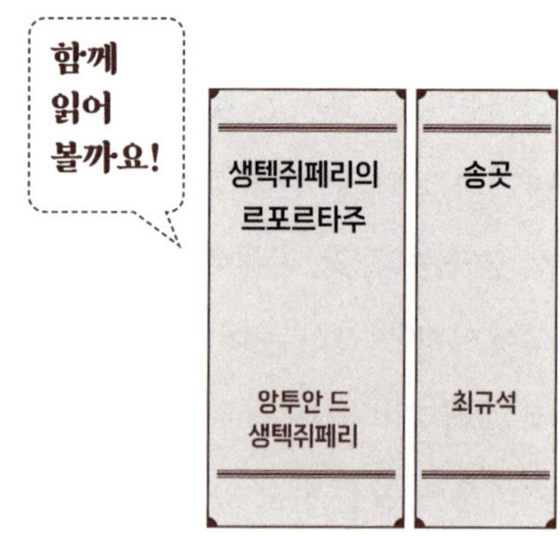

70

인간은 본래 모두 평등한 존재,
『인간 불평등 기원론』

"모두가 동의하듯이 인간은 서로 평등하게 태어났다. 변종이 생겨나기 전 각종 동물이 그랬던 것처럼 말이다."

"개천에서 용 난다"는 말 들어 보셨나요? 어려운 환경을 극복하고 빼어난 인물이 되었을 때 하는 표현인데, 요즘 말로 하면 "흙수저, 금수저가 되다" 정도라고 할까요? 개천·용은 포괄적 의미를 담고 있다면, 금수저·흙수저는 지나치게 경제적 여건만을 강조한 점이 큰 차이예요. 사회적 불평등은 우리 사회가 극복해야 할 가장 시급한 문제점이라는 사실만큼은 예나 지금이나 변함이 없어요. 260년도 더 전에 사회적 불평등을 해결해야 한다고 주장한 사람이 있어요. 『인간 불평등 기원론』, 『에밀』, 『사회계약론』 등으로 유명한 장 자크 루소(1712~1778)예요.

그중 1755년 출간된 『인간 불평등 기원론』은 "프랑스 대혁명의 사상적 기반"이자 "18세기 가장 혁명적인 저작"으로 평가받는 작품이에요.

루소는 서문에서 "인간은 서로 평등하게 태어났다"고 단언해요. 그가 생각한 인간의 가장 이상적인 환경은 "원시적 자연 상태"인데, 그곳에서 인간은 모두 평등한 존재였죠. 자기 보존 본능만 있는 '자연인'이기 때문에 가능한 일이죠.

하지만 사람들이 모여 살기 시작하면서 평등한 인간들의 관계가 조금씩 어긋났어요. 집단으로 생활하게 되자 사람들은 하나둘 자기 이익을 챙기면서 소유하고자 하는 욕망을 폭발시켰어요. 사유재산은 그렇게 탄생했고, 사회적 불평등을 심화시켰어요. 인간이 함께 살면서 각종 '제도'들도 생겨났는데, 문제는 그 제도들이 인간 사이의 불평등을 더욱 심화시켰다는 사실이죠. 사유재산을 보호하기 위해 생겨난 대표적인 제도가 바로 '법'과 '정치 제도'예요. 루소는 법과 정치 제도는 힘 있는 사람들이 자신들의 이익을 보호·강화하기 위해 만들었다고 주장해요. 인간은 천성적으로 선하지만, 인간이 이룩한 온갖 발전, 즉 학문과 예술을 포함한 사회 제도로 인해 이익을 탐하게 되었다는 것이에요. 루소가 인간이 만든 제도들을 "무른 모래 더미 위에 세워진 것"이라고 비판한 이유가 바로 이 때문이에요.

『인간 불평등 기원론』 초판 표지.

루소의 예언은 적중했는데, 우리 시대의 불평등은 말로 다 표현할 수 없을 정도예요. 그렇다면 어떻게 해야 할까요? 루소의 말처럼 "사회를 파괴하고 네 것과 내 것을 없애고 숲속으로 다시 돌아가 곰과 함께 살아야" 할까요?

루소는 인간의 탐욕이 불평등을 낳았지만 여전히 인간을 신뢰해야 한다고 말해요. 루소는 불평등을 해결할 해법이 우리에게 달려 있다며 "당신들의 태곳적 그 최초의 순수를 되찾으십시오"라고 강조해요. 사실 『인간 불평등 기원론』에 이 추상적인 말 외에는 이렇다 할 해법은 제시하지 않아요. 그 해답은 그의 다른 책에서 제시되어 있어요. 『에밀』에서 자연 상태의 인간 회복을 위한 교육을 강조하고, 『사회계약론』에서는 사회 공동체의 규약에 대해 설명했어요. 그런 점에서 『인간 불평등 기원론』, 『에밀』, 『사회계약론』은 하나의 시리즈라고 생각하고 읽으면 큰 도움이 된답니다.

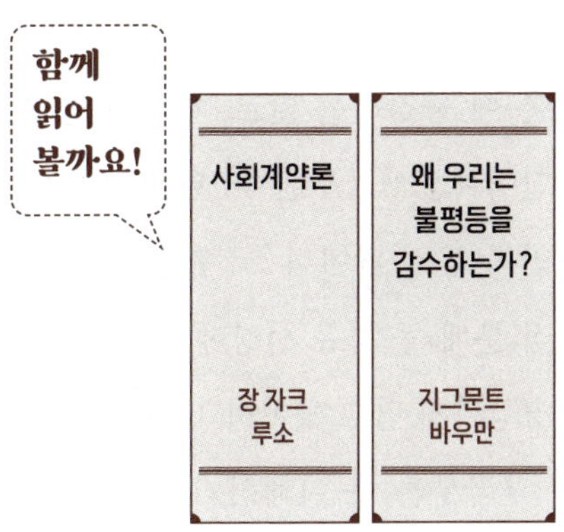

71

인간의 선의에 의해 돌아가는 시장, 『국부론』

"다른 많은 경우와 같이, 개인은 바로 그때 '보이지 않는 손'에 이끌려 자신이 의도하지 않았던 목표를 달성하게 된다. 의도하지 않았다고 해서 사회에 나쁜 영향을 끼치는 건 아니다. 의도적으로 사회의 이익을 증진시키려 할 때보다, 자신의 이익만을 추구함으로써 개인은 더 자주, 더 효율적으로 사회의 이익을 증진시킬 수 있다."

'보이지 않는 손'이라는 말을 들어 본 적 있나요? '경제학의 아버지'라고 불리는 영국 학자 애덤 스미스(1723~1790)가 1776년 출간한 『국부론』에 등장하는 말로, 자유 시장 경제의 효율성을 설명하는 상징적인 단어예요. 『국부론』의 원래 제목은 『국부의 본질과 원인에 관한 연구』인데, 흔히 줄여서 『국부론』이라고 불러요. 분업과 생산성, 자원의 효율적 분배 등 자유 시장에 대한 다양한 주장은 물론 그것이 미칠 사회적 영향까지 담고 있어서 '고전 경제학의 기초를 놓은 책'으로 평가받아요.

『국부론』을 이해하기 위해서는 먼저 책이 출간된 시기를 알아야 해

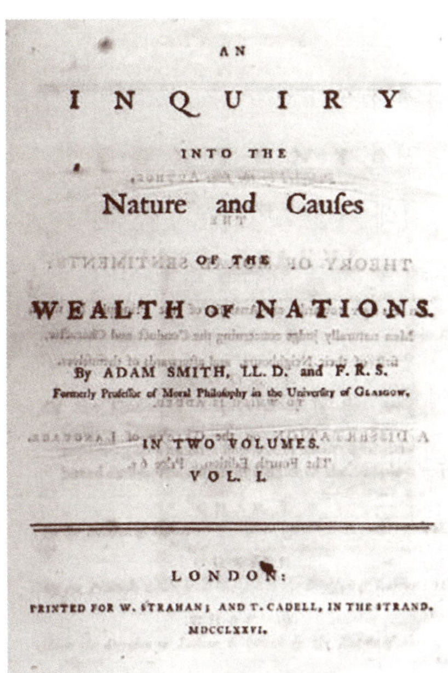

『국부론』 초판 표지.

요. 당시 영국은 산업혁명의 기운이 한창 무르익고 있었어요. 증기기관 등이 발명되면서 상품의 대량 생산이 가능해졌고, 사람들은 일자리를 찾아 도시로 몰려들기 시작했어요. 그 전까지 유럽 여러 나라들은 중상주의, 즉 무역을 통한 국가의 번영을 추구했어요. 대부분의 사람들은 농업에 종사했기 때문에 경제의 주체라는 인식조차 없었죠. 하지만 산업혁명이 일어나면서 농업에서 공업으로 산업의 중심이 바뀌고, 평범한 사람들의 시장 참여가 높아지기 시작했어요.

『국부론』을 이해하는 데 중요한 요소 중 하나는 바로 시장에 참여하는 사람들이에요. 시장에 참여하는 사람들은 크게 두 부류가 있어요. 생산자와 소비자죠. 생산자와 소비자가 원하는 바는 꼭 같다고도 할 수 있어요. 생산자는 최적의 가격으로 상품을 만들어 최대 이윤을 추구하고, 소비자 역시 최적의 가격으로 물건을 사서 최대 만족을 이루려고 하죠. 서로가 만족스러운 결과를 얻으려는 과정에서 시장의 메커니즘이 형성되는데, 그게 바로 '보이지 않는 손'에 의해 이뤄진다고 애덤 스미스는 생각했어요. 생산과 소비를 촉진하는 '가격'이 소수가 아니라 시장에 참여하는 모든 사람에 의해 결정되는 것이 애덤 스미스가 『국부론』에서 강조한 자유 시장의 핵심 조건이에요.

『국부론』에서 애덤 스미스는 시장에 참여하는 개인과 자유 시장의 역할이 중요하다고 줄곧 주장해요. 교환은 인간의 본성이고, 그 본성을 충족시켜 주는 곳이 시장이기 때문이죠. 그런데 애덤 스미스는 한 발 더 나아가 국가의 역할 역시 중요하다고 강조해요. 자유 시장이 잘 돌아갈 수 있도록, 즉 시장을 포함한 사회 시스템이 잘 돌아갈 수 있도록 법과 제도를 바로잡는 일이 바로 국가의 역할이에요. 애덤 스미스는 소수가 생산을 독점하지 않고 인간의 선의에 의해서 돌아가는 사회 시스템을 고민한, 앞선 생각을 가진 경제학자였답니다.

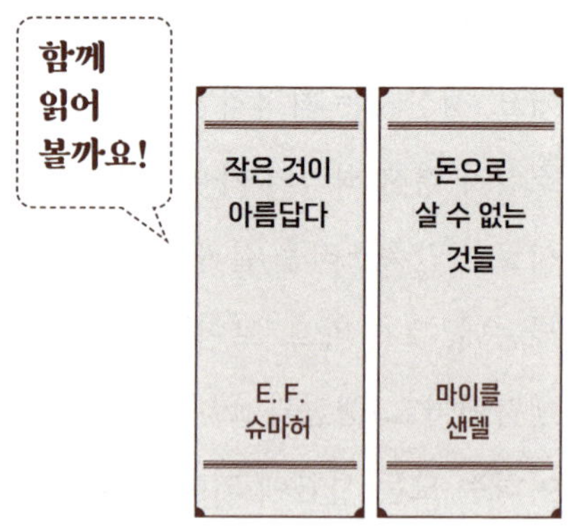

72

근대 헌법과 법치주의의 근간, 『법의 정신』

"모든 존재는 그들의 법을 갖는다. 신들도 그들의 법을 갖고 있다. 물질 세계에도 그것의 법이 있다. 인간들도 그들의 법이 있다."

프랑스 계몽사상가이자 정치철학자 샤를 루이 드 스콩다 몽테스키외(1689~1755)가 1749년 출간한 『법의 정신』은 '삼권 분립'을 가장 먼저 주장한 책이에요. 삼권 분립, 즉 입법권·사법권·행정권의 분립은 근대 헌법과 법치주의의 근간이 되는 정신이에요. 그 가치를 역설한 『법의 정신』은 미국 연방헌법 제정에도 영향을 주었어요. 몽테스키외는 유럽 거의 모든 나라를 여행하고 그 나라의 풍습과 제도는 물론 자연현상까지 살폈어요. 한편 군주정과 전제정, 공화정 등 다양한 정치 체제를 무려 20여 년 동안 비교하고 연구해 『법의 정신』을 완성했어요.

몽테스키외가 말하는 '법'은 흔히 말하는 법 조항이 아니에요. 오히려 그 나라의 "풍토나 풍속, 국민의 생활 양식, 종교 등 여러 현상과 조건들이 맺는 필연적 관계"라고 할 수 있어요. 그 필연적 관계들이 만들어 놓은 사회 전체를 인식하고 유지하는 일, 그리고 그 관계성에 작용하는 정치적인 생각 혹은 지성을 몽테스키외는 '법의 정신'이라고 생각했어요. 조금 쉽게 요약하자면 '법'이란 한 사회를 구성하는 모든 요소들의 관계이고, 그것을 유지하고 발전시키려는 생각들은 '법의 정신'이라고 할 수 있는 것이죠.

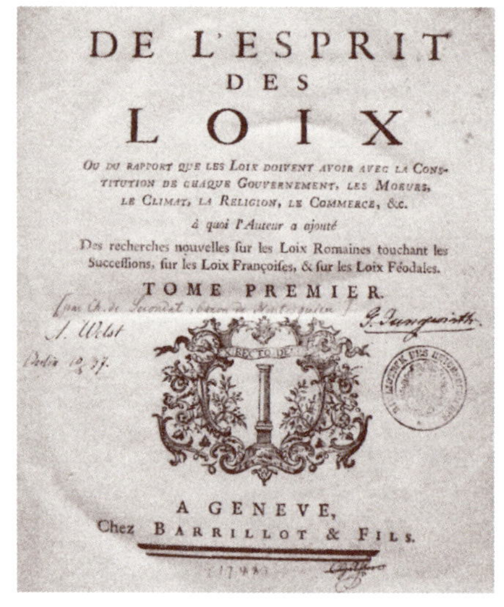

『법의 정신』 초판 표지.

몽테스키외는 절대군주가 다스리는 18세기 프랑스뿐 아니라 거의 모든 사회에서 인간은 누구나 권력을 쥐고 싶어 하고, 작은 권력이라도 쥐면 그것을 남용하는 경향이 있다는 사실을 파악했어요. 자신이 둘러본 유럽 사회, 고대 로마와 중국의 정치 체제 등 다양한 사회를 관찰한 몽테스키외의 통찰이었죠.

몽테스키외는 한 발 더 나아갑니다. 그는 권력이 집중된 행정부의 권한을 나누고, 나뉜 권력들이 서로를 감시하는, 일종의 견제와 균형의 원리를 추구해야 한다고 주장해요. 이전까지는 거의 모든 체제에서 행정부가 입법과 사법의 권한까지 독점했는데, 그 권한을 나눠 시민들의 '정치적 자유'를 최대한 보장해야 한다는 게 『법의 정신』의 핵심이라고 할 수 있어요.

시민들의 일상생활에 작용해 그들의 자유를 확보하는 것이 법이라고

252

생각해서인지, 몽테스키외는 교육법, 여성의 지위, 상업 등 실생활과 밀접한 일들을 사례로 많이 들고 있어요. 그중 상업을 볼까요. 상업의 본질은 "여분 물자를 유용하게 하고, 유용한 것을 필요하도록 만드는 것"인데, 국가는 "상업을 통해 더 많은 신민에게 필요한 것을 제공"하는 역할을 해야 해요. 상업처럼 우리가 생각지 못한 영역도 결국 법이라는 큰 테두리 안에 들어 있기 때문이죠.

법이 유명무실한 시대를 살고 있다고들 합니다. 법을 자기에게 유리한 대로 해석하는 일도 많은 요즘이죠. 그럼에도 우리 곁에는 늘 법이 존재하고, 시민들의 자유를 보장하기 위해 존재해야 한다는 사실을 몽테스키외의 『법의 정신』이 잘 보여 주고 있습니다.

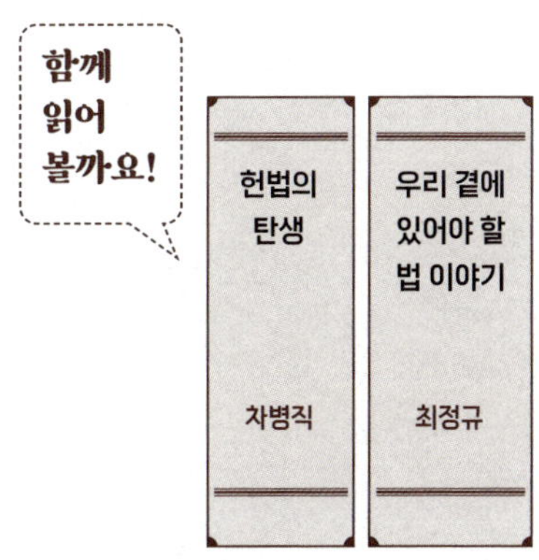

VII

공감하는 삶,
그리고
공동체

『타인의 고통』

『예루살렘의 아이히만』

『정치학』

『직업으로서의 정치』

『소크라테스의 변명』

『명상록』

「사람은 무엇으로 사는가」

『목민심서』

『한비자』

『파리대왕』

『인기 없는 에세이』

『택리지』

가끔, 사람이 아무도 없는 무인도에서 살면 어떨까 생각해 봅니다. 대개는 온갖 일들이 산더미처럼 쌓여 있을 때 그런 경우가 많지요. 그보다 더 큰 이유도 있어요. 주변 사람들에게 실망하고, 한편으로는 별일도 없는데 인간관계가 완전히 막혀 버리는 때죠. 누구 하나 내 목소리에 귀 기울여 주지 않을 때, 혹시 여러분도 같은 경험이 있나요? 그렇다고 사람이 아예 없는 곳에 가서 살기란 힘들어요. 물리적으로 떨어져 산다고 해도 온라인상에서 얼마나 많은 만남과 관계를 형성하는지요.

사람이 어떤 모양으로든 살아가자면 함께 살아가는 사람들의 무리, 즉 공동체가 필요해요. 가족도 공동체이고, 학교와 학원도 공동체죠. 우리가 살아가는 이 사회가 하나의 거대한 공동체인데, 우리는 그걸 잘 깨닫지 못할 때가 많아요. 물론 혼자만의 시간과 공간도 필요해요. 그럼에도 절대 다수의 시간을 공동체 속에서 살아야 한다면, 우리에게 필요한 삶의 덕목은 무엇일까요? 저는 '공감'보다 중요한 건 없다고 생각해요. 있는 그대로 이야기를 들어 주고, 그 이야기에 공감해 주는 것이야말로 사람과 사람 사이, 즉 공동체를 살아가는 가장 중요한 삶의 자세가 아닐까요?

옛날 사람들은 다른 사람의 말과 행동에 공감하는 일을 역지사지(易地思之)라고 했어요. '남과 처지를 바꾸어 생각한다'는 뜻이죠. 매번 말하고 행동할 때마다 이렇게 할 수는 없을 거예요. 하지만 가끔은 그 사람의 입장에서 생각해 보면, 왜 그렇게 말하고 행동했는지 이해할 수도 있을 겁니다.

투명한 세계를 볼 수 있는 힘,
『타인의 고통』

"특권을 누리는 우리와 고통을 받는 그들이 똑같은 지도상에 존재하고 있으며 우리의 특권이 그들의 고통과 연결되어 있을지도 모른다는 사실을 숙고해 보는 것, 그래서 전쟁과 악랄한 정치에 둘러싸인 채 타인에게 연민만을 베풀기를 그만둔다는 것, 바로 이것이야말로 우리의 과제이다."

미국의 작가이자 평론가, 사회운동가인 수전 손택(1933~2004)이 2003년 펴낸 『타인의 고통』은 "거짓 이미지와 뒤틀린 진실로 둘러싸인 세계에서 사상의 자유를 굳건히 수호한 책"이라는 평가를 받는 현대의 고전이에요. 우리는 지금 세계 곳곳에서 일어나는 온갖 폭력과 잔혹함을 스마트폰을 통해 실시간으로 보고 있어요. 우크라이나가 겪고 있는 참혹한 전쟁, 아프리카의 영·유아들의 굶주리는 상황, 기후 온난화가 몰고 온 각종 재해로 고통 받는 사람들의 모습이 그 참혹함의 극명한 사례들이죠. 기술의 발달로 인해 우리는 아주 작은 화면을 통해 전 세계에서

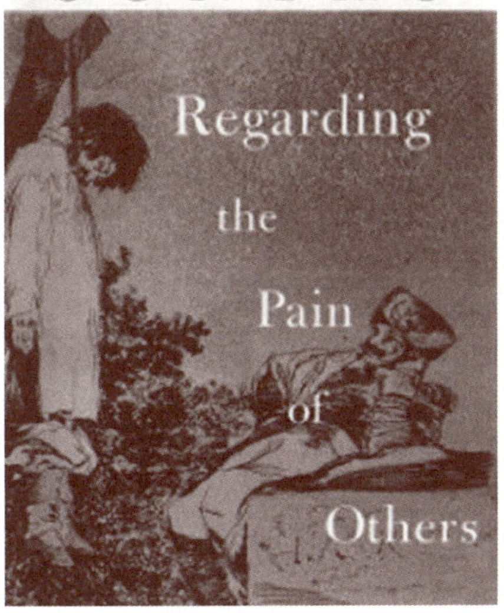

『타인의 고통』 초판 표지.

벌어지는 '재앙의 이미지'를 자기 방에 앉아 볼 수 있게 되었어요.

하지만 사진을 비롯한 숱한 이미지를 통해 폭력과 잔혹함을 본다고 해서, 그것이 타인의 고통과 괴로움에 대한 공감 능력이 커졌다는 사실을 의미하지는 않아요. 이미지 과잉 사회가 되면서 타국에서 발생한 참혹한 재앙들을 화면을 통해 보는 것을 오락거리쯤으로 생각하게 된 것이죠. 그 고통을 경험하지 않는, 일종의 특권을 누리는 우리는 그들과 같은 지도상에 존재하지 않는다는 사실에 안심하고 있는 셈이에요. 수전 손택은 이 대목에서 "우리의 특권이 그들의 고통과 연결되어 있을지도 모른다는 사실을 숙고하지 않으면 안 된다"고 강조해요. 고통의 이미지들이 "하룻밤의 진부한 유흥거리"가 되는 순간, 말로만 그 참상에 정통해지고, 결국에는 그 참상에 진지해질 수 있는 작은 가능성마저 사라지기 때문이죠.

최근 SNS 게시물 중에는 수전 손택의 말처럼 사람들의 "신경을 거슬리고, 소란을 불러일으켜야 하며, 눈을 번쩍 뜨이게" 만드는 사진이나 영상이 많아졌어요. 한두 번 그 게시물을 보는 게 무슨 문제냐고요? 하지만 사람들이 그 이미지에 관심을 보이는 순간, 이미지 게시자는 다

공감하는 삶, 그리고 공동체

음번에는 이전보다 더 자극적인 요소를 더하게 되지요. 결과적으로 타인의 고통이 "소비를 자극하는 주된 요소이자 가치의 원천"이 되고 말아요. 인간을 인간으로 대접하지 않고 하나의 사물로 대하게 되는 것이죠. 현대인들이 타인의 고통에 무감각해지는 이유는 이런 악순환 때문이에요.

우리가 할 수 있는 일은 무엇일까요? 가장 시급한 일은 이미지가 아닌 "있는 그대로의 세계"를 응시하는 것이에요. 또한 세계 곳곳의 고통과 불행을 '불쌍하다'고만 생각할 것이 아니라 내가 누리는 일상의 작은 행복과 연결되었을지도 모른다는 점을 생각해 보는 일이 중요해요. 『타인의 고통』은 이미지를 통해 재현된 세계가 아닌 '투명한 세계를 볼 수 있는 힘'만이 타인의 고통에 동참하는 일임을 잘 알려 준답니다.

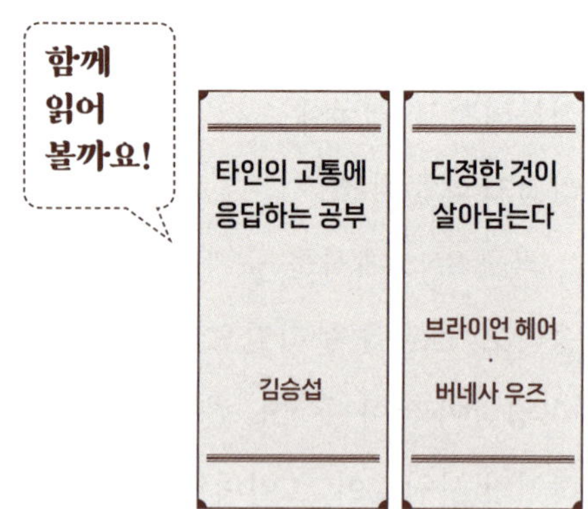

74

악에 대한 가장 중요한 철학적 기여, 『예루살렘의 아이히만』

> "검찰에 또는 법정에서 말할 때 그의 말은 언제나 동일했고, 똑같은 단어로 표현되었다. 그의 말을 오랫동안 들으면 들을수록, 그의 말하는 데 무능력함은 …… 즉 타인의 입장에서 생각하는 데 무능력함과 매우 깊이 연관되어 있음이 점점 더 분명해진다."

1939년 9월 1일, 나치 독일은 폴란드를 침공하며 제2차 세계 대전을 일으켜요. 이후 전 세계는 6년여 동안 전쟁이라는 끔찍한 재난을 겪어야만 했어요. 나치의 악독함은 아우슈비츠로 대표되는 유대인 학살에서 극명하게 드러났어요. 나치는 무려 600만 명 이상의 무고한 생명을 학살했어요.

독일 철학자 한나 아렌트(1906~1975)가 1963년 출간한 『예루살렘의 아이히만』은 유대인 학살을 주도한 전범(戰犯·전쟁 범죄를 저지른 사람) 아돌프 아이히만에 대한 재판 과정을 기록한 책이에요. '악의 평범성'이라는 개념을 널리 알린 책으로도 유명하죠.

아이히만은 1942년부터 유대인을 학살하는 실무 총책임자로 활동했어요. 그는 전쟁이 끝나고 중동을 전전하다가 1958년 아르헨티나로 숨어들었어요. 하지만 1960년 5월, 나치 전범을 추적하는 한 단체에 의해 신분이 탄로 났고 곧바로 체포됐어요. 곧장 이스라엘로 이송된 아이히만은 예루살렘 법정에 서게 돼요. 아렌트는 미국 잡지 《뉴요커》의 특파원 자격으로 이 재판을 참관할 수 있었어요. 아이히만은 법정에서 "자신에게 주어진 맡은 바 임무를 성실하게 수행했을 뿐, 자신은 죄가 없다"고 주장해요. 상부의 명령을 성실하게 따른 것도 죄가 되냐는 것이에요.

『예루살렘의 아이히만』 초판 표지.

유대인 학살 당시 나치는 자기들만의 상투어, 즉 늘 써서 버릇이 되다시피 한 말들을 만들어 사용했어요. 이들은 추방을 '첫 번째 해결책'으로 불렀고, 수용은 '두 번째 해결책'으로, 학살은 '최종 해결책'이라고 불렀어요. 아이히만은 법정에서 주장하는 내내 이 상투어를 사용해 말했고, 상투어를 쓰지 않고서는 말을 하기 어려워했어요. 아렌트는 이 대목을 강하게 비판해요. 나치가 만든 상투어가 현실, 즉 유대인을 학살하는 현실을 호도(얼버무려 넘겨 속이거나 감추는 것)하고 자기가 하는 일과 현

262

실에 눈감게 했다는 거예요.

'악의 평범성'은 보통 "모든 인간의 내면에 아이히만과 같은 악마적 본성이 있다"는 의미로 생각해요. 하지만 한나 아렌트는 "남들이 무슨 일을 겪는지 상상하기를 꺼리는 단순한 심리"만 있는 상황, 즉 역지사지 하지 않는 것을 악의 평범성이라고 정의해요. 아렌트가 보기에 아이히 만은 책임을 면하기 위해 거짓말하는 것이 아니었어요. 그는 맹목적 충 성심으로 뭉쳐진, 스스로 사유할 수 없는 한 평범한 인간일 뿐이었어요. 아이히만의 이런 모습이 악의 평범성을 잘 보여 준다고 할 수 있어요.

타인의 생각과 감정을 종종 무시하는 우리도 악의 평범성을 내포하 고 있는 사람들인 셈이에요. 스스로 사유하지 않으면 누구나 아이히만 같은 인간이 될 수 있는 거지요. 『예루살렘의 아이히만』은 "악의 문제에 대한 20세기의 가장 중요한 철학적 기여"를 한 책으로 평가받고 있어요.

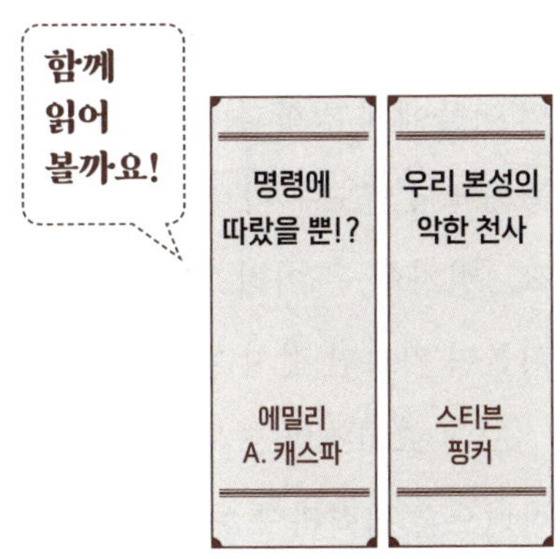

75

온전한 시민을 양성하는 정치,
『정치학』

"국가 형성은 정의 실현의 전제다. 인간은 법과 정의가 없으면 가장 사악하고 가장 위험한 동물이다. 정의는 국가 공동체의 질서를 유지해 준다. 올바른 지배란 공동의 이익을 위해 동등한 자들과 자유민에게 행사되는 지배다."

고대 그리스의 철학자 아리스토텔레스(기원전 384~322)의 『정치학』은 "역사상 최초로 현실 국가 문제를 다뤘다"는 평가를 받는 고전이에요. 아리스토텔레스는 40대 초반 마케도니아의 왕 필리포스의 요청으로 그의 아들에게 철학과 문학, 정치학 등을 가르쳤어요. 그 아들이 훗날 지중해에서 인도에 이르는 광대한 제국을 건설한 알렉산드로스 대왕이에요. 『정치학』은 아리스토텔레스가 어린 알렉산드로스에게 특히 심혈을 기울여 가르친 정치 철학과 이론 들을 정리한 책이랍니다.

고대 그리스의 도시국가들은 산과 바다 때문에 서로 떨어져 있어서, 한편으론 협력하고 한편으론 경쟁하는 관계였어요. 정치적으로는 독립

라파엘로가 그린 〈아테네 학당〉 속
아리스토텔레스(오른쪽)와 스승인 플라톤(왼쪽).

을 유지했지만, 경제적으로는 협력했죠. 도시국가들은 개방적이고 합리적인 토론으로 문제를 해결하려는 경향이 강했어요. 조화와 질서를 강조한 고대 그리스 철학자들의 가르침 덕이었죠.

아리스토텔레스는 인간이 "본성적으로 국가 공동체를 구성하는 동물"이라고 주장했어요. 인간은 필요에 따라 가정을 만들고, 좀 더 큰 필요를 충족하기 위해 마을 공동체를, 다시 자급자족을 실현할 수 있는 공동체인 국가를 만들어요. 그렇게 만들어진 국가는 부의 분배를 포함해 시민들이 좀 더 나은 삶을 살 수 있도록 애써야만 해요. 국가의 궁극적 목적은 인간의 행복을 성취하는 것이기 때문이죠.

아리스토텔레스가 강조한 행복이란 주관적 감정 상태가 아니라 "인간의 자연스러운 능력을 탁월함과 일치"시키는 것이에요. 이런 행복은 오랜 시간 반복적으로 훈련해서 습관이 되어야만 얻을 수 있어요. 국가에 온전한 법률과 함께 교육이 필요한 이유가 바로 이 때문이에요. 아리스토텔레스는 탁월한 한 인간을 만들 뿐 아니라 시민으로서 탁월함을 만들어 가는 것이야말로 교육의 진정한 목적이 되어야 한다고 주장했어요. 특히 청소년 교육의 중요성을 크게 강조했는데, 어려서부터 행복을 추구하는 훈련과 습관을 들여야만 온전한 시민으로 성장할 수 있기 때문이에요. 교육을 소홀히 하면 나라의 정치 질서까지 무너진다고 아리스토텔레스는 생각했어요.

한편 아리스토텔레스가 하나 더 강조한 덕목은 '중용'이에요. 중용이란 넘치지도 모자라지도 않는 상태인데, 다만 기계적 중간이 아니라 '균형 잡힌 선택'을 의미해요. 아리스토텔레스의 『정치학』은 17~18세기 나타나기 시작한 사회계약설 등 정치학 발전에 큰 역할을 했다고 평가받고 있어요.

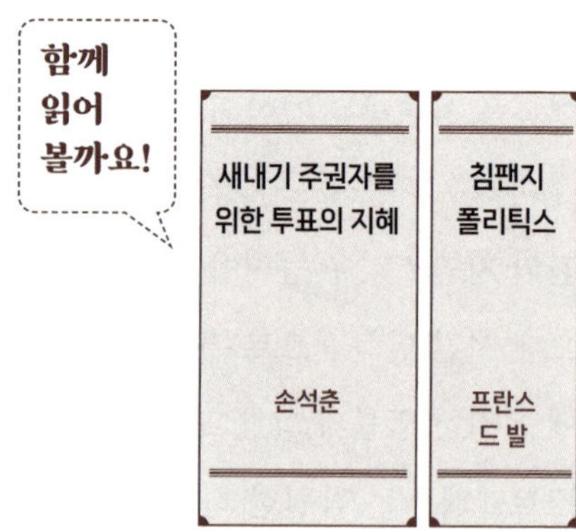

76

정치에 헌신하는 사람의 자세,
『직업으로서의 정치』

"자기가 제공하고자 하는 것에 비해 세계가 자기 처지에서 볼 때 너무 어리석거나 너무 야비하더라도 좌절하지 않을 것이라고 확신하는 사람, 그 어떤 일에 직면해서도 '그럼에도 불구하고'라고 말할 수 있다고 확신하는 사람, 이런 사람만이 정치에 '소명'을 갖고 있는 것입니다."

『직업으로서의 정치』는 독일 사회학자이자 법학자인 막스 베버(1864~1920)가 1919년 뮌헨대학교에서 한 강연을 엮은 책이에요. "정치의 의미와 정치가의 역할을 이해하려면 꼭 읽어야 하는 사회학의 고전"으로 평가받는 작품이죠. 제1차 세계 대전에서 패하고, 연이어 독일 제국이 종식되면서 독일은 물론 유럽 전역에 정치적 격변이 일어나요. 군주와 귀족 중심의 정치 체제가 힘을 잃고 민주주의에 대한 기대감이 커진 것이죠. 학생들은 석학(碩學·학식이 많고 학문적 업적이 뛰어난 사람) 베버에게 혼란스러운 시기를 돌파할 수 있는 지혜, 즉 자신들이 어떻게 정치에

막스 베버.

개입해야 하는가 물었어요.

베버에 따르면 정치란 "국가 운영에 영향을 미치는 활동"이에요. 그런 활동을 직업으로 선택한 사람들이 바로 정치가인데, 크게 두 부류로 나눌 수 있어요. 하나는 '정치를 위해' 사는 사람이고, 다른 하나는 '정치에 의해' 사는 사람이에요. 정치를 위해 사는 사람은 정치를 자신의 삶이라고 생각해요. 자신이 행사할 수 있는 권력의 소유 자체를 즐겁게 생각하는 사람이죠. 이런 사람은 특히 정치라는 일에 헌신함으로써 자기 삶의 의미를 찾아가요. 반면 정치에 의해 사는 사람은 정치를 지속적인 수입원으로만 생각해요. 그렇다고 정치에 의해 사는 삶이 무시되면 안 돼요. 경제적 여유가 있어야 정치를 위한 삶도 가능하기 때문이에요.

직업으로서 정치를 택한다고 모두가 잘할 수 있는 건 아니에요. 정열과 책임감, 그리고 목측(目測) 능력을 갖추어야 진정한 정치를 할 수 있기 때문이죠. 목측의 사전적 정의는 "눈으로 보아 크기나 거리 따위를 어림잡아 헤아림"이에요. 베버가 말한 목측 능력이란 이런 헤아림을 통해 현실을 똑바로 바라보고 인식하는 것을 말해요. 많은 사람들이 자기 자신을 뽐내고 싶은 마음에 사로잡히죠. 특히 정치인은 국가 운영에 헌신한다는 과도한 허영심에 사로잡히곤 하는데, 이렇게 되면 자기 행동의 결과는 가볍게 여기고 화려한 정치의 겉모습만 좇아요. 현실을 올바로 인식하는 목측 능력이 없는 정치인들의 전형적인 모습이죠. 그런 점에서 정치가는 매 순간마다 세속화된 마음과 싸우는 사람이어야 해요.

베버는 강연에서 학생들에게 정치적 행동에 나서라고 목소리를 높이지 않았어요. 오히려 "정치란 정열과 목측 능력을 동시에 갖고서 단단한 널빤지에 강하게 또 천천히 구멍을 뚫는 일"이라며 신중하게 행동할 것을 요청하죠. 정치가뿐 아니라 모든 사람이 자신의 행동이 불러온 결과에 책임을 져야 하는 존재이기 때문이에요.

100년도 훨씬 전에 행한 강연을 엮은 『직업으로서의 정치』가 오늘에도 회자되는 이유는, 혼란스러운 정치 현실과 그것을 이겨 낼 수 있는 지혜를 담고 있기 때문이라고 할 수 있어요.

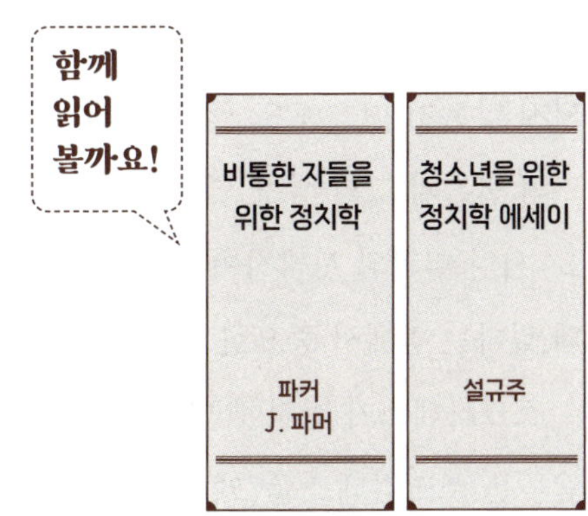

77

너 자신을 알라, 『소크라테스의 변명』

"그는 아무것도 모르면서 자기가 무엇인가를 안다고 착각하는 반면, 나는 그와 마찬가지로 아무것도 모르지만 내가 무엇인가를 안다고 착각하지는 않는 것을 보니, 내가 그 사람보다 지혜롭기는 하구나."

기원전 399년, 철학자 소크라테스(기원전 470?~399)가 법정에 섭니다. 국가의 신들을 부정했다는 불경죄와 아테네 청년들에게 나쁜 영향을 끼쳤다는 이유였어요. 소크라테스는 법정에서 자신의 철학이 왜 죄가 되지 않는지 변호해요. 『소크라테스의 변명』은 세 번에 걸친 소크라테스의 변론과 그의 생애, 인격, 가르침을 제자인 플라톤이 기록한 책이에요. 서양 철학의 시작점이라고 할 수 있는 소크라테스의 가르침이 응축돼 있다는 점에서 중요한 저작이라고 할 수 있죠.

소크라테스가 법정에 선 것은 주변의 시샘과 모함 때문이었어요. 사람들은 소크라테스를 '궤변을 정설로 만드는 사람'이라고 몰아붙였어

다비드가 그린 <소크라테스의 죽음>.

요. 이 비난에 대해 소크라테스는 "델포이 신전에서 '소크라테스보다 지혜로운 사람은 없다'는 신탁을 받았고, 그것을 확인하기 위해 지혜롭다고 자부하는 사람들을 만나 보니 실제로 그렇더라"라고 해명해요. 이유는 간단해요. 지혜롭다고 자부하는 사람들이 실제로는 아무것도 모르면서 무언가를 잘 안다고 착각한다는 거예요. 반면 자신은 아무것도 모르지만 무엇인가를 안다고 착각하지 않는다는 점에서, 자신이 지혜로운 사람일 수밖에 없다는 것이죠. 이런 점에서 보면 철학의 시작은 결국 '무언가를 안다고 착각하지 않는 것'이라고도 할 수 있어요.

청년을 타락시킨다는 죄목에 대해서도 소크라테스는 논리적으로 반박해요. 소크라테스는 장소를 가리지 않고 청년들과 대화하며 "너 자신을 알아야 한다"라고 말해요. 즉 '나를 아는 것'의 중요성을 설파한 것이죠. 나를 아는 것은 곧 이성(理性)의 회복을 의미하는데, 당대 권력자들은 이 가르침이 위험하다고 생각했어요. 사람들의 이성이 회복되면 권력자들의 지위가 위태로워지기 때문이에요. 소크라테스는 사형을 직감하면서도, 만약 그렇게 된다면 아테네 시민에게 해악이 될 것이라고 주장해요. 델포이 신전의 신탁에 따르면 자신은 시민을 설득하고 책망해 이성을 회복하도록 하는 역할을 맡았는데, 사형되면 그 역할을 맡을 사람이 없어지기 때문이죠.

그럼에도 소크라테스에게 시형이 구형됐습니다. 소크라테스는 자신의 죽음이 '좋은 일'이 될 수도 있다고 말해요. 죽음은 편안한 잠과도 같고, 저승에 먼저 간 신과 영웅, 역사적 인물을 만나 이야기를 나눌 수도 있다고 생각했던 것이죠. 죽음을 담담하게 받아들이는 자세와, 심지어 죽음이 새로운 세계로 옮겨 가는 것이라는 통찰은 소크라테스 시대부터 철학이 우리에게 알려 주는 가르침인 셈이에요. 소크라테스가 진리를 탐구할 뿐 아니라 정의로움까지 겸비한 철학자였다는 사실을 『소크라테스의 변명』은 잘 보여 주고 있어요.

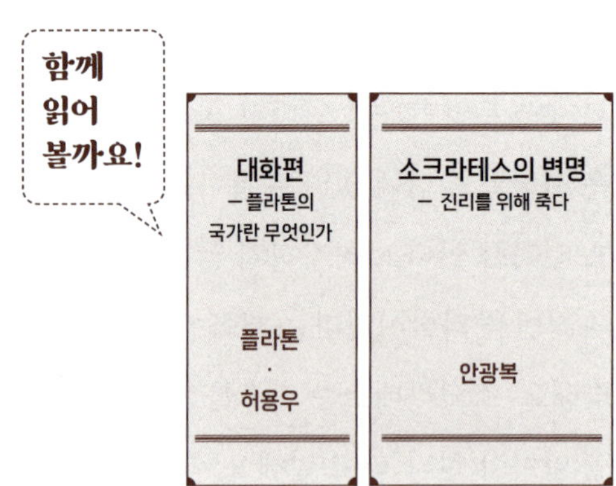

78

우리 삶을 세우는 밑바탕,
『명상록』

"이러저러한 유형의 사람들은 그 본성상 필연적으로 이러저러한 행동을 하기 마련이다. 그렇지 않기를 바라는 것은 무화과나무에 즙이 생기지 않기를 바라는 것과 같다. 간단히 말해 너도 그도 곧 죽게 될 것이며 잠시 뒤에는 너희의 이름조차 남지 않으리라는 것을 명심하라."

『명상록』은 2세기 후반 로마 제국을 전성기로 이끈 제16대 황제 마르쿠스 아우렐리우스(121~180)가 쓴 책이에요. 그는 철학자 플라톤이 주장한 '철인(哲人) 정치'를 구현하기 위해 애썼어요. 철인 정치란 이상적인 국가 건설을 위해 진리와 선을 아는 철학자들이 정치하는 걸 말해요. 이 책에서 황제는 정무를 볼 때나 전쟁에 나갔을 때 자신이 겪은 일을 일기이자 철학적 성찰로 풀어내고 있어요.

보통 '명상록'이라고 부르지만, 일기의 필사본에는 그리스어로 '자기 자신에게(Ta eis heauton)'라는 제목이 붙어 있었다고 해요. 일기의 본래 목적이 그렇듯, 다른 사람에게 보여 주려고 쓴 것이 아니라 스스로를 경계하려고 쓴 것이죠. 그래서인지 이 책에는 황제의 역할이나 정치에 관한 언급은 일절 나오지 않아요. 자기의 결함을 이겨 내기 위한 금욕과 절제, 자연과 일치된 삶 등에 관한 글이 대부분이에요. 이런 그의 지향이 스토아학파의 철학에서

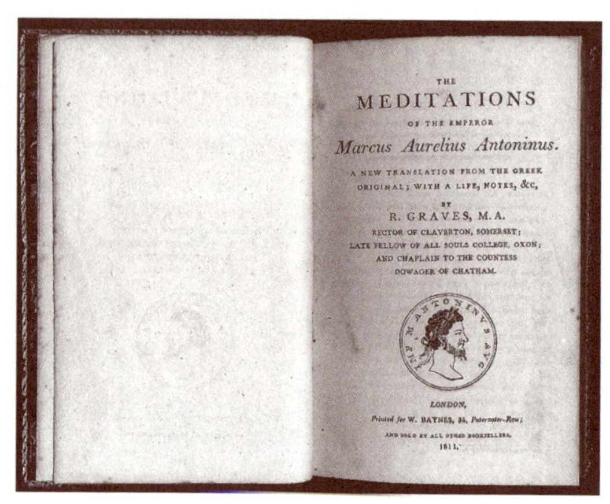

R. 그레이브스가 영어로 번역한
1811년판 『명상록』의 첫 페이지.

비롯된 것이라고 후대 사람들은 평가하고 있어요.

마르쿠스 아우렐리우스는 일상의 삶에서 철학의 덕목을 건져 올렸어요. 대표적으로 "어머니 덕분에 경건과 선심(善心)과, 나쁜 짓·나쁜 생각을 삼가는 마음과, 검소한 생활 방식을 갖게 되었다"는 고백이에요. 그런가 하면 "주변 사람들이 비록 악하다 해도 화를 내거나 미워할 수 없다"는 글도 눈에 띄어요. 이런 문구도 있어요. "내게 잘못을 저지르는 사람이 나와 피가 같고 출신이 같기 때문이 아니라, 이성과 신성(神性)을 나누어 갖고 있기 때문에, 나와 동족이라는 것을 아는 까닭에 그들 누구에게서도 해를 입을 수 없다." 뒤이어 철학적 성찰을 거듭하며 "아무도 나를 추악한 일로 끌어들일 수 없다"라며 자신감을 내비치기도 해요.

하루하루 지나치게 바쁜 삶을 사는 오늘날 우리에게 주는 가르침도 있어요.

"우리가 말하고 행하는 것은 십중팔구 불필요한 것이므로, 그것을 버리게 되면 여가는 늘고 마음의 동요는 줄 것이다. 그러니 매사에 지금 이것은 불필요한 것이 아닐까 하고 자문(自問)해 보아야 한다."

남과 다른 삶, 특히 내게 고통을 주는 사람을 대하는 특별한 방법도 알려 주죠.

"복수하는 최선의 방법은 네 적(敵)처럼 되지 않는 것이다."

사람들은 『명상록』의 가르침이 지나치게 천편일률적이라고 말하기도 해요. 하지만 그 일률적인 가르침을 우리 삶에서 성실히 실천할 수 있다면, 어떤 일이 벌어질까요? "기본으로 돌아가라", "초심을 지켜라" 같은 말은 그저 수사(修辭·효과적이고 미적인 표현을 위하여 문장을 꾸미는 것)가 아니라 우리 삶을 세우는 밑바탕이 돼야 한다는 사실을 『명상록』은 보여 주고 있습니다.

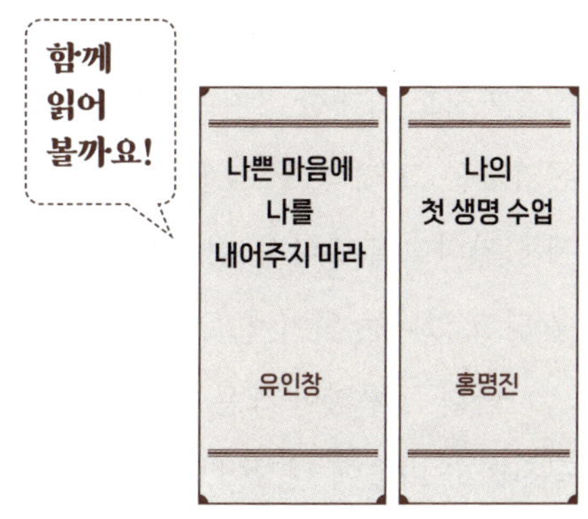

사랑 없이 살 수 없는 존재,
「사람은 무엇으로 사는가」

"내가 인간의 몸을 하고 있었을 때 살아남을 수 있었던 건, 지나가던 남자와 그 아내가 나를 불쌍히 여기고 사랑했기 때문이다."

러시아 작가 레프 니콜라예비치 톨스토이(1828~1910)가 1881년 발표한 「사람은 무엇으로 사는가」는 "탄탄한 구성과 단순하고 진실한 내용, 완벽한 언어와 문체가 돋보이는 작품"으로 평가받는 단편 소설이에요. 톨스토이는 『전쟁과 평화』, 『안나 카레니나』, 『부활』 등의 장편 소설로 지금까지도 위대한 작가, 대문호라는 별칭으로 불리고 있어요. 후대 평론가들은 그 저력이 「사람은 무엇으로 사는가」와 같은 중단편 작품에서 나왔다고 말합니다. 이 작품 역시 짧지만 만만치 않은 문학성과 사상을 담고 있다는 의미예요.

가난한 구두장이 세묜은 아내와 함께 입을 털외투를 만들 양가죽을 구하려고 마을에 나갔어요. 한 농부에게서 밀린 장화 수선비를 받으면

레프 니콜라예비치 톨스토이.

양가죽을 살 수 있다고 생각했지만, 농부는 돈이 없다며 푼돈만 주고 말아요. 풀이 죽은 세묜은 그 돈으로 술을 마시고 길모퉁이 작은 예배당을 지나다가, 알몸으로 쓰러져 있는 한 사내를 발견해요. 못 본 척 지나쳤지만, 양심에 가책을 느낀 구두장이는 그 자리로 돌아옵니다. 자신의 낡은 옷을 입히고 장화까지 신겨서 집으로 데려오죠.

아내 마트료나는 며칠 동안 먹을 빵 걱정을 하며 남편을 기다렸는데, 남편이 낯선 사내를 앞세워 집으로 들어오는 것을 보고 깜짝 놀라요. 털외투를 만들 양가죽은 못 구하고, 술이나 먹고 들어온 남편에게 화가 치밀었어요. 심지어 자기 식구들 먹을 음식도 모자라는데, 남편은 손님을 대접할 음식을 차리라며 타박까지 합니다. 하지만 마트료나는 소박하지만 정성스럽게 음식을 차려 내 낯선 손님을 대접해요.

청년의 이름은 미하일이었어요. 미하일은 6년 동안 세묜과 마트료나 가족과 함께 살며 구두를 만들어요. 숙련된 일꾼이 된 미하일이 떠날까

봐 세몬이 걱정할 정도였어요. 사실 미하일은 천사였어요. '한 여자의 영혼을 거두어 오라'는 신의 명령을 어긴 죄로 벌을 받아 사람의 모습으로 변했던 거예요. 신은 세상에 내려가 사람들이 어떤 모양, 어떤 마음으로 살아가는지 미하일에게 살펴보라고 했어요. 미하일이 신의 명령으로 결국 영혼을 거두었던 여자의 쌍둥이 딸들은 이웃의 친절과 사랑으로 잘 자랐어요. 미하일도 한겨울 추위에 얼어 죽을 수도 있었지만, 세몬과 마트료나의 호의와 사랑 때문에 살아남아, 신의 뜻을 깨달을 수 있었어요.

사람은 무엇으로 사는 것일까요? 돈이 모든 것보다 앞서는 세상에서, 톨스토이는 「사람은 무엇으로 사는가」를 통해 우리 모두가 '사랑' 없이는 살 수 없는 존재라는 사실을 아주 잘 보여 줍니다. 우리는 어떤 모양으로 우리 이웃에게 사랑을 보여 줄 수 있는지, 다시 한번 생각해 보면 좋겠어요.

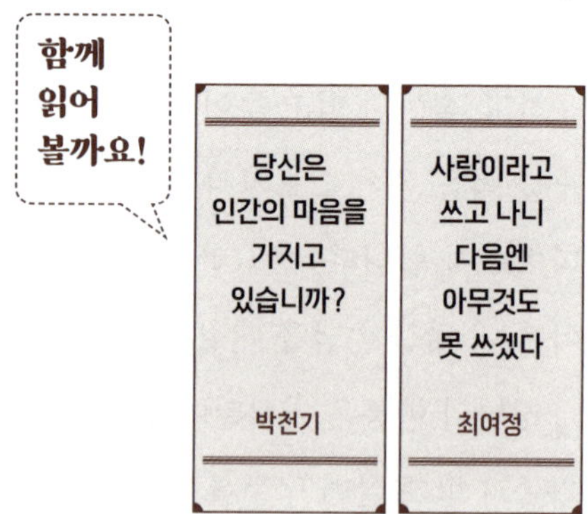

나랏일 하는 사람들의 몸가짐, 『목민심서』

"옥사(獄事)를 판결하는 요체는 밝게 살피고 신중히 생각하는 데 있다. 사람의 생사가 나 한 사람의 살핌에 달려 있거늘 어찌 밝게 살피지 않아서 되겠으며, 사람의 생사가 나의 생각에 달려 있거늘 어찌 신중하게 처리하지 않아서 되겠는가?"

1818년, 무려 18년의 유배 생활을 마치던 해에 정약용(1762~1836)은 『목민심서』를 완성했어요. 관직에 몸담은 사람들이 가져야 할 마음가짐은 물론 부하 관원을 대하는 법, 돈을 사용하는 법 등 일상의 실제적인 지침까지 고루 담고 있는 책이에요. 유배 기간 동안 정약용은 『경세유표』, 『흠흠신서』 등 국가 경영에 필요한 저술을 많이 남겼는데, 그중 『목민심서』는 "정약용 사상의 정수를 담은 고전"이라는 평가를 받고 있어요. '목민(牧民)'은 "백성을 잘 보살펴서 안녕한 삶을 누릴 수 있도록 한다"는 의미이고, 그것을 "늘 실행하기 어렵기 때문에 마음에 새겨야 한다"는 의미로 '심서(心書)'라고 이름 붙였다고 해요.

정약용은 어려서 지방 수령으로 일한 아버지를 따라 다니며 백성들의 생활을 직접 목격했어요. 또 암행어사로 여러 지방을 순찰했고, 유배지 전라도 강진에서 18년이나 보내면서 백성들의 삶을 세세하게 살펴보았어요.

19세기 초 조선은 매우 혼란스러웠어요. 1800년 정조가 세상을 떠나고 어린 순조가 즉위하자 왕권이 약화되었어요. 안동 김씨 집안의 세도정치(왕실의 친족이 나 가까운 신하가 권세를 쥐고 마음대로 하는 정치)가 시작되면서 국가의 기본 업무가 거의 마비되고, 이에 따라 지방관들의 부정부패도 극에 달했죠. 세도가들은 부패한 지방관의 뇌물을 받다 보니 악순환은 조선 후기까지 계속되었어요. 정약용은 흐트러진 지방관의 기강을 바로 세우고, 국가의 근간인 백성의 삶을 돌보는 방법을 찾는 데 유배 시간 대부분을 보냈는데, 그 결과물이 바로 『목민심서』인 셈입니다.

『목민심서』는 지방관에 임명될 때부터 임기를 마칠 때까지의 과정에 맞춰 책이 구성되어 있어요. 책을 얼마나 꼼꼼하게 구성했는지, 책 첫머리에는 임지(任地·근무지)로 가기 전 짐을 꾸리는 방법까지 담았어요. 맑은 선비는 "침구와 솜옷 외에 책 한 수레만 싣고" 가지만, 탐관오리는 그 수레에 책이라곤 한 권도 넣지 않는다고 했어요. 오히려 임기를 마치고 돌아올 때 그 수레에 많은 재물을 담아 올 생각만 하죠. 정약용은 한 도

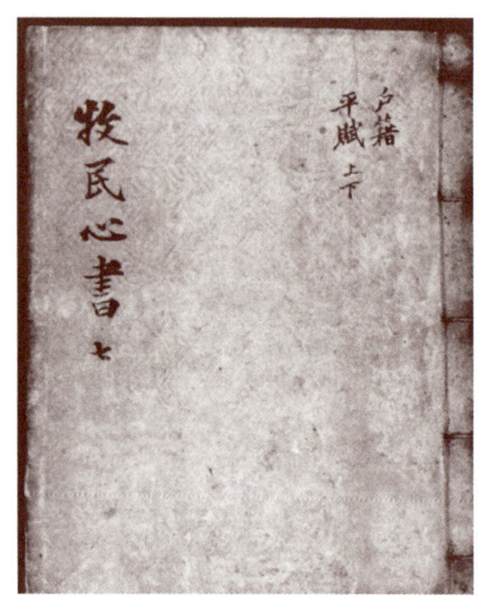

『목민심서』 표지.

둑의 입을 빌려 지방관이 "천하의 큰 도둑"이라고 비판해요. 선비라면 마땅히 성인들의 가르침을 읽고 연구해서, 국가를 경영하고 백성에게 혜택을 베풀어야 마땅한데 "밤낮으로 정치권력을 잡아 일확천금할 계획"만 하기 때문이죠.

그렇다면 정약용이 생각한 바른 지방관은 어떤 모습일까요? 가장 먼저 '바른 몸가짐과 청렴한 마음'으로 절약하고 청탁을 물리치는 강단이 있어야 해요. 덕(德)을 펼치고 법을 지키고, 정성을 다해 사람을 대할 줄 알아야 해요. 가장 중요한 것은 노인과 어린이를 사랑하고, 곤궁한 사람들을 구제하는 일에 힘써야 해요. 나라를 위해 일하겠다고 하는 사람들에게 큰 가르침을 주는 책을 찾는다면, 정약용의 『목민심서』가 단연 첫 자리에 놓일 거예요.

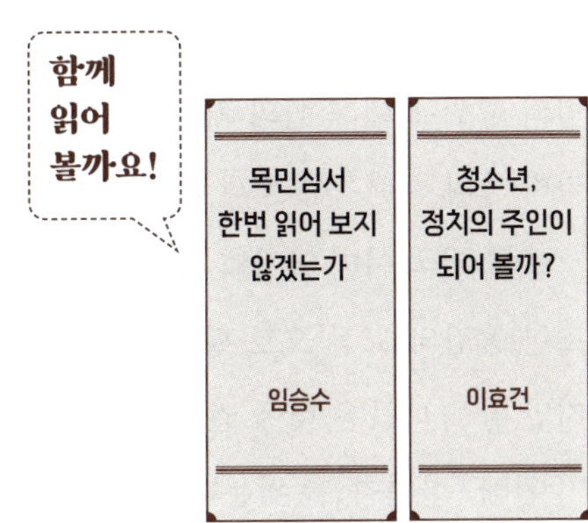

81

덕치보다 법치,
『한비자』

"나라는 영원히 강성할 수 없고 영원히 허약할 수도 없다. 법을 잘 받드는 사람이 강하면 나라가 강해질 것이고 법을 받드는 자가 약하면 그 나라도 약해질 것이다."

최근 공권력이 아닌 '사적(私的) 복수'를 주제로 한 콘텐츠들이 많이 선보이고 있어요. 사적 복수란 나쁜 행동을 한 사람을 사법 제도를 통해서가 아니라 청부업자를 고용하는 등의 방법으로 개인이 직접 처벌하는 걸 말해요. 사람들이 이런 내용에 공감하는 이유는 무엇일까요? 악랄한 범죄 행위에 대해 법의 처벌이 미흡하다고 느끼는 사람들이 영화와 드라마 등의 콘텐츠를 통해 대리 만족을 느끼는 것이라는 분석이 많아요.

중국 전국 시대 말기의 사상가 한비(韓非)가 쓴 『한비자』는 "법치를 강조한 동양의 고전"으로 평가받는 작품이에요. 한비는 귀족으로 태어났지만 말을 더듬은 탓에 권력의 핵심에 다가가지 못했어요. 답답함을 풀기 위해 『한비자』를 썼는데, 군주의 통치력을 강화하기 위한 법치(法治)

한비 초상화.

가 핵심이에요. 다만 한 가지, 국가는 법에 의해 다스려져야 한다는 의미는 지금과 똑같지만, 국민의 자유와 권리를 보호하는 게 목적인 오늘날의 법치주의와는 차이가 있어요.

중국의 전국 시대는 모든 사상이 충돌하는 시대였어요. 가장 지배적인 사상은 공자와 맹자의 가르침을 잇는 유가였어요. 인의(仁義)가 중심된 생각이었는데, 간단히 말하면 임금이 어질고 올바른 마음을 가지면, 세상이 절로 살 만한 곳이 된다는 거예요. 하지만 한비는 인의보다는 법으로 다스려야 나라를 효과적으로 통치할 수 있다고 믿었어요. 그는 감정적인 인간이야말로 가장 위험하고 믿을 수 없는 존재이며, 특히 군주는 냉철함을 잃지 말아야 한다고 생각했어요. 냉철한 군주는 적절한 절차에 따라 체계적인 계통을 세우고, 그 계통에 따라 천하 만민에게 공명정대하게 시행되는 법을 만들어요.

"오늘날 사사로이 법을 어기려는 마음을 없애고 공적으로 법률을 지킨다면 백성들은 편안해지고 나라는 잘 다스려질 것이다."

백성들에게 이런 마음을 갖게 하려면 잘한 일에는 상을 두텁게 하고, 잘못된 일에는 벌을 엄중하게 해야 해요. 한비는 징벌권을 권력자의 최고 무기라고 생각했고, 그래야 법의 권위가 선다고 주장해요. 한비가 법치를 강하게 주장한 이유는 전국 시대가 약육강식의 세계였기 때문이에요. 하나의 나라로 통일되기 전이어서 오직 강한 힘만이 최고의 가치로 여겨졌어요. 그러니 나라의 멸망을 피하기 위해서라도 엄격하게 법을 집행해 부국강병을 이루어야 한다는 것이죠.

흥미로운 사실은 바로 이 이유 때문에 한비와 『한비자』가 배척을 받았다는 점이에요. 법치를 옹호한 이유가 결국 실리만을 추구하는 정책이기 때문이죠. 『한비자』는 한계가 분명한 책이에요. 한비가 주장한 법치는 절대적인 통치권 확립을 위한 수단이지, 백성의 복지와 안전을 위한 것이 아니에요. 그럼에도 여전히 고전으로 평가받는 이유는 자기 이익만 추구하는 인간의 본성을 정확하게 읽어 냈고, 그것을 국가 경영에 접목했다는 사실이에요.

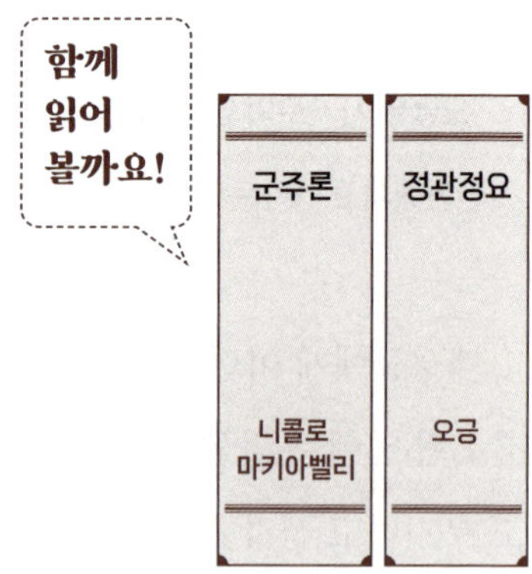

82

인간의 악한 본성에 대한 탐구, 『파리대왕』

"얼굴을 가리는 색칠이 얼마나 사람의 야만성을 풀어놓아 주는 것인가 하는 것을 그들은 속속들이 알고 있었던 것이다."

『파리대왕』은 1983년 노벨 문학상을 받은 영국 작가 윌리엄 골딩(1911~1993)이 1954년 출간한 작품이에요. 골딩은 "인간의 악한 본성을 탐구한 작가"라는 평가를 받고 있는데, 『파리대왕』이 그 대표적인 작품이죠.

대여섯 살에서 많아야 열두 살까지, 25명의 소년들이 태평양의 무인도에 표류해요. 애초에 서로 알지 못했던 소년들은 핵전쟁을 피해 안전한 곳으로 피해 가던 중이었죠. 소년들은 섬 한곳에 하나둘 모여들어 앞으로 살아갈 방도를 논의해요.

소년들이 먼저 한 일은 연장자인 랠프를 지도자로 뽑은 일이에요. 이들은 소라를 불어 회의를 소집하고, 소라를 들고 있는 사람만 발언할

미국에서 제작된 영화 <파리대왕>(1990년)의 한 장면.

수 있다는 원칙을 세워요. 곧바로 산 위에 봉화도 올리죠. 일사불란하게 움직이는 소년들을 보면 곧 구조될 수 있을 것만 같았어요. 하지만 랠프가 지도자가 된 것이 불만인 소년도 있었죠. 다혈질인 잭은 사사건건 랠프와 대립각을 세워요. 랠프는 바닷가에 오두막을 먼저 지어야 한다고 주장하지만, 잭과 일행은 사냥이 먼저라고 우겨대죠. 며칠 후 잭일행이 멧돼지를 잡아 오자 그 위세는 하늘 높은 줄 모르고 올라갑니다. 무인도에 표류하게 된 어린 소년들에게 먹는 것만큼 중요한 일이 없기 때문이죠.

이 사건으로 랠프의 위상은 바닥에 떨어지고, 잭 일행의 폭주는 더 심해져요. 기고만장한 잭은 랠프에게 지혜를 빌려주는 역할을 하는 '돼지'라 불리는 소년의 뺨을 때리기도 해요. 대부분의 소년은 고기를 제공하는 잭 일행에게 넘어간 상태였어요. 어느 날부터 소년들의 세계에 흉흉

한 소문이 돌기 시작해요. 낙하산병의 시체를 본 소년들이 섬에 큰 '짐승'이 있는 것 같다며 랠프 일행을 두려움에 떨게 한 거죠. 상황을 모면하기 위해 랠프가 조직한 수색대는 시체를 보고 혼비백산 도망칠 뿐이었어요. 다급한 랠프는 회의를 소집해 봉화 관리를 철저히 하고 몸을 피할 오두막을 세우자고 주장해요. 하지만 소라를 가져야만 발언할 수 있다는 규칙은 깨어진 지 오래였고, 잭의 방해로 회의는 어수선하게 끝나고 말아요.

잭 일행은 '짐승'의 정체를 밝히려는 소년 사이먼을 죽이는 등 10대 소년들이라 생각하기 힘든 잔혹한 일을 저질러요. 바위를 굴려 '돼지'를 죽일 때는 어떤 양심의 가책도 없어 보이죠. 잭 일행은 얼굴에 기이한 색칠을 하고 괴상한 소리를 내며 춤을 추기도 해요.

사람들은 랠프는 선(善), 잭은 악(惡)이라 규정하며, 『파리대왕』이 인간의 악한 본성을 고발한 작품이라고 평가해요. 하지만 책이 출간된 해가 1954년이라는 점을 감안하면 더 생각해 볼 거리가 있어요. 골딩은 인간 지성이 최고조에 이른 시기인 20세기에 인류가 저지른 일이라곤 두 차례의 세계 대전밖에 없다는 사실에 절망했어요. 그는 '악한 인간 본성'이 아니라 '인간 존재 자체'가 악하다는 일갈을 하고 싶었던 것일지 몰라요.

83

20세기 최고 지성의 조언,
『인기 없는 에세이』

"철학은 한편으로 세계의 구조를 이론적으로 이해하고자 하며, 다른 한편으로는 최선의 인생관을 발견하고 설파하고자 한다."

'20세기 최고의 지성'으로 불리는 철학자 버트런드 러셀(1872~1970)은, 할아버지가 영국 총리를 두 차례나 지낸 명문가 출신이었어요. 하지만 그는 집안 배경에 아랑곳하지 않고 현실 정치가 아닌 철학에 매진했어요. 러셀은 철학자이자 논리학자로 학문적 넓이와 깊이가 남달랐고, 수학·과학·윤리학·역사 등에도 조예가 깊었어요. 1950년 출간한 『인기 없는 에세이』는 러셀이 남긴 대표적인 저서 중 하나예요.

'인기 없는'이라는 표현부터 살펴볼까요. 러셀은 이 책 전에 『인간의 지식』을 먼저 펴냈는데, 그 서문에서 "철학은 본래 지식층 일반의 관심사를 다룬다"고 썼어요. 하지만 몇몇 비평가들은 어려운 내용이 일부 있는데도 '평범한 독자들도 읽을 수 있다'는 말로 독자들을 속였다고 비판

버트런드 러셀.

했어요. 발끈할 만도 한데, 유머를 알았던 러셀은 "이 책에는 보기 드물게 멍청한 열 살배기 아이라면 좀 어렵게 느낄 만한 문장이 몇 군데 들어 있다"면서, 그런 책이 누구에게 인기가 있겠느냐고 반문 아닌 반문을 해요. 그래서 '인기 없는'이라는 수식어를 붙였다며 재치 있게 비평가들에게 답해요.

러셀은 일상에서 일어나는 일들을 소재 삼아 섬세하면서도 이해하기 쉬운 언어로 자신의 생각을 드러내요. 특히 그는 과학 기술의 발전을 따라가지 못하는 철학을 걱정해요. 그는 "과학적 재능과 숙련된 기술이 하나가 되어 원자폭탄"을 만들었지만, 그것을 만들고 나서 "우리는 모두 공포에 빠졌고, 그것으로 무엇을 해야 할지조차 알지 못한다"고 주장해요. 러셀은 철학이 "그 어느 때보다도 지금 가장 필요한 것"이라고 역설했지만, 그 누구도 귀를 기울이지 않았어요.

러셀은 나와 다르면 무조건 배척하는 철학적 태도와 우리 삶의 자세도 지적해요. 철학은 '삶을 살아가는 지혜'에 가깝고, 그 바탕은 '지식'이에요. 지식 없는 철학은 "거의 예외 없이 어리석은 철학"이 될 수밖에 없는데, 요즘 세태는 이런 풍조에 빠져 있다는 겁니다.

"이렇게 되면 인류는 서로 대립하는 광신도 집단으로 나뉘어 저마다 자신의 허튼소리를 신성한 진리로 굳게 믿는 반면 다른 집단의 진리는 가증스러운 이단으로 여기게 된다."

인식하지 못할 뿐, 우리도 생활 가운데 이런 생각을 얼마나 많이 하는지 알 수 없어요.

러셀은 1970년, 백 살 가까운 나이에 세상을 떠났지만, 50대 중반이던 1937년에 자신의 '부고 기사'를 써 놓았어요. 부고란 사람의 죽음을 알리는 안내문 같은 글이에요. 그 글에서 러셀은 자신이 "한평생 천방지축으로 살았지만 그 삶은 시대에 뒤떨어진 방식으로 일관성이 있었다"라고 말해요. "진솔한 대화 상대이자 인간적 공감 또한 넘치는 사람"이라는 표현도 있어요.

러셀은 철학의 대가임에도 겸손한 사람이었고, 자기 세계에만 몰두한 철학자가 아니라 항상 대중과 호흡한 실천가였다는 사실을 알 수 있어요. 버트런드 러셀의 철학 세계를 탐구하고 싶다면, 그 시작점으로 『인기 없는 에세이』가 좋아요.

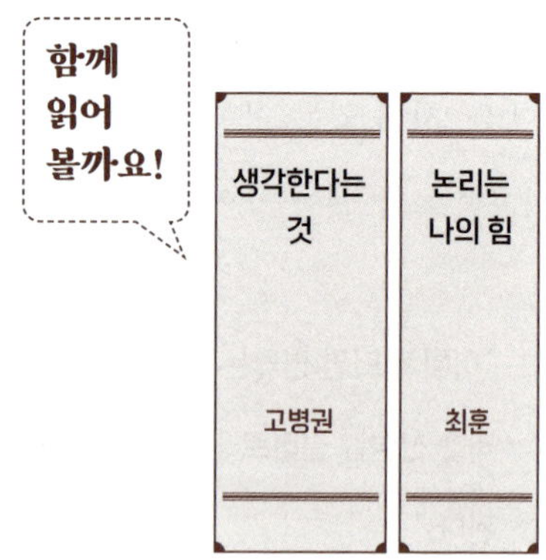

84

조선 최고의 인문 지리서,
『택리지』

> "터를 잡고 살 만한 땅을 고르는 조건은 지리가 최우선이고, 생리가 다음이다. 다음은 인심이고, 그다음은 산수이다. 네 가지 조건 가운데 하나라도 빠지면 살기 좋은 땅이 아니다."

조선 후기 실학자 이중환(1690~1756)의 『택리지』는 "조선 후기 최고의 지리서"라고 불리는 저작이에요. 그런데 이런 평가는 틀린 말은 아니지만 딱히 정확한 말도 아니에요. 『택리지』는 지리뿐 아니라 18세기 후반의 정치·역사·경제·문화·산수 등 인문과 사회 다방면을 두루 담고 있기 때문이죠. 그래서 『택리지』의 진가를 아는 사람들은 앞서 언급한 말에서 '후기'는 빼고 '인문'을 넣어 "조선 최고의 인문 지리서"라고 해야 옳다고 말하기도 해요.

이중환은 명문가 출신으로 스물네 살 젊은 나이에 관직에 나가 승승장구합니다. 하지만 30대 초반 자신과 다른 당파의 탄핵을 받고 역모죄까지 뒤집어쓰게 돼요. 모진 고문과 오랜 유배 생활 끝에 명예는 회복되었지만, 다시 정계로 돌아가지는 못해요. 관직에 나가지 못한 양반은 경제력이 없다는 말과 다름없어요. 이중환은 '어디서 먹고살 수 있을 것인가?'를 고민할 수밖에 없었고, 그 고민의 결과물이 바로 『택리지』라고 할 수 있어요.

개인적 관심에서 시작되었지만, 이중환은 30여 년 동안 전국을 다니며 '살 만한 땅'과 그렇지 못한 땅을 찾아냈어요. 그는 살 만한 땅의 조건으로 지리(地理), 산수(山水), 생리(生利), 인심(人心)을 제시해요. 지리와 산수는 집을 짓고 농사를 지을 만한 지형 조건, 생리는 경제적 조건, 인심은 풍속이나 관습 같은 사회적 조건이라고 할 수 있어요. 네 가지가 잘 어우러져야 삶을 펼칠 만한 땅이라는 것이죠. 모두 중요하지만, 특히 산수를 논하는 대목은 오늘을 사는 우리에게 큰 가르침을 줍니다. 현대인들은 오로지 재산 가치를 따라 명당자리를 찾는 게 보통이에요. 한강이 보이는 강남의 아파트가 비싼 이유가 바로 이 때문이죠.

하지만 이중환은 주거지에 있어 산수가 중요한 이유로 "성정을 가다듬을 길"이기 때문이라고 강조합니다. 산수는 "심신을 즐겁게 하고 감정을 발산하게 하는 것"으로 인간다움을 위해 필요한 것이에요. 여기서 산수는 단순히 산과 물을 의미하는 것이 아니라 삶의 터전이 자연과 조화를 이뤄야 한다는 측면이 더 강해요. 삶의 터전을 무시하고 "그냥 산수만을 취하여 삶을 영위할 수 없다"는 말은 오늘 우리 시대에 꼭 필요한 조언인 셈이죠.

이중환은 찾아간 곳마다 그곳의 역사, 특히 임진왜란에 얽힌 이야기를 자주 풀어냈어요. 무고한 수많은 민초들이 전란 극복에 앞장섰고, 지

『택리지』에서 살기 좋은 곳으로 언급된 안동 하회마을.

리와 지형을 이용할 줄 아는 탁월한 사람들로 인해 전란을 극복할 수 있었기 때문이죠. 『택리지』의 가치는 국가가 국토 지리에 관한 모든 정보를 독점하던 시기에, 한 사람의 오롯한 노력으로 우리 국토의 가치를 찾아낸 데 있어요. 그것을 기반으로 당대의 다양한 정치, 경제, 역사, 문화 등 삶의 양식들을, 또한 이 땅의 주인인 민초들의 삶을 씨줄과 날줄처럼 엮었다는 점에서 『택리지』는 우리 시대 최고의 고전이라고 불러도 손색이 없습니다.

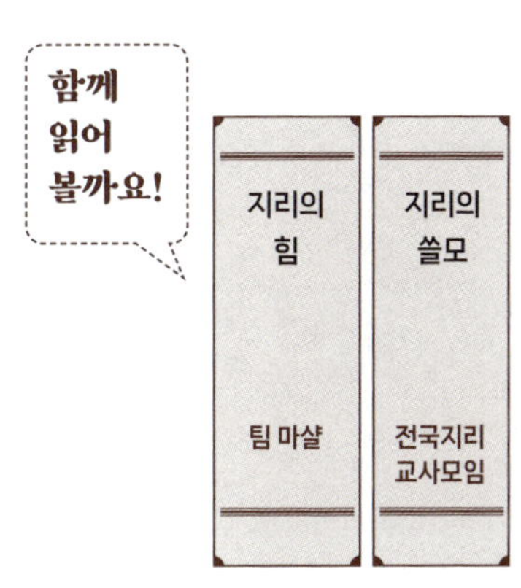

VIII

당신과 나를 소외시키는 것들

현대 사회는 갖가지 이유로 사람들을 소외시키곤 합니다. 어떤 책에서 읽은 내용인데 사람은 "연대를 갈망하면서도 '타인의 고통을 나의 기쁨'으로 삼는" 존재라고 해요. 함께 살기를 갈망하면서도, 주변 사람이 잘되면 배 아파하는 존재가 바로 우리라는 겁니다. 결국 소외는 인간사의 필연이라고 할 수 있어요.

소외는 어디서부터 어떻게 풀어 나가야 할까요? 독일 작가 헤르만 헤세는 '행복의 상대성'에 대해 이야기한 적이 있어요. 얼핏 보기에 "삶이 더 쉬워 보이고, 겉보기에 혹은 진짜로 '더 행복한' 사람들"도 제법 많은 게 현실이에요. 헤세는 그런 사람들과 자신을 비교하지 않은 일에서 나다운 삶이 시작된다고 말했어요. 헤세의 문장으로 한번 들어 볼까요? "당신의 특별함, 감정, 운명을 긍정하세요! 다른 길은 없어요. 그 길이 어디로 이를지 나는 알지 못해요. 하지만 그 길은 삶으로, 현실로, 열정으로, 필연으로 이르러요."

현대인의 소외는 사회 전반의 문제이면서, 내 삶의 당면한 문제이기도 해요. 그러니 스스로를 깎아내릴 필요도, 자신을 시험하거나 비판할 이유도 없어요. "개성적인 인간이 되는 것, 유일무이하고 자기다운 사람이 되는 것은 모든 사람에게 허락된 길이 아니기에 더 값지다"는 헤세의 말을 마음속에 새겨 보면 어떨까요? 더불어 공감하는 인간이 되는 일, 그것이야말로 현대 사회에서 일어나는 소외의 본질을 이해하고 극복하는 출발점이 될 것이라고 저는 확신해요.

85

저는 안 하는 쪽을 택하겠습니다,
「필경사 바틀비」

"그런데 바틀비가 그의 은둔처에서 나오지 않고 매우 상냥하면서 단호한 목소리로 '안 하는 편을 택하겠습니다'라고 대답했을 때 내가 얼마나 놀랐을지, 아니 당황했을지 한번 상상해 보라."

「필경사 바틀비」는 미국 작가 허먼 멜빌(1819~1891)이 1856년 출간한 단편 소설입니다. "빼어난 언어와 절묘한 아이러니와 풍부한 상징으로 19세기 미국 문학의 핵심적인 텍스트가 된 작품"이라는 평가를 받는 작품이에요. 『모비 딕』으로도 유명한 허먼 멜빌은 에드거 앨런 포, 너새니얼 호손과 함께 미국 문학의 르네상스를 이루었다는 평가를 받고 있어요. 「필경사 바틀비」는 출간 당시에는 주목받지 못했지만, 20세기 들어서면서 자본주의 병폐가 심해지자 재조명되었어요. 필경사란 지금처럼 컴퓨터를 사용하지 않던 시절에 서류 작업을 도왔던 사람을 뜻하는 말이에요.

허먼 멜빌 초상화.

화자인 '나'는 금융의 중심지 뉴욕 월스트리트에서 잘나가는 변호사예요. 그의 사무실에는 필경사 터키와 니퍼즈가 일하고 있었고, 잡일을 도와주는 사환 진저넛도 있었죠. 하지만 그들로는 늘어나는 일을 감당하기 어려워 필경사 한 사람을 더 채용했어요. 그의 이름은 바틀비. 처음에는 많은 문서를 뚝딱 해치울 정도로 일을 잘했어요. 그런 바틀비가 하루는 함께 서류를 검토하자는 '나'의 말에 "저는 안 하는 쪽을 택하겠습니다"라고 대답해요. "무슨 소리야? 자네 미쳤어?"라고 질책했지만 바틀비의 대답은 똑같았어요. "저는 안 하는 쪽을 택하겠습니다."

당황스러웠지만 '나'는 서류 처리 능력이 좋은 바틀비와 "잘 지낼 수 있어"라고 생각했죠. 자신이 내쫓으면 까다로운 고용주에게 더 거친 대접을 받을지도 모른다며 걱정까지 했어요. 어느 일요일, 사무실에 들른 '나'는 바틀비가 그곳에서 생활하고 있다는 사실을 알고 깜짝 놀랐어요. 이후 바틀비의 업무 거부는 더 심해졌고, 아예 더 이상 서류 작업을 하지 않겠다고 선언해요. "지금은 대답 안 하고 싶습니다", "현재로서는 합리적으로 안 되고 싶습니다", "여기에 혼자 있고 싶습니다" 같은 말만 늘어놓을 뿐이었어요. 돈을 주면서 사무실을 떠나라고 했지만, 바틀비는 "당신을 안 떠나고 싶습니다"라고 대답했어요.

바틀비의 행동에 지칠 대로 지친 '나'는 변호사 사무실을 다른 곳으로 옮기고 말아요. 바틀비는 어떻게 되었을까요? 여전히 옛날 사무실에 남아 있던 바틀비를 누군가 부랑자로 신고했고, 결국 구치소에 갇히고 말았어요. '나'는 구치소로 찾아가 사식(교도소나 유치장에 갇힌 사람에게 사사로이 마련하여 들여보내는 음식)도 넣어 주었지만, 바틀비는 끝내 음식을 거부하고 굶어 죽고 말아요. 나중에야 '나'는 바틀비가 '배달 불능 우편물 취급소'에서 일하다가 갑자기 쫓겨났다는 사실을 알게 돼요. 그제서야 받는 사람이 없는 편지들을 불태우며 바틀비가 느꼈을 절망과 그 일마저도 할 수 없게 되었을 때의 고통을 깊이 깨달아요.

「필경사 바틀비」는 자본주의 사회가 심화되면서 점점 소외될 수밖에 없는 인간 존재를 깊이 있게 다룬 고전 중 고전이라고 할 수 있어요.

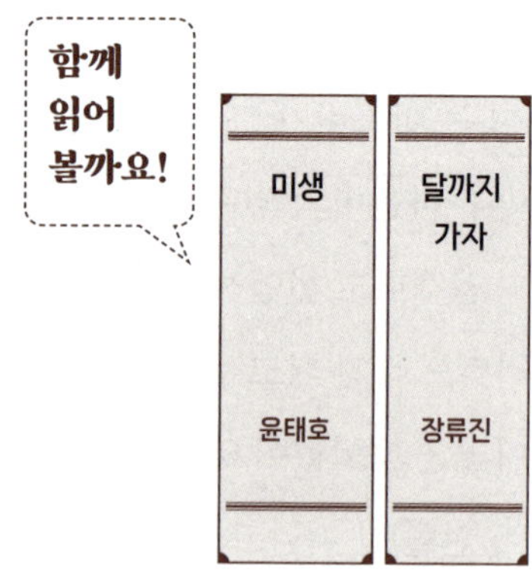

86

인간이 살아가는 본질적인 이유,
『눈먼 자들의 도시』

"눈이 먼 남자는 초조한 마음에, 얼굴 앞으로 두 손을 내밀어, 그가 우유의 바다라고 묘사했던 곳에서 헤엄치듯이 두 손을 휘저었다. 입에서는 벌써 도와달라는 소리가 나오고 있었다. 절망으로 넘어가려는 마지막 순간에, 눈이 먼 남자는 다른 남자의 손이 자신의 팔을 가볍게 잡는 걸 느낄 수 있었다."

포르투갈 출신 작가 주제 사라마구(1922~2010)가 1995년에 발표한 『눈먼 자들의 도시』는 "인간 본성에 대해 강한 의문을 던지는 사라마구의 문학 세계를 가장 잘 표현한 작품"으로 꼽혀요. 그는 1998년 포르투갈 작가로는 처음으로 노벨 문학상을 수상했는데, 그 명성에 걸맞게 그의 여러 작품들이 20여 개 이상의 언어로 번역되었어요. 『눈먼 자들의 도시』는 2008년 영화로 만들어지면서 큰 반향을 일으키기도 했어요.

횡단보도 앞에서 차 한 대가 움직이지 않고 있었어요. 뒤로 늘어선 차들이 경적을 울려대고, 성질 급한 사람들은 차에서 내려 창문을 세차게 두드렸어요. 문이 열리면서 남자가 말했어요. "눈이 안 보여." 이 사건을 시작으로 도시 곳곳에서 눈이 보이지 않는 사람들이 속출했어요. 차에서 눈이 먼 남자를 비롯해 많은 사람들이 안과를 찾았고, 처음 접한 증상인 탓에 여러 의학 서적을 뒤지던 중 안과 의사도 눈이 멀어 버렸죠. 실명이 전염되는 초유의 사태가 벌어지자 정부는 폐쇄된 정신병원에 눈먼 사람들을 격리하기 시작했어요. 안과 의사가 격리 시설로 들어갈 때 눈이 멀지도 않은 그의 아내 역시 "방금 나도 눈이 멀었거든요"라며 동행했어요. 격리된 사람들은 의료진도 없는 곳에 방치됐어요. 식량만 주기적으로 공급받을 뿐이었죠.

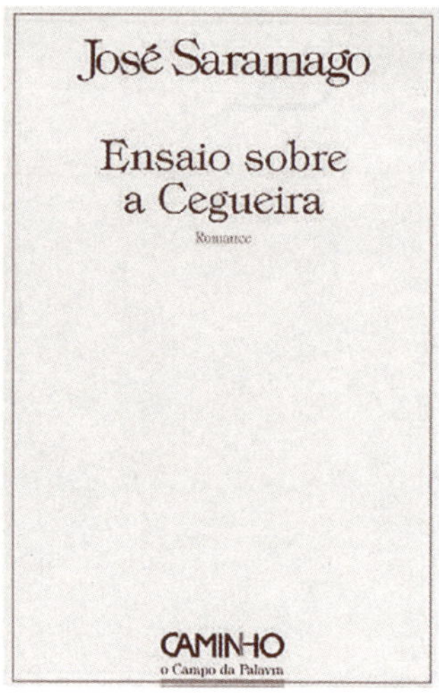

『눈먼 자들의 도시』 표지.

정신병원은 이내 아수라장이 됐어요. 설상가상으로 식량 공급이 끊기자 깡패들이 먹을 것을 독차지하면서 온갖 나쁜 일을 일삼았어요. 추악한 인간의 모습이 드러난 것이죠. 의사의 아내는 눈이 멀지 않았기 때문에 이 모든 일을 고스란히 목격했어요. 그녀는 앞이 보인다는 사실을 들킬까 봐 두려워하면서도 힘없고 선량한 사람들을 성심껏 도왔어요. 하지만 깡패들의 패악은 더 심해졌고, 의사의 아내는 결국 그들의 우두머리를 가위로 찔러 죽여요. 깡패들을 제압하는 과정에서 병원에 큰불이 났고, 많은 사람들이 죽었습니다.

주인공 일행은 병원을 탈출했지만, 도시는 폐허 같았어요. 길에는 죽은 사람들의 시체를 뜯어 먹는 개들이 즐비했어요. 눈이 먼 사람들은 음식을 찾으러 돌아다니면서 아무 곳에나 배설했어요. 의사의 아내는 선량한 사람들을 데리고 자신의 집으로 돌아가요. 배를 든든히 채우고, 몸을 씻고 오랜만의 평안을 누리고 있을 때, 맨 처음 눈이 멀었던 남자가 시력을 회복해요. 일행도 차차 시력을 회복하죠. 의사의 아내는 그제서야 눈이 멀게 되지요.

사라마구는 실명이 전염되는 극한의 상황에서 범죄를 저지르는 이들과 서로 의지하고 돕는 이들의 모습을 보여 주면서 인간의 본성, 그리고 인간이 살아가는 본질적인 이유가 무엇인지 깊게 생각해 보게 합니다.

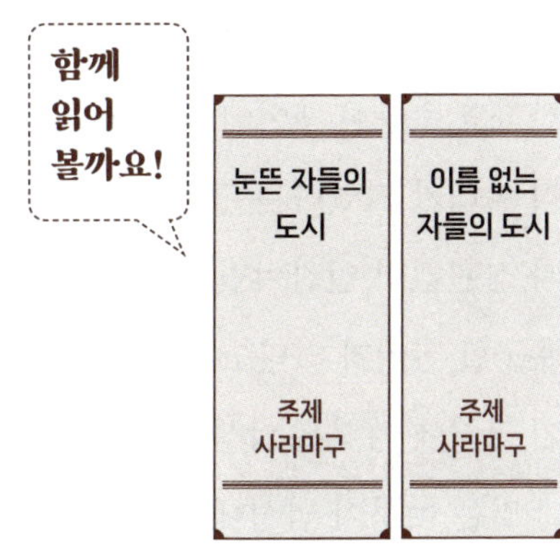

87

존재 자체로 존중받아야 하는 인간, 『여성의 종속』

"남성과 여성을 둘러싼 오늘날의 사회적 관계—다시 말해 한쪽이 다른 한쪽에 법적으로 종속되어 있는 상태—를 만들어 낸 원리는 그 자체가 잘못된 것이고, 인간 사회의 발전을 가로막는 중대한 장애물 중 하나이다."

『여성의 종속』은 『자유론』으로 유명한 영국의 철학자이자 경제학자 존 스튜어트 밀(1806~1873)이 1869년 출간한 작품이에요. 여성 차별을 당연시하던 19세기 중반에, 여성에게도 남성과 동등한 권리를 주어야 한다고 주장한 책이에요. 20세기 들어 활발해진 여성 해방 운동의 이론적 토대가 되었다는 평을 받는 고전이죠. 밀은 여성과 남성이라는 성별과 상관없이 인간이면 존중받아야 하고, 자신의 능력을 발휘해 행복을 추구할 권리가 있다고 강조해요. 지금 들으면 당연한 이야기지만, 19세기 당시에 여성은 남성보다 못한 존재로 여겨졌답니다.

밀은 여성이 남성에게 종속되는 게 순리라고 생각하는 세상 사람들의 인식은 '남성 지배 이데올로기'가 조작해 낸 것이라고 강하게 주장해요. 여자가 남자보다 능력이 없다는 것도 본질적인 차이가 아니라 '환경과 교육의 차이'일 뿐이라고 강조하죠. 충분하게 교육받을 기회가 있고, 직업을 선택할 수 있는 자유와 정치에 참여할 수 있는 권리인 참정권을 보장하기만 하면 여성도 남성 못지않은 능력을 발휘할 수 있다는 거예요. 밀은 역사 이래 권력에 도취되었던 남성들, 쉽게 말하면 힘 좀 세다고 여성들을 못살게 굴던 남성들에게 반성하라고 촉구하기까지 해요.

밀은 여성을 차별하지 않아야 사회가 발전한다고 믿었어요. 여성이 교육을 받으면 인격이 발전할 것이고 사회 참여 기회도 확대됩니다. 여성의 사회 참여가 늘면 더 자유로운 경쟁이 촉진되고, 결과적으로 사회는 지금보다 발전할 수밖에 없다는 것이죠. 그런 점에서 『여성의 종속』은 존 스튜어트 밀의 모든 사상이 담긴 책이라는 평가를 받고 있어요.

밀은 이보다 앞서 출간한 『자유론』(1859년)에서 개인의 자유를 확대하기 위해서는 '사상과 토론의 자유'가 확보돼야 한다고 강조했어요. 사상과 토론의 자유를 보장받기 위해서는 여성과 남성의 평등이 반드시

THE
SUBJECTION
OF
WOMEN

BY

JOHN STUART MILL

LONDON
LONGMANS, GREEN, READER, AND DYER
1869

『여성의 종속』 초판 표지.

필요한 요소라고 생각했어요. 실제로 밀은 『여성의 종속』에서 자유와 인간 본성, 사회와 경제적 효용 등 다양한 영역의 문제를 다뤄요.

『여성의 종속』이 출간된 지 150년이 넘었어요. 그런데 우리 사회가 그때와 다르다고 확신할 수 있나요? 밀은 남녀 간 불평등이 인간 사회의 발전을 가로막는 중대한 장애물이라고 했는데, 그 장애물은 우리 사회에 여전히 존재하고 있어요. 미국 등에서는 여전히 인종 차별 문제로 혼란스럽기 그지없지요. 남녀 차별이든 인종 차별이든 모든 차별은 사라져야 합니다. 밀에 따르면 그래야 인간 사회가 더욱 발전할 수 있어요. 잊지 말아야 할 것은 모든 인간은 존재 자체로 존중받을 권리를 갖고 태어났다는 사실이에요.

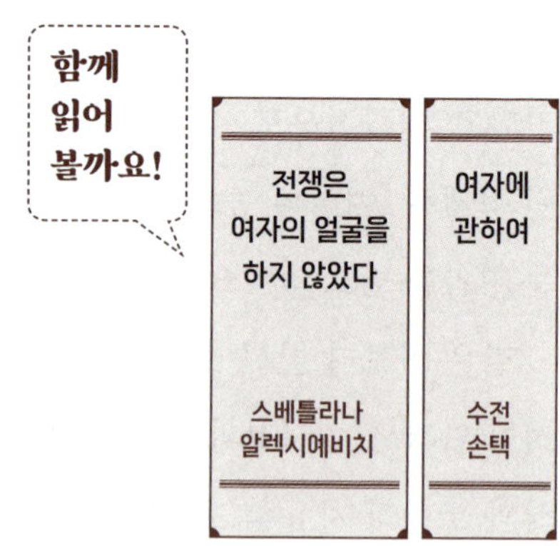

88

재앙 앞에 선 인간의 투쟁,
『페스트』

"페스트 환자가 되는 것은 피곤한 일이지만, 페스트 환자가 되지 않으려는 것은 더욱 피곤한 일이에요. 그래서 모든 사람이 피곤해 보이는 거예요. 오늘날에는 누구나 어느 정도는 페스트 환자거든요."

코로나 팬데믹 당시를 기억하나요? 감염된 사람들의 고통은 이루 말할 수 없었고, 감염되지 않은 사람들은 혹시 감염될까 노심초사했었죠. 알베르 카뮈(1913~1960)의 『페스트』에 나오는 위 문장을 조금 바꿔 보면, 당시 우리는 '누구나 어느 정도는 코로나 환자'였던 셈이죠. 1947년 출간된 『페스트』는 "20세기 프랑스 문학이 남긴 기념비적인 작품"이라는 평가와 함께 프랑스에서만 지금까지 500만 부 이상 판매된 스테디셀러예요. 전염병으로 폐쇄된 도시에서 극한의 절망과 마주한 인간 군상을 그린 『페스트』는 감염병을 소재로 한 영화와 TV 드라마 등 다양한 콘텐츠에 많은 영향을 주었어요.

알제리 해안의 작은 마을 '오랑'은 평온한 도시였어요. 의사 베르나르 리외가 죽은 쥐를 발견한 것은 4월 16일 아침이었죠. 그런데 며칠 사이 죽은 쥐의 수가 갈수록 늘어났고, 수거되는 쥐 사체도 매일 더 많아졌어요. 곧바로 종기가 나는 사람, 열이 40도까지 오르는 사람이 생겨났어요. 보름이 지나자 사람들이 피를 흘리고 사지를 비틀며 죽어 갔어요. 사망자가 30명을 넘자 정부는 '페스트 사태를 선언하고 도시를 폐쇄하라'는 지침을 내려요. 오가는 길이 막혔지만, 사람들은 덤덤했어요. 어떤 사

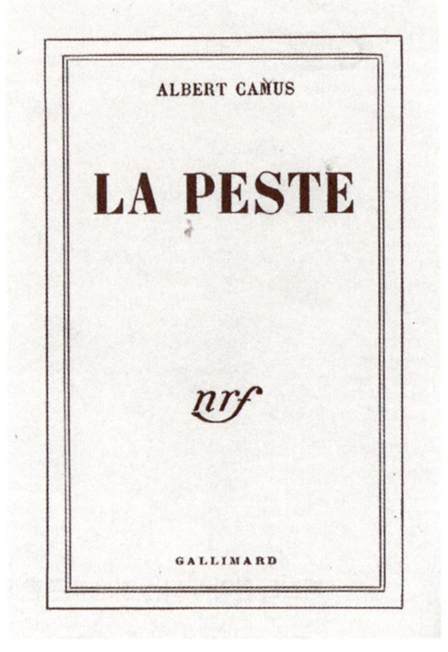

『페스트』 초판 표지.

람들은 여전히 카페 테라스에 앉아 농담을 주고받아요. 그저 페스트를 "예기치 않게 찾아온 것처럼 언젠가는 떠날 불쾌한 방문객"으로 생각했던 거예요.

기자 랑베르는 막힌 도시를 뚫고 나갈 궁리만 하는 인물이에요. 사랑하는 여인이 기다리는 곳으로 돌아가 행복을 되찾는 게 그의 유일한 목적이죠. 파늘루 신부는 페스트가 "사악한 인간들에 대한 신의 징벌"이라며 마을 사람들의 두려움을 자극해요. 다만 재앙이 끝은 아니며, 인간에게 새로운 길을 제시한다고 주장하죠. 의사 리외와 타루는 페스트 사태를 진정시키기 위해 고군분투하는 인물들이에요. 리외는 의사로서

사명감을 갖고 마을 사람들을 치료하는 인물이고, 여행객 타루는 페스트와 싸울 '보건대'를 구성하려고 애를 써요. 베일에 가려진 인물 타루는 단지 여행객일 뿐인데도, 사람들을 살려야 한다는 몸부림만큼은 간절해요.

카뮈가 평생 문학을 통해 구현하고자 했던 '투쟁하는 인간'의 모습은 리외와 타루에게 나타나요. 물론 랑베르와 파늘루 신부의 선택도 처한 상황에 비춰 보면 그들에게 있어서는 최선이라고 할 수 있어요. 다만 전염병 때문에 느슨해진 치안을 틈타 밀수 등을 통해 사리사욕을 챙기는 사람도 있다는 사실이 씁쓸할 뿐이죠.

우리는 어떤 모습으로 재앙에 대비해야 할까요? 카뮈의 『페스트』는 해답은 아닐지라도, 인간으로서 추구해야 할 본연의 모습을 발견할 수 있는 작품이라고 할 수 있어요.

89

인생을 불행하게 만드는 것들, 『밤으로의 긴 여로』

"운명이 저렇게 만든 거지, 저 아이 탓은 아닐 거야. 사람은 운명을 거역할 수 없으니까. 운명은 우리가 미처 깨닫지 못하는 사이에 손을 써서 우리가 진정으로 원하는 것과는 거리가 먼 일들을 하게 만들지."

'미국 현대 연극의 아버지'로 불리는 유진 오닐(1888~1953)의 희곡 『밤으로의 긴 여로』는 작가 사후(死後)인 1956년 출간된 작품이에요. 우리나라는 물론 전 세계 여러 나라에서 지금도 무대에 올리는, 희곡의 고전 중 고전이에요. 유진 오닐은 다양한 작품에서 문학성을 인정받아 1936년 노벨 문학상을 받았고, 저명한 미국 작가들에게 수여하는 퓰리처상도 네 번이나 받았어요. 많은 평론가들은 유진 오닐의 작품들을 "인생을 불행하게 만드는 이해할 수 없는 것들을 밝혀내려는 시도"였다고 평가해요.

막이 열리면 제임스 타이론과 그의 아내 메리가 먼저 등장해요. 두 사

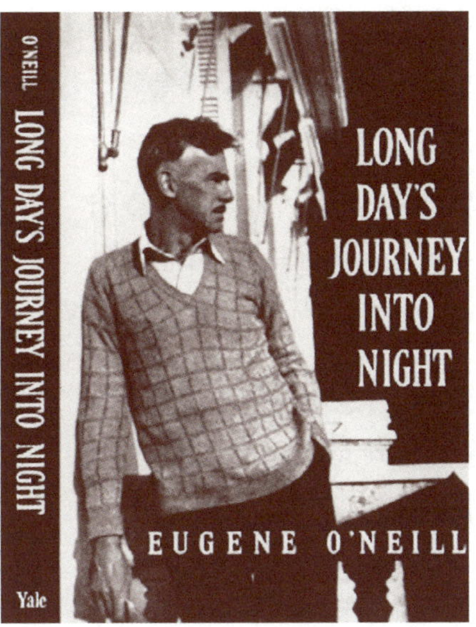

『밤으로의 긴 여로』 초판 표지.

람은 아일랜드계 이민자 출신인데, 남편 제임스는 갖은 고생 끝에 연극 배우로 나름 성공한 인물이에요. 하지만 곧 돈에 대한 지나친 집착으로 배우 경력은 물론 가족까지 망쳐 버리죠. 아내 메리는 '천상의 순수함'을 지닌 수녀원 여학생이었지만, 이제는 병색이 완연한 중년 여성이에요. 메리는 아들 에드먼드를 낳고 몸이 쇠약해졌는데, 돌팔이 의사가 마약성 진통제 모르핀을 과다 투여해 평생 그 늪에서 헤어날 수가 없었어요. 남편 제임스가 제대로 된 의사에게 치료받게 했으면 벌어지지 않았을 일이죠.

큰아들 제이미는 아버지를 닮아 외모가 수려했지만, 얼굴에 '방탕함의 자취'가 묻어나는 청년이었어요. 그는 명석했지만 꿈을 이루지 못했고, 술에 의지해 삶을 허비하고 있었어요. 둘째 에드먼드는 몸이 너무 말랐고, 뺨이 움푹 꺼질 정도로 건강이 좋지 않았어요. 폐결핵 때문이에요. 슬픈 사실은 아버지 제임스가 돈을 지나치게 아낀 나머지 진찰비가 싼 의사에게 아들을 맡겨 감기로 잘못 진단을 받았다는 거예요. 에드먼드의 병이 깊어진 것도 역시 아버지 제임스의 탓이었죠.

엄마 메리는 제이미에게 냉소적이에요. 원래 제이미와 에드먼드 사이에 홍역으로 세상을 떠난 아들 유진이 있었는데, 먼저 홍역에 걸린 어린 제이미가 유진을 질투해 일부러 홍역을 전염시켰다고 생각하기 때문이에요. 1912년 8월 어느 날, 유일한 재산인 별장에 모인 가족은 냉소적인 말로 밤새 서로의 마음에 상처를 내요.

서로를 향한 사랑과 연민의 정이 없지 않았지만, 과거가 걷잡을 수 없는 고통으로 이들을 몰아넣었어요. 서로 화해했으면 좋았으련만, 작품은 그대로 끝을 맺고 말아요.

『밤으로의 긴 여로』는 유진 오닐이 자기 이야기를 담은 작품이에요. 작가는 이 작품을 쓰면서 자신의 어두운 과거와 화해하려고 많은 애를 썼을 거라고 많은 사람들이 지적하고 있어요.

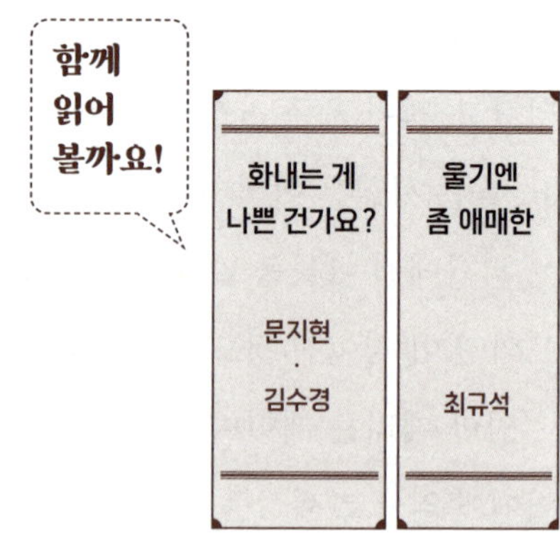

90

인간 소외라는 비극,
『세일즈맨의 죽음』

"저는 이 회사에서 34년을 봉직했는데 지금은 보험금조차 낼 수 없는 형편입니다! 오렌지 속만 까먹고 껍질은 내다 버리실 참입니까. 사람은 과일 나부랭이가 아니지 않습니까!"

요즘 많은 사람들이 직장을 구하지 못해 어려움을 겪고 있어요. 젊은 세대는 아예 직장을 구하지 못해 발을 동동거리고, 중년 세대는 언제 직장에서 밀려날까 노심초사해요. 소시민들의 삶이 무너지고 있지만 해법은 까마득합니다. 1940년대 미국도 비슷한 처지였어요. 1920년대 후반 발생한 대공황의 그늘이 드리우면서 많은 사람들이 직장을 잃고 어려움을 겪었어요.

1949년 출간된 아서 밀러(1915~2005)의 희곡『세일즈맨의 죽음』은 그 실상을 여실히 보여 주는 작품이에요. 『세일즈맨의 죽음』은 출간되자마자 극찬을 받으며 토니상, 뉴욕 연극 비평가상 등 주요 연극상을 휩쓸었어요. "제2차 세계 대전 이후 미국 연극계 최고의 걸작"이라는 평가도 함께 받았어요. 지금도 전 세계 연극 무대에서 공연되고, 영화로도 수차례 만들어졌어요.

영화 <세일즈맨의 죽음>(1966년)의 한 장면.

윌리 로먼은 35년 가까이 세일즈맨으로 성실하게 일해 자기 집과 차를 장만했어요. 두 아들 비프와 해피도 총명해서 윌리와 린다 부부는 행복만이 계속될 거라 생각했어요. 물론 어려움이 없지 않았어요. 세월이 흐를수록 노동량이 가중되면서 심신이 지쳤어요. 일한 만큼 수입이 늘어나지도 않았죠. 집과 차를 장만한 것은 기쁜 일이었지만, 다달이 갚아야 할 돈은 생활고를 가중시켰어요. 끝내 대공황이 밀려왔고, 평생 땀의 대가만 믿고 산 윌리는 회사에서 해고당해요.

힘든 시간의 연속이었지만 윌리가 견딜 수 있었던 건 비프와 해피 때문이었어요. 특히 큰아들 비프는 앞날이 기대되는 미식축구 선수로 가고 싶은 대학을 고르면 되는 상황이었어요. 하지만 수학 과목을 낙제하면서 고등학교 졸업 자격을 얻지 못해요. 이후 비프는 물품 배송 등 30개 가까운 임시직을 전전하면서 서른네 살이 되었어요. 아버지 윌리가 해고되던 날, 비프는 주당 28달러를 받으며 농장에서 일하고 있었어요. 대공황으로 인한 불황은 운동선수로 성공하리라는 비프의 꿈을 앗아갔

314

고, 아버지와도 불화하게 만들었어요.

회사에서 해고되었다는 절망감, 방황하는 아들과의 불화로 큰 충격을 받은 윌리는 아프리카에서 다이아몬드 광산을 발견해 대성공한 형 벤의 환영(幻影)을 따라서 자동차를 거칠게 몰며 거리를 달렸어요. 윌리가 형 벤의 환영에게 2만 달러의 보험금만 받을 수 있으면 남은 가족이 행복하게 살 수 있을 거라고 말한 직후였어요. 윌리의 장례식에는 린다와 두 아들, 그리고 옆집 사는 친구인 찰리 부자가 전부였어요. "여보, 오늘 주택 할부금을 다 갚았어요. 오늘 말이에요. 그런데 이제 집에는 아무도 없어요"라는 린다의 쓸쓸한 독백으로 작품은 끝을 맺어요. 과거와 현재를 넘나들며 인간 소외의 비극을 보여 준 『세일즈맨의 죽음』은 21세기에도 여전히 읽어야 할 작품임에 틀림없어요.

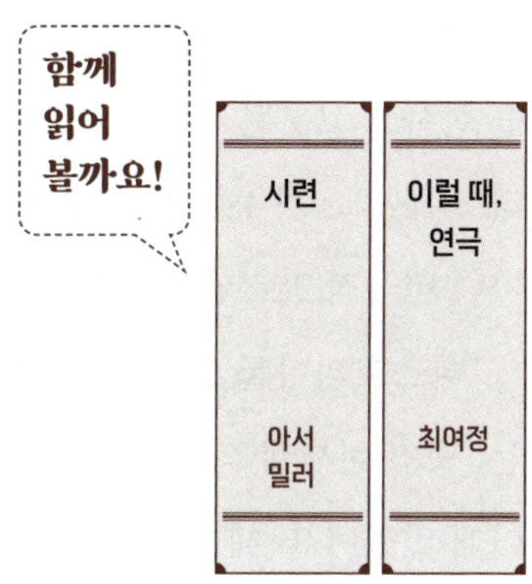

91

고통으로 괴로워할 권리,
『멋진 신세계』

"바로 그것이 행복과 미덕의 비결입니다. …… 사람들에게 피할 수 없는 사회적 숙명을 인정하도록 만드는 것은 무엇보다도 중요한 일이죠."

첨단 과학 기술이 발전하면서 인간의 삶을 바꾸고 있어요. 과학 기술이 삶을 풍요롭게 만들 거라는 주장도 있지만, 한편에서는 양극화가 초래되고 비인간화가 가속화될 거라는 주장도 설득력을 얻고 있어요. 과학 기술은 그 자체로는 선하지도 악하지도 않지만, 인간의 탐욕이 그것을 한사코 그릇된 방향으로 쓰려 하기 때문이죠. 영국 작가 올더스 헉슬리(1894~1963)가 1932년 발표한 『멋진 신세계』는 탐욕이 인간의 삶을 얼마나 비극적으로 만드는지 가감 없이 보여 주는 작품이에요.

"디스토피아를 그린 20세기 최고의 예언적 소설 중 하나"로 평가받는 『멋진 신세계』의 시대적 배경은 2540년으로, 지구는 '세계국'의 통치 아래 있었어요. 세계국 국민은 알파, 베타, 감마, 델타, 엡실론이라는 다

『멋진 신세계』 초판 표지.

섯 계급으로 나뉘었는데, 필요에 따라 '맞춤형'으로 대량 생산할 수 있었어요. 세계국에서 가정은 "육체적으로뿐 아니라 심리·정신적으로 더할 나위 없이 추악한 곳"이기 때문에 인공 부화기를 통해 아이를 생산했어요. 계급 사이의 차별이 심했지만 국민들은 불만이 없었어요. 반복적인 수면 학습과 전기 충격을 통한 세뇌 때문이죠. 사람들은 정해진 노동과 자극적인 오락으로 하루를 보냈는데, 혹시라도 기분이 나빠지거나 고통스러운 일을 겪으면 '소마'라는 약을 먹었어요. 세계국은 먹자마자 즉각적인 쾌락을 경험할 수 있는 소마를 통해 사람들의 정신세계를 지배했어요. 생각하는 능력을 마비시킨 것이죠.

완벽하게 통제되는 세계국과 달리 "6만 볼트의 전기가 흐르는 철책"에 둘러싸인 야만인 보호 구역은 아이들이 모체에서 태어나는, 세계국 사람들이 보기에는 역겨운 곳이었어요. 그곳에서 태어난 존은 보호 구역에 방문한 버나드와 레니나의 권유로 '멋진 신세계', 즉 문명사회라는 세계국으로 함께 여행을 떠나게 돼요. 멋진 신세계 사람들은 젊은 존에게 호감을 보이지만, 존은 멋지고 아름다운 세계가 점점 불편하게만 느껴졌어요. 무엇 하나 자유롭게 할 수 없었기 때문이죠. 진정한 사랑도

당신과 나를 소외시키는 것들

없고, 가족의 가치도 없는, 획일적인 통제만이 지배하는 사회가 바로 세계국이었으니까요.

무스타파 몬드 통제관은 존에게 질병과 전쟁, 폭력과 다툼이 없는 이 세계가 가장 행복하다며 목소리를 높이지만, 존은 "내일은 어떻게 될지 끊임없이 걱정하면서 살아갈 권리…… 고통으로 괴로워할 권리"가 소중하다고 저항해요. 존은 결국 자유를 찾아 등대로 떠나지만, 사람들은 그곳까지 몰려와 존을 구경거리로 전락시켜요. 고통에 몸부림치던 존은 끝내 스스로 삶을 버리고, 작품은 끝이 납니다.

날로 발전하는 과학 기술은 우리에게 진정한 유토피아를 선물할까요? 문명의 발전이 정말 인류의 행복을 보장할까요? 『멋진 신세계』는 90년 전 쓰였지만, 우리가 살고 있는 오늘 이 시대를 미리 내다본 작품이라고 할 수 있어요.

92

감시와 통제가 만연한 21세기 예언, 『1984』

"빅 브라더를 증오한다고? 좋아. 그럼 마지막 단계를 밟을 때가 된 것 같군. 자네는 빅 브라더를 사랑해야만 한다네. 그에게 복종만 해서 되는 것이 아니라 그를 사랑할 수 있어야 해."

영국 작가 조지 오웰이 1949년 발표한 『1984』는 사람들의 모든 생활이 감시당하는 사회를 묘사한 작품이에요. 출간 당시 언론은 "20세기 가장 중요한 작품 중 하나가 될 것"이라고 극찬했고, 평론가들은 "20세기의 본질과 21세기 미래 사회의 악몽을 극명하게 담아낸 디스토피아 문학의 걸작"이라고 평가했어요.

1984년, 세계는 초강대국인 오세아니아, 유라시아, 이스트아시아가 지배하고 있었어요. 그중 오세아니아는 '빅 브라더'가 최고 지도자로 군림하는 1당 독재 체제였어요. 빅 브라더의 모습은 오직 '텔레스크린'을 통해서만 볼 수 있어요. 텔레스크린은 공공장소는 물론 각 가정마다 설치되어 있었는데, 당은 그걸로 사람들의 일상을 감시했어요. 주인공 윈스턴 스미스는 진리부에서 일하는 공무원이에요. 진리부는 명칭과는 달리 과거 역사는 물론 신문과 문학 작품에 나오는 정치적, 사상적 성향을 가진 글을 삭제하고 조작하는 일을 담당했어요.

윈스턴은 성실했지만 자기 일에 대한 회의감과 당에 대한 분노를 품고 있었어요. 윈스턴은 그런 생각을 일기에 적었어요. 일기 쓰는 일은 당이 금지한 행위인데도 말이죠. 그런 윈스턴에게 사랑하는 사람이 생겼

『1984』 초판 표지.

어요. 줄리아는 자유분방한 여성으로, 당의 금기를 어기며 삶을 즐기고자 했어요. 두 사람은 연애까지도 통제하는 당의 감시를 피해 연인 사이로 발전해요. 문제는 두 사람의 진리부 상사인 오브라이언이 당에 저항하는 비밀 조직 '형제단' 사람이라고 생각하고, 어느 날 그를 찾아간 거예요. 오브라이언은 기다렸다는 듯 자신이 형제단 간부라며 두 사람을 멤버로 받아들여요. 당의 본질을 폭로한 금지된 책까지 읽어 보라고 전해 주죠.

오브라이언은 오세아니아의 상위 계층인 내부 당원으로, 당에 저항하는 사람들을 색출하는 일을 했어요. 윈스턴과 줄리아는 금서를 읽다

가 긴급 체포되고, 가혹한 고문을 당해요. 가혹한 고문을 받은 윈스턴은 당의 지시와 생각을 무비판적으로 수용하게 됩니다. 하지만 윈스턴의 속마음만큼은 침범당하지 않았어요. 그러던 중 잠결에 '줄리아'의 이름을 부른 탓에 윈스턴은 끔찍하다고 소문난 101호에 갇혀요. 오브라이언은 그곳에 윈스턴이 가장 두려워하는 쥐를 풀어놓으려고 하고, 겁에 질린 윈스턴은 "줄리아에게 하세요"라고 소리치고 풀려나요. 풀려난 윈스턴은 '빅 브라더를 사랑한다'는 사실을 깨달으며 작품은 끝을 맺어요.

조지 오웰은 『1984』는 물론 『동물농장』 등을 통해 전체주의의 위험성을 경고해요. 오웰은 실제로 전체주의를 혐오해 스페인 내전에 참가했고, 소련의 전체주의를 강도 높게 비판했어요. 그가 『1984』를 통해 감시와 통제가 만연한 21세기를 정확하게 예언했다고 해도 과한 말은 아닐 거예요.

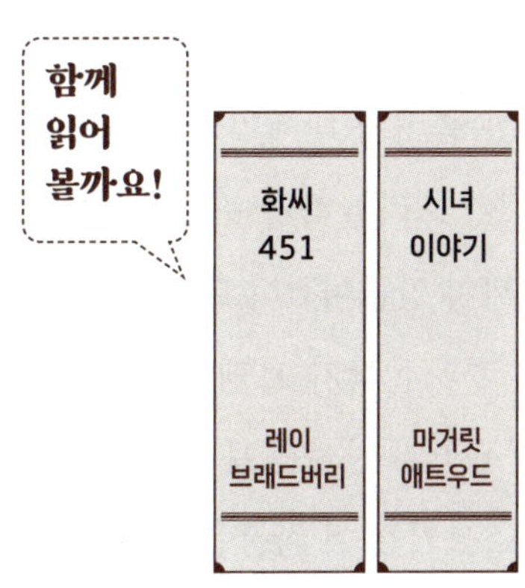

93

인간 심리에 대한 깊은 통찰,
『드라큘라』

"상자 안에서 내 영혼을 온통 공포로 짓누르는 섬뜩한 광경을 보았다. 그 안에는 백작이 누워 있었는데, 그 모습이 놀랍게도 그의 젊음을 반쯤은 되찾은 듯한 형상이었다. …… 입술은 전보다 더 빨개졌는데, 신선한 핏방울이 묻어 있었고, 그 핏방울이 입 가장자리에 뚝뚝 떨어져 턱과 목 위로 흘러내리고 있었다."

여름이 되면 특히 공포 영화가 제법 인기예요. 오싹한 기분이 들면 무더위가 가실 거라고 생각하기 때문일 겁니다. 공포 영화라고 하면, 요즘은 좀비가 대세지만, 그래도 '드라큘라'가 가장 앞자리에 있지 않을까요? 드라큘라가 주인공인 영화, 연극, 뮤지컬, 드라마가 무려 600번 가까이 만들어졌다고 해요.

영국 작가 브램 스토커(1847~1912)가 1897년 발표한 『드라큘라』는 "흡혈귀 전설을 문학적으로 완성했다"는 평가를 받는 작품이에요. 브램 스토커는 이 작품을 쓰려고 무려 6년 동안 공을 들였다고 해요. 발표 당

영화 <드라큘라>(1931년)의 한 장면.

시에는 인기가 없었지만 지금은 흡혈귀 하면 드라큘라가 가장 먼저 생각날 정도로 전 세계인의 사랑을 받고 있어요.

젊은 변호사 조너선 하커는 트란실바니아(지금의 루마니아)에 사는 드라큘라 백작에게 영국에 저택을 알아봐 달라는 부탁을 받고 백작의 고성으로 향해요. 하지만 국경인 비스트리츠 기차역에서부터 이상한 일이 벌어지죠. 하룻밤 묵은 여관 여주인은 숫제 무릎을 꿇고 가지 말라고 사정까지 해요. 조너선이 기어이 가려고 하자 십자가를 손에 쥐여 주고, 묵주를 목에 걸어 주었어요. 조너선은 백작이 보내 준 마차를 타고 성에 도착했지만, 찜찜한 기운은 어쩔 수 없었어요. 백작은 조너선에게 아무 방에나 함부로 들어가지 말라고 명령하듯 말했지만, 조너선은 호기심에 여기저기 기웃거려요. 음침한 지하 방에 들어섰던 조너선은 관 속에 누워 있는 백작을 발견해요. 그때 깨닫죠. 백작은 사람이 아니라 죽지 않는 흡혈귀라는 사실을요. 걸음아 날 살려라, 성을 탈출하는 방법밖에는 살 길이 없었어요.

한편 런던 곳곳에서 어린아이들이 사라졌다가 목에 상처를 입고 돌아오는 사건이 발생해요. 알고 보니 조너선의 연인인 미나의 친구 루시가 드라큘라 백작에게 매일 피를 빨리고 흡혈귀가 된 탓이었어요. 백작이 런던으로 진출한 것을 알게 된 조너선과 반 헬싱 박사 일행은 드라큘라의 행방을 찾아 나서요. 그들은 드라큘라 백작이 런던으로 들여온 50개의 관 중 먼저 29개를 파괴해요. 곧바로 20개의 관도 발견해 파괴하죠. 안식처가 하나만 남은 백작은 트란실바니아 고성으로 피신하면서 그 와중에 미나를 잡아가요. 백작의 주술에서 미나를 구하기 위해 고성에 도착한 조너선 일행은 백작의 목을 자르고 심장 깊이 사냥칼을 찔러 넣어요. 백작의 몸은 순식간에 먼지가 되어 사라졌지만, 일행은 "전혀 상상도 못했던 평화로운 표정"의 백작을 보았어요.

한동안 환상 문학, 공포 소설로만 읽히던 『드라큘라』는 최근에는 인간 심리에 대한 깊은 통찰을 담은 작품으로, 또한 다양한 콘텐츠의 원형으로 사랑받고 있어요.

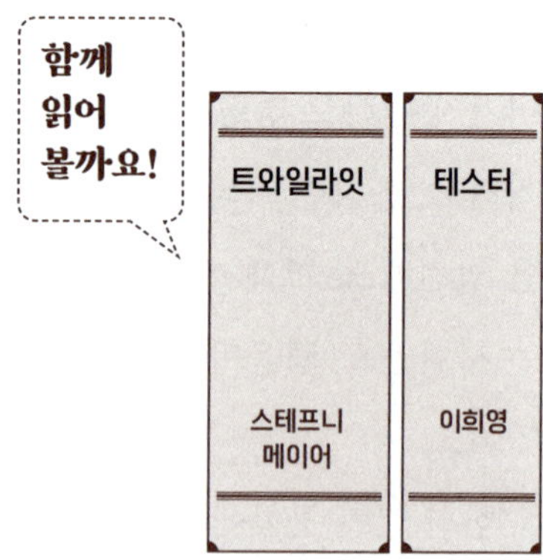

94

한 번도 자기 자신인 적 없었던 삶, 『인형의 집』

"아버지는 나를 인형 아기라고 불렀고, 내가 당신 집에 왔을 때 나는 당신의 인형 아내였어요. 친정에서 아버지의 인형 아기였던 것이나 마찬가지로요."

1879년 출간된 『인형의 집』은 노르웨이의 극작가 헨리크 입센(1828~1906)의 대표작으로, 결혼과 남녀의 역할에 대한 앞선 질문을 담은 작품이에요. 3막으로 구성된 이 작품은 출간 직후 덴마크 코펜하겐에서 처음 연극 무대에 올랐어요. 한국에서도 1925년 초연되는 등 지금까지 전 세계에서 공연되고 있어요.

『인형의 집』은 발표 직후부터 많은 논란을 낳았어요. 당시 여자는 어려서는 아버지의, 결혼해서는 남편의 부속물 같은 존재였어요. 입센은 '한 인간'으로 대접받지 못했던 주인공 노라의 각성을 통해 새로운 세계관을 제시해요.

노라는 세 아이의 엄마이며, 남편에게 사랑받는 아내예요. 남편 헬메

르 토르발은 노라를 진심으로 사랑
했지만 다소 철없어 보이는 아내를
"낭비꾼" "종달새" "다람쥐" 등으로
불러요. 그는 곧 저축은행 총재에 취
임할 예정이었지만, 얼마 전까지만
해도 건강이 몹시 좋지 않았어요. 이
탈리아에서 요양을 하고서야 겨우
건강을 회복했어요. 남편의 요양에
필요한 돈은 모두 노라가 융통했어
요. 남편 모르게 말이죠. 헬메르는
자신이 위험한 상황인지도, 더더욱
아내가 돈을 빌린 사실조차 몰랐어
요. 당시에는 남편의 동의가 없으면

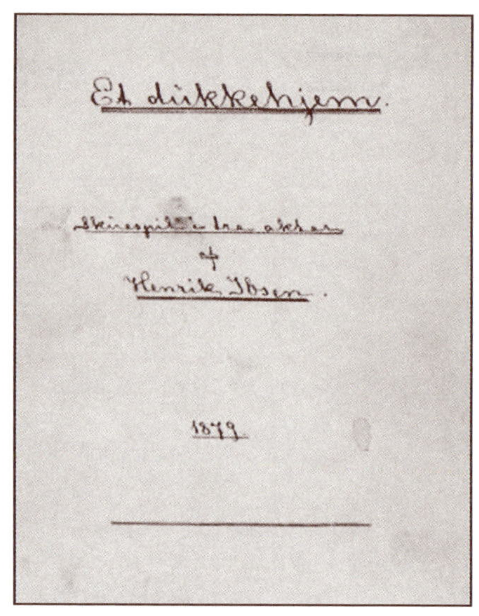

『인형의 집』 초판 표지.

여자는 돈을 벌 수도, 빌릴 수도 없는 시대였어요. 노라는 바느질과 서
류 정리 등 여러 가지 일을 하며 돈을 갚았어요. 헬메르는 자신을 살린
사람이 아내였다는 것도 모르고 낭비벽이 있다고 탓만 했어요.

일은 엉뚱한 곳에서 터졌어요. 노라는 옛 친구 린데 부인의 처지가 딱
해 남편에게 일자리를 부탁해요. 헬메르는 린데 부인을 고용하는 대신
"잔꾀와 재주를 부려서" 은행에 피해를 준 크로그스타드를 해고하려고
해요. 크로그스타드는 비열한 사람이었어요. 문제는 노라가 헬메르의
치료를 위해 돈을 꾼 사람이 바로 그였다는 사실이에요. 그는 노라의 약
점을 남편에게 폭로하겠다며 협박도 서슴지 않아요. 남편의 사회적 지
위를 지키기 위해 비밀을 끝까지 지켜야 했던 노라는 남편에게 그의 자

리를 보존해 달라고 간청하지만 여의치 않았어요.

　비밀은 폭로되었고, 헬메르는 아내에게 "나의 기쁨이며 자랑이던 그녀가 사기꾼이며 거짓말쟁이, 아니, 그보다 더한 범죄자였다니"라고 내뱉어요. "당신은 나의 행복을…… 나의 모든 미래를 당신이 망가뜨렸지"라면서 경박한 여자에게 자녀 양육을 맡길 수 없다고 소리 질러요. 남편을 위해 험한 일도 마다하지 않았던 노라의 마음은 철저히 무너지죠. 하지만 린데 부인의 설득으로 크로그스타드가 마음을 바꿔 차용증을 돌려보내자 헬메르는 언제 그랬냐는 듯 노라를 용서하겠다고 해요.

　노라는 어떻게 했을까요? 노라는 어려서는 아버지의 '인형 아기'였고, 결혼하고서는 남편의 '인형 아내'였다고 고백해요. 한 번도 자기 자신인 적이 없었던 노라가 인형의 집을 떠나며 작품은 끝나요. 우리 시대는 노라가 살던 시대와는 얼마나 달라졌을까요?

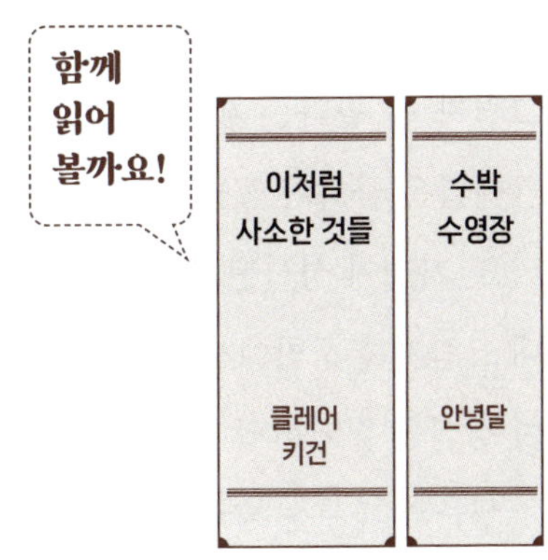

95

나의 정체성을 어떻게 가꿀까,
『그림자를 판 사나이』

"벗이여, 만약 사람들과 함께 살고 싶어 하는 이들이라면 부디 무엇보다도 그림자를 중시하고, 그다음에 돈을 중시하라고 가르쳐 주게나."

『그림자를 판 사나이』는 프랑스 혁명 때 독일로 망명한 작가이자 시인인 아델베르트 폰 샤미소(1781~1838)가 1814년 출간한 소설이에요. "현대 자본주의 사회의 그늘을 미리 예견했다"는 평가를 받는 작품이에요.

가난한 청년 슐레밀은 회색 옷을 입은 기이한 남자로부터 "아주 멋진 그림자"를 팔라는 제안을 받고 잠깐 고민해요. 고민도 잠시, 궁핍했던 슐레밀은 금화가 끝없이 나오는 '행운의 자루'와 자신의 그림자를 맞바꿔요. 거래가 성사된 순간 슐레밀은 기이한 남자가 "머리에서 발끝까지 내 그림자를 풀밭에서 살짝 거둬들여 둘둘 말아 접어 집어넣는 것"을 보며 정신을 잃어버립니다.

행운의 자루는 슐레밀에게 큰 부와 그에 따르는 명예를 안겨 줍니다.

『그림자를 판 사나이』에서 기이한 남자가
주인공 슐레밀의 그림자를 가져가는 모습.

벼락부자가 되었지만, 인색하지 않았던 슐레밀은 어려운 주변 사람을 돕기도 해요. 하지만 그림자가 없는 걸 알게 되자 사람들은, 처음에는 불쌍하게 여겼지만, 다들 못 볼 걸 본 것처럼 슐레밀을 거부해요. 금화는 날로 넘쳐났지만 슐레밀은 자기만의 세상에 숨어 살 수밖에 없었어요. 사랑하는 여인 미나와의 약혼도 깨지면서 슐레밀은 "금화에 묻혀서도 초라하게 지냈다"고 슬픈 심정을 토로해요.

이 세상에서 더 이상 그 어떤 목적도, 소망도, 희망도 갖지 않았던 슐레밀 앞에 다시 기이한 남자가 나타납니다. 그 남자는 슐레밀에게 잠깐 그림자를 돌려주고는 솔깃한 제안 하나를 덧붙여요. "부끄럽게 생각되는 저의 존재에서 완전히 벗어나고 싶으시다면, 제가 당신에게 다시 한 번 충고를 드리지요. 제게 그 물건(영혼)을 파십시오!" 세상 사람들이 욕하는 이유였던 그림자를 돌려줄 테니 영혼을 달라는 말입니다.

슐레밀은 어떻게 했을까요? 기이한 남자는 아무런 대가도 바라지 않는다고 했지만 슐레밀은 "자, 그만합시다. 우리 이제 헤어집시다"라고 말하고 돌아서요. 그런 슐레밀에게 기이한 남자는 언제든 자신을 다시 부르고 싶거든 "마술 주머니를 흔드시기만 하면 됩니다"라고 알려 주어요. 금화가 얼마나 큰 위력이 있었는지 알고 있는 슐레밀을 꼬이기 위한 말인 셈이죠. 그럼에도 슐레밀은 "금화 소리를 내는 마술 주머니를 깊은 물속으로 내던지면서" 단호하게 돌아섭니다. 방랑길에 오른 슐레밀의 삶은 과연 어떻게 될까요?

『그림자를 판 사나이』는 다양한 평가를 받고 있어요. 프랑스 혁명기에 집안이 재산을 몰수당하자 독일로 망명한 샤미소는 독일과 프랑스 양쪽에서 '주변인'으로 살게 됩니다. 어느 쪽 사회에서도 완전한 소속감을 느끼지 못했던 거지요. 그래서 어떤 평론가들은 샤미소가 소수일 수밖에 없는 주변인들에 대한 차별적인 시선을 비판한다고 말해요. 그런가 하면 일찍이 돈이 세상 모든 것의 판단 기준이 되는 세태를, 더 나아가 자본주의적 삶에 대한 비판을 담고 있다고 말하기도 하죠. 잊지 말아야 할 것은 그림자로 대표되는 인간, 아니 '나'의 정체성을 어떻게 지키고 가꿀까 하는 사실이에요.

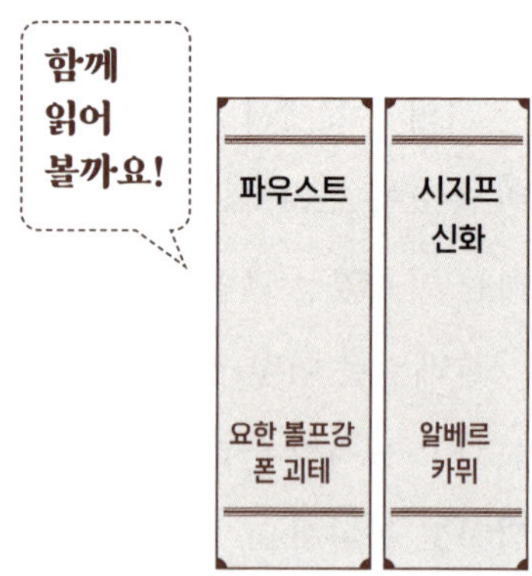

96

기계 문명을 대하는 자세,
『인간 짐승』

"자크는 소스라치게 놀랐다. 킁킁거리는 짐승의 소리, 식식거리는 멧돼지 소리, 으르렁거리는 사자 소리가 들려온 것이다. 그는 조용히 주위를 살폈다. 그것은 자신의 거친 숨소리였다."

19세기 프랑스 파리 하층민의 삶을 적나라하게 묘사한『목로주점』으로 유명한 에밀 졸라(1840~1902)는 프랑스 자연주의 문학을 대표하는 작가예요. 또한 "양심 있는 지식인, 행동하는 지성"으로 더 많이 알려진 인물이기도 해요. 1898년 일명 '드레퓌스 사건'과 관련해「나는 고발한다」라는 글을 통해 유럽 사회의 반유대주의를 공개적으로 비판했기 때문이죠. 드레퓌스 사건은 1894년 프랑스 군 법정이 유대인 사관 드레퓌스에게 간첩 혐의를 씌어 종신형을 선고한 사건이에요. 드레퓌스는 사건 발생 12년 만인 1906년 무죄가 확정되었어요.

에밀 졸라는 대개의 작품에서 현실 비판적인 태도를 유지해요. 그는

프랑스 최후의 군주정 시기인 제2 제
정기 프랑스 사회를 비판적으로 해
석한 『루공마카르 총서』 20권을 기
획했는데, 『인간 짐승』도 그중 한 권
입니다. 1890년 발표된 『인간 짐승』
을 두고 많은 사람들이 '문제작'이라
고 입을 모았어요.

19세기 프랑스를 비롯한 전 유럽
은 인간 이성의 진보와 기계 문명의
발달로 새로운 시대를 기대하는 목
소리가 높았어요. 하지만 에밀 졸라
만큼은 그 문명이 짐승의 탈을 쓰고
있다고, 즉 인간성을 파괴하는 근원
이 될 것이라고 노골적으로 비판했

『인간 짐승』 출간 당시 신문에 실린 광고.

어요. 당시 기계 문명의 총아는 철도였는데, 『인간 짐승』은 철도에서 벌
어진 엽기적인 살인을 소재로 하고 있어요.

르아브르역의 부역장인 루보는 열다섯 살이나 어린 아내 세브린과
결혼했는데, 그녀가 전직 법원장 그랑모랭의 양녀가 아니라 정부(情夫)
였다는 사실을 알고 분노합니다. 루보는 세브린과 공모해 열차에서 그
랑모랭을 살해한 후 차창 밖으로 시신을 던져 버려요. 하나의 살인 사건
으로 끝났어야 했지만, 살인과 시체 유기 현장을 목격한 기관사 자크 랑
티에는 오래 감춰 왔던 병인 살해 욕구가 재발하고 맙니다.

이후 사건은 묘하게도 세브린과 자크의 불륜으로 이어지고, 한때 법

원장이었던 사람의 치부가 드러날까 두려워 권력자들은 그랑모랭 사건을 은폐하고 조작하기 시작해요. 이어지는 사건은 더 참혹합니다. 자크를 연모한 플로르가 연적 세브린을 죽이기 위해 또 다른 살해 계획을 세우고, 이어지는 몇몇 사람들의 관계 속에서 자크는 자신 안에 내재된 짐승의 살해 본능에 계속 압도당합니다.

『인간 짐승』의 등장인물들은 인간이면서도 하나같이 '짐승' 같은 존재들이에요. 에밀 졸라는 '인간다움'을 추구해야 할 인간이 거의 모두 '짐승스러움'을 품고 있다고 고발하고 있는 셈이죠. 특히 19세기 기계 문명의 상징과도 같은 철도라는 배경을 통해 풀어낸다는 점이 인상적입니다. 인간 탐욕의 결정체로서 기계 문명은 인간다움을 파괴하는 하나의 장치가 될 수 있기 때문이죠.

19세기를 살았던 에밀 졸라는 『인간 짐승』을 통해, 21세기 오늘 우리가 고민해야 할 인간다움은 무엇인지, 기계 문명을 대하는 자세는 어떠해야 하는지를 보여 주고 있어요.

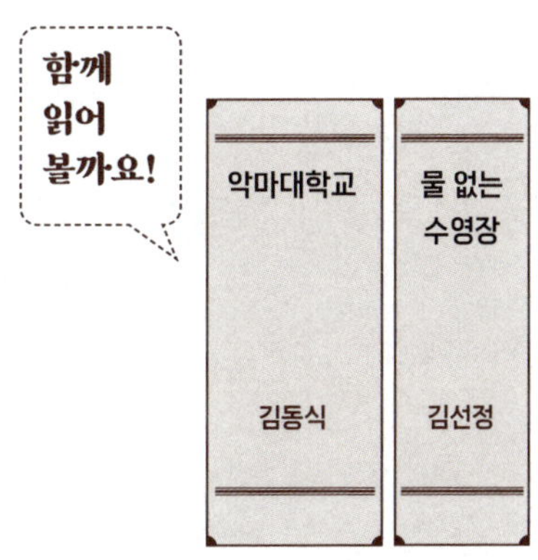

IX

전쟁과 평화, 그 이면의 이야기들

전쟁은 인간이 발견한 일 중 최악의 행위입니다. 우크라이나와 러시아가 전쟁을 벌이는 동안, 이스라엘이 팔레스타인을 향해 온갖 첨단무기를 쏟아붓는 동안, 얼마나 많은 인명이 희생되었는지 가늠하지 못할 정도입니다. 그럼에도 역사가들 중에는 인류의 모든 전쟁이 저마다의 이유와 의미를 가지고 있다고 주장하는 사람들이 있어요. 인구 증가를 억제했다는 둥, 인류의 이동을 촉발했다는 둥 별별 장점이 많았다는 거죠.

하지만 그 전쟁이 없었다면 어땠을까요? 결과론이지만, 지금 우리가 사는 이 세상의 모습과 완전히 달랐을까요? 저는 그 반대가 아닐까 생각해요. 인간은 본래 시기심으로 똘똘 뭉친 존재이지만, 한편으로는 함께 어울려 살기를 좋아하기 때문이죠. 한껏 욕심과 욕망에 부풀어 올랐다가도 한편으로는 스스로를 경계할 줄 아는 존재이기도 하지요. 러시아의 작가 레프 톨스토이는 『비폭력에 대하여』라는 책에서 이렇게 말한 바 있어요. "또다시 전쟁이다. 또다시 어떤 사람에게도 필요하지 않으며, 무엇으로도 유발할 수 없는 고통이 시작된다. 또다시 거짓이 시작되고, 또다시 사람들 모두가 넋이 나가 짐승이 된다."

19세기 말 벌어진 크림전쟁에 참전했던 톨스토이는 폭력을 몰아내고 평화를 추구하는 길이 멀리 있지 않다고 말해요. 모든 사람이 자신의 자리에서 전쟁을 거부하면 된다고 그는 강조해요. "국가의 수장이 전쟁 지도를, 병사가 전투를, 장관이 전쟁 수단 마련을, 기자가 전쟁 선동을 그만둔다면 새로운 제도, 시설, 정치의 균형, 재판 없이도 이 출구 없는 상태는 사라질 것이다."

전쟁이 아닌 평화를 선택해야 할 이유, 지금부터 알아보도록 해요.

97

싸우지 않고 이기는 방법이 최선, 『손자병법』

"전쟁이란 나라의 중대사(重大事)로 백성의 생사가 걸린 영역이요, 나라의 존망이 달린 관두(關頭·중요한 갈림길)이니 깊이 궁구하고 신중히 임하지 않을 수가 없도다."

'지피지기(知彼知己)면 백전백승(百戰百勝)'이라는 말을 아시나요? '적을 알고 나를 알면 백 번 싸워서 백 번 이길 수 있다'는 뜻이에요. 흔히 중국 춘추 시대(기원전 770~403)의 사상가이자 전략가인 손무(손자)의 병법서(兵法書)『손자병법』에 나오는 말로 알고 있지만, 원래 문장은 '지피지기(知彼知己)면 백전불태(百戰不殆)'예요. '적을 알고 나를 알면 백 번을 싸워도 위태롭지 않다'는 뜻이죠. 비슷하지만, 뭔가 조금 다르게 느껴지죠?

중국의 춘추 시대는 극도로 혼란한 시대였어요. 간략하게 정리하면, 세력과 영토를 넓히기 위한 수많은 나라들의 싸움이 하루도 그칠 날이 없던 때였어요. 한때 강성했던 주나라의 권위는 이미 땅에 떨어진 가운

『손자병법』 죽간(竹簡·종이가 발명되기 전 글자를 기록한 대나무)본.

데, 수많은 제후국들이 무력을 동원해 이웃 나라를 제압하는 일이 비일 비재했죠. 전쟁에서 이겨야만 하는 나라들로서는 그 방법을 알고 있는 전략가와 장수가 꼭 필요했어요.

손무는 제나라 사람이었지만, 기원전 6세기 후반, 오나라 왕인 합려에게 발탁되어 군사 업무를 총괄하는 장군이 되었어요. 손무는 진작부터 작전(作戰), 세(勢), 허실(虛實), 지형(地形), 화공(火攻) 등 13편의 병법을 완성해 놓은 상태였어요. 그는 이 병법을 바탕으로 병사들을 훈련시켜 강력한 군대를 만들었어요. 결국에는 경쟁 상대였던 초나라를 제압하면서 중국 전역에 오나라의 위세를 떨치죠. 흥미로운 사실은 『손자병법』이 전쟁에 이기는 기술을 담은 병법서임에도, 가장 위대한 병법은 '싸우지 않고 이기는 방법'을 찾는 것임을 강조했다는 점이에요. 앞서 언급한 문장에서 보듯 전쟁은 "백성의 생사"는 물론 "나라의 존망(存亡)"

이 달린 일이기 때문이죠.

그래서 손무는 '적을 알고 나를 아는 일'이 병법의 기본 중 기본이라고 주장해요. 적과 나를 아는 일이란 예를 들면 이런 것들이에요. 아군과 적군의 숫자를 정확히 파악하고, 그들의 강한 점과 약한 점은 무엇인지, 싸워야 할 곳의 지형 등을 정확히 파악하면 전쟁에서 승리할 수 있고, 나아가 싸우지 않고도 승리할 수 있는 방법을 찾을 수 있다는 것이죠. 병법도 병법이지만 손무는 무엇보다 정치가 안정되어야 한다고 생각했어요. 그래야 군력을 비축할 수 있고, 전쟁이 닥쳤을 때 신중할 수 있으며, 어쩔 수 없이 전쟁이 벌어지더라도 반드시 이길 수 있다고 믿었기 때문이죠.

『손자병법』은 현대에 이르러 힘든 세상을 살아가는 사람들을 위한 처세서로 많이 변용되었어요. 하지만 이 책은 국가의 역할이 백성의 삶을 살피는 일임을 분명히 했고, 동시에 사회 현상 전반에 걸친 사상을 제시했어요. 병법에 통달한 전략가이자 사상가인 손무의 『손자병법』이 시대를 초월한 고전이 된 이유라고 할 수 있어요.

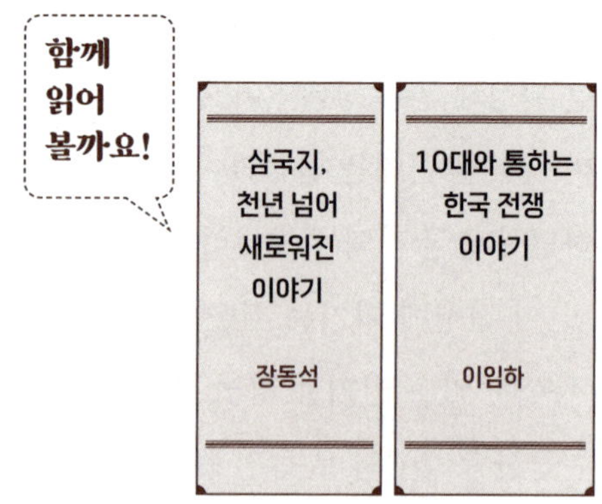

98

명분 없는 전쟁을 멈추라,
『전쟁과 평화』

"죽으러 가는 거예요. 말씀해 주세요, 대체 뭐 때문에 그런 끔찍한 전쟁을 해야 하는 건지."

1869년 출간된 러시아의 대문호 레프 니콜라예비치 톨스토이(1828~1910)의 『전쟁과 평화』는 "우리 시대 가장 방대한 서사시이자 현대의 『일리아스』"라는 평가를 받고 있는 수작이에요. 참고로 『일리아스』는 고대 그리스 문학의 가장 오래된 서사시예요. 『전쟁과 평화』는 1950~1960년대 미국과 소련에서 영화로 만들어졌고, 1970년대 영국에서는 20부작 드라마로 제작되기도 했어요.

나폴레옹의 지휘 아래 전 유럽을 발아래 둔 프랑스군은 1805년 러시아와 전쟁을 일으켜요. 이 전쟁이 자신에게 큰 영광을 안겨 줄 거라고 생각한 볼콘스키 공작의 아들 안드레이는 장군의 부관으로 전쟁에 참전해요. 하지만 러시아군은 그해 말 벌어진 아우스터리츠의 결전에서 대패하고, 안드레이도 중상을 입어요. 그때 안드레이는 자신의 욕망이나 명예욕은 물론, 적군이지만 위대한 인물로 숭배했던 보나파르트 나폴레옹이 사실상 보잘것없는 인물이라는 사실을 깨달아요. 우여곡절 끝에 고향으로 돌아오지만 아내는 아들을 낳자마자 세상을 떠나요. 안드레이는 자신의 인생이 끝났다고 생각해요.

한편 베주호프 백작의 사생아 피에르는 전 재산을 상속받고 이내 러시아 상류 사회의 유명 인사로 떠올라요. 그의 재산을 탐낸 후견인 쿠라긴 공작은 품행이 단정하지 않은 자신의 딸 옐렌과 피에르의 결혼을 성사시키죠. 하지만 아내 옐렌에 대한 좋지 않은 소문이 돌고, 두 사람은 곧 별거에 들어가요. 피에르는 이때부터 선악의 문제, 삶과 죽음에 대해 깊이 고민하기 시작해요.

두 사람에게 한 줄기 빛을 비춘 사람은 로스토프 백작의 딸 나타샤예요. 안드레이는 공적인 일로 로스토프 백작의 집을 방문하는데, 생명력 넘치는 나타샤를 보고 강렬한 인상을 받아요. 이내 사랑하는 사이로 발전하지만 끝내 약혼을 하지는 못해요. 1812년 다시 전쟁이 발발하고 러시아군은 모스크바까지 내줬기 때문이에요. 로스토프 가문은 부상병들

『전쟁과 평화』 초판 속표지.

의 이송을 돕고, 나타샤는 죽음 직전의 안드레이를 발견합니다. 나타샤는 정성을 다해 간호하지만 안드레이는 곧 세상을 떠나요.

피에르는 모스크바에 남아 나폴레옹을 암살할 기회를 노리다가 포로가 돼요. 전쟁은 끝나고, 모스크바에서 다시 상봉한 피에르와 나타샤는 결혼을 하게 되고, 행복한 가정을 이뤄요.

톨스토이는 세상을 움직이는 것은 나폴레옹 같은 소수의 영웅이 아니라 전쟁터를 지킨 이름 없는 시민들임을 작품 내내 보여 주고 있어요. 지금도 세계 곳곳에서 전쟁이 계속되고 있어요. 톨스토이가 이런 사실을 알았다면 뭐라고 말했을까요? 명분 없는 세상의 모든 전쟁이 속히 끝나기를 기대하는 마음이 간절합니다.

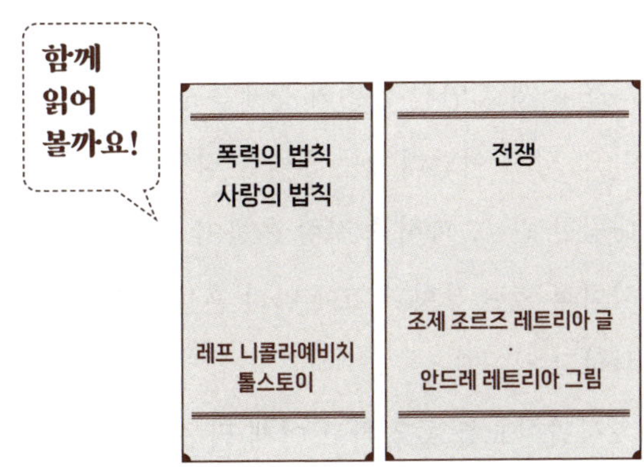

99

오지 않는 적을 기다리는 병사,
『타타르인의 사막』

"이제 드로고는 북쪽 세계를 응시했다. 사람들이 한 번도 가 본 적 없다는 버려진 황무지를 조용히 바라보았다. 적이 온 적도, 전쟁이 일어난 적도 없는 곳. 결국 아무 일도 일어나지 않았던 곳이었다."

이탈리아 작가 디노 부차티(1906~1972)의 『타타르인의 사막』은 1940년 발표된 작품이에요. "20세기 환상 문학의 고전"이라는 평가를 받고 있어요. 디노 부차티는 우리나라에는 잘 알려지지 않았지만, "시간과 고독을 소재로 인간 실존의 문제를 탐구한 작가"로 세계적으로 명성이 높아요. 당시 이탈리아는 권력을 장악한 무솔리니의 파시즘 정권과 이에 대항한 반(反)파시즘 저항 운동이 거셌어요. 『타타르인의 사막』은 당시 사회적 혼란 상황과 그에 따라 흔들릴 수밖에 없는 인간의 모습을 잘 묘사하고 있어요.

사관학교를 졸업하고 이제 막 중위로 임관한 조반니 드로고는 변방

『타타르인의 사막』 한국어판 표지.

에 있는 바스티아니 요새로 떠나려는 참입니다. 그는 '진정한 삶의 시작'이라며 들떠 있었지만, 마음 한구석에는 '돌아오지 못할 여행을 떠나는 순간과 마주한 것 같다'는 생각이 똬리를 틀고 있었어요. 그가 복무할 바스티아니 요새는 옛날에는 국경선을 지키는 명예로운 곳이었어요. 하지만 지금은 오지 않는 적을 하염없이 기다리는, 한마디로 쇠락할 대로 쇠락한 곳이었죠. 도시 생활에 익숙했고, 막연히 도시에서 군 생활을 할 거라고 생각했던 드로고는 암담했어요.

요새에 도착한 드로고는 사령관에게 건의해 그곳을 떠나려고 마음먹어요. 하지만 앞으로의 경력을 위해 4개월만 견뎌 보라는 상관의 충고를 듣고는 그 말에 따르기로 해요. 드로고는 요새의 생활에 하나둘 적응하기 시작해요. 일상생활 말고도 드로고가 서서히 적응한 것이 또 하나 있어요. 요새에 처음 도착했을 때 드로고의 눈에 가장 이상한 일은, 말단 병사부터 사령관까지 요새 너머 넓은 평원으로 적이 곧 쳐들어올 거라고 굳게 믿고 있다는 점이었어요. 비록 오랜 시간 오지 않았지만, 언젠가 쳐들어올 수도 있는 적은 "군인들의 포부를 실현시킬 수 있는 존재", 즉 자신들을 영웅으로 만들어 주는 존재들이었기 때문이죠.

요새의 군인들은 그들을 '타타르인'이라고 불렀는데, 전설 속에 등장하는 '신비에 쌓인 북쪽의 이민족'이었어요. 전설, 신비라는 단어에서 보듯 이들은 오지 않을 적이 분명했어요. 그 적들은 '작고 검은 점'의 모습으로만 보일 뿐이었어요. 이 '작고 검은 점'은 보통 모습이나 실체를 알 수 없는 "불분명하고 불확실한" 존재라는 의미라고 할 수 있죠. 처음에는 이상하게 생각했던 드로고도 오지 않을 적을 기다리게 되었고, 결국 그도 요새에서 천천히 늙고 병들어 갑니다.

과연 타타르인은 바스티아니 요새로 쳐들어왔을까요? 『타타르인의 사막』은 자신 앞에 닥친 삶과 누구나 맞이할 수밖에 없는 죽음에 의연히 맞선 한 인간의 모습을 고스란히 느낄 수 있는 작품이랍니다.

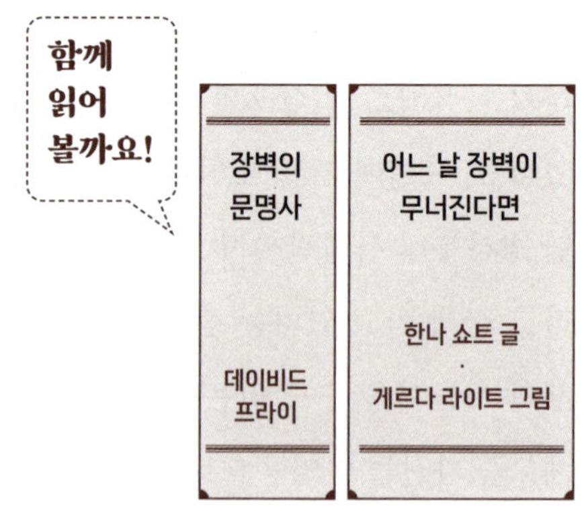

100

전쟁을 통해 배우는 평화의 중요성, 『전쟁론』

"그러므로 전쟁은 우리의 의지를 구현하기 위해 적을 강요하는 폭력 행동이다. ……
폭력, 즉 물리적 폭력은 전쟁의 물리적 수단이고, 적에게 우리의 의지를 강요하는 것
은 전쟁의 목적이다."

카를 폰 클라우제비츠(1780~1831)의 『전쟁론』은 전쟁에서 승리하는
방법을 담은 전략서이자 전쟁과 정치의 연관성을 분석한 정치학 교과서
로 평가받는 작품이에요. 이 책은 그가 죽고 난 이듬해인 1832년에 발표
되었어요. 클라우제비츠는 19세기 후반 독일 통일을 주도한 프로이센
출신 군사 전략가이자 개혁가였어요. 그는 열두 살에 군대에 들어갔고,
열세 살에는 전투에 참전했어요. 20대 초반 베를린의 군사학교에 입학
해 수석으로 졸업했고, 1806년 프로이센과 프랑스의 전쟁에 참전했다
가 프랑스에 포로로 잡히기도 해요. 그는 포로로 잡혀 있는 동안 프로이
센의 패배 원인을 분석했어요. 이후 나폴레옹에 대항하기 위해 러시아

군대에서 활동했고, 1818년부터 1830년까지 12년 넘게 군사학교 교장으로 일했어요. 『전쟁론』은 클라우제비츠의 이 모든 경험이 녹아 있는 책이에요.

클라우제비츠는 전쟁을 "우리의 의지를 구현하기 위해 적을 강요하는 폭력 행동"이라고 규정했어요. 여러분도 자신과 생각이 다르다는 이유로 가끔 친구와 다투는 경우가 있지 않나요? 사회 혹은 국가 사이에도 서로 생각이 다른 경우가 많고, 그 다툼이 정점에 이르면 폭력 행동을 동원해 전쟁을 벌이기도 하죠.

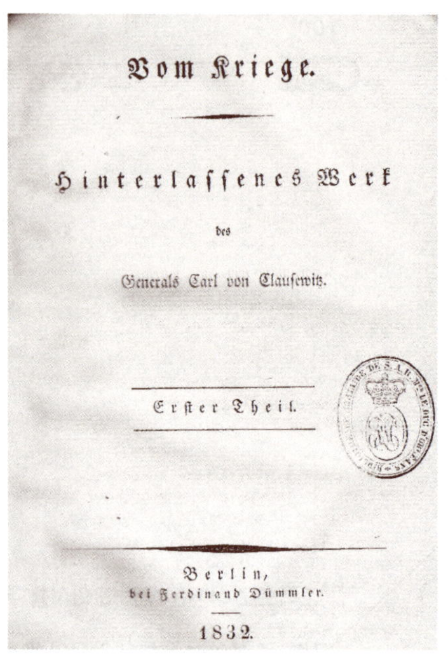

『전쟁론』 초판 표지.

클라우제비츠에 따르면 전쟁에는 두 가지가 있어요. 추상 전쟁과 현실 전쟁이 그것이죠. 추상 전쟁은 경제 등 여러 사안을 고려하지 않고 폭력을 무제한 사용하는 전쟁이에요. 전쟁 당사국은 무한 군비 경쟁을 벌일 수밖에 없겠죠. 하지만 현실 세계에서의 전쟁, 즉 현실 전쟁은 여러 사항을 고려해야 하기 때문에 모든 군사력이나 국력을 한 전장(전쟁이 벌어지는 현장)에 쏟아붓지는 않아요. 모든 결정이 최선일 수도 없고, 우연하게 발생하는 일이 많기 때문에 전쟁의 승패가 한 번의 결전으로 이뤄지는 경우는 거의 없기 때문이죠.

클라우제비츠가 전쟁에 관한 이론을 펼치면서 정치와의 연관성을 밝힌 이유가 여기에 있어요. 그는 전쟁이 "정치와는 다른 수단으로 수행하는 정치의 연속"이라고 봤어요. 이전까지 전쟁은 '고립된 돌발적 현상'이었지만, 이후로는 '정치를 비롯한 전체적인 성격'을 띤 것으로 정의하게 됐어요. 전쟁을 계속할 것인지, 그칠 것인지는 그 나라의 정치, 경제, 사회적인 사정에 따라 얼마든지 달라질 수 있다는 것이죠. 여러 사정이 복합적으로 작용하면 어제의 적이 오늘의 친구가 되고, 어제의 친구가 오늘의 적이 될 수도 있어요.

클라우제비츠 사후인 1832년 출간된 『전쟁론』은 시대에 뒤떨어진 병법서라는 비판도 있어요. 하지만 전쟁의 본질에 대해, 그것이 정치 등 다양한 시대적 상황과 연관돼 있다는 사실을 밝힌 것은 지금도 유효해요. 무엇보다 전쟁의 본질을 이해함으로써 '평화'가 얼마나 중요한지 알 수 있답니다.

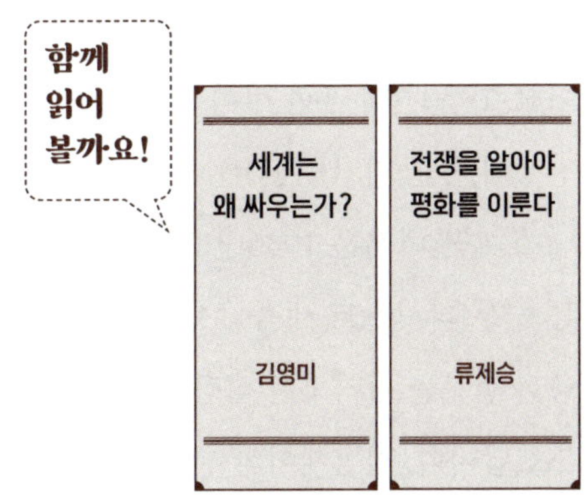

101

대의보다 이웃과 평화하는 것,
『누구를 위하여 종은 울리나』

"누구도 그 자체로 온전한 섬이 아니다. …… 누군가의 죽음이 나의 생명을 감소시키는 것은, 내가 인류와 하나이기 때문이다. 그러므로 누구를 위하여 종은 울리는지 알려고 사람을 보내지 말라. 종은 그대를 위하여 울리는 것이니."

『누구를 위하여 종은 울리나』는 『노인과 바다』로 유명한 미국 작가 어니스트 헤밍웨이(1899~1961)가 1940년 발표한 작품이에요. "삶과 죽음의 경계에 선 인물의 용기와 희생을 그린 대작"이라는 평가를 받고 있어요. 1930년대 후반 벌어진 스페인 내전이 배경이에요. 헤밍웨이는 이 전쟁에 종군 기자(전쟁터에 나가 전투 상황을 보도하는 기자)로 참여했어요.

스페인 내전은 1936년 2월 수립한 공화 정부에 프란시스코 프랑코 등 군부 파시스트 세력이 반기를 들면서 발발했어요. 당시 헤밍웨이는 공화 정부를 지지하며 직접 취재한 전쟁 상황을 전 세계에 알리는 데 일조했답니다. 헤밍웨이의 전쟁 경험과 생각이 작품에 녹아 있는 것은 어

『누구를 위하여 종은 울리나』 초판 표지.

쩌면 당연하겠지요.

스페인 공화 정부의 대의를 지지한 미국인 로버트 조던은 국제여단 의용군의 일원으로 스페인 내전에 뛰어들어요. 1년여 시간 동안 게릴라 부대의 일원으로 활동한 그는 마드리드 북쪽에 있는 다리를 폭파하는 임무를 맡아요. 게릴라 부대의 리더는 파블로였지만, 그의 아내 필라르가 더 영향력이 있었어요. 로버트 조던은 믿음직한 안셀모 노인 등과 생활하며 가족 같은 느낌을 받아요. 또한 부모를 잃고 게릴라 부대에서 생활하는 마리아와 사랑에 빠지면서 인생과 삶에 대한 깨달음도 얻어요. 조던은 이들과 함께 살면서 자기 임무와 대의만을 중시하던 경직된 생각을 버리고, 함께 삶을 나누는 사람들과의 인간적 유대와 공감이 얼마나 중요한지 알게 돼요.

새로운 삶에 대한 열망은 곧바로 로버트 조던이 비밀 작전을 성공시켜야 할 이유가 되었어요. 하지만 적군은 이미 기습 공격에 대비해 병력을 늘린 상황이었고, 5월에 불어닥친 눈보라도 그들의 작전을 방해했어요. 적군의 기마 부대는 게릴라 부대를 거의 전멸시켰고, 조던 일행은 얼마 남지 않은 폭파 장치를 모아 끝내 다리를 폭파시키고 말아요. 하지만 총상을 입은 조던은 부대원들과 함께 퇴각할 수 없었어요. 그는 마리아를 비롯한 부대원들에게 도망갈 것을 종용하고, 홀로 남아 적군을 향해 총을 쏘는 것으로 작품은 끝이 나요.

로버트 조던과 게릴라 부대원들은 처음에는 겉도는 사이였어요. 하지만 마지막 순간, 조던은 그들이 탈출하도록 혼신의 힘을 다해요. 그들은 공화주의나 민주주의는 잘 알지 못하는, 보잘것없는 사람들이었어요. 조던은 그들과 부대끼며 살면서 때론 실망했지만, 사람 사는 이치를 배웠을 거예요. 대의도 중요하지만, 주위 사람들과 평화하는 것이 얼마나 중요한지 깨달았던 거죠.

제목 '누구를 위하여 종은 울리나'는 17세기 영국의 시인이자 성직자였던 존 던의 시에서 따온 거예요. 던의 시는 "세상 어느 누구도 외따로 떨어진 섬이 아니다"라는 구절로 시작돼요. 헤밍웨이는 우리 모두는 누군가와 연결되어 있다는 것을 잘 알려 주고자 이 시구를 인용했어요. 지금 내 옆에 누가 있는지 다시 한번 살펴보면 어떨까요.

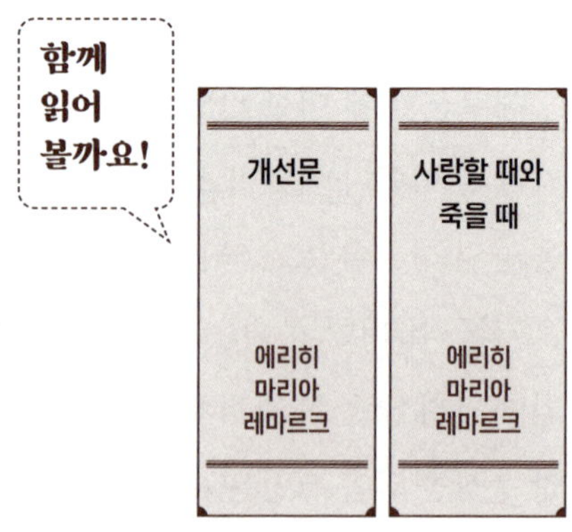

102

위대한 전쟁 문학이자 기록 문학, 『서부 전선 이상 없다』

"전시에는 우리 마음속에 돌멩이처럼 가라앉아 있는 모든 것이 전후에 다시 깨어난 다음 비로소 생과 사의 대결을 시작하는 것이다. …… 이렇게 우리는 전선에서 보낸 세월을 뒤로하고 죽은 전우와 함께 진군할 것이다. 그런데 누구를 향해서, 누구를 향해서 진군한다는 말인가?"

1929년 출간된 독일 작가 에리히 마리아 레마르크(1898~1970)의 『서부 전선 이상 없다』는 "가장 위대한 전쟁 문학이자 진실된 기록 문학"으로 평가받는 작품이에요. 레마르크는 대학을 다니던 열여덟 살에 징집돼 제1차 세계 대전에 참전했는데, 작품 제목에 등장하는 '서부 전선'에 배치되었어요. 서부 전선이란 당시 독일이 프랑스와 접전을 벌이던 곳이었어요. 레마르크는 그곳에서 여러 번 죽을 고비를 넘겼다고 해요.

파울 보이머와 그 친구들은 고등학생이에요. 이들은 허황된 애국심에 도취된 담임 교사의 강권에 못 이겨 자원입대해요. 담임의 손에 이끌

려 전쟁터에 갔지만, 마음 한구석에
는 나라를 지켜야 한다는 진실된 마
음이 없지 않았어요. 하지만 전장의
공포는 애국심만으로 극복할 수 없
었어요. 때로는 공포스러운, 때로는
허무한 죽음이 일상인 곳에서 청년
들은 생존을 위한 기본적인 욕구, 즉
먹고 배설하는 본능을 채우는 데만
몰두하는 존재들로 변해 버리고야
말았어요.

중대원 150명이 전투에 투입되었
지만 살아 돌아온 사람은 80명 남짓
이었어요. 동료를 잃은 슬픔도 잠시,

『서부 전선 이상 없다』 초판 표지.

남은 자들은 죽은 동료들의 몫인 '흰콩과 쇠고기' 150인분을 마음껏 먹
고 만족해요. '노동과 의무, 문화와 진보, 즉 미래의 세계'를 꿈꾸었을 젊
은이들이 전쟁 탓에 먹는 일에만 골몰하게 된 거죠. 친구가 총에 맞아
죽어 가고 있는데, 마음 아파하기보다 군용 장화를 탐내기도 해요. 죽이
지 않으면 내가 죽는 곳에서 어찌 보면 당연한 변화일지도 몰라요.

레마르크는 작품 속에서 전쟁의 부당함을 보여 주면서도 이를 정치
나 국제 관계 측면에서 묘사하지 않아요. 젊은 병사들이 국가를 욕하는
장면이 나오긴 하지만, 그보다는 전쟁으로 인해 젊은이들의 마음이 얼
마나 피폐해졌는지 그 상황을 집중적으로 보여 주죠. 레마르크가 이런
서술 방식을 사용한 이유는 기성세대의 이중성을 고발하기 위해서라고

해요. 기성세대는 국가의 미래를 위해 청년들이 나서야 한다고 주장하며 청년들을 전쟁터로 떠밀었지만, 오히려 젊은이들은 "전쟁이라는 괴물에게 깊은 상처"를 받고 미래를 잃어버렸어요. 가장 중요한 건 그 젊은이들이 인간성마저 잃어버린 채 평생을 괴로워하며 살아가야 한다는 거예요.

파울 보이머는 "온 전선이 쥐 죽은 듯 조용하고 평온한" 1918년 10월의 어느 날 전사해요. 전선이 평온한데 전사하다니 뭔가 이상하지 않나요? 그날 사령부 보고서에는 '서부 전선 이상 없음'이라는 짧은 기록만 남았어요. 꽃다운 젊은이들이 모두 죽어 나갔는데도 세상은 아무 이상이 없다고 기록되는 부조리한 현실에 대한 고발인 셈이죠. 전쟁의 참상을 이보다 더 극적으로 그린 작품은 많지 않을 거예요.

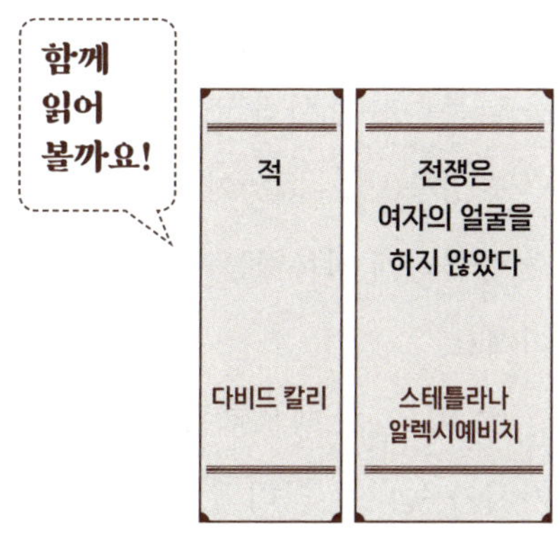

103

역사를 배우는 첫자리에 있을 책, 『징비록』

"나라의 녹을 먹는 자는 어떠한 어려움도 피하지 않는 것이 도리요. 끓는 물속이라도 들어가야 할 때에 이 정도 일을 피하려 한단 말인가?"

'임진왜란' 하면 보통은 이순신 장군을 떠올리지만, 수많은 사람들의 의지와 분투가 모여 극복한 전쟁이에요. 이름 모를 의병들이 전국 각지에서 일어나 나라를 지켰는데, 남녀노소가 따로 없었어요. 정치하는 사람 중에 자기 한 몸만 생각하는 이가 적지 않았지만, 온 힘을 다해 국난을 극복하려는 사람 또한 여럿이었어요. 임진왜란 당시 영의정을 맡았던 류성룡(1542~1607)이 대표적인 인물이에요. 그는 임진왜란 당시 상황을 꼼꼼하게 기록했는데, 그 기록을 모아 훗날 펴낸 책이 바로 『징비록』이에요.

『징비록』은 책으로는 드물게 국보로 지정되었는데, 그만큼 역사적 가치가 높다는 의미예요. '징비(懲毖)'는 유교 경전인 『시경』에 나오는

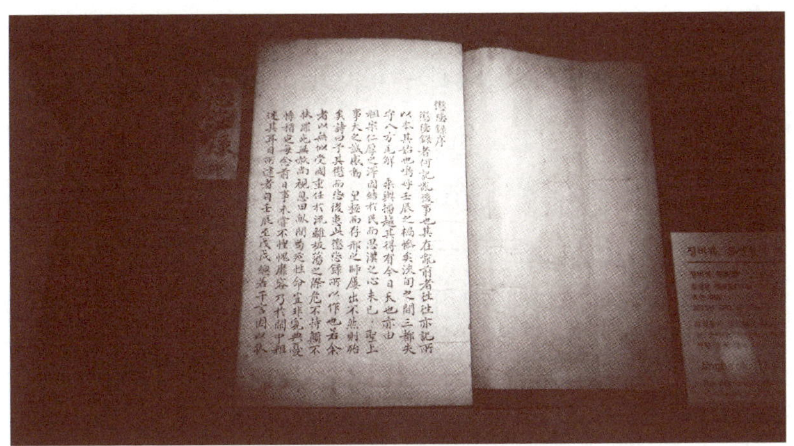

『징비록』머리말 부분.

말로 '이전을 반성하고 삼가다'라는 뜻이에요. 『징비록』에서 가장 눈에 띄는 부분은 전쟁과 연관된 나라, 즉 조선과 일본은 물론 중국의 정세를 정확하게 기록한 대목입니다. 일본이 내부 불만을 잠재우기 위해 조선을 침략해야만 했던 이유, 임진왜란 전후로 명나라에서 청나라로 중국의 주인이 바뀐 상황 등을 류성룡은 소신 있게 서술하고 있어요.

더 중요한 것은 왕의 실정(失政·잘못된 정치)과 허물을 가감 없이 지적하고, 그 때문에 고통 받는 백성을 안타깝게 바라본다는 사실이에요. 류성룡은 한양에 이어 평양성을 버리려는 임금의 행적을 자세하게 묘사해요. 당시 임금이었던 선조는 직접 나서지도 못하고 세자를 내세워 '평양을 반드시 지키겠다'는 뜻을 평양성 대동관 문 앞에서 전하게 해요.

하지만 민심은 가라앉지 않았고, 마지못해 선조는 백성 앞에 나서게 됩니다. 하지만 선조가 평양성을 버릴 마음을 알아차린 백성은 "너희가

평소에는 편히 앉아 국록(나랏돈, 나라에서 주는 급여)만 축내더니 이제 와서
는 나라를 망치고 백성마저 속이는구나"라며 목소리를 높여요. 그만큼
백성의 고초가 컸다는 것을 알 수 있는 대목이지요.

류성룡은 피폐한 백성의 부담을 줄이고자 조세 제도를 바꾸고 노비
가 양민으로 살 수 있도록 하자고 주장해요. 하지만 양반들의 반대에 부
딪혀 제대로 실행되지는 못했어요. 그럼에도 류성룡은 위로는 권세가
들을 비판하는 일부터 아래로는 백성의 살림을 살피는 일까지 두루 마
음을 쓰며, 전쟁으로 피폐해진 조선을 구하는 데 힘을 보탰어요.

『징비록』이 오늘날에도 널리 읽히는 이유는 스스로에 대한 반성에서
시작해, 나라를 운영하는 실제적인 방안까지 두루 기술하고 있기 때문
이에요. 역사를 배워야 하는 이유는 과거의 일을 통해 우리가 사는 현재
를 이해하고 곧 다가올 미래를 대비하기 위한 것입니다. 『징비록』은 역
사를 배우는 첫자리에 있어도 좋을 책입니다.

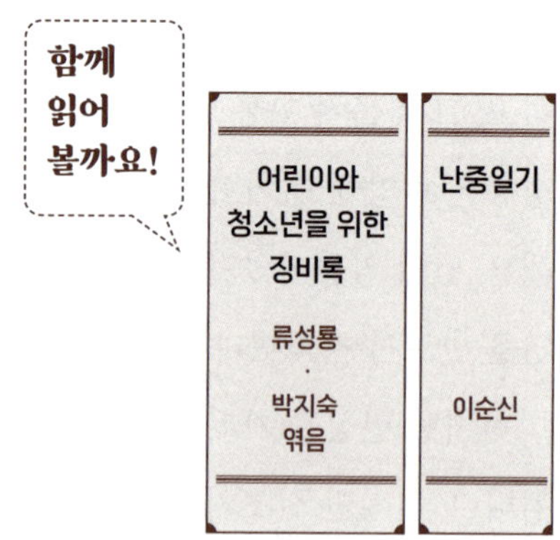

104

전체주의를 극복하기 위한 연대, 『카탈로니아 찬가』

"나는 신문 기사를 쓸까 하는 생각으로 스페인에 갔다. 하지만 가자마자 의용군에 입대했다. 그 시기, 그 분위기에서는 그것이 해 볼 만한 가치가 있는 유일한 일이었기 때문이다."

『카탈로니아 찬가』는 조지 오웰이 1936년 7월부터 1939년 4월 사이 벌어진 '스페인 내전'에 참전하고 쓴 소설이자 르포르타주입니다. 르포르타주는 흔히 '르포'로 줄여 부르는데 '탐방, 보도, 보고'를 의미하는 프랑스어로 허구가 아닌 사실에 관한 보고라는 뜻입니다. 스페인의 왕정은 이미 1873년 무너졌지만, 이후 군부(軍部)를 중심으로 한 왕당파와 이를 막아 내려는 공화파가 각축을 벌이면서 불안한 정국이 오랫동안 이어져요. 1936년 2월 총선에서 공화파가 승리하지만, 그해 7월 프랑코 장군을 중심으로 한 왕당파가 쿠데타를 일으키면서 내전이 시작되었어요.

전 세계 지식인들은 각자의 방식으로 스페인 내전에 뛰어들었어요.

헤밍웨이는 종군 기자로 전
쟁을 취재했고 훗날 『누구
를 위하여 종은 울리나』를
발표했어요. 피카소는 1937
년 4월 나치 독일이 스페인
왕당파를 돕기 위해 게르니
카를 폭격하자 이를 고발한
작품 〈게르니카〉를 내놓았
어요. 조지 오웰은 전 세계
에서 자원한 여러 젊은이들

1936년 스페인 내전에서 공화파 의용군들이
스페인 북동부 '이룬 전투'에 참여하고 있는 모습.

과 함께 의용군에 소속되어 전쟁에 직접 참여해요.

지식인과 젊은이 들이 스페인 내전에 참전한 이유는 '전체주의'의 확
산을 막기 위해서였어요. 전체주의는 개인의 모든 활동은 민족과 국가
와 같은 전체의 존립과 발전을 위해서만 존재한다는 이념 아래 개인의
자유를 억압하는 사상이에요. 당시 독일은 히틀러의 나치즘이, 이탈리
아에서는 무솔리니의 파시즘이 정권을 잡으면서 전체주의가 전 유럽으
로 퍼질 수도 있다는 불안감이 고조되었어요. 스페인마저 왕당파가 정
권을 잡으면 유럽이 암흑에 빠질 수 있다고 이들은 생각했어요.

의용군은 장교와 사병이 동등한 대우를 받았어요. 똑같은 음식을 먹
고 똑같은 옷을 입었을 뿐 아니라, 보수마저 똑같았어요. 군대는 수직적
관계가 일반적이지만 의용군의 명령은 윗사람이 아랫사람에게 일방적
으로 내리는 것이 아니라 동지가 동지에게 하는 것이라고 생각했어요.
이렇게 함으로써 자유와 평화를 지키려는 다짐을 굳건하게 할 수 있었

어요. 물론 산적한 문제도 많았어요. 끼니를 해결하기 위해 전쟁에 참여한 10대 소년들도 많았는데, 그렇다고 이들을 집으로 돌려보낼 수도 없었어요. 당장 눈앞에서 전쟁이 벌어지고 있었기 때문이죠.

지식인들, 젊은이들, 10대 소년들까지 의용군으로 전쟁에 참여했지만, 내전은 왕당파의 승리로 끝나요. 왕당파의 전략과 전술이 뛰어나서가 아니라 공화파가 안으로부터 무너졌기 때문이에요. 공화파는 공산주의자와 무정부주의자 등 여러 사상을 가진 사람들의 연대였는데, 각자의 이익만을 좇으면서 전쟁에서 진 것이죠. 특히 소련 스탈린의 지원을 등에 업은 공산주의자들이 조지 오웰이 속한 통일노동자당을 모함하며 연대를 깼어요. 결국 공화파는 힘을 잃고, 조지 오웰은 가까스로 전장에서 탈출해 『카탈로니아 찬가』를 쓰게 됩니다.

전쟁 패배, 갈기갈기 찢어진 공화파에 대한 환멸에도 불구하고 조지 오웰이 '찬가'라고 제목을 붙인 이유는 무엇일까요. 아마도 현실에서는 계속 패할지 모르지만, 전체주의 등 획일화된 사상을 극복하려는 정신만큼은 계속 살아 있어야 한다고 생각했기 때문일 거예요.

105

개인 이야기로 듣는 한국 근현대사, 『그 많던 싱아는 누가 다 먹었을까』

"우리 시골에선 싱아도 달개비만큼이나 흔한 풀이었다. 산기슭이나 길가 아무 데나 있었다. 그 줄기에는 마디가 있고, 찔레꽃 필 무렵 줄기가 가장 살이 오르고 연했다. 발그스름한 줄기를 꺾어서 겉껍질을 길이로 벗겨 내고 속살을 먹으면 새콤달콤했다."

1992년 출간된 『그 많던 싱아는 누가 다 먹었을까』는 박완서(1931 ~2011) 작가의 대표작이에요. "특유의 신랄한 시선으로 인간의 내밀한 갈등의 기미를 포착하여, 삶의 진상을 드러내는 작품 세계를 구축했다"는 평가를 받는 작품이에요. 박완서 작가는 1970년, 마흔이라는 비교적 늦은 나이에 문단에 나왔지만 쉼 없이 글쓰기에 매진하며 15편의 장편 소설과 80편이 넘는 단편 소설을 발표했어요. 작가는 누구나 한 번쯤 겪었을 법한 내면의 은밀한 갈등은 물론 중산층의 허위의식과 남녀평등 등 사회 문제를 자신이 겪은 삶을 중심으로 풀어내며 많은 독자들의 사랑을 받았어요.

『그 많던 싱아는 누가 다 먹었을까』 표지.

소설의 화자 '나'는 일제강점기에 경기도 개성 남쪽에 있는 작은 마을 박적골에서 태어났어요. 아버지가 일찍 세상을 떠난 탓에 할아버지의 사랑을 많이 받고 자랐죠. 엄마는 '자식을 어떻게든 서울에서 길러야 되겠다'는 강한 교육열을 신앙처럼 갖고 있었어요. 도회지에만 살았어도 남편이 그렇게 일찍 세상을 떠나지는 않았을 거라는 믿음 또한 강했죠. 집안의 반대에도 엄마는 오빠에 이어 결국 '나'까지 서울로 데리고 가요. 그렇게 도착한 곳은 당시로서는 서울이 아닌 '서울 문밖'인 현저동 달동네였어요. 물도 길어다 먹어야 하고, 화장실도 눈치 보면서 써야만 하는 고된 서울살이 때문인지 '나'는 고향 박적골에 지천이었던 새콤달콤한 맛의 싱아 생각이 더 간절했어요.

엄마는 억척스럽게 일했어요. 삯바느질로 서울에 집을 장만할 정도였죠. 오빠도 일본인이 하는 공장에 잠시 취직해서 집안 살림은 좀 나아졌어요. 이내 해방이 되고, 오빠는 당시 유행처럼 번진 공산주의에 잠시 빠져들어요. 하지만 곧바로 관심을 접고 중학교 국어 선생님으로 일하면서 결혼하고 애도 낳았어요. 1950년 5월, 스무 살이 된 '나'는 서울대

문리대 국문과에 "거뜬히 합격"해요. 나는 기고만장했어요. 인문대와
자연대를 합쳐서 당시는 '문리대'라고 불렀는데 순수 학문을 숭상하는
기풍이 승할 때여서 '대학의 대학'이라고 불렀던 때였으니까요.

스무 살의 "온갖 황홀한 꿈"은 찰나로 끝났어요. 6월 25일 전쟁이 터
지고, 가족의 평화는 깨지고 말죠. 오빠는 의용군으로 끌려가고, 서울이
수복(잃었던 땅을 다시 찾은 것)되고 난 후 '빨갱이'라는 의심을 받게 되면서
가족은 온갖 수난을 겪어요. 엄마는 물론 '나'도 경찰서에 끌려가 모진
수모를 겪어요. 오빠도 천신만고 끝에 돌아오지만, 총명한 예전 모습은
사라졌어요. 작품은 다시 피난길에 나선 가족의 모습을 그리면서 끝나
요. 그 뒷이야기는 또 다른 장편 소설 『그 산이 정말 거기 있었을까』로
이어져요.

『그 많던 싱아는 누가 다 먹었을까』와 『그 산이 정말 거기 있었을까』
는 우리 근현대사의 한 단면을 자전적 이야기를 통해 잘 보여 준다는 점
에서 의미가 남다른 작품들이에요.

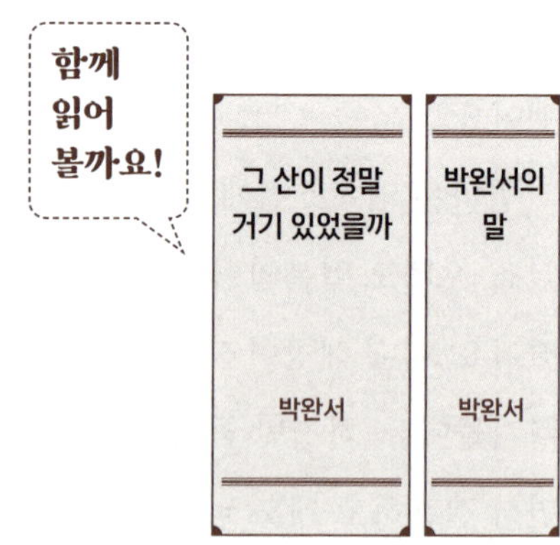

106

신념과 인간성 사이에서 방황하는 인간, 『93년』

"93년은 유럽이 프랑스를 상대로 벌인 전쟁이고, 프랑스가 빠리를 상대로 벌인 전쟁이다. 그리고 대혁명은 무엇인가? 그것은 프랑스가 유럽을 상대로 거둔, 그리고 빠리가 프랑스를 상대로 거둔 승리이다. 그것에서 93년이라는 그 무시무시한 순간의 광대함이 비롯되며, 따라서 그 순간이 그 세기의 나머지 전체보다도 위대하다."

1874년 출간된 『93년』은 프랑스의 대문호 빅토르 위고(1802~1885)의 마지막 장편 소설이에요. 위고는 이 작품을 쓰기 위해 무려 10년이나 준비했다고 해요. 프랑스 대혁명을 배경으로 한 이 작품은 신념과 인간성 사이에서 고뇌하는 세 사람의 이야기를 담고 있어요. 혁명에 대한 위고 스스로의 결론이라고 할 만한 작품이죠.

1789년 5월 프랑스 대혁명의 서막이 올랐지만, 왕당파와 공화파의 타협으로 1792년 9월까지는 입헌군주제를 유지해요. 하지만 주변 군주국들의 위협과 공화파 내부의 갈등 등으로 인해 1792년 9월 군주제가

막을 내리고 프랑스 역사상 최초의
'공화제'가 시작돼요. 그해 12월 혁
명의회는 루이 16세의 사형을 언도
하고, 1793년이 밝자마자 루이 16세
의 사형을 집행해요. 공교롭게도 혁
명의회 내 온건파와 급진파의 충돌
은 더욱더 심해져요. 이 무렵 프랑스
북서부 브르타뉴 지방의 방데라는
곳에서 왕당파의 사주를 받은 농민
들이 내란을 일으켜요. 혁명의회는
군대를 파견하고, 왕당파 반군과 전
쟁이 벌어져요. 역사는 이를 '방데
내전'이라고 불러요.

『93년』 초판 표지.

　『93년』은 역사적 사건을 바탕으
로, 신념과 인간성 사이에서 고뇌하는 랑뜨낙과 고뱅, 씨무르댕 세 사람
의 이야기를 담고 있어요. 랑뜨낙 후작은 브르타뉴 지방의 귀족 가문 출
신으로, 방데 반군의 총사령관이에요. 그는 농민들을 반란에 가담시키
는 한편, 영국군의 상륙 교두보를 마련하려고 애썼어요. 운명의 장난일
까요. 반군을 섬멸하라고 파리 혁명의회가 파견한 공화파 군대의 사령
관은 바로 랑뜨낙 후작의 종손자인 고뱅이었어요. 고뱅의 공화파 군대
는 반군을 진압하고, 할아버지 랑뜨낙마저 사로잡죠. 이때 또 한 사람의
주인공 씨무르댕이 등장합니다.

　공안위원회 감독관 씨무르댕은 고뱅 가문의 가정교사로 일했던 사람

이에요. 고뱅이 가장 신뢰하는 사람이었죠. 랑뜨낙과도 잘 아는 사이였어요. 그러나 씨무르댕은 '사면을 해서도 안 되고, 처형을 유예해서도 안 된다'는 혁명 정부의 방침에 따라 랑뜨낙을 사형에 처해야 한다고 주장해요. 하지만 고뱅은 랑뜨낙을, 할아버지이기 전에 냉혹한 전쟁터에서 세 아이를 위해 불구덩이에 몸을 던지는, 한마디로 인간성이 살아 있는 인격자라고 생각해요. 결국 고뱅은 랑뜨낙의 탈옥을 도와요. 신념에 충실한 씨무르댕은 아들처럼 키운 고뱅을 사형에 처해요. 양심의 가책을 이기지 못한 씨무르댕은 스스로도 목숨을 끊음으로써 작품은 끝을 맺어요.

빅토르 위고는 위대한 작가라는 명성에 걸맞게 그 격동의 시대를 배경으로 고뇌하는, 즉 신념과 인간성 사이에서 방황하는 인간의 모습을 절절하게 그려 내요.

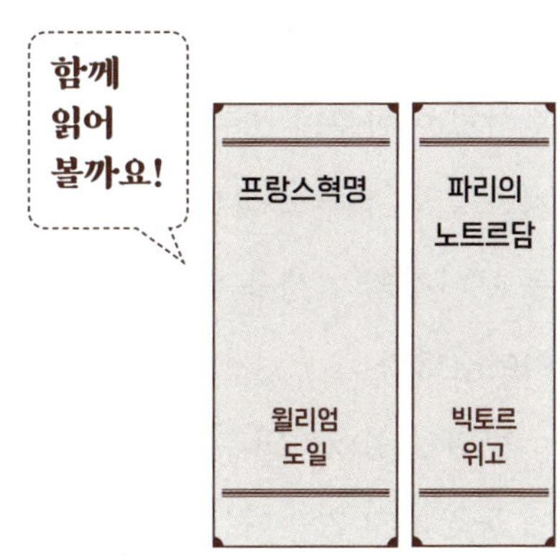

107

무덤덤한 이야기 속에 담긴 반전 메시지,
『제5도살장』

"이 모든 일은 실제로 일어났다, 대체로는. 어쨌든, 전쟁 이야기는 아주 많은 부분이
사실이다."

제목부터 덜컥 겁을 먹게 만드는 『제5도살장』은 제2차 세계 대전 당
시 미국 작가 커트 보니것(1922~2007)이 실제로 경험한 일을 담은 소설
이에요. 독일군에게 포로로 잡혔던 작가는 도살장을 개조한 수용소인
제5도살장으로 끌려갑니다. 거기서 1945년 2월 13일부터 15일까지 이
루어진 연합군의 대규모 공습을 경험하죠. 작가는 가까스로 살아남았
지만, 독일 동부의 아름다운 도시 드레스덴은 폐허가 되었어요. 이 경험
은 보니것의 인생을 바꿨고, 반전(反戰) 소설 『제5도살장』의 탄생으로
이어집니다.

반전 소설이라면 떠올릴 법한 전쟁 반대를 외치는 주인공은 이 작품
에 등장하지 않는다는 게 『제5도살장』의 가장 큰 특징입니다. 주인공

1945년 연합군의 폭격으로 파괴된 독일 드레스덴 시가지.

빌리 필그림은 작가 보니것처럼 제5도살장에 갇혀 온갖 참상을 지켜봐
요. 그는 "뭐 그런 거지"라는 말을 입에 달고 살아요. 전쟁이 '어쩔 도리
가 없는 일'이라는 듯이 말이죠.

　빌리는 우연한 기회에 시간에서 해방된, 시간과 시간 사이를 떠도는
여행자예요. 『성서』의 시대로 가서 예수를 만나는가 하면, 심지어 트랄
파마도어 행성이라는 곳을 찾아가 외계인과 대화를 나누기도 해요. 빌
리는 평화로운 트랄파마도어 행성을 보고 평화롭게 살 수 있는 방법을
물어요. 외계인은 답합니다. "오늘은 그렇죠. 하지만 다른 날에는 당신
이 보거나 읽던 어느 전쟁 못지않게 끔찍한 전쟁을 치르고 있습니다. 그
건 우리도 어쩔 도리가 없기 때문에 그냥 안 보고 말지요. 우리는 기분
좋은 순간들을 보면서 영원한 시간을 보냅니다."

전쟁과 평화, 그 이면의 이야기들　　　　　　　　　　　　　　369

빌리가 시간 여행을 떠나게 된 계기 중 하나는 '에드거 더비'의 죽음이었어요. 그는 빌리와 함께 드레스덴 폭격에서 살아남은 미군 전쟁 포로였죠. 40대 교사 출신으로 '제자들만 전장으로 내보낼 수 없다'며 자원입대한, 어쩌면 이 책에서 가장 영웅적인 모습을 보여 주는 사람이라고 할 수 있어요. 하지만 그 역시 포로수용소에서 허무하게 총살당합니다. 빌리가 할 수 있는 일은 삽을 들고 그를 묻는 일뿐이었어요. 빌리의 마음은 이때부터 무너지고, 과거와 현재, 미래를 오가며 전쟁의 참화 속에 죽어 가는 사람들을 보면서도 "뭐 그런 거지"라는 무덤덤한 말만 되풀이하게 됩니다.

『제5도살장』은 과거와 현재, 미래를 오가는, 다소 복잡한 구성을 갖고 있어요. 단번에 읽기에 그리 쉬운 작품은 아닙니다. 반전 소설이라면 으레 있을 법한 평화를 위한 주장도 없어요. 대신 작가는 빌리의 혼란스러운 정신 상태를 통해 전쟁의 부조리와 참상을 보여 줘요. 인간의 숭고한 정신과 마음을 파괴하는 것이 바로 전쟁이라는 것을 보여 주는 것이죠. 무덤덤해 보이는 빌리의 이야기 속에 담긴 반전의 메시지를 읽어 내는 것이 『제5도살장』을 읽는 묘미입니다.

108

권력의 폭정을 기록한 거대한 기록 문학, 『수용소군도』

"오직 악한 일만 저지르는 자들이 있다면 그들과 우리를 구분하는 건 간단한 일이다. 그러나 선과 악을 나누는 경계는 사람들의 마음속을 가로지르고 있다."

1973년 출간된 알렉산드르 솔제니친(1918~2008)의 『수용소군도』는 11년 동안 전국 각지의 수용소와 유형지(멀리 외딴 곳에서 따로 지내야 하는 형벌인 유형을 받아 지내는 장소)에서 경험한 내용을 기록한 자전 문학이에요. 솔제니친은 친구에게 보낸 편지에 스탈린을 비난했다는 이유로 1945년 2월 재판을 받고 수용소에 갇혔어요. 그는 함께 생활했던 220여 명의 인물들이 어떻게 수용소와 유형지로 끌려왔는지 기록함으로써 제정 러시아와 소련의 폭정, 그리고 그들에게 가해진 가혹한 처벌 등을 고발해요. 1970년대 초반 작품 발표와 거의 동시에 솔제니친은 소련에서 추방될 정도로 고발의 강도가 높아요.

솔제니친은 수용소와 유형지의 참상만 전달하지 않고, 소련의 강제수

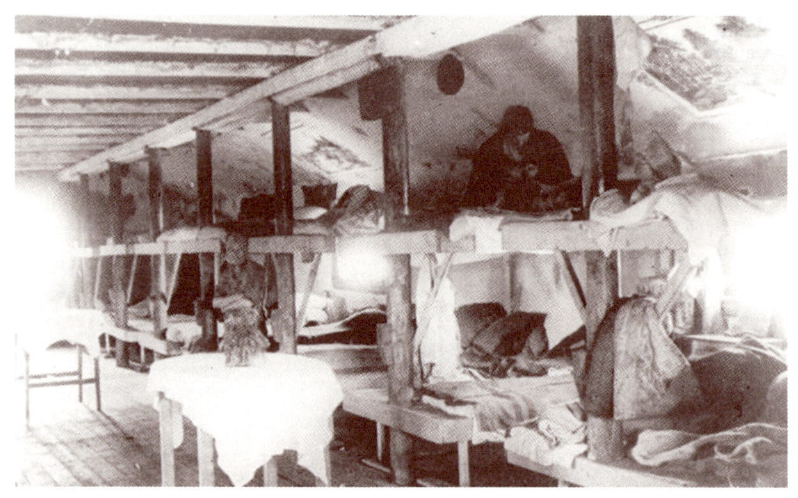

1930년대 러시아 보르쿠타에 있던 수용소 내부 모습.

용소가 왜 생겨났고, 어떤 과정을 거쳐 커졌는지도 자세하게 설명해요. 1937년부터 1938년 사이 스탈린은 자신을 비판하는 사람들을 대대적으로 제거하는데 최소 70만 명, 최대 120만 명이 처형되었어요. 200만 명 가까운 사람들이 수용소와 유형지에 갇혔고요. 재판마저 미리 짜 놓은 각본에 따라 진행되었기 때문에 죄 없이 갇힌 사람들도 많았어요. '대숙청'이라고 부르는 이 사건은 소련에서 수용소가 폭발적으로 증가하는 결정적 계기예요. '군도'라고 표현한 이유는 수용소 자체가 거대한 세계였고, 수용소 근처에 사는 자유인들까지 수용소 중심으로 삶을 살아갔기 때문이죠.

수용소는 거친 세계였어요. 솔제니친도 "우리는 어떻게 살 것인가(또는 어떻게 죽을 것인가)를, 수용소와는 관계없이, 알고 있어야 한다"고 말할 정도였어요. 그렇다고 암울한 상황만 그려지는 것은 아니에요. 간수들의 눈과 귀를 피하기 위해 자신들이 고안한 각종 은어는 물론 힘든 상황을 이겨 내기 위해 유머를 아끼지 않는 사람들의 모습이 때론 유쾌하게 그려지고 있어요. 그런가 하면 세상에서 분리시키려고 했던 정치범들이 한곳에서 모여 다시 항쟁을 꿈꾸는 대목도 등장합니다. 아마도 솔제니친은 수용소가 절망의 공간이면서도 새로운 세상을 꿈꿀 수 있는 역설의 공간이라는 사실을 보여 주려고 한 것 같아요.

스탈린이 죽고 '격하 운동'(스탈린의 영향에서 벗어나고자 추진한 정책)이 일어나면서 솔제니친도 유형지에서 풀려나요. 그렇다고 수용소와 유형지에 갇혔던 모든 사람이 자유를 얻은 것은 아니에요. 뒤를 이은 권력자들 역시 정치범들을 가둘 수용소가 필요했으니까요. 솔제니친은 자신의 기억은 물론 수용소와 유형지에서 이야기 나눈 사람들의 이야기를 되살려 거대한 기록 문학 『수용소군도』를 완성해요. 솔제니친 스스로도 "이 역사와 진실의 전모를 한 사람의 글로 밝히기란 도저히 불가능한 일"이라는 사실을 알았지만 "어쨌든 바닷물은 한 모금만 마셔도 그 맛을 알게 마련인 것"이라는 점도 알았기 때문이죠.

『수용소군도』는 긴 역사로 보면 단출한 기록이지만, 그 작은 기록만으로도 세상은 오만한 권력의 폭정을 기억하고 경계할 수 있음을 잘 알려 주고 있어요.

X

종교의 눈으로 세상 보기

혹시 '믿는' 종교가 있나요? 정기적으로 교회나 성당, 절에 가는 사람은 물론이고, 꼭 그렇게 하지 않아도 마음으로 종교를 믿을 수 있어요. 유명한 종교학자 카렌 암스트롱에 따르면, 종교란 "육신이 물려받을 수밖에 없는 고통 속에서도 삶의 의미와 가치를 찾으려는 노력"이에요. 그런 점에서 보자면 인간의 고뇌가 깊어지면 깊어질수록 종교는 더 의미를 발한다고 할 수 있어요.

종교는 그것을 믿는 사람들에게만 영향을 주는 것은 아니에요. 종교가 없다고 말하는 사람에게도 종교는 적잖은 영향을 끼치기 마련이죠. 문제는 그 영향이라는 것이 거의 대부분 부정적으로 기억된다는 점이죠. 본래 "편협한 이기심을 초월해 더 고귀한 가치와 진리를 추구"하는 것이 종교의 역할인데, 오늘날에는 편협함을 훨씬 더 크게 조장하는 기제로 작용하고 있으니까 말이에요.

종교는 인간 삶의 의미와 가치를 찾는 숭고한 것인데도, 현대 사회에서는 그렇게 환영받지 못하고 있어요. 절대적인 진리만 되풀이해서 강조하고, 맹목적인 복종을 강요하는, 즉 종교의 부정적인 측면이 지나치게 많이 노출되고 있기 때문이에요.

우리 시대, 종교가 가야 할 길은 무엇일까요? 한 종교학자는 "전통에 뿌리를 둔 포용적인 믿음"을 회복하는 것이 필요하다고 말한 바 있어요. 종교적 다양성을 포용하는, 쉽게 말하면 내 종교가 중요한 만큼 타인의 종교도 중요하다는 생각만 가지면, 종교가 제 역할을 할 수 있다는 것이죠. 종교는 우리와 어떤 관계를 맺고 있는지, 찬찬히 살펴보기로 해요.

109

타락한 자본주의에 대한 경종, 『프로테스탄티즘 윤리와 자본주의 정신』

"즉 자본가와 기업가, 그리고 고급 숙련 노동자, 특히 기술적으로 또는 상업적으로 고도의 훈련을 받은 근대적 기업의 종업원들이 아주 현저하게 프로테스탄트적 성격을 지닌다는 것이다."

『프로테스탄티즘의 윤리와 자본주의 정신』은 독일의 사회학자 막스 베버(1864~1920)가 1904년과 1905년 발표한 두 편의 논문을 하나로 엮은 책입니다. "현대 문화과학과 사회과학의 가장 위대한 지적 유산 가운데 하나"로 평가받는 명저예요. 출간된 지 100년이 지난 지금까지도 지적 행위의 정점이자 꽃이라고 할 수 있는 '논쟁'과 '비판'을 전 세계 지식사회에 던져 주고 있는 책이죠.

베버는 근대의 '합리적인' 자본주의가 왜 유럽에서 싹을 틔우고, 성공적으로 안착했는지 궁금했어요. 베버가 말한 합리적인 자본주의는 오늘날 흔하게 목격할 수 있는 무제한적으로 영리를 추구하는 자본주

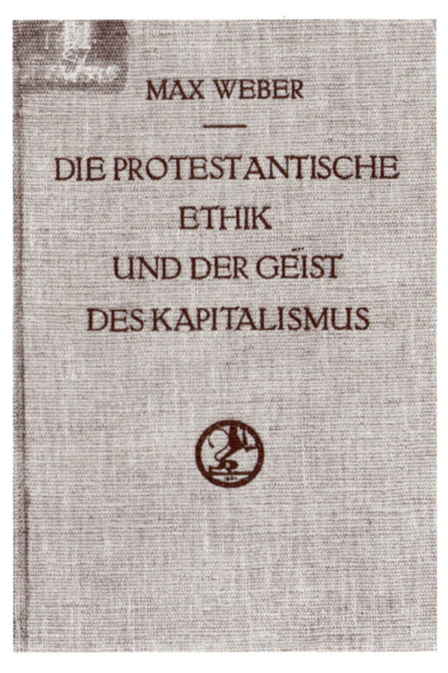

『프로테스탄티즘 윤리와 자본주의 정신』 초판 표지.

의가 아니에요. 자본주의를 떠받치고 있는 정신은 더더욱 그런 것이 아니었죠. 자본주의는 오히려 비합리적인 충동을 억제할 수 있는, 적어도 합리적인 조절을 할 수 있는 하나의 정신이에요. 그 근간에 '프로테스탄티즘'이 있다고 베버는 생각했어요. 합리적인 자본주의가 가톨릭이 널리 퍼진 지역보다 프로테스탄트, 즉 개신교도들이 많은 지역에서 더 큰 세력을 형성했기 때문이죠.

베버에 따르면 개신교도, 특히 영국과 프랑스, 네덜란드 등의 지역에 분포하면서 '칼뱅주의'에 영향을 받은 사람들은 세속적 활동인 직업 활동과 신이 자신들에게 주신 소명을 연관시켰어요. 칼뱅주의는 16세기 프랑스의 종교 개혁가 칼뱅에게서 발단한 기독교 사상으로 신의 절대적 권위를 강조해요. 특히 칼뱅주의의 핵심은 예정론인데, 세속적 일일 수밖에 없는 직업에 종교적 의미를 부여한 것이지요. 태초부터 신의 선택을 받은 사람이기 때문에 비록 세속적일망정 그 일에서도 신의 존재 의미와 가치를 드러내야 한다는 것이죠. 근면하고 성실한 생활을 통해 부를 축적하는 일은 당연히 도덕적인 일이 되고, 그렇게 신의 구원에 이른다고 그들은 생각했어요.

이 같은 삶은 개인의 차원을 넘어 기업의 자본 축적, 이어서 서구 사회의 가장 큰 특성 중 하나인 합리성을 자본주의에도 적용 가능하게 했어요. 소명을 갖고 성실하게 일하는 노동자뿐 아니라 아주 작은 돈도 허튼 일에 쓰지 않고 계획적으로 재투자해 사업의 규모를 키워 가는 자본가 역시 합리적인 자본주의를 구성하는 주요 요소이기 때문이에요.

오로지 이윤과 이익만을 추구하는 시대이다 보니 자본주의는 그 본래의 가치를 잃어버렸어요. 베버의 주장대로라면, 자본주의는 부(富)를 추구하되 절제할 줄 알고, 더더욱 개인이나 사회가 욕망에 휘둘리지 않도록 올바른 윤리를 제공하는 사회 시스템이라고 할 수 있어요. 그런 점에서 베버의 『프로테스탄티즘의 윤리와 자본주의 정신』은 브레이크 없이 질주하는 오늘날의 자본주의에 경종을 울려 주는 고전이라고 할 수 있어요.

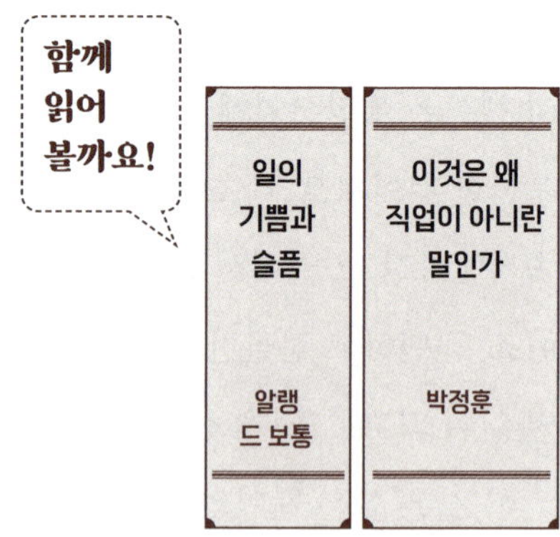

110

낙원을 잃어버린 인간,
『실낙원』

"인간이 한 처음에 하나님을 거역하고 죽음에 이르는 / 금단의 나무 열매를 맛봄으로써 / 죽음과 온갖 재앙이 세상에 들어왔고 / 에덴까지 잃게 되었으나, 이윽고 한 위대한 분이/ 우리를 회복시켜 복된 자리를 도로 얻게 하셨으니 / 노래하라 이것을, 하늘의 뮤즈여."

영국의 시인이자 정치가인 존 밀턴(1608~1674)이 1667년 발표한 『실낙원』은 "세계 문학사에 길이 남을 최고의 종교 서사시"라는 극찬을 받는 작품이에요. 모두 12편, 1만 565행으로 이뤄진 대서사시로 깊은 종교적 통찰과 문학적 상상력이 어우러진 작품으로 널리 사랑받고 있어요. 존 밀턴은 『실낙원』과 하나의 작품이라고도 할 수 있는 『복낙원』은 물론 『투사 삼손』 같은 작품을 써서 "셰익스피어 다음가는 대시인"이라는 평을 듣기도 했어요. 18세기 활동한 영국 작가 토머스 칼라일은 밀턴의 작품들이 "성당에서 울려 나오는 노래와 같다"고 칭송하기도 했어요.

신의 뜻을 거역해 지옥의 불바다에 갇혔던 반역 천사들의 무리가 낮과 밤을 아홉 번 지내고 일어나 다시금 신에게 대항할 것을 모의해요. 그들은 신에게 직접 대항하기보다는 자신들과 비슷하게 창조된 '인간'이라는 새로운 종족을 유혹해 앙갚음하기로 하고, 신이 창조한 에덴동산으로 찾아가요. 봄날의 환희와 희열이 가득 찬 아름다운 그곳에 "영광스러운 창조주의 모습"을 닮은 두 사람이 있었어요. 신이 직접 흙으로 빚어 만든 아담과 하와가 그들이죠. 바로 사탄이 유혹해 공격할 대상이었어요.

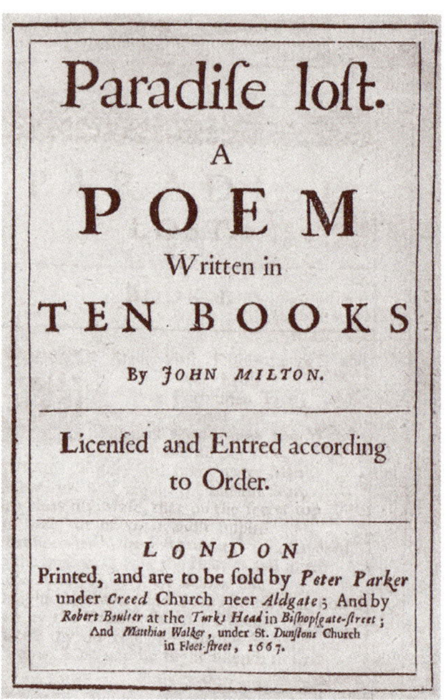

『실낙원』 초판 표지.

　치밀한 계획 끝에 사탄은 "들짐승 가운데에서 가장 교활한 뱀"을 발견하고는 그 몸속으로 들어가요. 뱀으로 위장한 사탄은 온갖 감언이설로 하와를 유혹해 "어두운 눈이 열리고 밝아져 신들같이 되고 신들처럼 선악을 알게 하는", 즉 선악을 알게 하는 나무의 열매를 먹게 해요. 아담 역시 하와의 간절한 청을 못 이겨 그 열매를 먹고 말아요. 두 사람은 열매를 먹자마자 자신들이 벌거벗었다는 사실을 알고 부끄러움을 느껴요. 사랑이 충만했던 아담과 하와는 이후 서로 비난하며 무익한 시간을 보내요. 두 사람을 유혹하는 데 성공한 사탄들은 온갖 사탄이 모이는 만마전(萬魔殿)에 모여 서로 축하하며 격려하기에 이르러요.

아담과 하와는 어떻게 됐을까요? 신의 명령을 받은 천사 미가엘은 에덴동산으로 내려가 두 사람을 그곳에서 추방해요. 아담과 하와는 자신들이 태어난 곳, 즉 낙원을 잃어버린 것이죠. 하지만 거기서 끝은 아니에요. 미가엘은 아담과 하와에게 인간을 구원할 신의 계획을 찬찬히 설명해 줘요. 미가엘에 따르면, 인간을 구원할 분은 "기름 부음 받은 참된 왕 메시아"예요. 그는 "이 세계의 광야를 거쳐 오랫동안 방황하던 인간을 영원한 안식의 낙원으로 인도"하는 역할을 맡았다고 해요.

『실낙원』은 비록 낙원은 잃어버렸지만 새로운 구원을 기다리는 인간의 미래를 담고 있어요. 『실낙원』과 이어지는 책인『복낙원』도 함께 읽어 두면 좋습니다.

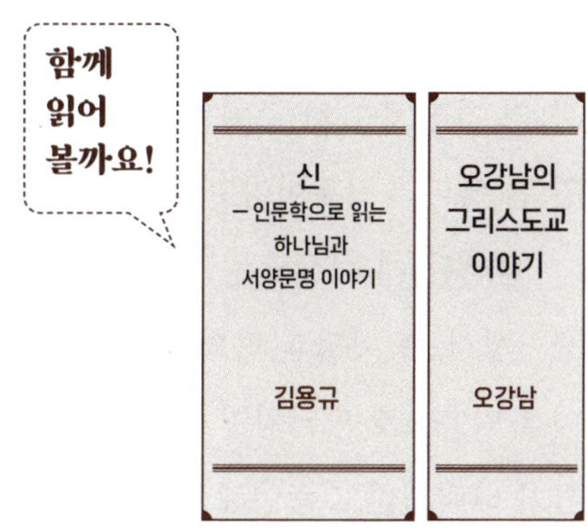

111

인류 구원의 대서사시, 『복낙원』

"내 일찍이 한 인간의 불순종으로 상실된 행복의 동산을 노래했으나, 이젠 한 인간의 확고한 순종으로 인류에게 회복된 낙원을 노래하리라."

존 밀턴은 1671년 『복낙원』을 발표했어요. 『실낙원』을 발표한 지 4년 만이었죠. 『실낙원』이 "한 인간의 불순종으로 인해 상실된 행복의 동산"을 노래했다면, 『복낙원』은 "한 인간의 확고한 순종에 의해 온 인류에게 회복된 낙원"을 노래한 작품이라고 할 수 있어요. 기독교의 경전인 『성서』의 가장 중요한 주제들을 다루고 있다는 점에서 『실낙원』과 『복낙원』은 하나의 작품이라고 할 수 있어요.

『실낙원』에 등장하는 '한 인간'은 최초의 인간으로 알려진 '아담'이에요. 『성서』는 아담과 하와가 신이 먹지 말라고 한 선악을 알게 하는 열매를 먹음으로써 낙원인 에덴동산에서 쫓겨나게 되고, 그 결과로 온 인류가 타락했다고 증언해요. 낙원을 벗어난 두 사람의 앞길은 희망이라곤 보이지 않는 망망대해 같았지만, 누군가 자신들을 구원해 줄 거라는 믿음만큼은 잃지 않았어요.

밀턴은 속편인 『복낙원』에서 아담과 하와로 대표되는 인류를 구원하는 주인공을 선보입니다. 바로 '예수 그리스도'예요. 밀턴은 인간을 유혹하는 악마와, 이를 물리치는 예수의 격렬한 논쟁을 4편 2070행으로 구성된 서사시로 보여 줍니다. 그 자신이 굳은 신앙의 소유자였던 밀턴은 『복낙원』 서두

『복낙원』에 수록된 영국 화가 윌리엄 블레이크의 삽화. 악마(오른쪽)가 예수에게 신의 아들인 것을 증명하려면 돌로 빵을 만들어 보라고 말하는 장면.

에서 예수가 잃어버린 낙원을 되찾아 줄 거라면서 다음과 같이 말해요. "하나님의 아들에게 승리와 기쁨 있을지라 …… 모든 지옥의 술책은 수포로 돌아가고 모든 악마의 음모는 허무해지리라."

하지만 악마도 만만치 않아요. 악마는 "그대, 어떤 불운 때문에 이런 곳까지 오게 되었소?"라고 예수에게 질문해요. 신이 어떻게 작디작은 인간의 몸을 가지고 세상에 태어났느냐는 비아냥거림이에요. 덧붙여 "단신으로 이곳에 들어왔다가 굶주림과 목마름에 시달려 시체로 남지

않고 돌아간 자 없소"라고 조롱하죠. 신은 죽지 않지만, 인간의 몸으로 태어난 이상 죽을 수밖에 없다는 것을 상기시킨 것이죠. 그 외에도 악마는 수많은 말로 예수를 공격하지만, 밀턴이 "한 위대한 분"이라고 지칭한 예수 그리스도는 끝내 모든 공격과 유혹을 이겨 내고 '승리의 찬가'를 부릅니다.

"그대의 영광된 사업을 이제 착수하소서. 그리고 인류를 구원하소서."

『복낙원』은 기독교의 구원 이야기를 다루고 있지만, 꼭 종교라는 틀에 갇혀 작품을 해석할 필요는 없어요. 세상에는 수많은 곤경과 난관이 있을 수밖에 없고, 그것을 극복하는 과정은 이 세상을 살아가는 사람이라면 누구나 겪는 일이기 때문이죠. 자신의 목표에 대한 확신과 미래에 대한 희망을 잃지 않는다면, 어떤 고난도 이겨 낼 수 있음을 『복낙원』은 우리에게 일깨워 줍니다.

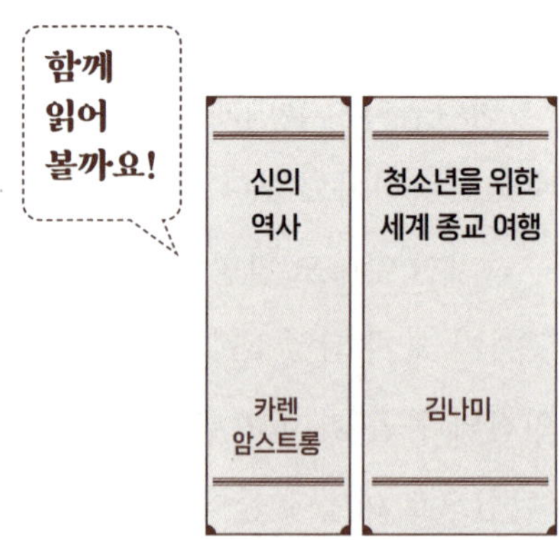

112

세상을 따뜻하게 하는 온정과 친절, 『크리스마스 캐럴』

"내 마음 같아서는 그냥, 메리 크리스마스라고 떠들고 다니는 놈들은 푸딩과 함께 푹 푹 끓인 다음 호랑가시나무 가지로 가슴을 푹 찔러 파묻어 버렸으면 좋겠다. 그래도 싸지!"

세상 사람 모두가 좋아하는 크리스마스인데, 이런 험악한 말을 늘어 놓는 사람은 도대체 누구일까요? 이 사람은 바로 『크리스마스 캐럴』에 등장하는 구두쇠 에비니저 스크루지예요. 영국의 작가 찰스 디킨스 (1812~1870)가 1843년 출간한 『크리스마스 캐럴』은 연말이 되면 연극과 뮤지컬 등 다양한 형태로 각색되어 무대에 오르고 있어요. '가난한 이웃과 사랑과 온정을 나누어야 한다'는 크리스마스의 의미와 정신을 이 소설처럼 잘 보여 주는 작품은 아마 없을 거예요. 『크리스마스 캐럴』 출간 이후에도 찰스 디킨스는 사람들에게 '친절과 관용을 베푸는' 크리스마스의 의미를 알리고자 여러 단편 소설을 출간했어요.

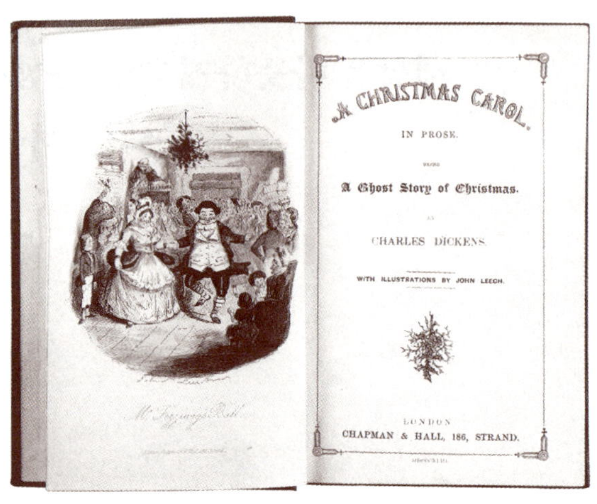

『크리스마스 캐럴』 초판 속표지.

동업을 하던 제이컵 말리가 세상을 떠난 뒤 스크루지는 혼자서 상점을 운영하고 있었어요. 스크루지는 지독한 구두쇠였는데, 그 어떤 사람에게도 온정을 베푸는 일이 없었어요. 모두가 기뻐하는 크리스마스는 그가 끔찍하게 싫어하는 날이었죠. 그렇게 세상과 단절된 채 살아가던 스크루지 앞에, 그것도 크리스마스이브 날 밤에 친구인 말리의 유령이 나타났어요. 온몸에 쇠사슬을 감고 있는, 눈 뜨고 보기가 처참한 몰골을 하고 말이죠. 말리는 스크루지에게 곧 크리스마스 유령이 찾아올 거라면서 지금이라도 주변 사람들에게 베푸는 삶을 살라는 충고를 하고 곧 떠나요.

시계가 자정을 가리키자 과거의 크리스마스 유령이 찾아오고, 그는 스크루지에게 과거의 모습을 보여 줘요. 과거로 돌아간 스크루지는 놀라운 광경을 목격해요. 누군가를 도우려 했던 어린 시절의 스크루지, 가난했지만 마음만은 순수했던 청년 스크루지를 만났기 때문이죠. 이윽고 나타난 현재의 크리스마스 유령은 세상 곳곳에서 흥겹고 즐거운 크리스마스를 보내는 사람들의 모습을 보여 줘요. 심지어 스크루지의 상점에서 형편없는 급료를 받고 일하는 점원 밥은 가족들과의 소박한 식사 자리에서 "이 진수성찬을 가능하게 해 준 우리 스크루지 사장님을 위해 건배"라고 제안해요. 현재에 이어 나타난 미래의 크리스마스 유령이 보여 준 모습은 살벌함 그 자체였어요. 스크루지 자신이 죽었는데, 누구 한 사람 슬퍼하지 않았기 때문이죠. 오히려 "좀 더 무거운 천벌이 내려졌어야 하는 건데"라며 욕을 내뱉는 사람들이 더 많았지요.

눈을 떠 보니 꿈이었어요. 이후 스크루지는 달라졌어요. 밥에게는 만찬을 즐길 수 있는 칠면조를, 문전박대했던 자선 사업가에게는 큰돈을 보내기도 했지요.

『크리스마스 캐럴』이 우리에게 던지는 메시지는 무엇일까요? 우리는 홀로 존재하지 않고 함께 존재한다는 사실, 온정과 친절이 우리가 사는 세상을 따뜻하게 한다는 사실을 『크리스마스 캐럴』이 잘 보여 주고 있답니다.

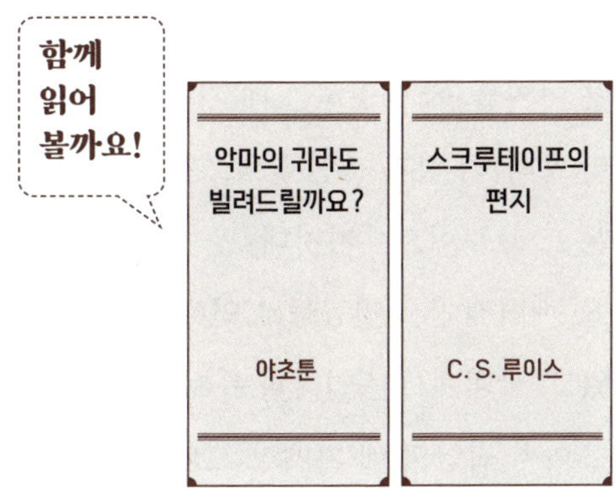

개성 넘치는 주인공들의 하모니, 『작은 아씨들』

"늙어서 관절이 굳을 때까지, 목발을 짚고 다녀야 하는 날까지 계속 뛸 거야. 나를 철들게 하려고 재촉하지는 마, 언니. 사람이 하루아침에 달라질 수는 없잖아. 나는 최대한 오래 아이로 살고 싶어."

『작은 아씨들』은 미국 작가 루이자 메이 올콧(1832~1888)이 1868년 출간한 자전적 소설입니다. 150년이 넘는 세월 동안 50개 이상의 언어로 번역되면서 전 세계인에게 사랑받는 작품이에요. 후대의 작가들이 『작은 아씨들』에 등장하는 네 자매의 개성 강한 캐릭터를 사랑했어요. 『해리 포터』의 작가 조앤 롤링, 『제2의 성』으로 유명한 작가이자 철학자 시몬 드 보부아르, 『저지대』 등을 쓴 줌파 라히리 등이 특히 아꼈다고 해요. 매력적인 주인공들로 인해 『작은 아씨들』은 수차례 영화로 제작되었고, 국내에서는 연극과 뮤지컬로 각색되어 무대에 오르기도 했어요.

마치 집안의 네 자매 메그와 조, 베스, 에이미는 종종 다투기도 하지

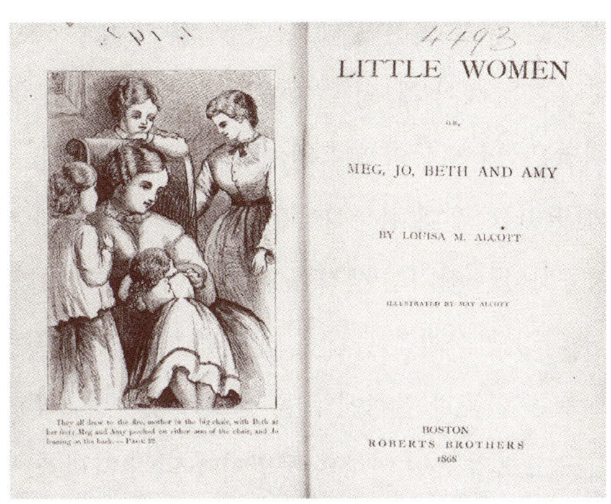

『작은 아씨들』 속표지.

만 의좋은 남매예요. 꿈은 저마다 달랐는데, 메그는 다소 허영심이 있지만 첫째로서의 의무감과 여성스러움이 돋보였어요. 『작은 아씨들』의 실질적인 주인공이라고 할 수 있는 둘째 조는 작가가 꿈인 모험심 많은 숙녀였어요. 몸이 약한 셋째 베스는 피아노를 사랑했는데, 수줍음이 많았어요. 넷째 에이미는 "화가가 못 될 바엔 아무것도 안 하겠다"고 외치는 당찬 소녀였죠. 네 자매는 아버지 마치 목사가 남북전쟁 때문에 고생하는 젊은이들을 위로하기 위해 전선에 나가 있는 동안 때론 아웅다웅하며, 때로는 서로를 보듬으며 가난한 시절을 잘 견뎌 냈어요.

만화나 동화에서는 천진난만한 꿈을 꾸는 네 자매의 모습이 부각되지만, 소설에는 그들이 왜 자신만의 성향을 갖게 되었는지가 잘 드러나요. 이를테면 첫째 메그는 현모양처가 꿈이지만, 그 이면에는 19세기 중반의 사회상이 반영되어 있어요. 메그가 결혼은 안중에도 없는 조에게 말한 내용이에요. "돈을 벌려면 남자들은 일을 해야 하고 여자들은 돈 많은 남자와 결혼을 해야 해. 정말 지독하게 불공평한 세상이야." 이에 대한 조의 대답은 "난 세상의 모욕과 야유를 즐기면서 내 뜻대로 신나게 살 거니까"였어요. 후대 평론가들은 조의 이 같은 말과 행동에 여자와 남자가 평등하다는 작가의 생각이 담겨 있다고 평가하기도 해요.

네 자매 중 가장 안타까운 사람은 셋째 베스예요. 메그는 결혼해 가정을 꾸리고, 조는 신문과 잡지에 글을 발표하며 자신의 꿈을 좇아가는 사이, 에이미도 고모의 유럽 여행의 동반자가 되어 떠나죠. 병약했던 베스는 끝내 숨을 거두는데, 마지막 순간까지 가족들에게 감사와 축복의 말을 건네요. 남북전쟁 당시 자원입대해 간호병으로 근무하며 안타까운 죽음을 숱하게 경험한 루이자 메이 올콧은 베스라는 인물을 창작함으로써 힘든 시절을 이겨 내고자 했어요.

전 세계인의 사랑을 받는 『작은 아씨들』은 기독교의 근간인 사랑과 근면함 위에 다양한 주인공들의 개성 있는 삶을 보여 줌으로써, 우리에게 어떤 삶을 살아야 할지 생각해 보게 하는 아름다운 소설이에요.

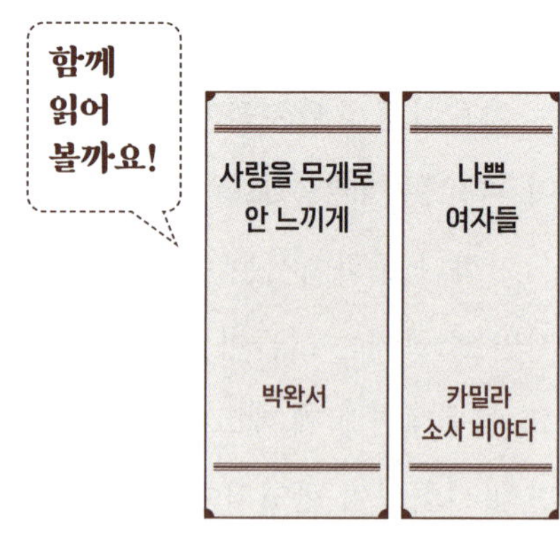

114

나는 자유다, 『그리스인 조르바』

"두목, 당신의 그 많은 책 쌓아 놓고 불이나 싸질러 버리시구려. 그러면 알아요? 혹 인간이 될지?"

"호메로스 이후 그리스가 낳은 가장 뛰어난 작가"로 평가받는 니코스 카잔차키스(1883~1957)는 1942년 발표한 『그리스인 조르바』로 세계적 명성을 얻었어요. 이 작품으로 여러 차례 노벨 문학상 후보에도 올랐지만 수상은 하지 못했어요. 당시 문학계에서는 "카잔차키스가 그리스인이라는 것이 비극이다. 러시아어로 작품을 썼다면 톨스토이, 도스토옙스키와 어깨를 나란히 할 수 있었을 것"이라는 말이 나왔다고 해요. 『그리스인 조르바』는 "자유로운 인간의 원형을 보여 주는 소설"이라는 평가를 받고 있어요. 자유로운 인간이란, 유럽인들이 오랫동안 믿어 왔던 기독교라는 종교의 틀을 훨씬 뛰어넘는, 인간 본연의 자유를 누리는 사람을 말해요.

『그리스인 조르바』을
원작으로 한 영화의
한 장면.

　주인공 '나'는 세상을 바꾸고 싶은 열망은 가득하지만 행동으로 옮기지는 못하는 인물이에요. 그는 광산 사업을 하려고 크레타섬으로 가는 배를 기다리다가 키가 큰 60대 노인 알렉시스 조르바를 만났어요. 조르바는 말하고 행동하는 데 거리낌이 하나도 없어 보였어요. 마치 온 세상을 돌아다니는 뱃사람처럼 호방한 인물이었죠. 반면 별명이 '책벌레'인 주인공은 책으로 세상을 배운 사람이에요. 그는 이렇게 자신과 매우 다른 조르바와 크레타 해변에서 1년을 함께 생활하면서 차츰 자유로운 삶이 무엇인지 깨달아 갑니다.

　조르바의 삶은 남을 생각하지 않고 제멋대로 행동하며 또 미친 사람 같아 보일 때도 있어요. 예를 들면 조르바는 질그릇을 만들려고 물레를 돌리는데 왼손 새끼손가락이 자꾸 걸리적거린다면서 도끼로 내리쳐 잘라 버리죠. 또 돈과 권력만 탐하는 수도원에 불을 질러 버리라고 수도사에게 말하기도 해요. 이런 조르바의 행동을 사회 통념의 잣대로 보면 그는 분명 바람직하지 않은 인물이죠.

하지만 그의 말과 행동을 찬찬히 따라가다 보면 과거나 미래가 아닌, 현재의 삶에 충실하라는 진리와도 같은 말을 하고 있어요. 그가 주인공에게 '책을 불태우라'고 했는데, 얼핏 보면 인류의 지혜가 집약된 책을 없애라는 게 이해가 되지 않아요. 하지만 조르바는 과거 다른 사람들이 써 놓은 책 내용만을 따르다 보면, 자기 자신만의 진정한 자유를 누리지 못한다는 걸 강조한 거예요.

그리스 크레타섬에서 태어난 니코스 카잔차키스는 "한 장소에 머물러 있으면 나는 그만 죽을 것 같다"고 했을 정도로 전 세계를 자유롭게 떠돌아다녔어요. 유럽 대부분의 나라와 일본, 중국 등 아시아 여러 나라까지 여행했어요. 다시 고향 크레타섬으로 돌아와 요르기오스 조르바스란 사람과 함께 사업을 했는데, 조르바스가 바로 소설 속 조르바의 모델이에요.

카잔차키스의 묘비에는 이런 글귀가 쓰여 있다고 해요.

"나는 아무것도 원하는 것이 없다. 나는 어떤 것도 두렵지 않다. 그래서 나는 자유다."

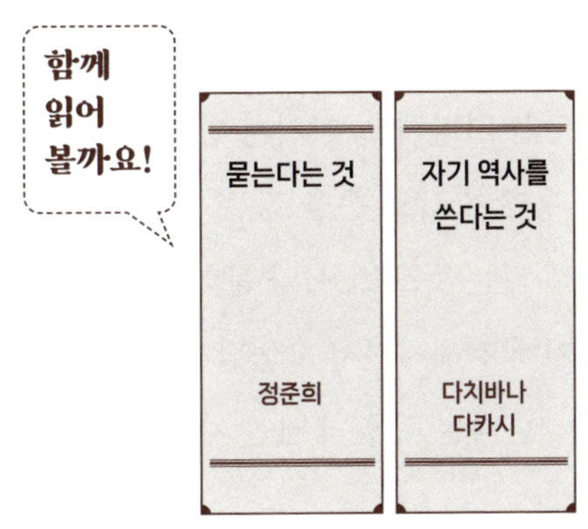

115

사람이 만든 최고의 문학,
『신곡』

"도시들이 시간에 따라 소멸하듯이 가문이 끊어진다는 것은 이상한 것도 아니고 이해하기 어려운 일도 아니리라. 너희의 모든 것은, 너희들 자신이 그러하듯, 죽음을 맞는다. …… 인생은 짧다."

이탈리아 시인 단테 알리기에리(1265~1321)의 대표작 『신곡』은 지난 700년 동안 널리 회자된 작품이에요. "인간의 상상력이 빚어낸 최고의 걸작"이라는 평가와 함께요. 흔히 『신곡』이라고 부르지만, 본래 제목은 『단테 알리기에리의 코메디아』예요. '코메디아'는 희극(喜劇), 즉 해피엔딩을 의미해요. 여기서 말하는 해피엔딩이란 단테가 말한 것처럼 "하늘과 땅이 서로 손을 잡는" 것을 의미해요. 『신곡』은 '신의(혹은 거룩한) 노래'라는 뜻으로, 서양 문학을 우리보다 먼저 접한 일본을 통해 일제강점기에 전해지면서 오늘날까지 그렇게 부르고 있어요.

단테는 사후 세계인 지옥과 연옥, 천국을 여행하면서 역사적 인물들

단테가 지옥의 문 옆에서 『신곡』을 들고 있는 모습을 그린 그림.

을 만나 이야기를 나눠요. 주로 기독교 신앙이나 윤리 등에 대해 사색하는 내용을 담고 있죠. 단테는 1304년쯤 작품을 구상하기 시작해 세상을 뜨기 직전 해인 1320년까지 집필했어요. 『신곡』은 「지옥」, 「연옥」, 「천국」 세 편으로 나뉘는데, 각각 33곡으로 구성되어 있어요. 여기에 「서곡」까지 합쳐서 모두 100편, 1만 4233행으로 이뤄진 서사시예요.

어두운 밤 숲에서 길을 잃은 단테 앞에 그가 존경하는 고대 로마의 시인 베르길리우스가 나타나요. 그는 해가 뜨는 언덕 위가 천국인데, 거기로 가려면 지옥과 연옥을 지나야 한다면서 함께 순례에 나서자고 권해요. 9단계로 된 지옥은 무시무시했어요. 깔때기 모양으로 땅속에 박힌 지옥 입구에는 구더기에게 시달리는 비겁한 망령이 즐비했고, 지옥 깊은 곳에는 얼음에 갇혀 꼼짝달싹 못 하는 망령들이 있었어요.

지옥 다음으로 도착한 곳은 연옥이에요. 가톨릭 교리에 나오는 '연옥'
은 천국으로 가기 위해 살아 있는 동안 지은 죄를 씻고 잠시 머무는 공
간이에요. 연옥은 둥근 피라미드 형태인데, 아래에서 위쪽으로 교만·
질투·분노·나태·인색·탐식·색욕의 죄를 지은 사람들이 차례로 벌을
받고 있었어요. 영원한 형벌을 받아야 하는 지옥과 달리 연옥의 형벌은
일시적이에요. 생전에 교만했던 죄인은 무거운 바위를 지고, 게을렀던
죄인은 쉬지 않고 빠르게 달려야 하죠.

천국에 간 단테는 그곳이 인간의 이성으로는 도저히 이해할 수 없는
신의 영역이라는 걸 깨달아요. 그러곤 참된 구원의 길에 도달하게 되지
요. 『신곡』은 특정 종교 교리를 담고 있지만, 그 틀에 갇혀 있는 작품은
아니에요. 선과 악, 죄와 벌을 포함한 인간 삶의 다양하고 보편적인 모
습을 담고 있는 작품이지요.

독일의 문호 괴테는 『신곡』을 "사람 손으로 만든 최고의 것"이라고 극
찬했고, 아르헨티나 작가 호르헤 루이스 보르헤스는 "모든 문학의 결정"
이라고 찬사를 보내기도 했답니다.

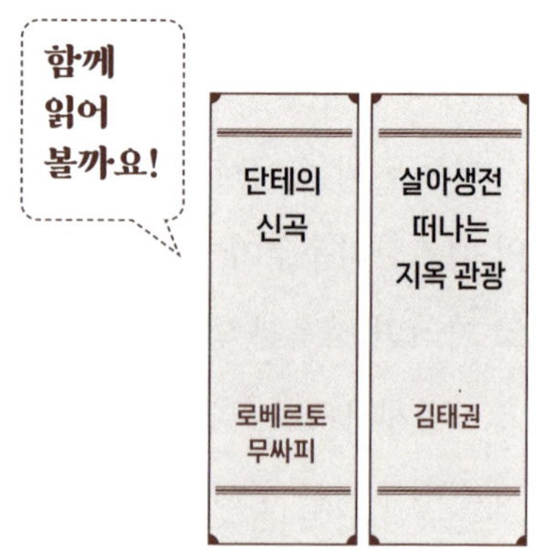

116

우리 시대의 악령은 무엇인가, 『악령』

"현재의 인간은 아직 진정한 인간이 아닙니다. 행복하고 당당한 새로운 인간이 나타날 것입니다. 살아 있건, 살아 있지 않건 상관없는 인간, 그들이 새로운 인간이 될 것입니다. 고통과 공포를 이겨 내는 인간, 그가 스스로 신이 될 것입니다."

러시아를 대표하는 작가 표도르 도스토옙스키(1821~1881)가 1872년 발표한 『악령』은 19세기 중후반 러시아의 실상을 사실적으로 보여 주는 작품이에요. 『악령』은 출간 직후부터 연극 무대에서 올랐는데, 한 평론가는 "러시아 영혼의 운명을 묘사하는 러시아의 비극"이라고 평가했어요. 도스토옙스키는《러시아 통보》라는 잡지에 1871년 초부터 1872년 말까지 이 작품을 연재했는데, 1869년 모스크바에서 실제로 일어난 '네차예프 사건'에서 모티브를 얻었어요. 대학생 네차예프가 동료들과 비밀 혁명 조직을 만들었는데, 곧바로 한 동료가 조직을 탈퇴하려고 했어요. 그러자 네차예프 등은 그를 살해하고 학교 연못에 던져 버렸어요.

'네차예프 사건'의 주인공 세르게이 네차예프.

도스토옙스키는 네차예프 사건이 병든 러시아의 실상을 반영한다고 생각했어요. 19세기 중후반, 러시아는 허무주의와 무신론(無神論)이 팽배했어요. 지방 소도시 지주의 아들 니콜라이 스타브로긴은 큰 도시에 나가 생활하다가 20대 청년이 되어 집으로 돌아와요. 미남인 데다 우아한 태도 때문에 사람들은 그에게 관심을 가졌지만, 그는 다른 사람의 귀를 무는 등 이상 행동을 시작해요. 요양을 위해 다시 고향을 떠나고, 4년 후 온전한 모습으로 돌아오죠. 하지만 그는 여전히 가면을 쓰고 있었어요. 사람들은 스타브로긴을 "공포를 모르는 사람" 혹은 어떤 한계나 두려움도 느끼지 않는 통에 "무한한 능력"을 지닌 인물로 생각해요.

그런 스타브로긴을 우상처럼 숭배한 표트르 베르호벤스키는 그를 중심으로 혁명을 일으키려고 마음먹어요. 표트르는 동네 불량배들 다섯을 불러 모아 '5인조'라는 비밀 혁명 조직을 만들고, 무신론적 혁명 사상을 반대하는 샤토프를 죽이도록 지시해요. 5인조가 서로 배신하지 못하도록 공범으로 만들어 비열한 짓을 저지른 것이죠. 심지어 인신사상(人神思想)에 심취해 자살로 자신이 신임을 증명하려는 키릴로프의 유서에 이 모든 일의 주모자가 자신이라는 내용을 남기도록 하고, 자살 날짜까지 맞추는 파렴치한 짓도 벌여요. 혁명 조직의 행동 대장으로 모든 일을 실행한 표트르나, 표트르를 경멸하면서도 암묵적으로 그들의 음모와 범죄를 묵인한 스타브로긴이나 모두 악령(惡靈)이라고밖에 할 수 없는 인물들인 셈이죠.

도스토옙스키가 『악령』을 통해 하고 싶었던 이야기는 무엇일까요? 이 모든 일은 절대자인 신을 떠난 러시아의 상황과 무관하지 않다고 도스토옙스키는 생각했어요. 아울러 혼란스러운 세기말 현상, 즉 허무주의가 사람들로 하여금 이성을 잃고 방종하도록 했다고 생각해요.

『악령』은 복잡한 사건들이 얽히고설켜 있고, 인물들의 관계 역시 굉장히 복잡해요. 그럼에도 오늘 우리 시대를 떠도는 '악령'은 무엇인지 생각해 보는 데 많은 시사점을 주는 작품이라고 할 수 있어요.

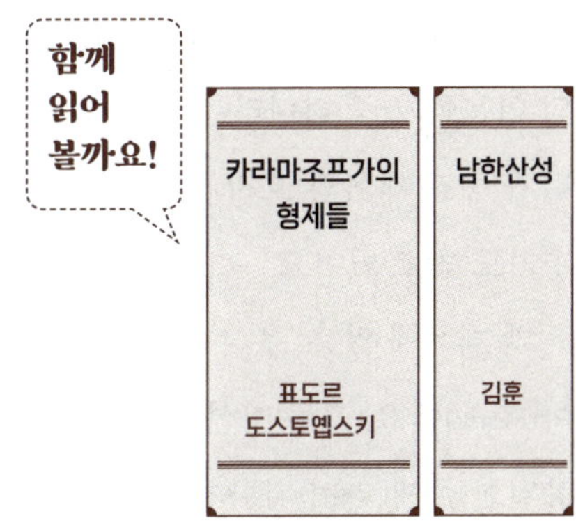

117

어리석은 신의 지혜로움, 『우신예찬』

"오늘날 군주들은 나 우신(愚神)의 도움을 받아 모든 근심 걱정을 신들에게 맡겨 두고 염려와 고민을 치워 둔 채, 영혼에 불쾌감이 들지 않도록 듣기 좋은 말만을 하는 자들에게 귀를 기울입니다."

네덜란드의 인문학자 데시데리위스 에라스뮈스(1466?~1536)가 1511년 출간한 『우신예찬』은 15세기 말~16세기 초 중세 교회의 부패와 어리석은 세상을 질타한, 풍자문학의 대표작이에요. 르네상스 시기 최고의 인문학자 중 하나라는 평가를 받는 에라스뮈스는 1517년 마르틴 루터가 종교 개혁의 효시가 되는 「95조의 반박문」을 쓰도록 이끌었다는 평가도 받고 있어요.

책 제목에 있는 '우신'은 말 그대로 '어리석은 신'입니다. 이름은 모리아(Moria)예요. 그는 자신이 "신들과 인간들을 즐겁게 하는 재주를 가진 유일한 존재"라며 자화자찬으로 연설을 시작해요. 우신의 말에 따르면

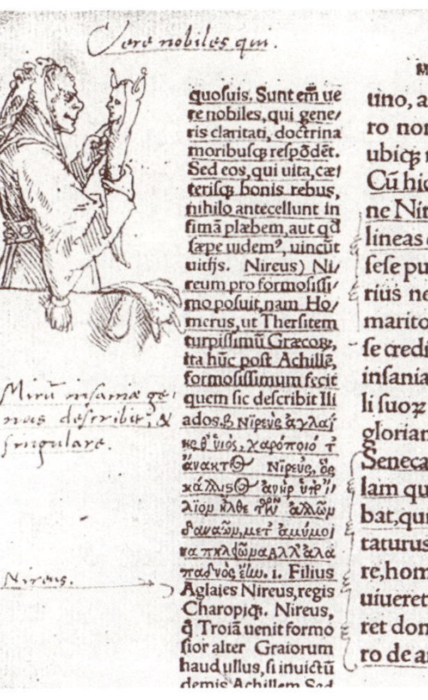

『우신예찬』 초판에 있는 모리아 그림.

현자(賢者), 즉 지혜롭다고 자처하는 사람들은 지나치게 심각하고 진지한 사람입니다. 한마디로 재미없는 사람이에요. 재미와 즐거움이 없으면 사람들은 마음에 더 깊은 고통을 받는데, 지혜로운 자들이 그 주범이라는 거죠. 결국 지혜롭다고 자처하는 이들이 실제로는 어리석은 존재라는 게 우신의 주장이에요. 우신은 그들이 "흰 것을 검다 하고, 찬 것을 뜨겁다 하는 거짓말쟁이"라고 욕해요.

우신은 진정한 믿음이나 신앙을 가졌다고 하는 사람들을 비판했어요. 진정한 믿음을 갖고 있다고 주장하는 사람들이 오히려 어리석음과 광기에 휩싸여 있다는 것이죠. 당시 이런 사람이 많았어요. 이들은 자신을 죄에서 구원한 예수 그리스도에 대한 심각한 비방은 대수롭지 않게 여기면서 교황이나 군주에 대한 아주 사소한 농담에는 발끈했어요. 자기 이익과 연관된 일이면 더욱 그랬죠. 우신은 평범한 사람들은 물론 성직자까지 세속적 욕심에 찌들었다며 세상을 조롱해요. 태어나면서부터 울지 않고 해맑게 웃었다는 우신이 당당하게 세상을 조롱하는 이유가 있어요. 우신을 돕는 하인들의 이름이 자아도취, 아부, 태만, 환락, 경솔, 음란, 호색입니다. 머슴 이름은 광란 축제, 인사불성이고요. 우신은 이들을 통해 군주와 성직자는 물론 세상만사까지 마음대로 조종할 수 있어요. 스스로를 어리석은 신이라고 내세우면서 세상의 부조리와 인간 세계를 웃음으로 조롱한 거죠.

에라스뮈스는 『우신예찬』에서 진리를 탐구해야 하는 학문이 서로 자기만 잘났다고 주장하는 당시 세태를 우신의 입을 통해 풍자해요. 사랑의 계명을 실천할 생각은 하지 않고 자기 교파와 전통만을 고집하는 교회와 성직자도 모진 풍자를 피할 수 없었죠. 그래서 『우신예찬』은 출간되자마자 학자와 성직자 들의 분노를 샀고, 금서 목록에 오르기도 했어요.

풍자와 해학으로 당대 현실을 빠짐없이 고발한 『우신예찬』을 500년도 더 된 옛날이야기라고 치부할 수는 없어요. 21세기를 사는 우리 모두도 우신이 비판한 행동을 그대로 답습하고 있을지 모릅니다.

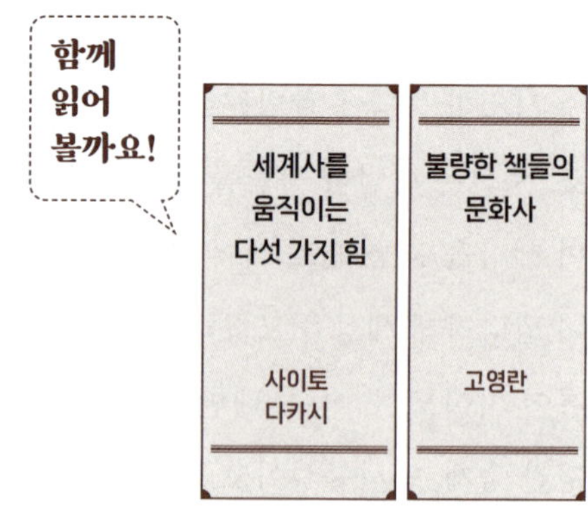

인간은 생각하는 갈대,
『팡세』

"나무는 자신의 비참함을 알지 못한다. 자신이 비참하다는 것을 아는 것은 비참한 일이지만, 인간이 비참하다는 사실을 아는 것은 위대하다."

혹시 "인간은 생각하는 갈대"라는 말 들어 보셨나요? 17세기 프랑스의 과학자이자 수학자 그리고 사상가였던 블레즈 파스칼(1623~1662)이 『팡세』에서 한 말이에요. 프랑스 사상사에 매우 큰 영향을 준 책 중 하나로 원래 제목은 『종교 및 기타 주제에 대한 파스칼씨의 팡세』예요. 당대부터 사람들이 이를 줄여서 『팡세』라고 부르면서 지금까지 이어져 왔어요. '팡세'는 프랑스어로 사상, 생각, 회상, 금언, 혹은 사색집을 뜻하는 말이에요. 파스칼이 1662년 세상을 떠난 후 가족이 그의 지혜와 사색이 담긴 메모를 발견했는데, 이것을 한 권으로 묶어 1670년 출간한 책이 『팡세』예요.

『팡세』에는 짧은 글(단장·斷章)이 모두 924편 실려 있어요. 핵심 주제

는 기독교를 옹호하고 사람들
을 교회로 이끄는 것입니다. 르
네상스 시대 이후 기독교의 위
상은 서서히 추락했는데, 파스
칼은 인간의 존재 의미와 가치
를 설명하면서 오히려 모든 사
람이 신앙으로 돌아오기를 원
했어요. 『팡세』의 내용 대부분
은 자신이 신을 인정하게 된 계
기와 그를 둘러싼 고민 과정을
정리한 것이에요. 하지만 르네
상스 시대 인간 이성에 대한 자
각이 커진 터라 『팡세』는 출간
초기 크게 주목받지 못했어요.

블레즈 파스칼 초상화.

홍미로운 건 파스칼이 인간으로서 자아와 이성을 내내 강조한다는 사
실이에요. "인간은 생각하는 갈대"라는 말에서도 볼 수 있듯, 파스칼이
보기에 인간이 인간다울 수 있는 이유는 바로 '사유', 즉 생각하기 때문
이에요.

"우리의 모든 존엄은 사고(思考)에 있다. 거기서 우리를 드높여야 한다."

　파스칼은 인간은 스스로 생각하기 때문에 위대하지만, 그럼에도 자
꾸 흔들리는 연약한 존재이기 때문에 신이 필요하다고 생각했어요. 이

처럼 인간 자아와 이성을 강조한 것은 사실 파스칼의 수준 높은 전략이라고 할 수 있어요. 이성을 근간으로 한 계몽사상이 발달한 시대이니만큼, 그 이성을 강조하면서 동시에 기독교 교리가 이성에 기반하고 있다고 주장한 것이죠. 『팡세』는 후대로 갈수록 인간 이성과 자아가 얼마나 가치 있는 것인지 밝혀낸 교과서의 하나로 자리매김했어요. 인간 이성은 물론 보편적 심리까지 적확하게 파악하고 있었기 때문이죠.

예나 지금이나 인간은 인간 정신을 '매우 위대한 것'이라고 생각해요. 그래서 인간 정신이 업신여김을 당하거나 존중받지 못한다고 여기면 분노하죠. 인간 정신이 매우 위대하다는 사실을 '존중'하는 것이야말로 인간의 모든 행복의 전제 조건이라고 파스칼은 주장해요. 인간 이성의 가치는 신이 보증하고 있기 때문이에요.

『팡세』는 그 뜻을 한 번에 파악하면서 읽기가 상당히 어려운 책이에요. 그럼에도 여전히 많은 사람에게 인정받는 이유는 인간의 존재 의의, 즉 스스로 존엄성을 지키기 위해 올바른 '사유'를 할 수 있는 우리 모습을 그리고 있기 때문이에요.

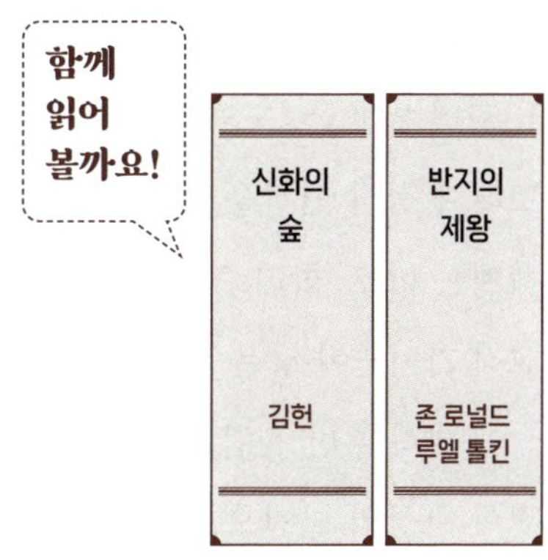

119

자유롭고 창조적인 인간의 탄생, 『도덕의 계보학』

"그리하여 인간이라는 유형이 다다를 수 있는 최고의 강력함과 화려함에 결코 이르지 못한다면 바로 도덕에 그 책임을 물어야 하지 않을까?"

철학의 '철' 자도 모른다고 하는 사람도 '니체'라는 이름 정도는 한번쯤 들어서 알고 있을 거예요. 그 유명한 독일의 철학자 프리드리히 니체(1844~1900)예요. "신은 죽었다"라는 유명한 말을 남긴 그는, 후대 철학자들은 물론 근대 사회와 문화에도 적잖은 영향을 주었어요. 니체는 1887년 발표한 『도덕의 계보학』에서 서구 사회를 오랫동안 지배했던, 그러나 정작 인간을 소외시켜 왔던 두 가지 체계를 비판해요. 두 가지 체계는 바로 '합리주의'와 '기독교적 가치관'이에요. 특히 니체는 기독교적 가치관이 낳은 '도덕'을 혹독하게 비판해요.

19세기 후반 유럽은, 이전 세기에 있었던 산업혁명의 영향과 다양한 철학 사상의 발전으로 대전환기를 맞이했어요. 하지만 니체는 여전히

니체의 『도덕의 계보학』 표지와
노르웨이 표현주의 화가 에드바르 뭉크가 그린 니체 초상화.

종교에 기반한 '도덕'이 사회를 억압한다고 생각했어요. 『도덕의 계보학』의 첫 문장은 "우리는 우리 자신을 잘 알지 못한다"예요. 인간의 자기 이해는 인간의 가치관과 도덕에 대한 이해에서 시작해야 하는데, 두 가지 모두 기독교적 권위 아래 갇혀 있다는 것이 니체의 생각이었어요. 니체에 따르면 원래 서구 사회는 '강한 생명력과 용기를 지닌 고대 전사'들의 가치관이 우대받는 사회였어요. 하지만 기독교의 영향력이 강력해지면서 교리에 갇힌 사제·성직자들의 삶이 표준이 되었죠. 사제들은 종교 교리를 따라 매사를 선과 악으로 구분하면서 세상의 모든 강력한 힘을 증오했어요. 그런 사제가 가르치는 도덕은 당연히 무력할 수밖에 없었는데, 니체는 그것을 '노예 도덕'이라고 불렀어요.

누군가에게 종속된 노예는 스스로 자기 가치와 존재를 인식하지 못해요. 자신을 인식하지 못하면 자신이 아닌 다른 사람을 의심할 수밖에 없어요. 그렇게 생긴 수많은 원한들은 결국 가치 있는 것들이 힘을 쓰지 못하도록 만들죠. 그럼 어떻게 해야 할까요? 니체는 인간이 "건강한 본능과 역동적인 힘을 가진 강력한 동물로 회복되어야 한다"고 강조해요. 동물이라고 해서 거부감이 들 수도 있지만, 니체가 말한 동물은 '위버멘쉬', 즉 "주인으로서 도덕을 갖고 자기 자신을 극복"하는 존재예요. '초인'으로 종종 번역되는 위버멘쉬는 남의 의견을 무조건 따르지 않고 스스로에게 가치를 부여하는 자유롭고 창조적인 인간을 뜻해요.

니체는 기독교를 무작정 배척하지 않았어요. 그는 삶을 살아 내는 데 꼭 필요한 원리가 아닌, 형이상적인 기독교 도덕을 극복해야 한다고 주장했어요. 쉽게 말하면 말로만 모든 것을 할 수 있다는 생각을 버려야 한다는 거예요. 그래야 창조하는 사람, 스스로 극복해 가는 인간이 될 수 있기 때문이죠. 이런 일들은 고통이 따를 수밖에 없어요. 그 고통마저 과감하게 맞서야 진정한 나 자신이 될 수 있다는 것이죠.

『도덕의 계보학』은 다소 어려운 책이지만, 서구 사회를 지배했던 사상의 한계와 새로운 길을 모색하고 있어 한 번쯤 읽어 볼 필요가 있어요.

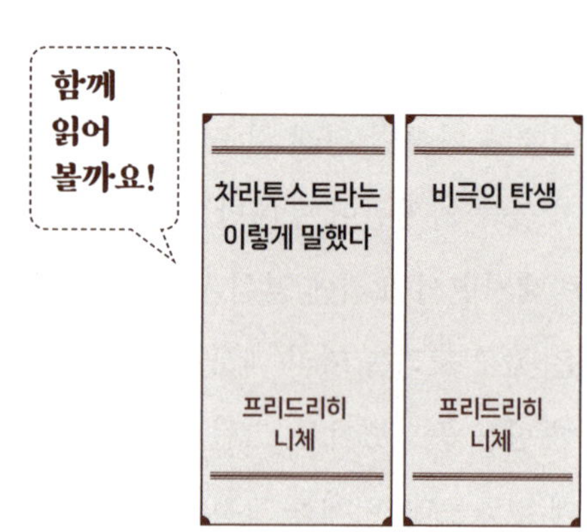

120

장서관 살인 사건에 담긴 진실,
『장미의 이름』

"내 이 세상 도처에서 쉴 곳을 찾아보았으되, 마침내 찾아낸, 책이 있는 구석방보다 나은 곳은 없더라."

이탈리아의 철학자이자 소설가 움베르토 에코(1932~2016)의 소설 『장미의 이름』의 서문을 마무리하는 문장입니다. 15세기 독일 신학자 토마스 아 켐피스가 남긴 말로 널리 알려져 있죠. 토마스 아 켐피스는 사제의 길에 들어선 이래 한 발자국도 수도원 밖으로 나가지 않고 학문에 정진하며 후학을 양성한 사람입니다.

『장미의 이름』은 중세 한 수도원에서 벌어지는 연쇄 살인 사건을 다루고 있어요. 첫 사건이 벌어지고, 때마침 수도원에 도착한 윌리엄 수도사와 시자(侍者·곁에서 시중드는 사람) 아드소는 사건 해결을 위해 동분서주합니다. 하지만 이튿날 또 다른 살인 사건이 벌어지면서 수도원은 불안과 두려움에 휩싸입니다. 사건 실마리를 찾아가던 박식한 수도사 윌리

『장미의 이름』속 수도원 모델로 알려진 이탈리아 '산 미켈레 수도원'.

엄은 장서관(藏書館), 즉 도서관에 의심의 눈길을 던지게 됩니다. 미궁과도 같은 장서관을 밤마다 더듬던 젊은 사제도, 젊은 사제의 행동을 문제 삼으면서도 장서관에 관심을 갖는 수도원의 다른 사제도 하나둘 목숨을 잃기 때문이죠.

움베르토 에코가 왜 장서관을 이야기 무대로 삼은 것일까요? 도서관은 인류의 거대한 지혜가 켜켜이 쌓여 있는 곳입니다. 에코는 소설에서 이 장서관을 "바그다드의 장서관 36개에 대항하는 기독교 세계의 유일한 빛"이라고 묘사합니다. 그렇지만 때로 빛은 사람 눈을 멀게 하기도 하죠. 지혜는 잘못된 신념을 낳기도 하고, 오도된 신념은 때로 거대한 악(惡)이 됩니다.

장서관에 잠들어 있는 책 한 권이 사태를 일으킵니다. 문제의 책은 아리스토텔레스의 『시학』 2권 「희극편」입니다. 원래 『시학』은 비극을 다룹니다. 에코는 『장미의 이름』에서 현실에는 없는 『시학』 2권 「희극편」이 있다고 가정하고 이를 이야기 소재로 삼은 거죠. 장서관 사서 호르헤는 "웃음으로는 예수의 가르침을 따를 수 없다"고 주장해요. 웃음이 하느님을 믿는 자들에게서 경건함을 앗아 간다고 믿었기 때문입니다. 그러나 『시학』 「희극편」은 웃음을 긍정합니다. 호르헤는 그래서 다른 사람이 이 책을 읽고 구원받을 길을 포기하는 일이 벌어져서는 안 된다고 생각합니다. 지혜의 전당인 장서관에서 독선에 빠져 자신의 신념을 맹신하다가 '악'이 된 겁니다.

그러나 지혜와 지식이 담긴 책이 나쁜 것은 아니죠. 에코가 서두에 쉴 곳으로서 "책이 있는 구석방"을 언급한 이유는 뭘까요? 소설에서 장서관은 살인 사건이 벌어졌던 공간입니다. 하지만, 결국 책이 있는 공간이 인류의 미래를 이끌 수 있다는 뜻이 아니었을까요.

『장미의 이름』은 단순한 추리 소설이 아닙니다. 움베르토 에코는 곳곳에 그리스 철학, 중세 신학 같은 여러 학문으로 이어지는 단서를 숨겨 놓았어요. 그 자체로도 장서관 목차 같은 책입니다.

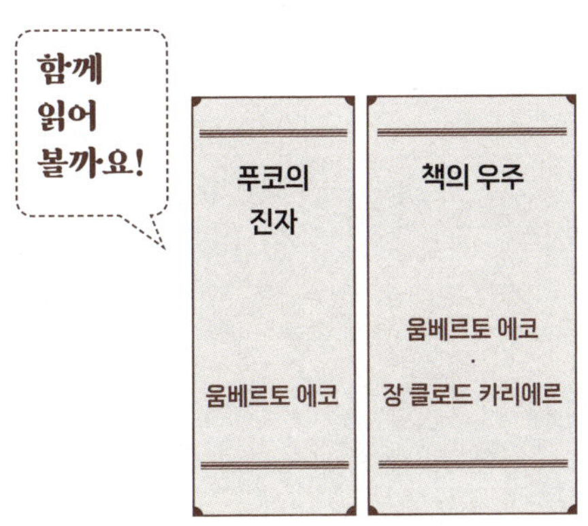

종이책을 읽으면 좋은 이유

중국 서진(西晉) 시대, 좌사(左思)라는 문장가가 있었어요. 그가 10여 년 각고의 노력 끝에 써 낸 위(魏), 촉(蜀), 오(吳) 세 나라 도읍의 풍물에 관한 책 『삼도부』는 당대 지식인들의 총애를 받는 작품이었죠. 그 책을 베껴 써서 읽는 이들이 늘어나자 당시 도읍이었던 낙양의 종잇값은 천정부지로 올랐어요. 낙양지귀(洛陽紙貴), 즉 '낙양의 지가(종잇값)를 올리다'라는 말은 그렇게 탄생했어요. 예전에는 베스트셀러가 탄생할 때면 언론 지면을 장식하는 말이었는데, 요즘은 자주 볼 수 없어 안타까울 따름입니다.

이렇다 할 베스트셀러도 없는데, 최근 종잇값은 계속해서 올랐어요. 지난 몇 년 사이 종잇값은 50퍼센트가량 올랐다고 해요. 종이의 핵심 재료인 펄프의 국제 가격이 큰 폭으로 상승한 것이 첫 번째 원인이고, 두 번째는 유동적인 원유 가격 탓에 해상 운임비가 대폭 상승했기 때문이라고 합니다. 몇몇 언론 보도에 따르면 "디지털 전환, 경기 침체 등으로 종이 수요가 정체"된 것도 한몫했어요. 발등에 불이 떨어진 건 어쩔 수 없이 출판사들이죠. 종잇값은 물론이거니와 책을 만드는 모든 과정에서 안 오른 비용이 없기 때문이에요. 그렇다고 책값을 무작정 올릴 수도 없어요. 종이책을 읽지 않는 사람들이 가뜩이나 많아지는 와중에 책값마저 올리면, 그나마 남아 있던 독자들마저 등을 돌릴 수 있다는 우려 때문이죠.

체코 작가 보후밀 흐라발의 『너무 시끄러운 고독』에는 35년 동안 지하실에서 폐지를 압축하는 일을 한 노동자 한탸가 등장해요. 지하실 천장의 뚜껑문이 열리면 이내 온갖 책들이 쏟아져요. 니체의 『차라투스트라는 이렇게 말했다』도, 괴테의 『파우스트』도 그곳에선 한낱 폐지에 불과했어요. 비록 복제화일망정, 한편에는 피카소의 〈게르니카〉, 렘브란트의 〈야간순찰〉 등도 보이네요. 한탸는 신속하게, 누군가에게는 마음의 양식이 될 만한 작품들을, 어떤 이들에게는 규제와 탄압의 대상일 수밖에 없는 금서(禁書)들을 폐지로 만들어요. 와중에 눈 밝은 독자였던 한탸는 귀한 책들을 모아 자신의 아파트를 책의 성채(城砦·성과 요새)로 만들었어요.

모르긴 해도 좌사가 『삼도부』를 지은 이유는 짧은 시간 존재했던 위·촉·오의 사례에서 배워 훗날 '서진'이라 불린 통일 왕조가 좀 더 길게 유지되어 백성들이 태평성대를 누렸으면 하는 바람 때문이었을 거예요. 그 바람에 부응하지 못하고 서진은 채 60년을 넘기지 못하고, 중원은 다시 동진, 오호십육국 시대 등 혼란 속으로 더 깊이 빠져들었어요. 베스트셀러 『삼도부』가 낙양의 지가는 올렸는지 몰라도, 오롯한 정신만큼은 남기지 못한 셈이죠. 하지만 일말의 가치를 매길 수도 없는,

하여 폐기할 수밖에 없는 종이 더미들 속에서 『너무 시끄러운 고독』의 주인공 한탸는 삶의 진리를 발견하며 철학자라고 해도 손색이 없는 삶을 일구어 냈어요.

종잇값이 오르고 또 올라도, 종이책이 사라질 일은 없어요. 책이 팔리지 않아 폐지로 압축되어 버려질지라도 종이책은 여전히 건재할 수밖에 없습니다. "완벽한 발명품으로서 책의 본질만은 변하지 않는다"는 움베르토 에코의 말은 진리에 가깝기 때문이에요. 한 권의 책이 다시금 낙양의 지가를 올리고, 폐지로 버려지는 책들이 더 이상 없는, 그 자체로 온전함을 획득하기 위해 필요한 것은 무엇일까 생각해 봅니다. 한탸가 남긴 독백 속에 어쩌면 책의 온전함에 대한 답이 있지는 않을까 싶어요.

"내가 혼자인 건 오로지 생각들로 조밀하게 채워진 고독 속에 살기 위해서다. 어찌 보면 나는 영원과 무한을 추구하는 돈키호테다. 영원과 무한도 나 같은 사람들은 당해 낼 재간이 없을 테지."

서점에 자주 가면 좋은 이유

최은영의 단편 소설 「아주 희미한 빛으로도」에는 '영인문고'라는 중고책방이 등장해요. "천장까지 이어지는 책장이 책방의 삼면에 자리했고, 가운데에는 기다란 평대"가 있는, 우리 기억 속에 남아 있는 그런 중고책방(사실 '헌책방'이라는 표현이 더 정겹기는 합니다) 모습이죠. 화자 희원과 대학교 영어 강사 '그녀'가 거기서 함께 시간을 보내지는 않았지만, 그곳이 있었기에 두 사람은 일종의 정서적 연대감 같은 것을 경험해요. 서점, 책방 등등의 이름으로 불리는 곳에 가는 일을 즐거워하는 내게 가장 흥미로운 대목은, 희원이 "계산대에 가만히 앉아서 손님이 오는지 가는지 신경 쓰지 않던" 책방 주인 덕분에 "책방에서 편안함을 느낄 수 있었다"는 고백이었어요. 그 어떤 책도 권하지 않는 그곳에서 희원과 '그녀'는 오히려 책이라는 세계에 더 빠져들었을 것이죠.

황보름 작가의 장편 소설 『어서 오세요, 휴남동 서점입니다』의 주인공 영주에게 서점을 연 후 몇 달간은 "겨우 하루하루를 버틸 뿐"인 정지

된 시간이었어요. "서점을 열어야 한다는 생각 하나"로 직진하다가 찾아온, 일종의 번아웃이었죠. 영주는 문만 열어 놓았을 뿐 거의 아무것도 하지 않았어요. 가정집들 사이에 있는 터라 동네 사람들이 이따금 찾아들었지만 "몸속에 피가 한 방울도 남아 있지 않는 사람처럼 하얗게 앉아 있는" 영주를 보고는 발길을 끊었어요. "예쁜 얼굴에 화려하게 차려입길 좋아하는" 민철 엄마가 그런 영주에게 한마디 합니다. "으이그, 동네에 서점이 생겼다고 다들 얼마나 좋아하는 줄 알아?"

영주는 그제야 반만 차 있던 책장에 책을 채워 넣고, 바리스타도 채용합니다. 휴남동 서점은 동네 사람들에게 그렇게 숨통을 트이는 시간을 선사하는 공간으로 조금씩 변모해 가죠.

"하루 중 이 시간만 확보하면 그런대로 살 수 있을 것 같은 기분이야. 우리 인간은 복잡하게 만들어졌지만 어느 면에선 꽤 단순해. 이런 시간만 있으면 돼. 숨통 트이는 시간. 하루에 10분이라도, 한 시간이라도. 아, 살아 있어서 이런 기분을 맛보는구나 하고 느끼게 되는 시간."

광화문이든, 강남이든 번화가에 갈 일이 생기면 최종 코스는 늘 서점입니다. 그런데 영인문고처럼 손님이 오는지 가는지 신경 쓰지 않는 주인도 없건만, 대형 서점들은 입구부터 마음이 불편해요. 저자의 얼굴과 호기심을 자극하는 문구를 새긴 입간판이 서 있어요. 어떤 진열대에는 특정 책이 수북이 쌓여 있지요. 온라인 서점도 마찬가지예요. 화면을 열면 '편집장의 선택', '베스트 예감', '핫이슈', '요즘 이 책' 등등의 이름으로 몇몇 책들만 오롯하게 강조합니다.

혼자서 이런 생각을 해 봐요. 책은 오로지 읽는 사람의 것으로, 그것을 선택하는 일부터 자유로워야 한다고요. 하지만 온·오프라인을 막론하고 요즘 서점들은 몇몇 책만을 강조, 아니 강요해요. 누군가에게는 어떤 책을 권해 주는 일이 언제나 필요해요. 하지만 마음에 담아 둘 책은 무수한 책들 사이에서 방황하며, 때론 길을 잃기도 해야 겨우 찾아 낼 수 있어요. 그런 관점에서 보면 휴남동 서점 같은 동네 책방들이 곳곳에서 제 역할을 해 주고 있어 반가워요. 규모가 작다 보니 한정된 책을, 하여 주인장의 취향이 고스란히 반영된 책들이 놓일 수밖에 없어요. 그럼에도 그곳에서 동네 사람들의 말길이 트이고, 정을 나누고, 누군가는 마음의 치유를 얻곤 합니다. 마음에 담을 책도 한 권 찾게 됩니다. 우리네 삶의 실핏줄 같은 동네 책방들이, 그리고 모든 서점이 그런 공간이기를 오늘도 꿈꿔 봅니다.

문학을 읽으면 좋은 이유

1692년 1월, 영국 식민지였던 보스턴 인근 한 마을에서 두 소녀가 발작 증세를 일으켜요. 치료를 맡은 의사는 한 달이 지나도 호전되지 않자 소녀들이 "악마의 손에 떨어졌다"는 이상한 진단을 내립니다. 추궁이 계속되자 소녀들은 노예 출신 하녀와 부랑자들이 자신들을 저주했다고 지목해요. 빗자루를 타고 날아다녔다는 허황된 주장이 난무하는 와중에 200명 가까운 사람들이 기소되는데, 결과는 끔찍했어요. 19명이 교수형에 처해졌고, 1명이 고문 끝에 죽었고, 감옥에서 죽은 사람도 여럿이에요. 총독이 나서서 마녀재판 법정을 해체하고서야 사태는 일단락됩니다. 집단 광기의 대표적인 사례로 종종 언급되는 '세일럼 마녀재판'의 간략한 전말이에요.

"종교와 법률이 거의 동일"한 곳이었던 보스턴의 한 마을. '헤스터 프린'이라는 이름의 여성이 처형대 위에서 조리돌림 당하고 있었어요. 헤스터의 웃옷 가슴에는 "화려한 주홍빛 헝겊에 금실로 꼼꼼하게 수를 놓아 환상적으로 멋을 부린 'A' 자"가 선명했어요. '간음하지 말라'는 계명을 어긴 그녀는 '간통(Adultery)'의 머리글자인 'A'를 평생 가슴에 달고 살아야만 했죠. 맞아요. 단편 소설 「큰 바위 얼굴」로 더 잘 알려진 너새니얼 호손이 1850년 발표한 장편 소설 『주홍 글자』의 시작 대목이에요.

한편 처형대보다 높이 자리한 교회당 발코니에 총독, 판사, 장군 등과 함께 자리한 딤스데일 목사의 마음은 지옥과도 같았어요. 옥스퍼드 대학교를 나온 재원으로 젊은 나이에 이미 학문적 깊이가 남달랐던 그였어요. 그는 처형대 위에 선 헤스터가 안고 있는, 채 석 달도 되지 않은 여자아이 펄의 아버지이기도 했죠. 그런데 언젠가부터 헤스터를 보는 사람들의 시선이 달라졌어요. 삯바느질로 연명하면서도 가난한 사람들을 물심양면 도운 헤스터를 향해 사람들은 '저 A가 능력(Able) 혹은 천사(Angel)의 A가 아니냐'고 말하기도 했어요.

『세일즈맨의 죽음』으로 유명한 미국의 극작가 아서 밀러가 1953년 발표한 희곡 『시련』의 배경 역시 보스턴 인근 마을, 정확히 말하면 '세일럼'이에요. 패리스 목사의 조카 애비게일은 연정을 품은 존 프록터의 아내 엘리자베스를 증오해요. 마침 마을 소녀들이 벌인 작은 모임이 마녀재판으로 번지고, 애비게일은 엘리자베스를 없앨 치밀한 계획에 돌입합니다. 고발당한 사람들의 손가락은 차곡차곡 쌓여 엘리자베스에게로 향하죠. 존 프록터는 마녀로 고발된 아내를 지키기 위해 진실을 추적해요. 집단의 광기에 맞선 존 프록터도 위험할 수밖에 없었어요.

너새니얼 호손은 19세기 중반, 무너질 대로 무너진 청교도 정신을 안타까워했어요. 하지만 청교도 정신은 이미 오래전부터 무너지고 있었어요. 신앙의 자유를 찾아, 거칠게 말하면 마녀사냥을 피해 낯선 땅에 정착한 이들이 정작 마녀사냥을 아무렇지도 않게 저지른 사건이 세일럼 마녀재판이거든요. 그는 자신이 태어나기 100여 년도 전에 일어난 세일럼 마녀재판에 대한 개인적인 부채 의식(다른 사람이나 사회에 빚을 지고 있다는 생각)도 있었어요. 그의 고조할아버지 존 호손이 당시 마녀재판을 담당한 판사 중 하나였거든요. 그런가 하면 아서 밀러는 1950년대 미국을 휩쓴 광풍인 매카시즘(정치적 입장이 다르거나 체제에 반대하는 사람을 공산주의자로 몰아서 처벌하려는 태도)을 세일럼 마녀재판에 빗대어 통렬하게 비판했어요. 그는 특히 거대한 규범 혹은 사회적 이념이 작동하는 방식을 철저히 해부하며, 그 속에 늘 개인적 이익이 결부되어 있음을 밝혀내죠.

문학은 아름다움을 추구하는 예술의 한 장르에 머물지 않아요. '문학은 재미'라는 단언도 문학에 대한 정확한 설명은 아니에요. 오히려 문학은 과거의 모습을 들춰 내고, 당대의 모순을 비추며, 미래를 열어 가는 하나의 상징입니다. 문학을 읽는 사람들에게 내린 하늘의 축복은 아마도, 오롯한 시대정신을 읽어 낼 수 있는 능력이라고 할 수 있어요.

이미지 출처 및 페이지

국립민속박물관 28

동녘 114

문학동네 345

미국 하버드대학교 382

씨너스엔터테인먼트 86

안동시 293

영국 국립초상화박물관 172

위키백과 19, 22, 25, 31, 34, 37, 40, 46, 49, 53, 59, 62, 65, 68, 74, 83, 99, 102, 111, 117, 120, 126, 129, 132, 139, 142, 145, 148, 154, 157, 160, 163, 166, 169, 182, 185, 188, 191, 194(왼쪽), 197, 200, 203, 209, 219, 225, 228, 234, 237, 246, 249, 252, 259, 262, 268, 271, 274, 277, 283, 302, 308, 311, 314, 317, 320, 323, 326, 329, 332, 339, 342, 348, 351, 354, 357, 360, 366, 369, 372, 379, 385, 388, 391, 397, 400, 403, 406, 409, 412

유니버설픽쳐스코리아 92

한국학중앙연구원 240, 280

한겨레출판 243

UPI 코리아 89